本书由河南省高等学校哲学社会科学创新团队项目"洛阳文学艺术流变"
（2016-CXTD-08）资助出版
洛阳师范学院文学院中国语言文学一级学科建设
河洛文学与文献文库

河洛文脉

Heluo context

王文参 ◎ 著

中国社会科学出版社

图书在版编目(CIP)数据

河洛文脉/王文参著. —北京：中国社会科学出版社，2020.12
ISBN 978 - 7 - 5203 - 7464 - 4

Ⅰ.①河… Ⅱ.①王… Ⅲ.①地方文学史—河南 Ⅳ.①I209.961

中国版本图书馆 CIP 数据核字(2020)第 216723 号

出 版 人	赵剑英	
责任编辑	郭晓鸿	
特约编辑	杜若佳	
责任校对	师敏革	
责任印制	戴　宽	

出　　版	中国社会科学出版社	
社　　址	北京鼓楼西大街甲 158 号	
邮　　编	100720	
网　　址	http://www.csspw.cn	
发 行 部	010 - 84083685	
门 市 部	010 - 84029450	
经　　销	新华书店及其他书店	
印刷装订	北京明恒达印务有限公司	
版　　次	2020 年 12 月第 1 版	
印　　次	2020 年 12 月第 1 次印刷	
开　　本	710×1000　1/16	
印　　张	23.25	
插　　页	2	
字　　数	292 千字	
定　　价	128.00 元	

凡购买中国社会科学出版社图书，如有质量问题请与本社营销中心联系调换
电话：010 - 84083683
版权所有　侵权必究

目　录

绪论 …………………………………………………………（1）

第一章　先秦洛阳文学 ……………………………………（20）
　第一节　河洛神话的文化意义 ……………………………（20）
　第二节　记述洛阳的最早篇章《召诰》《洛诰》 …………（29）
　第三节　《诗经》中河洛诗篇的文化史意义 ………………（31）
　第四节　河洛思想的结晶《道德经》 ………………………（40）

第二章　两汉洛阳文学 ……………………………………（48）
　第一节　虞初和《周说》 ……………………………………（50）
　第二节　"洛阳才子"贾谊 …………………………………（52）
　第三节　东汉定都洛阳的文学史意义 ……………………（58）

第三章　魏晋南北朝洛阳文学 ……………………………（65）
　概述 …………………………………………………………（65）
　第一节　曹魏文学与河洛文化 ……………………………（67）
　第二节　郭象《庄子注》的文学价值 ………………………（78）

— 1 —

第三节　潘岳的洛阳深情 ………………………………（84）
　　第四节　《洛阳伽蓝记》的文学经典价值 ………………（92）
　　第五节　郭泰机《答傅咸》诗的成就 ……………………（104）

第四章　隋唐洛阳文学 ……………………………………（109）
　　概述 ……………………………………………………（109）
　　第一节　唐初洛阳诗人 …………………………………（113）
　　第二节　盛唐洛阳文学 …………………………………（120）
　　第三节　杜甫与洛阳 ……………………………………（132）
　　第四节　刘长卿和李贺的洛阳诗文 ……………………（137）
　　第五节　白居易在洛阳的创作 …………………………（146）
　　第六节　刘禹锡的洛阳诗会 ……………………………（152）
　　第七节　唐五代洛阳文学的其他样式 …………………（160）
　　第八节　《大唐西域记》对后世小说创作的影响 ………（165）
　　第九节　隋唐大运河洛阳段文学 ………………………（170）

第五章　宋金洛阳文学 ……………………………………（188）
　　概述 ……………………………………………………（188）
　　第一节　北宋洛阳的人文景观 …………………………（190）
　　第二节　张齐贤《洛阳缙绅旧闻记》……………………（200）
　　第三节　北宋洛阳理学家的诗文价值 …………………（203）
　　第四节　古文革新运动的承前启后者尹洙 ……………（212）
　　第五节　朱敦儒词与洛阳地域文化 ……………………（214）
　　第六节　陈与义、曾几的洛阳诗词 ………………………（220）
　　第七节　元好问在洛阳 …………………………………（228）

第六章　元代洛阳文学 ……………………………………（237）

第一节　元代洛阳社会文化背景 …………………………（237）

第二节　洛阳题材杂剧的思想艺术 ………………………（239）

第三节　元代洛阳戏曲和诗文作家 ………………………（241）

第四节　元代洛阳戏曲 ……………………………………（246）

第七章　明代洛阳文学 ……………………………………（253）

第一节　曹端、方汝浩和李雨商 …………………………（253）

第二节　明代洛阳的文人结社 ……………………………（257）

第三节　崇尚儒学义理的河洛名臣刘健 …………………（260）

第四节　王铎诗歌的现实主义精神 ………………………（265）

第八章　清代洛阳文学 ……………………………………（269）

第一节　清前期孟津诗派和新安吕氏 ……………………（270）

第二节　清代嵩山文人群体与文学家族 …………………（277）

第三节　李绿园《歧路灯》的教育启蒙精神 ……………（282）

第四节　清代后期的洛阳文学 ……………………………（288）

第九章　现代洛阳文学 ……………………………………（291）

第一节　革命文学最早实践者——李翔梧 ………………（292）

第二节　革命文学卓有成就者——曹靖华 ………………（295）

第三节　全面描写革命战争的军旅作家——柯岗 ………（306）

第四节　李蕤、姚欣则、吉学沛和栾星等 ………………（309）

第五节　洛阳现代戏剧 ……………………………………（311）

第十章　当代洛阳文学 …………………………………（319）
　概述 ……………………………………………………………（319）
　第一节　河洛作家的典范——李准 …………………………（320）
　第二节　当代河洛红色经典——《黄河东流去》…………（324）
　第三节　河洛天空"闪闪的红星"——陆柱国 ……………（332）
　第四节　河洛文化深沉反思者——阎连科 …………………（336）
　第五节　从洛河岸边出发的张宇 ……………………………（349）
　第六节　抒写帝都传奇的司卫平和任见 ……………………（353）

参考文献 ………………………………………………………（360）

后记 ……………………………………………………………（364）

绪　　论

古往今来无数文人墨客在河洛大地上驰骋情思，留下了不可胜数的华丽篇章。河洛文学，以汉、魏、唐、宋为标志，在中国古代文学史上经历了无比的辉煌。一部中国古代文学史，如果没有了河洛文学，那就会留下太多的空白和遗憾。河洛文学以洛阳文学为核心，辐射周边河洛地区。在这个区域内，又以河洛文学为重心，创造了辉煌灿烂的中华文明。梳理河洛文学的发展脉络，能够较好地触摸和把握中华文明进展的历史线索，能够在一个生动形象的文学领域内，领略中华五千年生生不息的精神力量和文化魅力。

一　河洛文学的范围

河洛文学的范围，应该以历代行政区划的洛阳为准，影响文学的主要因素是政治、经济、文化和地理等，行政管辖范围内的洛阳，自然成为文学形成和文学特征相对一致的区域。历史上洛阳的行政区划多有变迁，洛阳作为行政中心的管辖范围大小，在不同历史阶段也略有不同。

(一) 洛阳行政管辖范围的历史沿革

历史上的洛阳市，曾简称"洛"，别称洛邑、洛京等。横跨黄河中下游南北两岸，东邻郑州市，西接三门峡市，北跨黄河与焦作市接壤，南与平顶山市、南阳市相连。远在新石器时代，黄河中游两岸及伊、洛、瀍、涧等河流的台地上，分布着许多氏族部落。禹划九州，河洛属古豫州。洛阳市境内主要河流有黄河、洛河、伊河、涧河和汝河等。洛阳因地处洛水之阳而得名。洛阳是夏王朝立国和活动的中心地域。公元前1600年，商朝建立。公元前1046年，西周代殷后，为控制东方地区，开始在洛阳营建国都。周公在洛水北岸修建了王城和成周城，迁殷民于成周，并以成周八师监督之。当时洛阳称洛邑、新邑、大邑、成周、天室、中国等，亦称周南。周平王元年（前770），东迁洛邑，是为东周。

秦庄襄王元年（前249），秦在洛阳置三川郡，郡治成周城。刘邦建汉，初都洛阳，后迁长安，改三川郡为河南郡，治洛阳。辖洛阳、河南（汉置，治王城）、偃师、缑氏、平（偃师西北）、平阴（孟津东北）、新成（伊川西南）、穀成（新安东）及巩、荥阳、新郑、中牟、开封等22县。汉武帝置十三州部刺史，河南郡属司隶。西汉末年，王莽篡政，改洛阳为宜阳，设"新室东都"和"中市"。汉光武建武元年（25），刘秀定都洛阳，改洛阳为雒阳。建武十五年（39），更河南郡为河南尹。220年，魏文帝曹丕定都洛阳，变雒阳为洛阳，设司隶校尉部。西晋代魏，仍以洛阳为都。436年，北魏在洛阳置洛州。494年，孝文帝迁都洛阳。

隋开皇元年（581），在洛阳置东京尚书省；次年，置河南道行台省；三年，废行台，以洛州刺史领总监；十四年，于金墉城别置总监。大业元年（605），隋炀帝迁都洛阳，在东周王城以东，汉魏故城以西18里处，新建洛阳城。同年，改洛州为豫州，三年又改河南郡，十四年复置洛州，辖河南、洛阳、偃师、缑氏、阌乡、桃林、陕、熊耳、渑池、新安、巩、宜阳、寿安、陆浑、伊阙、兴泰、嵩阳、阳城等18县。唐代，自高宗始仍以洛阳为都，称东都。武德四年（621），置洛州总管府，辖洛州、郑州、熊州、榖州、嵩州、管州、伊州、汝州、鲁州等九州，洛州辖洛阳、河南、偃师、缑氏、巩、阳城、嵩阳、陆浑、伊阙等9县。贞观元年（627），分全国为十道，洛阳属河南道。

唐开元元年（713），改洛州为河南府。天宝年间，改东都为东京。洛州、河南府均治洛阳。武则天光宅元年（684）始，改东都为神都，对都城进行扩建，修建了明堂、万国天枢等。唐天祐四年（907），后梁、后唐、后晋均曾都洛阳。后汉、后周以洛阳为陪都。宋以洛阳为西京，置河南府。金代，定洛阳为中京，改河南府曰金昌府，并河南县入洛阳县。自元代始，洛阳不复为京，降为河南府治。明代，河南府辖洛阳、偃师、巩县、孟津、登封、新安、渑池、宜阳、永宁、嵩县等10县，是伊王和福王的封地。

清代，洛阳仍为河南府治。1912年民国建立，废河南府，设河洛道，道尹公署驻洛阳，辖洛阳、偃师等19县。1920年，军阀吴佩孚在洛阳设置了两湖巡阅使公署。1923年，河南省长公署设到洛阳，洛阳成为河南省会。1932年，日军进攻上海，国民党政府定洛阳为行都，并一度到洛阳办公。"七七事变"后，华北大部分地区沦陷，洛阳成为北方抗日前哨。1939年秋，河南省政府再次迁至洛阳，洛阳第二次成为河南省会。

1948年，洛阳解放，洛阳市人民民主政府成立，洛阳县城区成为市，与洛阳县并置。1954年，洛阳市升格为河南省直辖市。次年，洛阳县撤销，一部分并入洛阳市，其余部分划入偃师、孟津、宜阳等县。1983年，新安、孟津、偃师改为隶属洛阳市。1986年，洛阳地区撤销，洛宁、宜阳、嵩县、栾川、汝阳、伊川也改属洛阳市。1993年，偃师县改为偃师市。2000年6月，经国务院批准，洛阳郊区更名为洛龙区。

关于河洛的地理范围。史书上洛阳指河洛，有时河洛也指洛阳。关于河洛的地域范围界定，以洛阳为中心的周边地区成为学者们的共识，对于古人界定黄河、洛河共同流经的模糊区域也无异议。对于河洛地区东至郑州、中牟一带，西接华阴、潼关一线，南以汝河、颍河上游的伏牛山脉为界，北跨黄河以汾水以南的晋南、河南的济源、沁阳一线也基本认同。[1] 值得注意的是这个范围，也基本上是洛阳作为行政中心，在历经不同朝代所管辖的范围。

河洛文化形成相对集中的文化区域，与洛阳作为行政管辖中心分不开。所以，本书涉及的作家作品，也是在这个区域内的作家作品，并主要关注到洛阳市及今天洛阳直辖的偃师、新安、洛宁、宜阳、伊川、孟津、嵩县、栾川等县市区。巩义、三门峡、汝州、孟州、荥阳在历史上不同时期，也隶属过洛阳，有的管辖时间很长，涉及一些重要作家作品时，也涵盖进去。

（二）河洛文学包含的作家作品

作品方面，一是洛阳籍并长期居住在洛阳的作家写的作品，二是非洛阳籍作家但长期居住在洛阳、并在洛阳写的作品，三是非洛阳籍作家写洛阳的作品。简单地说就是"洛阳人写的""在洛阳写的""写洛阳的"三部分文学作品。这些作品的共同特征是他们的创作，离不开河洛文化，特别是洛阳地域文化如古都文化的影响，作品带着浓郁的洛阳气息。三部分作品三个角度，足以体现了洛阳厚重立体的美学品格、精神风貌和文化魅力。作家方面，首先关注

---

[1] 薛瑞泽、许智银：《"河洛"与河洛地区研究补正》，《中国历史地理论丛》1999年第2期。

出生于洛阳、成长于洛阳、生活在洛阳的作家，全面论述其生平经历和创作概况，其作品的思想内容、艺术特征、对后世的影响和文学史上的地位；其次是出生于洛阳，成长于洛阳，然后为官为商等原因走出了洛阳的作家；再次是原籍为外省而在洛阳仕宦或寓居时间较长者，或终老于洛阳的作家。以史志记载为今洛阳籍作家为主，某些作家以郡望、祖籍等关系在史志中标示不属洛阳人，而其出生或逝世、葬地及主要活动多在洛阳者（如白居易），其创作更多地带着洛阳地域文化的影响和彰显洛阳文学的主要特色，也是写作重点。迁居到洛阳，如盛唐的元结、中唐的刘长卿、北宋的范仲淹、金代的元好问等，简单介绍其创作情况，突出与洛阳相关的活动和作品情况，重点梳理其作品中以洛阳为题材内容的部分，突出其写洛阳的作品风格和对后世的影响。

本书力求突出学界最新研究结论，作品的文化价值与文学鉴赏价值并重。另外，洛阳城北边的邙山，流淌于东北边的黄河，以及洛阳的牡丹、大运河、武则天、洛河、龙门石窟、白马寺等，经过各代作家的抒写咏叹，成为中国文学史上具有典型意义的意象符号，也是本书涉及的内容。

二 地域文学史的写作背景

（一）全球化与文化寻根意识兴起

全球化首先给我们带来的焦虑是，让我们感受到全球化对多元化的民族文化生存产生了威胁。于是，地域文学的创作和研究作为保护多元文化生态的有效途径，重新兴起。随着全球化进程的加速，地域文化研究成为中国学术研究的焦点之一。全球化背景下的文学地域性研究担负了新的使命，旨在发现地域文学如何在全球化语境下，捍卫民族文化和文化的多样性。地域文学所描写的地域文化与异域文化对话的过程，对在全球化时代消除偏见、增进宽容、建立和谐有重要启示。全球化加上中国城镇化步伐的加速推进，造成的乡土迁徙不仅使人们远离现实的家园，而且在精神层面也有一种生活在他乡的疏离感，从而更强化了人们对家园的渴望、对归属感的追求。家园既是实际的地缘所在，也可以是想象的空间。在全球化时代重读经典地域文学，会对乡土和田园意象产生全新的体认：乡土承载了当下现实所匮乏的一切，成了一个思念的美学对象、一种回忆、一个灵魂归属的符号。对家乡、对自然的深深思念，也同样表达了全球化时代人们对宁静、安全、简单和淳朴生活的无限怀念。

全球化使人类文明陷入一元化的危机，因此文学地域主义研究在全球化时代的意义不仅是强调地域文学的成就，更重要的是推动了文学多样性的展开。文学地域主义研究思潮在全球化背景下的复出，显示出学者们欲以文学地域研究制约文化一体化的努力。全球化导致的文化相互渗透和整合使文化变得单调和贫乏，此时文学地域主义研究可以起到维护文化多样性、在和而不同的原则上建设文化生态的作用。[1]

同时，生态主义批评对环境的重视，使得地方成为关注的焦点，并与文学地域主义合流成为新的批评方法。由于中国文学的杂文学特征、大文学史观，生态文学批评不被广泛认可，但也启发人们关怀乡土文学和地域文化。另外，地域文学史写作与研究，是中国现实主义文学传统的主要内容，文学地域主义在现实主义运动中起着无可替代的重要作用。在此背景下，文学寻根意识兴起，而寻找中华民族文化之根和民族精神的起源，又推动了地域文化探讨的热潮。

---

[1] 刘英：《文学地域主义》，《外国文学》2010年第4期。

绪　论

　　20世纪八九十年代，随着改革开放逐步深化，社会生活和文化各个领域的研究不断取得新的成就，文化的多元性特征不断得到探讨和彰显。自古以来河洛地区为"天下之中"（《史记·周本纪》），即所谓"中国"（西周何尊铭文文献已经证明），是古代中国东西南北的交通中枢，地理位置十分优越。文字的产生是人类古代社会进入文明时代最重要的标志，仓颉造字、河图洛书是中华文明之始。太极图是河洛交会的自然现象，这是因为太极图很像是黄河、洛河交汇形成的旋涡，通过这个自然现象触发灵感，伏羲才创造出太极和八卦。河洛地区先民们创造的河洛文化是黄河文明的核心。《周易》卦辞上"河出图，洛出书，圣人则之"，在文化寻根意识逐步加强的过程中，河洛文化是中华文化源头的观点也逐渐得到认可。直到今天，学术界基本达成共识：河洛文化是中国文化的重要源泉之一，是指产生在河洛地区的区域性文化，是中华民族主流文化。

　　河洛文化是中华文明的摇篮，是数千年来的中国传统文化的主体，河洛文化在中国古代文化史上占有十分重要的地位。宜人的山川河流，厚重的文化传承，历代洛阳作家沐浴其中，是文化的传承者和塑造者，在重建民族文化自信的今天，作为载体的洛阳作家作品，携带了太多的民族文化基因，是挖掘不尽的文化宝库，也是取之不竭的文学精神宝库。整理河洛文学，研究河洛地域作家作品，探讨洛阳文学发展的流变，既是全球化背景下，地域文化兴起的典型案例，也是以民族文化抑制全球化带来的单一化、同质化的有力文化武器，更是民族文化复兴的必然要求。

　　文学史的撰写与研究正式开始于20世纪80年代改革开放文化思潮背景下，然后形成了全国性的热潮。随后，到90年代，分省文学史和地域文学史的编著也开始出现。1998年7月陈书良主编的《湖南文学史》3卷本由湖南教育出版社出版，对其他省份的文学史编写起到了示范和推动作用。1998年《河南文学史》课题立项河南省哲学社会科学"九五"规划项目。河南省社会科学院文学研究所和河南大学文学院共同承担古代卷的编写，时限自先秦起至1840年的鸦片战争爆发；近现代卷自1840年起至1949年中华人民共和国成立；当代卷自中华人民共和国成立起至20世纪末。《河南文学史》对中原地域文学发展脉络做了基本描述，考察了中国文学在中原地区的基本发展历程，具有开拓意义。

洛阳文学史在地域文学史编写热的背景下开展。特别是近些年来，研究地域文学、挖掘民族文化的核心价值和蕴涵、恢复民族文化自信心，不自觉的成为地域文学研究的宏伟使命。因此，作为最具文化潜力的河洛文学研究，就显得刻不容缓。河洛文学在中国文学整体框架中具有特殊性，在中国文化发展脉络中具有根文化的渊源地位和特殊价值。以推陈出新的原则，以正确对待文学遗产、弘扬华夏民族文化优良传统、增强民族文化的向心力和自豪感为出发点，来梳理河洛文学的总体脉络，具有重要的现实意义。在河南文学史的框架内，立足河洛根文化的高度，关注河洛文化的辐射力，在全国政治经济和文化背景下，真实地反映出河洛文学在各个时代的发展状况和历史轨迹，才能很好地揭示洛阳文学的独特价值。为了正确评价个案作家在河洛文学发展中的历史地位，又要从总体上把握河洛文学对中国文学发展的贡献。因此，河洛文学研究策略上，不仅要论及中国文学史著作中提到的洛阳籍作家，更要论及那些被长期忽视了的作家和文学现象。

（二）文学地理学与河洛文学

区域文化研究与文学地理学等新视角和新方法，已经广泛应用到文学史的研究中。从21世纪初开始，文学地理学学科逐步走向成熟，文学史是建立在文学的时间维度上的学科，从逻辑上看，文学史之外，还应有与它并列的、建立于文学的空间维度的文学地理学学科。文学史和文学地理学双峰并峙，才能对文学理论形成更加完备的支撑。同样，有这两个分支学科居于中间，文学批评所依据的资源才更加充分和完备。文学地理学研究认为，一个作家的成长受到多方面基因的影响，而其生长之地，乃是地理基因孕育之地，因此他的生命气息中总有着生他、养他的那片土地的种种烙印。另一方面，当作家成名之后，他的影响力也总是要表现在人文地理上，因为任何一个伟大作家都是他家乡人心中的一座人文高峰，他的故宅总是当地的一个重要文化景观，同样，他的光芒也总是点亮着他所到的一切地方。李白、杜甫、白居易一生经历过的任何一个地方都有许多与当地有关的故事在流传，他们在各地所写的作品都成为当地的精神遗产。另外，一个知名度和整体成就一般的作家，也可能因对某个地理景观感受得深，写出了好作品，如隋唐洛阳的上阳宫，因唐代王建的"上阳花木不曾秋，洛水穿宫处处流"等诗而更加闻名；洛阳城和北邙山又因沈佺期"北邙山上列坟茔，万古千秋对洛城。城中日夕歌钟起，山上惟闻松柏声"这首诗，塑造了北邙山和洛阳城的特殊意象内涵，让人们在诗歌欣赏中，感受到了生死变换、历史沧桑的厚重和悲凉，震撼心魄。从而，这个作家可能成为某个地方的文化塑造者，他的名字也因此与该地方深深地连接在一起，成为不朽的文化符号。文学地理学也能很好地解释为什么不同地域的作家，描写同样题材的作品，思想内涵也有显著差异。例如，对比分析李白《长干行》和杜甫《新婚别》，主人公形象及爱情婚姻观显著不同，前者婚姻是比较自主平等，主人公思想较少受到封建礼教束缚，行动也比较自由，主人公基本不受外在的律条制约，也没有什么不得已的苦衷。而杜甫《新婚别》故事发生在长期受儒家文化濡染的河洛地域，婚姻没有什么自主性，主人公也没有体验到婚后的幸福。

　　自然景观不能重建，而人文景观却可以塑造。洛阳城市的文化品格与历代洛阳作家的文学精神分不开。洛阳地区的人文景观，在很大程度上是由洛阳历代文人塑造。实体性文学景观是文化地理学、旅游地理学等多个学科的研究对象，而虚拟性文学景观一般仅是文学的研究对象。文学地理学的景观研究突出了文学立场、着眼于文学特性。文学景观成为可解读的文本，不同时代形成的文学景观，是一道具有特别韵味的文学画廊，而在洛阳，这条画廊更加多彩和独特。

　　比如，同是洛阳牡丹，刘禹锡看洛阳牡丹，"庭前芍药妖无格，池上芙蕖净少情。唯有牡丹真国色，花开时节动京城。"王维眼中的牡丹，"绿艳闲且静，红衣浅复深。花心愁欲断，春色岂知心。"这两者的情感和寄寓显著不同。而白居易看牡丹，"惆怅阶前红牡丹，晚来唯有两枝残。明朝风起应吹尽，夜惜衰红把火看。"这与北宋陈与义看牡丹的心境："一自胡尘入汉关，十年伊洛路漫漫。青墩溪畔龙钟客，独立东风看牡丹"，又有天壤之别。更加不同的是李商隐面对牡丹写出的是陶醉和思慕，"锦帏初卷卫夫人，绣被犹堆越鄂君。……我是梦中传彩笔，欲书花叶寄朝云。"陶醉于牡丹的国色天香，恍惚梦见了巫山神女，盼望她传授一支生花妙笔，将思慕之情题写在这花叶上，寄给巫山神女。牡丹在不同的文人笔下，被赋予了不同的人生感怀、情绪倾向和美感体验。文学景观的意义是由不同的作家和读者在不同的时间所赋予、所累积的，因而也是难以穷尽的。无疑，洛阳牡丹成为被作家和读者共同塑造的文学景观，并且这个景观在历史传承中也被赋予了多重文化价值，其中，它的文学价值无疑是最高的。地理景观的形象性有赖于文学描写，优秀文学作品的传播效应、广告效应，超过了世界上任何职业的广告人所做的任何广告。① 洛阳具有很多天下闻名的文学景观。景观的形象，在未曾光顾或者未曾登临的人们心里，原是很抽象或者是很模糊的。但是凭借文学的描写，人们会由此产生丰富的联想和想象，于是这些景观的形象便在脑海里浮现，变得具体可感，从而让人产生游览的愿望或者打算。文学的思想性或者文化内涵，更会唤起人们对于历史、现实、自然和人生的某些感悟，或者某种精神寄托。景观的文化意蕴，给予的人生感悟和启示，往往比读枯燥的历史或地理著作来得更真实、丰富和深刻。

文学景观一方面以自然景观或人文景观为依托，一方面又赋予这些景观以新的人文意义和新的美学价值，从而提高了这些景观的知名度和影响力。因此，学者们认为：文学作品不能简单地视为对某些地区和地点的描述，许多时候是文学作品帮助创造了这些地方。文学作品不只是简单地对客观地理进行深情的描写，也提供了认识世界的不同方法，广泛地展示了各类地理景观：情趣景观，阅历景观，知识景观。文学景观除了文学的价值，还有地理价值、历史价值，以及哲学、宗教、民俗、建筑、雕塑、绘画、书法等价值，有的甚至还有音乐的价值。但是，如果没有文学的价值，景观往往没有缘由彰显。这是因为文学的形象性、多义性和感染力，不仅超过了地理、历史、哲学、宗教和民俗，也超过了建筑、雕塑、绘画、书法和音乐。文学景观还是地方文化的一个重要标识，是人们怀念故乡、寄托乡愁的一个重要媒介和载体。通过文学景观，人们可以使在全球化城市化浪潮中迷失的自己，找到回家的路。文学景观研究是文学地理学参与地域文化建设的重要内容。完整意义上的文学景观研究，应对曾有的和现存的文学景观进行全面的调查，确定其

---

① 曾大兴：《文学地理学概论》，商务印书馆2017年版，第252页。

位置，梳理其脉络，描述其特点，发掘其价值，最后就景观的保护和有限度的旅游开发提出建议。河洛文学描述也同样期望收获这样的效果，增益文化建设，推动民族文化的反思与自信。

三　洛阳帝都文学景观

通常所说的中华民族文化，是指在当今中国版图范围之内，以汉民族为主体的多民族共同创造的文化。大量考古资料和古代文献记载显示，华夏文化是汉文化、中华民族文化的母体文化。华夏文化主要源自中国古代早期国家夏商文化及其更为久远的河南龙山文化。多年来的考古发现与研究已经证实，河南龙山文化是夏文化形成的直接源头。河洛地区是河南龙山文化的重要分布地区，河洛地区是华夏文化发源地及形成、发展的核心区，也可以说是以后汉文化、中华民族文化的发源地。

20世纪50年代，河南省考古工作者在郑州市发现了属于商代早期的二里岗遗址，几十年来田野考古工作证实，二里岗遗址是一座商代早期大型城址，其中有规模巨大的城墙、数量众多的宫殿建筑遗址，有重要的手工业作坊遗址，还有一些大型青铜礼器的出土。80年代初，中国社科院考古所在偃师县城和塔庄尸乡沟发现了一座保存较好的商代早期城址，从此关于偃师商城"西亳"说、"桐宫"说、"军事重镇"说、"离宫别都"说、"亳邑"说、"斟鄩—西亳"说等诸论歧出[①]，但学术界对其属商文化遗存没有异议。通过考古学研究，证明偃师商城遗址与郑州商城遗址均是一座商代早期都城遗址，而且偃师商城还是目前所知保存宫城与郭城时代最早的古代都

---

① 李维明：《尸乡沟夏商遗址年代解析与综合》，《中原文物》1995年第1期。

城遗址。郑州商城和偃师商城的考古发现与研究，从考古学上解决了早期商代王朝的存在问题，从而使安阳殷墟的商代晚期文明在河洛地区找到了源头。

据此，学术界一般认为以二里头遗址命名的"二里头文化"就是"夏文化"。二里头遗址不但是一处重要的、典型的"二里头文化"遗址，还是一座夏王朝的都城遗址，即历史文献所说的"夏墟"。正是由于偃师二里头遗址的考古发现与研究，不但确定了夏代后期的都城遗址，而且使河洛地区在中国古代文明起源、形成与早期发展中的历史地位更为突出。

河洛地区的夏商都城是中国古代历史上的早期都城。在同时期的当今中国范围之内，各地没有比夏商王国对以后中国古代历史发展影响更大、更为重要的王国。寻找直接产生夏商王国文明的考古学文化，是实施中国古代文明探源工程的关键。近年来，学术界在中国古代文明起源与形成的研究中，由于辽西红山文化、苏浙等地良渚文化的考古发现，一种中国古代文明起源、形成的多地区、多元学说流行，而河洛地区在中国古代文明起源、形成的关键性作用也没有被忽视。考古学文化与古代文明在学术概念上不等同，不能因各地考古学文化的不同就推导出古代文明起源与形成的"多元"。有的考古学文化的发展反映出从史前向文明的过渡，甚至从中还能看到文明的形成、国家的出现，但大多数考古学文化则是伴随着社会历史的文明化进程发展，被先进的考古学文化所同化、融化。中国古代文明起源、形成的历史道路，也基本上遵循着上述历史发展过程。在中国古代历史的文明化过程中，在不同地区的不同考古学文化社会群体，基本在相同时期或稍有先后进入文明时代，形成多元文化母体，这些母体对以夏商王国为代表的华夏文明的影响不可能等同。即使当时的多元文化对河洛地区的夏文化产生影响，形成于河洛地区的夏文化及华夏文明也不可能是河洛地区以外的文明所造就的。夏文化基本上是河洛地区土生土长的考古学文化。河洛地区古代文明的形成与早期发展的源头，只能是河洛地区的河南龙山文化，而不是红山文化或良渚文化，更不是中原地区以外的其他考古学文化。因此，从探索中国古代文明形成源头来说，夏文化直接渊源于河洛地区的河南龙山文化；从对夏王朝以后的中国古代历史发展而言，河洛地区的河南龙山文化、夏文化是孕育华夏文明、中华民族文化、汉文化的核心文化。

这些考古学上的夏都二里头斟鄩、尸乡沟商城都城、周代的王城、成周洛邑古城以及随后的汉魏故城等考古学上的都城遗址，赋予洛阳地理空间浓厚的都城文化色彩，塑造了洛阳文化为民族主流文化的意识。这些考古学上的都城遗址，成为与中华民族文明起源密切关联的文化景观和文化意象，发生在这些遗址上的历史人物和事迹成为历代河洛文学描写歌咏的重要题材。长期经过历史、政治经济、军事等人文学科的层层累积，塑造着洛阳充满自豪感和沉着冷静性格的人文内涵，又经过历代诗词歌赋、稗史野曲的刻意描绘，成为洛阳特有的文学景观。从考古学到文学地理学的方法探讨，中间包容的是无数洛阳人的情感体验、思想意识、审美趋向和心理认同等等。因此，这些都城遗址，已经不再是简单的空间地理物象，而是蕴含极其丰厚的文学意象符号，供文人作家以不同的角度切入其精神领域，成为取之不尽、用之不竭的文化资源。

千年积淀的洛阳古都文化品格，表现在正道庄严、雍容博大、和谐宁远和崇文厚德等突出特征上。它不仅形成了华夏文化的源流与根脉，是历代洛阳作家立足洛阳创作的文化底蕴和基础，也成为中国文学现实主义优良传统的基本意涵和价值取向。

四 河洛文学的基本特征和发展脉络

地理环境最初孕育人文品格，形成人文环境，地理与人文交相作用，塑造出洛阳地域的风土人情。这是洛阳作家人格品质和艺术个性养成的重要环境条件。从地理形势来看，洛阳大体处在中国由西向东、由山区向平原过渡的丘陵地带。这里虽适宜农业经济的生产和发展，却难以从事水土改造、实行规模化耕作，因此长期以来这里基本保持在较为稳定而简单的小农经济水平上。这种经济生活方式长期影响人们的思维方式和生活观念，形成一种在顺应自然恩赐中追求安稳与平和的倾向。

中国文明社会是以农业经济为前提，起源于河洛地区。原始氏族公社制向奴隶制过渡的过程中，河洛地区逐渐形成了以血缘关系为纽带、以小农经济为基础、以家国同构为特征、以君权至上为核心、以伦理政治为本位的宗法社会组织，延绵两三千年而没有根本改变。河洛地区社会结构的这一基本特征，决定了中国文化的基本特质，在中国文学中也得到了充分体现。

首先是忠君爱国思想。洛阳是河洛文化的中心，河洛文化的基本精神也是中国文化的基本精神。洛阳也成为中国文学的主要发祥地，河洛文学表现的基本精神，也构成了中国文学的基本精神，这个基本精神的内核孕育在河洛区域，影响深远。大一统思想指导下的爱国精神是最初孕育的基本形态。河洛地区在以血缘关系为纽带的家国一体的宗法社会里，天子是大宗，诸侯是小宗；在一个诸侯国里，诸侯是大宗，大夫是小宗；在大夫管辖的范围的家里，大夫是大宗，士是小宗；在士所在的家族里，士是大宗，平民是小宗。在这个层层叠压的金字塔式的社会结构中，其原则是大宗具有绝对的权力，小宗必须服从大宗。这正是家庭关系在政治上的拓展。因而，天子理所当然地成为天下共主。这种大一统的思想观念，很早就积淀于人们灵魂深处，代代相传，以至成为长期封建社会中各族人民共同的心理定式。所以人们往往把忠君与爱国视为一体。这种大一统的爱国精神，虽然反映了封建君主专制的思想意识，但在特定的历史条件下，它又负载着人民要求国家统一、民族和睦和社会安定的良好愿望和纯正感情，成为保家卫国、抵抗侵略、反对分裂、厌恶战乱的一面旗帜，在历史上曾发挥过巨大的作用。

中原为历代兵家所必争，特别是河洛区域，洛阳的帝都形象初步形成在夏商周时期，占据洛阳，拥有河洛，不但具有战略意义，更具有王权的象征意义。所以，河洛地区长期备受分裂和战乱之苦，因而爱国思想更为强烈。反映在文学作品中，就成了河洛文学的常写常新的永恒主题。《诗经》写远征将士对战争虽有怨愤，但在大敌当前之时，仍以大局为重，不负王命，同仇敌忾，英勇作战，表现出来的忠君爱国思想十分感人，成为后世文学中爱国思想的基本模式。从洛阳才子贾谊、晁错等人主张削弱诸侯势力、加强中央集权、募民实边、抗击匈奴的政论文，到杜甫、韩愈等人反对藩镇割据、维护唐朝统一、讴歌平息叛乱、积极参加战斗的诗歌，无不贯穿着这种大一统的民族群体意识。直到今天，人们在阅读这些作品时，仍然被它们那深切真挚的爱国思想情绪所感动，并从中汲取为国忘身、敢于奋斗的力量，激发自己心中蕴藏的渴望国家和民族振兴的热情。

其次是建立在维护国家安定统一基础上的民本思想。在统治阶层中，各代也不乏有识之士，他们从国家长治久安的利益出发，认识到广大人民的生活状况是国家兴衰的重要条件，因而提出民为邦本的重要思想。从《尚书》时代的民本思想，虽然不能与今天的民主思想相提并论，但是他们反对对人民的压榨，同情人民的疾苦，其积极作用影响后世。从《诗经》收集于河洛地区的篇章，保存着"饥者歌其食，劳者歌其事"等大量作品起，就奠定了我国文学现实主义的优良传统。以后河洛文学在它的发展过程中，这种关心民瘼和为民请命的精神始终不衰，成为一面批判社会黑暗、弘扬社会正义的旗帜。从杜甫怀着"穷年忧黎元，叹息肠内热"的满腔忧愤，揭露"朱门酒肉臭，路有冻死骨"的不平现实，到白居易关心人民生活的现实主义精神，反映了历代文人要求实行仁政和解民于倒悬的良好愿望。

再次是家国情怀中的忧患意识和责任感。源于河洛地区的中华文明，属于旱地农业文明。旱地农业的发展是以人工灌溉为生命线的。雨多则涝，雨少则旱，因而治理水患、兴修水利在靠天吃饭的古代社会就成为全体社会成员的主要任务。从传说中禹以治水方面的卓越贡献建立了自己的权威，成为夏王朝的始祖，到洛阳才子贾谊《吊屈原赋》的悲哀忧伤，以及禹忧民救水，"三过其门而不入""卒布土以定九州"等等传说，都凝聚着中华文化中所蕴含的民族基本精神，即强烈的忧患意识和社会责任感。在后世的历史发展中，这种忧患意识便成为中华民族的典型个性，成为士人的理想人格，也是君子的最高人生境界。但是，社会生产力低下，漫长的封建社会，这些追求往往是一种人生理想，它在实际生活中永远无法完全实现。这就决定了生活在那个时代中的人们普遍存在着一种深沉的忧患意识，反映在文学创作中就成为作品的一个基本的特征。如《诗经》中，作者的地位、身份尽管不同，他们所关心的事物尽管各有差别，但对生活的忧患却是共同心理。《诗经·小雅》中此类作品比比皆是，充分反映了作者对个人前途、家庭幸福、国家兴盛等方面的现实责任感，表现了作者对个人、家庭、国家不幸所引起的深沉的忧患意识。在长达两千余年的封建社会里，以儒家经典为立身、处世、治国之本的文化氛围中，这种忧患意识便成为中国士人阶层共同的心理基础，并引发了一次次与不顾人民和国家利益的腐败政治集团之间你死我活的激烈斗争。每当内忧外患严重之际，这种斗争就更加残酷，反映在文学创作中，忧患意识就成了许多作品的感情基调。河洛地区长期处在政治、军事斗争的中心，作家的忧患意识更为强烈，从汉代贾谊、晁错的激切陈词，到建安诗人的慷慨多气，从唐代杜甫、韩愈的诗到宋代贺铸、陈与义的词等，忧国忧民、感时伤世的感情像一条又粗又长的红线，贯穿河洛作家作品中。河洛文人生命不息、奋斗不止的精神，使无数读者为之感动，这也是河洛文学能够取得巨大成就的重要原因。

总之，河洛文学的主脉可以概括为：在中华民族几千年的历史发展过程中，黄河流域孕育着灿烂辉煌的文化艺术。起源于河洛的儒释道思想凝聚着黄河、洛河和伊河三川之地人民对自然、社会和人类的深邃观照，并逐步形成了具有鲜明地域特色的思维品格和文化精神。一代一代河洛作家集中描写了黄河流域人民不畏艰难的拼搏精神和勇于献身的牺牲精神，以儒家"国家兴亡，匹夫有责"的强烈的主体意识，塑造了无数道德完美、人格高尚和个性鲜明的人物形象，现在成为中国文学现实主义创作的主流思潮。同时，河洛文学塑造的现实主义优良传统，贯穿着家国情怀、责任意识以及同情下层劳动人民的民本思想，这显然塑造了河洛文学的基本精神风貌。这种精神风貌的丰富性，表现在河洛文学中也有感叹人生短暂的生命意识和反对礼教压迫的自由意识等，在各个时代的作品中都有反映。另外，特别在唐宋以后，河洛作家身上有着自觉维护中华民族优秀传统文化的强烈意识和河洛文化的自豪感,有引领文化建设的主体诉求和自信心。河洛文学的包容、博大和创新的文化特色,同时也具有地处中原腹地、名山环绕和三川交汇的江山之助。在当前民族文化建设背景下,必将焕发青春活力,创造美好时代的新篇章和新辉煌。

第一章 先秦洛阳文学

先秦是洛阳文学发生、发展的第一阶段。这个阶段所确立的文化形态和文化品质奠定了河洛文化的核心意涵，对后世洛阳文学产生了极其深远的影响。这一时期的洛阳文学浑然于各类文化形态中，尚未成为独立的文学样式，也还没有明晰的题材特征和审美选择的鲜明倾向。先秦文学的特征与当时的文化形态密切关联。先秦时期的洛阳文学与河洛文化互为表里，独具特色，富有文化魅力，昭示着洛阳文学无比强大的生命力和影响力。

第一节 河洛神话的文化意义

先秦洛阳地区的神话和民间故事，是洛阳文学口传时代的主要形态，孕育着河洛文化的最初萌芽。人文始祖黄帝、河图洛书等的神话故事，散见于《山海经》《淮南子》和诸子百家论著等典籍中，是河洛地区早期民间文学的主要代表作品。

一　洛阳黄帝传说的文献和考古依据

根据白寿彝先生主编的《中国通史》[①] 考证,"黄帝和炎帝究竟发源于什么地方,向无定说""如果把黄帝理解为一个族系,则它活动的地方仍是以中原为中心而与四周发生交涉,这与考古文化分布的状况还是基本上相合的"。黄帝或炎帝部族的发源地应在陕西、晋南、豫西为中心的中原区系,因为那里的黄帝遗存和神话传说也最密集。

黄帝的记载,见于成书较早的《国语·晋语》《大戴礼记》中的《五帝德》和《帝系》《史记》及大量后出的文献中。就目前考古学界对中原地区考古学文化的性质认定情况来看,均认为《史记·殷本纪》的积年与史事,和偃师、郑州、安阳等地发现的商文化相对应;《史记·夏本纪》的记载,与以伊洛为中心的二里头文化相对应。证明了《史记》的《殷本纪》和《夏本纪》对夏商的记载可信。探讨黄帝的老家应为黄帝的祖籍地望。《国语·晋语四》:"昔,少典氏娶于有蟜氏,生黄帝、炎帝。"有蟜氏的聚居区,据《山海经·中次六经》的记述,当在洛阳以北的平逢山:"缟羝山之首,曰平逢之山,南望伊洛,东望谷城之山。……有神焉,其状如人而二首,名曰骄虫,是为螫虫,实惟蜂蜜之庐……"骄虫之"骄"同"蟜",骄虫即蟜虫。这段记述说明了有一个以蟜虫(即蜂)为动物图腾的氏族聚居在平逢山,这便为有蟜氏族。有蟜氏聚居之地,在"南望伊洛"的平逢山,平逢山即洛阳北面的邙山。这便说明黄帝母族有蟜氏聚居于今洛阳以北的邙山一带。《山海经·西次三经》又言今新安县北部的"北望河曲""畛水出焉,北流注于河"的

[①] 白寿彝主编:《中国通史》,上海人民出版社2004年版。

"青要之山",有"帝之密都"。《山海经·中次三经》"青要之山,实惟帝之密都。北望河曲,是多驾鸟""是山也,宜女子。畛水出焉,而北流注于河"。经实地考察,新安县北部的西沃乡、仓头乡一带,地处青要山的东部,恰为"北望河曲"、畛水北流之区域,此当为传说的帝之密都位置。《山海经》所列之河曲、畛水、青要山至今犹存,数千载故名未改,《山海经》的所记应当相信,黄帝当在这一地域活动过,并有理由将这一地域视作黄帝母族有蟜氏的聚居区域。

考古发掘情况表明,黄帝时代的古文化遗存主要集中在上述地区的黄河岸边。就目前掌握的考古资料而言,洛阳以北及西北相当于黄帝时代的考古学文化遗存,主要集中在今孟津西北部、新安县北部的黄河南岸。在今孟津西北部至新安县北部的黄河南岸的黄土台地上,分布有稠密的相当于黄帝时代的原始村落遗址。如孟津县西北端的妯娌遗址和寨根遗址,新安县东北端的盐东遗址,新安县西北部峪里乡的太涧遗址。妯娌遗址证明这里是一片由居住区、仓窖区、制石工场、墓葬区等组成的具有聚落形态的仰韶文化后期村落。妯娌遗址居住区出土的大石璧可以认为是黄帝时代的礼器。黄帝曾在洛阳以北黄河岸边频繁活动,这一带不仅是黄帝母族有蟜氏的聚居区,而且也是黄帝族或黄帝居留的地方。

据实地考察,从西沃一带可以目睹《山海经》所记述的"河曲""青要山""畛水"。考察山中溶洞内,是适宜古人穴居的,尤其对早期人类。住在这里,夏可解暑,冬可御寒,又避虫害。黄帝时代及其之前、之后的氏族或部族的头领,都兼有巫师的职能。当时的巫师也可能选居于此,祈天祷地,兴云布雨,借用神的力量统治族人。[①] 以洛阳为中心的孟津、新安县一代,是早期人类活动的核

[①] 李德方:《黄河岸边是黄帝老家》,《洛阳师专学报》1999年第4期。

心区域，在绵延悠长的中华民族历史进程中，流传着许许多多民族创世神话和文明创建神话，具有很大的可信度。

二 洛阳新安青要山黄帝密都的传说

《山海经·中次三经》里记载："（敖岸山）又东十里曰青要之山，实惟帝之密都。北望河曲，是多驾鸟。南望墠渚，禹父之所化，是多仆累、蒲芦……武罗司之，其状人面而豹纹，小腰而白齿，而穿耳以鐻，其鸣如鸣玉。是山也，宜女子。畛水出焉，而北流注于河。其中有鸟焉，名曰鴢，其状如凫，青身而朱目赤尾，食之宜子。有草焉，其状如葌，而方茎、黄华、赤实，其本如藁本，名曰荀草，服之美人色。"这段记载流传了几千年，还被历代研究者关注，认定这里所说的"帝"是指轩辕黄帝，这座曾经是"帝之密都"的青要山，就在洛阳市西侧的新安县。

《山海经》这段经文使得洛阳地区的青要山与人文始祖轩辕黄帝有了渊源，也使他透过漫长的时光隧道，成为传承古文化的载体。直到今天，青要山奇峰秀水间流传着许许多多神话传说，都与黄帝的密都相关，给青要山增添了秘不可测的神奇色彩。一代代流传下来的传说故事，不但可以依稀窥探到远古时代中华民族融合的影子，还使我们从中辨识出炎黄子孙认祖归宗的历史轨迹。

广为流传的说法是：上古时期，黄河流域生活着炎帝、黄帝和蚩尤等多个庞大的部落群。为了争夺生存空间，他们之间经常发生战争。在公元前 5000 年前后，黄帝先在阪泉战败炎帝，接着两家联合又在涿鹿与蚩尤大战。最后蚩尤战败被杀。勇猛剽悍的蚩尤余部退守青要山据险抗争，青要山的土著"要人"部落里有位本领高强的武罗姑娘，施展以柔克刚之术，帮助黄帝将蚩尤余部收复，并促使各部落之间相互通婚，和睦共处。炎、黄、蚩尤三位祖先通过连年战争，最后和解，并在青要山结盟。

青要山是一座横卧在黄河转弯地带的南岸、与荆紫山比肩而立的山脉，近处有飞翔的野鹤，还盛产美食蜗牛和蜂蜜。直到今天，考察青要山，东段主峰始祖山西距敖岸山大约 5 公里，北望正是黄河流向由东西转向南北的河曲之处。另外，在黄河岸边的崖壁上，如今还生存很多个头比家养蜜蜂小的山蜂，当地群众叫它土蜂。它们筑巢在崖壁的石缝中，土蜂蜜是当地有名的土特产。"畛水出焉，而北流注于河"提到的畛水，是新安县的域内河，发于曹村乡青要山的西段主峰，东流北折，流程 40 余公里，在东山脚下注入黄河，这些正合《山海经》所记。《山海经》列条记载过百字的山仅有 27 座，而青要山就是其中之一，足见这座"密都"当时的地位和影响。[①]

根据《山海经》的记载和当地流传丰富的史前传说，衍生了很多河洛地区与始祖黄帝相关的神话，围绕罗姑的神话传说，当地流传非常广泛。这些神话和传说大大丰富了远古时期，河洛地区的民族来源的神奇色彩，为河洛地域增添了厚重的沧桑感和根文化的意识。

三 关于"河图洛书"的传说

我国历史上"龙马负图""灵龟负书"的传说发生在哪里，涉及华夏文明起源和形成的重大问题。特别是 21 世纪以来，随着中华民族的振兴和中国传统文化的回归，许多在中华文明史上具有重大

[①] 张友仁、郅振璞：《新安青要山——中华远古第一都》，人民网，2018 年 8 月 10 日。郅振璞先生 1950 年生于新安县晁庄村，《人民日报》主任记者。文中阐述新安县青要山为"华夏始祖之魂在这里扎根，和合文化之光在这里点燃"。

影响的非物质文化遗产发生地等问题，受到各地的格外关注。

首先，关于"河图"传说。"龙马负图"普遍认为是在洛阳孟津。伏羲氏是中华民族的人文始祖，我国许多地方都有与他相关的传说，比较流行的传说是伏羲依河图而画八卦。相传位于今洛阳市孟津县东北10公里黄河南岸雷河村旁的龙马负图寺，就是伏羲氏时代"龙马负图"的圣地。伏羲氏依河图而画八卦，开启了《周易》哲学的先河。今雷河村南有一条源于孟津县东南流入黄河的"图河"，图河沿岸有卦沟、负图、上河图、下河图、孟河、马庄等村名，相传这里就是当年伏羲氏降服龙马、受河图而画八卦的地方。

《史记·太史公自序》说"昔西伯拘羑里，演《周易》"，"西伯"为文王之号，"羑里"在今河南汤阴。这是说周文王在囚禁羑里期间，将伏羲所画的八卦，两两相重，形成六十四卦。他还将六十四卦按一定的哲学思想排列次序，每卦都作了简要说明，称为"卦辞"。公元前1046年，武王灭商，建立周朝，决定迁都洛邑。周公继承武王的遗志，营建洛邑，是为成周，成为西周王朝的东都。周公居成周，辅佐成王，封邦建国，制礼作乐，奠定了中华文明的基础。他还把文王所演"六十四卦"的"三百八十四爻"，全都按照一定的哲学思想系以文辞，编成《周易》。这部由卦画、卦辞和爻辞组成的结构奇特、体系井然的哲学著作，成为中华文化的智慧宝典。

春秋末年，孔子到周"访礼于老聃""学乐于苌弘""观先王之遗制"，为其建立儒家学说奠定了基础。《史记·孔子世家》载：孔子晚年喜《易》，为《周易》撰写了《彖》《象》《文言》《系辞》《说卦》《序卦》《杂卦》七篇传文，构建了《周易》哲学的理论体系，成为塑造中华古代文明的理论基础。《周易》哲学中宇宙生成的"太极"学说、"阴阳对立统一"的辩证法则、"天人合一"的宇宙观念和"自强不息""厚德载物"的民族精神，至今仍闪耀着熠熠的光辉，实在是中华优秀传统文化之精髓。因此，古都洛阳不但是河图洛书的发祥地，也是《周易》八卦的故乡。

龙马负图寺位于黄河岸边，本名伏羲庙。今寺内尚存的明嘉靖四十四年（1566）孟津县令冯乾嘉撰立的《新建伏羲庙记》载："县治西北五里许，地名曰浮图，寺名曰龙马。父老相传为伏羲时龙马负图之处。……晋永嘉四年，僧名澄者于寺前建伏羲庙三楹，梁武帝因以龙马寺名之，俱遗碑可考。"这说明伏羲庙始建于东晋永和四年（348），梁武帝改名龙马寺。后来，唐高宗时改名兴国寺，明初称龙马负图寺，明末、清代名伏羲庙。该寺现为河南省重点文物保护单位，庙内尚存明清时期的碑刻20多通，皆为"龙马负图"在孟津的有力佐证。

其次，关于"洛书"的传说。历代研究河洛文化的学者据《山海经》《水经注》等典籍，考证"洛书"传说是在今洛宁县西长水村旁的洛水岸边。另据明嘉靖《河南府志·永宁县》（"永宁"民国初年改为洛宁）和民国6年《洛宁县志·山川》也记载：永宁城西五十里，有"洛出书处"。洛宁西长水村附近，有大量的古代传说和文物遗迹。

关于"禹王庙"遗迹。洛宁长水村西南的龙头山上，现存有始建于北宋时期的禹王庙。清雍正十三年（1735）《河南通志·古迹上》载："禹王庙在永宁西长水镇。昔禹治水成功，洛龟呈瑞，故立庙祀焉。宋淳化四年建，元延祐三年学士薛友谅修，皇明正统年间重修。"民国六年《洛宁县志》第2卷说："禹王庙，旧府志在长水镇。宋淳化四年建。元延祐三年学士薛友谅修。后明正统、历相继修，乾隆五十三年重修。"今龙头山上禹王庙的旧址尚存，庙前立有清雍正十三年"重修禹王庙"古碑一块。龙头山古名坛屋山。《洛宁县志》第7卷还载有元代杜仁杰《题洛书赐禹之地罗正之石刻》诗和明末四川巡抚张论《坛屋山赋》，歌咏河图洛书，认定洛出书处的传说始于洛宁。

关于"洛出书处"碑，在长水村内还立有两块，碑额刻有梯形图案，正面碑文因年久风化剥失，仅剩魏体"洛"字。细审碑额上刻绘的梯形图案，与元代张理《易象图说》记载《龙图》里《洛书天地交午之数图》的左旁图形相似，据此推测碑刻为宋元时期树立。在洛宁兴华乡阳峪河东侧阳峪山的半山腰，有"仓颉造字台"遗址。据民国6年《洛宁县志》记载，这里原有古碑一块。相传这里就是当年仓颉依洛书创造文字的地方。关于"龟窝"的传说：在长水村西玄扈河与洛河的交汇处，有块依山大石，形似爬行的大龟，故称"灵龟石"。向北不远的小瀑布下有个大水潭，当地群众称为"龟滩"。在龟滩西侧的摩崖上，刻有明弘治六年（1493）西蜀进士刘武臣《游龟窝至此偶成》诗一首。相传这里就是"负书"灵龟的游藏处。这些传说资料和文物遗迹，说明今洛宁西长水村一带应是传说中"灵龟负书"的地方。

除洛宁西长水村外，典籍记载还有古代黄河与洛水的交汇处，被称为"洛汭"的地方。虽然还有人认为"洛书"发生地是陕西洛南，也即洛河发源地陕西洛南县冢岭山，但洛河流经今天洛阳的卢氏、洛宁、宜阳、洛阳、偃师等地，最后在巩义市东北入黄河，传说流传地域首先仍然是洛阳。

河图洛书是以天地之数的奇妙组合，来涵盖"天人合一"思想的宇宙图式。图中数字的结构和方位，是按照阴阳五行的生肖原理配置的。河图洛书之数的思想内涵，在先秦两汉文献中都有记载。"河图之数"把天上的五帝、地上的五方（东、南、中、西、北）、五行（木、火、土、金、水）、五畜（鸡、羊、牛、马、豕）、五谷（麦、黍、稷、稻、豆）等天地间的事物都涵盖其间，反映的是以太阳为中心的五星体系，侧重于自然天道。"洛书之数"反映的是以"北辰"为中心的二十八宿体系，侧重于社会人事。河图洛书通过十个自然数字的奇妙组合，把天文、地理和人事之间的万事万物有机地联系起来，应是中华先民"天人合一"宇宙观念的深刻反映，也是中华先民术数崇拜的产物。它所反映的"天人合一"宇宙观念是东方哲学的精髓，对我国古代的政治、经济、科技和文化等，都产生了深远的影响。伏羲依河洛而画八卦，文王依八卦而演《周易》，河洛八卦"阴阳对立统一"的辩证法则和"天人合一"的宇宙观念，成为中华民族的思维模式。洛书图纵、横、斜每条线上的"三数之和"皆等于十五，是世界上最早出现的组合数学和魔方。河洛八卦的"阴阳五行"观念是我国古代中医、音律和度量衡制度的理论基础。"洛书之数"成为我国古代都城制度的规划模式。例如：洛阳东周王城东西七里、南北八里，汉魏洛阳城南北九里、东西六里，它们的长、宽之和皆为十五里。西汉长安城和隋唐洛阳城都是"经纬各长十五里"的方形结构。北魏洛阳城和隋唐长安城皆为南北长十五里。特别重要的是，明清北京城是以自永定门到钟楼南北十五里的中轴线对称展开。从宫殿的布局、五坛（天坛、地坛、日坛、月坛、社稷坛）的设置和城门的命名等，都显示出天南地北、日月升降、阴阳和谐和法天则地的河洛八卦思想，这可以说是以"天人合一"宇宙观念指导都城建设的典型杰作。河图洛书是人类文明的瑰宝，它所反映的观念强调人与自然的融会和谐，这在世界范围内生态环境遭到严重破坏的今天，显得尤为可贵。1977年9月，美国航天局发射"行旅者"1号宇宙飞船前，曾向世界许多国家征集向外星智慧生命携带反映地球文明的"名片"。当时，著名数学家华罗庚指出：洛书图"可能作为我们"地球文明"和另一个星球交流的媒介"。可见，"河图洛书"在人类文明史上的重要价值。

河图洛书的传说，不但在先秦两汉文献中有大量记载，而且得到现代考古学的有力证明。河图洛书既是河洛文化宝库中两颗璀璨的明珠，也是古都洛阳两张耀眼的名片。①

总之，广布洛阳地区的黄帝和河图洛书传说，具有重要的人类学、社会学和文化史学的意义。虽然黄帝传说、伏羲氏传说，在全国各地都有遗迹，但洛阳地区具有系统的典籍记述，各个传说之间又有内在的关联性，体现文化传承的渊源一致和中心地位。后世历代以洛阳地域远古炎黄始祖和华夏民族神话、民间故事为题材的文化艺术作品，相互融合创造，又广为传播，赋予洛阳古代文学内在品格、精神气质和题材特征。

第二节　记述洛阳的最早篇章《召诰》《洛诰》

公元前11世纪，西周建立。周代的文化在长期积累和损益前代经验的基础上空前提高，成为中华民族文化的真正源头。周代的文学作为中国文学的发轫时期，呈现出前所未有的勃勃生机。华夏文化的摇篮黄河流域的中原地区，其文学无论在诗歌还是散文，均取得了极高的成就，以其数量丰富的篇章，丰富深刻的内涵，日臻完美的形式，反映了当时河洛地域特有的社会政治面貌及风土人情。其中既有温柔敦厚的仁爱之风，又有低沉痛苦的哀告之声；既有激昂高亢的不平之音，又有缠绵悱恻的男女之情。这些杰作，纯厚质朴而又博大精深，启迪和推动了后代中国文学的发展、繁荣和兴盛，直到今天仍放射出璀璨夺目的光芒。

《尚书》对于上古史的记载，分为虞、夏、商、周四书，共58

---

① 蔡运章：《河图洛书与古都洛阳》，《河南科技大学学报》（社会科学版）2007年第3期。

篇，各有篇名。它记载了公元前841年至公元前682年的历史。《周书》20篇可以分为两部分。前一部分14篇内容最为丰富，是全部《尚书》的精华所在。它们集中记载了周朝灭殷以及周人如何巩固对殷人的统治等情况，主要情节内容以当时最重要的政治家周公旦为中心人物。一般认为，《周书》20篇大体是可靠的真实档案文献，是我们研究周代历史的重要原始资料。

《尚书》相传孔子编订，是儒家重要核心经典之一。它是中国上古历史文献和部分追述古代事迹著作的汇编。《周书》中的《洛诰》和《召诰》集中记述周公建洛邑后的情况，是至今能够见到的关于洛阳最早系统完整的文章记述。《召诰》第一句话是"成王在丰，欲宅洛邑，使召公先相宅，作《召诰》"，记述成王欲迁都洛阳，先派召公去经营。周公视察洛阳时，召公委托周公上书，告诫成王应当敬德，使天命长久，等等。《洛诰》大致内容是，洛邑建成了，由谁来坐镇这一新城，是周王朝面临的重大问题。周公和召公希望周成王迁都洛邑，主持政事统治天下。而周成王则认为民心未定，自身威望不足，不适宜在此时迁都，认为让重臣周公先居洛，才能威服东方，为后面迁都做好准备。周成王和周公对此反复商讨，终于决定周公继续留守洛邑，治理东方。在周成王七年洛邑的冬祭大会上，周成王宣布了这一重大决策。史官将周公和成王先后讨论的对话以及洛邑冬祭时的情况辑录成篇，册诰天下，所以名叫《洛诰》。这是巩固周王朝统治的重要诰命，奠定了之后周稳定统治的基础。《洛诰》写法独特，大部分内容是史官记叙周公和成王的对话。对话的时间、地点富于变化，内容涉及广泛，既有周公和成王在洛邑关于定都的对话，又有在镐京商议治理洛邑的对话，还有成王在洛邑命令周公治理洛邑，以及周公接受命令的对话。对话中又有引言和祭祀的祝词。我们很难辨清各自的界限，历来学术界也认为所记述没有伦次，但大概情形还是比较清晰的。

　　《尚书》主要记录虞夏商周各代一部分帝王的言行。它最引人注目的思想倾向，是以天命观念解释历史兴亡，为现实提供借鉴。这种天命观念具有理性的内核：一是敬德，二是重民。《尚书》的文字佶屈聱牙，晦涩难懂，但它标志着史官记事散文的进步。有些篇章注重人物的声气口吻；有些篇章注重语言的形象化以及语言表达的意趣；有些篇章注重对场面的具体描写。这些思想和手法的意义在于，敬德重民标志着儒家思想的觉醒意识，重视说话人的语气，讲究场面描写、形象化和语言意趣，为随后的史传体散文创作提供了借鉴。《召诰》《洛诰》是河洛文脉的源头，为后世关于洛阳的抒写提供了最初帝都经营的印象和最早的现实洛阳的想象。

第三节　《诗经》中河洛诗篇的文化史意义

　　先秦洛阳文学最重要的内容是《诗经》中收录的诗篇。《诗经》创作地域主要分布于黄河流域，以镐京、洛阳为中心，向南扩展，与夏商周三代的文学中心与版图的地域迁徙趋势大体一致。

　　西周初期，周公姬旦长住东都洛邑，统治中原及东方诸侯。周南便是周公统治下的南部地域，疆域北到汝水，南到江汉合流的武汉地带。今河南南部的大部分地区在周南的领域之内。"周南"的首篇是《关雎》，关于此诗所反映的地域，我们可从"雎鸠"与"河"两词的解释中加以确认。这首诗是描写黄河流域中原儿女的恋情，也是河洛地区劳动人民生活的集中体现。至于"召南"，学术界普遍认为周公、召公分陕而治，各自的治理情况反映在国风里。那么"周南"就是周公所治理的南部地区，那么"召南"就是召公所治理的南部地区，北界到达河洛地界，南部到达楚地，以陕州（原属洛阳所辖三门峡）为中线而分之，今三门峡市西部的一小部分当属其内。《周南》和《召南》中的部分作品属于河洛诗歌。《王风》中的"王"，是王畿的简称，东周王朝的直接统治区，大致包括以洛阳市为中心，周边的偃师、巩县、温县、沁阳、济源、孟津一带，所以《王风》10篇属于以洛阳为核心区的河洛诗歌。《郑风》多系东周作品，春秋时代郑国的统治区大致包括今河南的郑州、荥阳、登封、新郑、许昌一带，所以，《诗经》中出自河洛地区民歌的应包括《王风》的全部、《郑风》的大部分和《周南》《召南》的一部分。

一 孕育《诗经·王风》的河洛沃土

《诗经》是周代社会生活的真实写照，其中《国风》反映出周代不同地区的社会风情。河洛地区是夏商周三代文明的汇聚地，是当时王权的中心，政治、经济、文化发达，是滋养《王风》的沃土。

《诗经·王风》是我们研究东周河洛文化的主要文献资料，最集中地描绘了东周王室洛邑一带人民的社会生活。河洛礼乐文化是春秋时期河洛文化的核心和灵魂，对《王风》创作产生了重要影响。《王风》产生的河洛地区，是礼崩乐坏背景下，沦落得与诸侯无异的东周的统治地域，礼乐制度保持的比较完整，仍然保留了浓厚的礼乐文化气息。周王室东迁之后，王室衰微，为了应对内忧外患的局面，统治阶级不得不加重徭役，这导致饥荒之年，民怨载道，人们流离失所，这是《王风》创作的社会背景。

先秦时期河洛地区先进的农业经济，促进了先秦河洛地区文化的繁荣，推动了河洛礼乐文化发展。《王风》与先秦时期河洛地区的地理环境密切相关，与不同河洛地区人们的生产生活有着密切的联系。东周洛邑王城畿内六百里地，是以洛阳为中心的河谷盆地地形。

伊河、洛水、瀍河、涧水四河在此汇入黄河。河洛河谷盆地的周边地形复杂多样，丘陵、山地、河滨等都是上古诗歌产生的区域。河洛地区属于温带大陆性季风气候类型，四季分明，雨热同期，适宜农作物和自然植被的生长。东周时期的河洛地区，承继夏商西周文明，农业经济是社会发展的支柱，人们生活相对丰富。农事活动成为人们生活中最主要的活动之一。在《王风》的诗歌创作中，不可避免地出现很多以农作物起兴的诗歌。如《黍离》以"彼黍离离，彼稷之苗"起兴表达对故国之思，《兔爰》以"有兔爰爰，雉离于罗"起兴，抒发生不逢时的哀叹。此外，《君子于役》中的鸡、牛、羊家畜，《丘中有麻》中的麻、麦、李等农作物，从侧面反映出当时人们农事生活的丰富。冬季和初春的农闲时节，人们就会祭祀、集会和游乐，而这些集体活动都有一定的礼乐规范，这为诗歌创作提供了灵感，很多的诗歌是在这样集会的活动中产生的。

二 勇于反映社会矛盾的现实主义精神

《王风》10篇中，《黍离》是周室衰微后诗人的怀古之作。《黍离》的第一章："彼黍离离，彼稷之苗。行迈靡靡，中心摇摇。知我者，谓我心忧；不知我者，谓我何求。悠悠苍天，此何人哉？"是一篇抒发怀古之幽思的作品。大约是西周灭亡后，其旧臣公差走到故都，看到昔日繁华的镐京已被夷为平地，长出茂盛的庄稼，因而发出沧海桑田、斗转星移的感慨。诗篇以充满痛苦忧愤的旋律，震撼人心。"黍离之悲"作为亡国之思的代名词，成为古代文学的传统题材之一，对后世爱国主义抒情篇章的表达，产生了深远影响。

《君子于役》和《扬之水》是王室衰微、战乱频仍导致徭役繁重的作品；《葛藟》《中谷有蓷》和《大车》都是世道衰落的乱离之作;《兔爰》是怀古伤今之作。

《君子于役》妻子思念久役不归的丈夫,文中的"不知其期"和"不日不月"二句,写出了戍者服役时间长,不知道归期。这与《扬之水》中的"曷月予还归哉?"有异曲同工之妙。另外,"怀哉怀哉,曷月予还归哉"一句三章反复咏叹,可见戍者怨思之深。此诗是征夫之辞,而《君子于役》为思妇之辞。二者表达的思想情感虽略有不同,但都反映了当时徭役之重。《王风·葛藟》在哀叹中让读者想象到满目伤乱离象,以及民不聊生,为求生计,人们不得不背井离乡的惨状。描绘了流浪者的心灵感受,当他看到河边的"绵绵葛藟"时自然想到自己与亲人隔离,所谓"终远兄弟"正是指此。为求得他人的同情,他只得称他人为父母兄弟,而他人却"亦莫我顾""亦莫我有""亦莫我闻",反映了世态炎凉对流浪者心灵的打击。饥荒之年,妇女被丈夫所遗弃,见到益母草的干枯,想起自身的遭遇,遂忍不住发声悲叹"遇人之不淑"。《中谷有蓷》中,弃妇以"蓷"自喻,言蓷遇水而伤,"始则湿,中则脩,久而干。"就像丈夫对自己的情感,"初已衰,稍而薄,久而甚,甚乃至于相弃"。

多乱离之作的《王风》,体现出礼崩乐坏的社会现实中宗法伦理关系的沦丧,直面现实的悲惨,表达个人在现实生活中的深切感受,是中国诗歌现实主义精神的早期开拓。

三 君子形象的塑造和忧患意识

"君子"是先秦时期儒家思想文化的寄托者,也是儒家治世伦理道德的践行者。"君子"一词在孔子之前就被提到,到孔子时,赋予"君子"美好的道德品格和文化理想,逐渐成为儒家具有政治追求蕴涵的形象。

《王风》中《君子阳阳》《君子于役》塑造了先秦时期河洛先民的君子形象。《君子于役》中"君子"共出现四次。这里的"君子"是儒家恪守礼乐的"君子","君子于役,不知其期。曷至哉?鸡栖于埘,日之夕矣,羊牛下来。君子于役,如之何勿思!……鸡栖于桀,日之夕矣,羊牛下括。君子于役,苟无饥渴!""君子"久役不归,也无法决定自己的归期。"鸡栖于桀,日之夕矣,羊牛下括"是田园农家生活的状貌。这里的"君子"俨然一个为国舍家的"没落贵族",或者是妇人对丈夫的美称。当然,能否如此解读,值得思考。

在孔子的治世思想中,君子是一个特殊的群体,他们不像王公们那样生来就有封地俸禄等生活保障,也不像平民群体那样要通过生产来获取生存生活的资料,可以说他们是脱离了具体生产的无产群体。这个群体在孔子的礼制世界中有着特殊的使命,是君王的辅佐者、百姓的治理者,是百姓与君主之间的一个桥梁。而在孔子之前,君民之间是否有这样的君子呢?有学者认为,《君子阳阳》中的"君子"为君分忧。这种说法与孔子所说的"君子"人格有相似之处。

《诗经·王风》体现了春秋时期河洛先民的天命天道思想发生转变,自我意识觉醒,开始对天命产生怀疑,有意识地把天命思想和民意联系起来。《王风》大多数诗篇深刻地反映出政道沦丧之下人们的反思,同时也反映了周人具有浓厚的忧患意识,这种忧患体现在对国家前途命运的担忧和对家园的思念。

《王风》中诗人的情感表达是含蓄的,"发乎情,止乎礼义",体现了"天地之中"的河洛中和思想。虽然郑、卫、王三国同属中原文化区域,但三国诗风有着明显的差异。卫诗深沉,多怨刺之作;郑诗奔放,多为所谓的"淫诗";而王诗是"怨而不怒,乐而不淫"的,这种"哀怨"是对国家的忧思,也是对礼乐文化影响下和平盛世的期盼,尤其是洛阳地域先民重礼尊礼的风气与东周时期礼崩乐坏现实的冲突，造就了河洛先民复杂的文化心理。因此，才会有王诗的"怨而不怒"。

《王风》最为集中地反映了周代河洛文学的基本内容和风格。周室之初，文王居丰，武王居镐，到成王之时，周公营建洛邑，作为会见诸侯的地方。从此即称丰镐为西都，而洛邑为东都。及至平王迁都于东都洛邑，从此周王室地位渐趋卑微。所以，也才有著名的《左传·襄公二十九年》里记载吴公子季札对《王风》的评价："美哉！思而不惧，其周之东乎？"《王风》中大量的诗篇均有深刻的反思，但又不失泱泱大国之风度，同时也融入了河洛百姓的凝重和幽深。

四　热烈大胆的爱情追求

首先，《郑风》中的爱情诗热烈而浪漫，清纯而自然，具有大胆泼辣和忠贞执着的特点。如《郑风·褰裳》中少女告诫自负的恋人说："子惠思我，褰裳涉溱。子不我思，岂无他人？狂童之狂也且！"你如果多情地想念我，就该提起衣裳涉水过溱洧河。你如果不想念我，难道就没有别人吗？你真是个傻小子！语言直率、大胆，表现了姑娘的率真个性。《郑风·溱洧》写春水渐涨时女子主动邀请男子陪她游春："士与女，方秉蕳兮。女曰观乎？士曰既且。且往观乎？洧之外，洵訏且乐。维士与女，伊其相谑，赠之以芍药。"大致意思："去看看吧！"士曰："已经看过了。"女又劝："再去看看吧，洧水边上宽敞又欢乐。"于是士应邀前往。女子态度主动大方，充满自信。《郑风·风雨》写情人相见的快乐，"既见君子，云胡不喜？"见到情人有什么不如意，有什么不喜欢呢？在《郑风·狡童》"彼狡童兮，不与我言兮！维子之故，使我不能餐兮"和《王风·采葛》"彼采葛兮，一日不见，如三秋兮"中，爱情简直就是生活的全部意义。《王风·丘中有麻》《郑风·野有蔓草》写青年男女的相恋，或留栖于丘麻田中，或偕藏于蔓草丛间，率直、浓烈、奔放之情溢于言表。《王风·大车》"榖则异室，死则同穴。谓予不信，有如皦日。"活着不能同生活在一室，死了也要与你共处一穴，假如你不相信的话，那么就让头上的太阳为我们做证！态度何等坚决！《郑风·有女同车》描写了一个男子与一个美女同车而作诗赞美她，称赞女子的面貌"颜如舜华""颜如舜英"，女子的走姿是"将翱将翔"，她的佩玉是琼琚，发出"将将"的声响，她"洵美且都"，使人"德音不忘"，爱情表达得浓烈直白。

  河洛地区得天独厚的地理位置带来了商业的繁荣和经济的活跃，也促进了人们思想上的进步，婚姻制度和男女往来，较为自由开放。他们的爱情往往建立在男女相互吸引的基础之上，像《卫风·氓》和《邶风·谷风》这样哀伤凄婉的"弃妇诗"在河洛地区很少看到。相反，却有不少表现两情相悦的轻松愉快之词。如《郑风·出其东门》："出其东门，有女如云。虽则如云，匪我思存。缟衣綦巾，聊乐我员。"尽管在东门之外，有众多的美女，诗人却并不动心，想到的仍是自己所爱的那个素衣女子，等等。《诗经》中河洛地区的爱情诗歌数量众多、感情炽热，河洛地区的青年男女，特别是女性，态度之大胆、性格之泼辣，也是其他国风作品无法比拟的。她们用各种方式表达对所爱之人的炽热情感，从赞美爱慕到求偶结合，无一不具有火辣的情怀、奔放的个性和充分的自信。爱情的境界也因为有了生命意识的渗透而闪耀着人性的光辉。如果《诗经》爱情诗中缺少了河洛地区诗歌中热烈奔放、不受约束的率直之美，单从文学的角度说，是很难具有今天这样光彩照人的艺术魅力的。

  其次，表现了人伦之美。商周时期的中国是一个以宗法小农家庭为细胞的社会，婚姻家庭关系是最基本的宗族关系。河洛地区地处中原腹地,具有得天独厚的地理环境和先进文明。《诗经》中河洛地区重婚礼、重夫妻之情、重生育的观念,反映了上古时代夫妇和睦,子孙繁衍,生生不息的人伦理想,是《诗经》婚姻家庭诗的重要组成部分。

重视婚礼,重夫妻之情。夫妻关系是人伦的开始。《王风·君子于役》:"鸡栖于埘,日之夕矣,羊牛下来,君子于役。如之何勿思。"黄昏时候,牛羊等禽畜都按时回家,丈夫却不能回来,在田园牧歌式的农村小景中,勾画了思妇对远征亲人的关心、忧虑和思念。《郑风·女曰鸡鸣》则似一幕家庭生活小剧,"女曰鸡鸣,士曰昧旦。子兴视夜,明星有烂。将翱将翔,弋凫与雁"。以温情脉脉的对话,写出了夫妻间互敬互爱、互助互勉的美好和睦生活和充满温馨的爱恋。《诗经》中的婚姻家庭诗以河洛地区的最有特色,也最温馨感人,对后世亲情诗影响深远。其中有些诗句、词语后来还变成了典故,如《郑风·女曰鸡鸣》的"琴瑟"指夫妇,《周南·桃夭》的"于归"则指女子出嫁等。

爱情中不乏中和之美。《诗经》中《周南》《召南》多婚姻祝颂之辞,其音乐曲调自然雍容和雅,同"雅"相近,是河洛地区中正平和诗风的代表。虽然《郑风》以大胆热烈的情诗著称,但《叔于田》《有女同车》《女曰鸡鸣》《将仲子》也较为含蓄委婉,尤其是《将仲子》诗风和顺委婉,绝无大胆莽撞,可谓"乐而不淫"的典范。"将仲子兮,无逾我墙,无折我树桑。岂敢爱之,畏我父母。仲可怀也,父母之言,亦可畏也。"一方面,姑娘担心男子"逾墙""折桑"有违礼义和"父母之言""诸兄之言""人之多言"诸多"可畏";另一方面,又满心期盼与心上人私会,一唱三叹的"仲可怀也"充分表现了对爱情的渴望。这种有节制的情感表现,体现出在情感与礼法的自然冲突中"以情克礼"的中和之美。应该说,后人对《诗经》"哀而不伤,怨而不怒"的诗风定位,是与河洛地区中正平和的诗歌特点有着密切联系的,因为我们在其他国风中很少看到上述风格的作品。相反,语含激切的诗却很多,如《魏风·伐檀》对不劳而获的受禄者提出质问:"不稼不穑,胡取禾三百廛兮?不狩不猎,胡瞻尔庭有县貆兮?"《魏风·硕鼠》把统治者比作大老鼠,揭露他们的贪婪和残忍。

温柔敦厚思想一直是儒家所提倡的至高审美理想。河洛地区诗歌既不抹杀男女正常的相悦之情,又将它置于"乐而不淫,哀而不伤"的道德法则之下,呈现出一种"发乎情,止乎礼义"的中和之美。《郑风·遵大路》虽是弃妇诗,但并不悲怨,却有着旧情难断的执着。即使像《王风·中谷有蓷》这样的弃妇诗,也只是以旁观者的口吻表达了对弃妇的同情,比《邶风·谷风》《卫风·氓》以第一人称的直接倾诉显得更平和。中正平和是人性之美的体现,和谐更是古今社会一贯追求的理想生存状态。农民对统治者不劳而获的斥责,女子对母亲的反抗,世人对统治者荒淫行为的讽刺,都是艰难困苦时的不平之音,当鄘、唐、魏、齐之地的人以愤懑、激切的情绪,表现着特殊境地中的人性之"真"时,河洛诗歌却以中和、温婉的取向,表现着人们在常态中追求的人性之美,为《诗经》"哀而不伤""怨而不怒"诗风的确立发挥了重要的作用。[①]

《诗经》所奠定的现实主义文学传统和艺术表现手法,一直影响着后世文学,在中国文学史上的伟大意义举世瞩目,其中《王风》《郑风》等产生于洛阳及周边区域的作品,所表现的思想内容和艺术精神,既承载着河洛礼乐文化,又在诸多方面塑造了后世儒家文化所规范的伦理道德;在人伦和个性表达上,既体现了中和有度的美

[①] 郭康松:《〈诗经〉所反映的河洛文化》,《黄河科技大学学报》2008年第6期。

学思想，又不乏热烈大胆的爱情追求。这些都深刻影响了中国诗学的内涵和中国文学的审美取向。

第四节 河洛思想的结晶《道德经》

先秦时期，《道德经》和《周易》共同开启了我国古代哲学思想的先河。在春秋以来的思想文化史上，只有以老子为代表的道家学派，才能与以孔子为代表的儒家学派相比肩。特别是《道德经》修身养性的哲理思想，对历代中国文人的人格养成和处事行为，产生了潜在的、深刻的影响。中国古代很多伟大作家和作品，隐隐约约有老子思想的影子，尤其是积极入世颓败了的文人创作，多以老子思想为排遣，又以老子思想来磨砺。

一 老子生平经历

老子是周平王迁都洛阳后的周王室"守藏室之史"，长期在王室，居洛阳，《道德经》也著于洛阳。老子姓李，名耳，字聃（一说姓老，名聃，字伯阳），春秋末年著名的思想家，道家学派创始人。老子的生平事迹，史籍记载颇为简略。《庄子》《礼记》《左传》《孔子家语》《列子》等对老子的生平仅有片段记载。据这些记载推断，老子是春秋时期陈国人，大约生活于公元前571年至471年之间。公元前516年，周王室发生内乱，王子朝携带大量典籍逃奔楚国，其中也包括老子所管理的图书，他因此被免职，回归故里。老子居鲁时，孔子多次登门向老子求教。公元前501年，老子居住在沛国，孔子当年51岁还觉得没有闻道，于是就南去沛国拜见老子。老子晚年返回故里陈国定居。公元前478年，陈国被楚国所灭，老子被迫逃亡他国，最后客死秦国。

当前学术界对老子以及老子创作《道德经》的情况，虽然文献出土和相关研究不断深入，仍然有很多争议不决的地方，但大家对司马迁《史记·老子韩非列传》中对老子"楚苦县厉乡曲仁里人""周守藏室之史"几乎没有疑义。孔子曾经到周洛阳都城向老子问礼①，老子回答说："子所言者，其人与骨皆已朽矣，独其言在耳。且君子得其时则驾，不得其时则蓬累而行。吾闻之，良贾深藏若虚，君子盛德，容貌若愚。去子之骄气与多欲、态色与淫志，是皆无益于子之身。吾所以告子者，若是而已。"孔子离开周都后，对弟子们说："鸟，吾知其能飞；鱼，吾知其能游；兽，吾知其能走。走者可以为罔，游者可以为纶，飞者可以为矰。至于龙，吾不能知，其乘风云而上天？吾今日见老子，其犹龙邪？"②孔子问礼一事，发生于周敬王二年鲁昭公二十四年（前518），孔子通过鲁国旧贵族南宫敬叔的关系，获得鲁昭公的准许和一车二马的支持，千里迢迢到了洛阳，向老聃询问礼乐。因此可以确证老子在洛邑做守藏室的管理员很长时间，其治国修身思想和道的哲学思想也孕育于洛阳。

老子研究道德，其学说以自隐无名为宗旨。他在周都住了很久，见到周朝衰落，于是离开。到了函谷关，应关令尹喜请求，老子写了《道德经》，分上、下两篇，阐述有关道德的内容5000余言。大家对《史记》中的这段记载也没有太多质疑。③

---

① 现在在洛阳瀍河区东大街与华林路交叉口东约30米处，有一古碑记载孔子问礼处。碑高3.05米，宽0.9米。碑面上阴文刻着"孔子入周问礼乐至此"9个大字，还有"雍正丁未正月，河南尹张汉书，洛阳令郭朝鼎立"19个小字。

② （汉）司马迁：《老子韩非列传》，见《史记》，岳麓书社1993年版，第493—494页。

③ 历史上有三座函谷关，秦时的函谷关位于今灵宝市北15公里处的王垛村，距三门峡市约75公里。汉代函谷关东移至洛阳新安县，西距秦关150公里。另一处叫作魏关，遗址距秦关北5公里处，但在建设三门峡拦洪大坝时已被淹没不复存在。老子西出函谷关，应是秦函谷关。

综上所述,《道德经》著于洛阳,应该没有问题。另外,台湾话是闽南话,台湾人却称之为"河洛话",意谓台湾话就是古汉语,就是古代河南洛阳地区汉人使用的语言,是汉字所记录的"最纯古汉语"。与五胡乱华后所形成的近代汉语普通话相较,台湾话依旧保有平、上、去、入分阴阳"四声八调"的"汉语基因",依然保存"前位移音""连读变音转调"的汉语特色。考证于《道德经》里的用语及押韵韵脚,可清楚地显示《道德经》写作所使用的是河洛地域的古汉语。[①] 语言与思维、语言与思想的关系,表里之间。所以,可以确论《道德经》是河洛文化长期孕育生发的中国古代最伟大的著作之一。

二 《道德经》对中国文人人格心理的影响

《道德经》认为天地万物的根源是"道"。"道"是不可言说的浑成之物,以自然而然为法则。最能体现道的德性是水,不争、柔弱、处下是最基本的原则和规范。修身养性的核心是虚静,寡欲知足、和光同尘、专气致柔就能长生久存。治理国家的准则是无为,就像烹调小鱼不要随便翻动一样,不扰乱人心、不违背民性和自然规律。《道德经》思想深奥,语言优美。战国中期以后,以《道德经》思想为理论基础形成了道家、道教两大学术文化系统。道教的思想之根在《道德经》。《道德经》思想是具有世界性的,欧美学人译者、推崇者很多;同时也具有超越性、现代性,其中蕴含的修身治国思想对历代中国文人影响很大。在形成文人入世相对稳定的心理结构以及个人修炼、追求超越的人格境界方面,《道德经》的影响

---

① 谢魁源:《〈道德经〉暨〈离骚〉韵读印证河洛汉语之古老》,《闽台文化交流》2009年4月(季刊),总第20期。

无可替代。

主要体现在以水的品性为德性的基础和以清心寡欲为修身要务。首先,老子认为以若水之善为德性之基。"道"幽隐而没有名字,老子"字之曰道""为之名曰大",是假名以立说。"名"来自人的命名行为,产生于一种分辨的意欲,即通过赋某物以"名"而将其与他物区别开来。老子讲"道常无名",不仅在于"道"是浑然一体的、无限的、不可分割的而无法命名,也意味着对西周以来的政治制度和治世方略的反思,对其道德原则和规范的批判。老子认为,德、仁、义、礼之类的道德原则和规范,都是人们丧失"道"之后才有的。尤以礼为甚,是忠信失落的表现,为祸乱天下之首。预设种种礼仪规范,是道的浮华,也是愚昧的起始。因此,要舍弃浮华的礼,而取用厚实的道与德。老子所倡导的德,不是人为的德,而是道在事物中的显现,是事物得于道的体现,是事物的自然本性,是"上德""玄德"。《道德经》[①] 中讲德,作为表示道德原则和规范的范畴,大约有两种意义:一为否定性的,即"失道而后德"之德;一为肯定性的,即"道生之,德畜之"之"德"。所谓"修之于身,其德乃真"同"含德之厚,比于赤子""重积德则无不可"的"德",都是源于道而为事物本性的德。这层意义上的德与道实质相同,因此,道家也称为道德家。

道之落实于事物而为德,是事物的本性。故凡依其本性或体现其自然特性的行为,就是最高的善。自然事物的运化变迁,与人有意识、有目的、有情感、有动机的行为不同,是自然而然发生的,故最能体现其得之于道的本性。最能体现"道"德性的,是水。水的特性和作用接近于道,几乎与道一致。"上善若水,水善利万物而

[①] (三国魏)王弼注,楼宇烈校释:《老子道德经注校释》,中华书局2012年版。

不争，处众人之所恶，故几于道。"道衣养万物而不与万物相争，虚怀处卑，接纳万物的回归；水滋养万物而不与万物相争，处于众人所不愿处的卑下之地，因而接近于道。所不同者，水有形而道无形，水可见而道不可见；所同者，则在其德。水所体现的德，举其大者，即善利万物、不争、处下、柔弱。不争、处下、柔弱是老子所主张的最基本的道德原则和规范。不争，就是不与其他事物相争，不逞强示能，如善于做统帅的不逞勇武，善于战斗的人不发怒之类，是合于天道的最高准则。不争，就不会受到埋怨和谴责；不争，天下就不能与之相争，而善于取得胜利；处下，就能够容纳一切，而为万物之王。"江海所以能为百谷王者，以其善下之，故能为百谷王。"因而，圣人欲在平民百姓之上，就要言语卑下谦恭；大国要取小国，就要在小国之下；小国欲取大国，就要自处于大国之下。柔弱，就能长久地生存，就能攻坚克强。"道"是天下至柔之物，而能够在天下至为坚硬、坚固之物中纵横驰骋。水也一样，天下没有什么事物比水更柔弱，也没有任何事物在攻克坚强的事物方面胜过水，因为没有什么东西能替代它，所以老子感叹："弱之胜强，柔之胜刚，天下莫不知，莫能行。"

其次，老子强调以清心寡欲为修身之要。老子的"道"，是天地自然之道，治国取天下之道，也是安身长生之道。"道"之所以可贵，就是有求则能得，有罪而可免，祸患可除去。老子说"死而不亡者寿"，对身体的死亡、形质的消逝，似乎并不在意："吾所以有大患者，为吾有身，及吾无身，吾有何患？"人要去除祸患，就要知足。"祸莫大于不知足，咎莫大于欲得。故知足之足，常足矣。"人有祸患凶咎，都因为不知道满足，希望获得名声与财货。人之所以不知足，一方面是外在的诱惑，如音乐与美食，能让过往的客人停留一样；另一方面则是内在的欲望，过往的客人能让音乐与美食留住,还是因为有听与吃的欲望,而这才是不知足的根本。知足,就要从自身做起,"少私寡欲"。"少私寡欲"就是减少、去除各种与公众不同的私欲。私欲就是个体独有的欲望,也是与道、德相悖的各种欲望。因为道是至公的,与道不符就是私。这些私欲,就是除最简单、最基本的生理需求之外的所有欲望,包括五色、五音、五味之类,也包括名声、财货之类。人不可以追求声名、财货、地位、荣宠,因为要付出很大的代价。而且,声名之类的外在之物,与身体或生命相比实在是微不足道,也不可常保,故不可求、不当求。进一步说,各种智虑、知识乃至言论,都要去除。从言论来说,知"道"的人不说,而说的人则不知"道"。智虑或知识,总会带来相反的东西,"天下皆知美之为美,斯恶已;皆知善之为善,斯不善已"。

寡欲知足、绝智弃言,都是贵身之举。真正的贵身,则要"无身"。人有祸患,源于"有身"。"无身"不是要弃身或忘身,而是要抛除一切可能引发祸患的生理的欲求和心理的、智虑的因素,所谓"塞其兑,闭其门,挫其锐,解其纷,和其光,同其尘",而达到与"道"同一的状态。这样就能超出亲疏利害贵贱之外,而为天下所贵。寡欲知足、绝智弃辨之类,都是阻断对外在事物的欲望,养成对待外物和人自身的恬静态度。涤除一切欲望、智虑等,而能够观道、见道,达致与"道"为一的境界。道家重"观",道教徒的聚集、修炼之所称为"观",缘由即在于此。观道即见道的状态,是神秘主义的,也是智慧清明的,因为处在这种状态的人洞观到了宇宙的奥秘。

老子所推崇者,是玄之又玄的"道",是自然无为的政治,是见素抱朴的人生。老子的思想在当时并没有广为人知,更没有被付诸行动。老子思想在汉初成为国家政治的主导思想,但到汉武帝时期就被儒家思想所取代。直至清朝覆亡,政治、社会、伦理领域儒家独尊的局面从未改变，老子和道家思想退居幕后。① 但老子思想后来被道教吸收和转化，流行于民间，对中国文人修身养性起到了积极作用，深化了文人创作对世界和自身关系的认知，增添了文学作品的哲理深度和思想魅力。

三　《道德经》的文学价值

在春秋中叶，文人个体创作，在老子以前还没有出现过。《诗经》中大多数诗篇是民间创作，个别可以知道名字的，如许穆夫人等，也非真正意义上的诗人。《道德经》的出现，意味着民间和集体创作向文人个体创作的过渡。

《道德经》在艺术上取得了很高成就。首先是鲜明的形象性。《道德经》是哲学著作，但作者常常不是以逻辑的形式，而是以鲜明的形象来表现哲理。如他用水来喻理，"上善若水""天下莫柔弱于水，而攻坚强者莫之能胜"。常用一系列形象事物集中说明一个道理，用排比的句子代替逻辑上的逐层递进，如"合抱之木，生于毫末；九层之台，起于累土；千里之行，始于足下"等。语言简练，骈俪和谐。《道德经》五千言，分道、德两篇，每篇由若干段格言性质的文字组成。它的句子是散句，多者七八字，少者一两字，常常夹以用韵自由的韵语以及对偶或排比，达到对自然和社会现象的高度概括，有很强的哲理意味。无意于雕琢文字，但由于刻意追求思想充分准确的表达，采用互文见意的方式，如"见素抱朴，少私寡欲""负阴而抱阳，冲气以为和""甚爱必大费，多藏必厚亡"等。这些句子对偶工巧，言简意赅，大大增强了文章的美感和感染力。

---

① 陆玉林：《〈道德经〉中蕴含修身治国的四个启示》，《人民论坛》2019 年第 33 期。

大量使用排比、联珠等修辞方法，如"知其雄，守其雌，为天下溪。为天下溪，常德不离，复归于婴儿。知其白，守其黑，为天下式。为天下式，常德不忒，复归于无极。知其荣，守其辱，为天下谷。为天下谷，常德乃足，复归于朴"。层出不穷而又变化多端的句法，思想得以充分完整地表达，行文气势宏肆奔放，大大增强了作品的魅力。

总之，成书于洛阳的《道德经》，是河洛文化孕育的精品之作，凝聚着上古河洛人民的思想智慧，并成为一颗璀璨的星，永恒闪烁于中国思想文化史的天空；其作为先秦诸子散文的代表，是河洛文学的一块丰碑，标志着河洛文学对中国文学做出的伟大贡献。

第二章 两汉洛阳文学

从秦朝到两汉,河洛地区以特殊地理位置始终处于政治、经济、文化中心区域,为秦汉文化发展做出了重要贡献。西汉时期,虽然政治文化中心在关中,但洛阳作为关中地区屏障,政治军事地位受到统治者特别重视。刘秀从南阳起兵,建立东汉,定都洛阳,政治文化中心东移洛阳。洛阳城建规模宏大,经济发展,文化繁荣,是当时世界上第一流的大都会。班固《东都赋》、傅毅《洛都赋》、张衡《东京赋》等,对当时洛阳繁华盛世、舞乐百戏、礼仪制度等作了生动的描绘,是研究汉代洛阳文化的史料。随着东汉文人士子游学风气兴盛,全国各地文人墨客游于南阳与洛阳,往来于河洛。东汉建武五年(29)创立的太学,学生最多时达3万。太学是全国最高学府,也是汉代重要文化基地。特别是汉灵帝光和元年(178)鸿都门学设立,其中诸生能尺牍、辞赋的成百上千,成为汉代文学艺术人才的宝库。洛阳鸿都门学是我国历史上第一次官办文化艺术学校,对汉代文学艺术发展起重要促进作用,标志着我国古代文学艺术的发展进入一个崭新阶段,预示着文艺自觉时代的到来。

汉赋体制分散体大赋、骚体赋、抒情小赋三种,散体大赋是汉赋代表。散体大赋的内容主要描写京都苑囿建筑之宏、帝王游猎之盛、山川林木之美和舞乐百戏之繁，体现了汉朝的声威和气魄，是汉代大一统政治的形象体现。散体大赋主客问答的形式，夸饰铺陈的手法，体制宏大，语言华美，在中国文学史上具有重要地位和影响。汉代诗歌以乐府民歌和文人五言诗成就最高，汉乐府民歌继承了先秦《诗经》现实主义传统，这些作品全面深刻地表现了汉代河洛人民的社会生活和思想感情。

汉代河洛文学的代表首推"洛阳才子"贾谊。他的《过秦论》，大气磅礴，情采飞扬，被誉为西汉鸿文；《吊屈原赋》和《鵩鸟赋》，情感激越，颇富哲理，又被誉为汉代骚体赋的最高成就。《吊屈原赋》继承了屈原宋玉抒情言志的创作传统，以铿锵的艺术形式，不事雕琢又辞采华美的语言风格，抒写了孤愤难平的思想情绪，开启了汉代骚体抒情赋的先河。其后董仲舒《士不遇赋》、司马迁《悲士不遇赋》、严忌《哀时命》等抒情赋名作，均明显受到贾谊赋的影响。贾谊赋善于继承和创新，句法整齐，音韵和谐又趋向散体化，显示着楚辞向新体赋过渡的痕迹，预示着汉代散体大赋时代的到来。

在洛阳的名家和在洛阳写就的鸿篇巨制不胜枚举。其中颇具代表性的有班彪、班固、班昭三班洛阳著《汉书》，成为千古佳话，班固的《两都赋》极力夸饰东都，张衡精思傅会作《二京赋》成为长篇之极轨。王充批判虚伪浮靡；蔡邕文章清丽典雅；赵壹《刺世嫉邪赋》怒发冲冠；蔡文姬《悲愤诗》和《胡笳十八拍》饱蘸血泪，等等，共同描绘了洛阳雄浑博大的文化底色。

张衡的辞赋结束了汉大赋时代，开启了魏晋抒情小赋的先声。汉赋的两次转折，都以洛阳作家或在洛阳创作的作家为代表。汉代政论散文以西汉初年最著名，代表性作家有洛阳贾山、贾谊。他们的文章继承战国纵横家文风，气势充沛，析理透辟，具有雄浑刚健的风格。针对汉初社会形势发表看法，或主张削弱诸侯王势力，巩固统一的中央集权，或主张抗击异族侵略，维护国家主权统一，或重视人民力量，揭示社会政治危机，提倡仁义之治，皆思想深刻，内容丰富。汉代诗歌主要分乐府民歌和文人诗两大类。汉乐府中的《孤儿行》《桓帝时京都童谣》《灵帝时京都童谣》《颍川歌》等均产生在河洛地区。这些民歌深刻反映当时的社会现实，鲜明地表现了河洛民众的思想倾向。随后文人诗创作日益突出，出现了梁鸿、张衡、朱穆、秦嘉、宋子侯、蔡邕等著名诗人。其他如《古诗十九首》中的《青青陵上柏》《驱车上东门》等，虽不敢肯定其作者是河洛文人，但它们反映了生活于洛阳的文人共有的思想感受，对认识当时洛阳文人生活和思想风貌有重要意义。河洛地区的笔记也值得关注。洛阳虞初的《周说》记有许多灵异神怪的故事，对魏晋南北朝志怪小说显然有明显影响。

两汉河洛作家的创作形式多种多样，内容丰富充实，思想深刻，反映了从秦到两汉社会不同时期的社会风貌，具有深刻的现实主义精神；情感丰富，生动鲜明地表现了复杂深刻的精神世界，为认识河洛文化的深厚底蕴提供了借鉴。此时，河洛作家已显露出家族文学气息，如贾谊、贾捐之等，为六朝时期家族文学的兴盛开了风气。

第一节　虞初和《周说》

虞初生于约公元前 140 年，卒于约公元前 87 年，小说家，号"黄车使者"，今洛阳东人。汉武帝时为方士侍郎。虞初这个名字最早出现在《史记·孝武本纪》："是岁，西伐大宛。蝗大起。丁夫人、洛阳虞初等以方祠诅匈奴、大宛焉。"[①] 班固《汉书·艺文志》录小

[①]（汉）司马迁：《孝武本纪》，见《史记》，岳麓书社 1993 年版，第 141 页。

说15家，其中有《虞初周说》，明确记载虞初是洛阳人，汉武帝时以方士侍郎称为黄车使者。①汉武帝时期罢黜百家，独尊儒术，而这"儒术"并非纯正的孔孟之学，而是阴阳五行学同儒学的结合。用阴阳五行、祥瑞灾异的观点来改造儒学。因此，志怪类作品获得了生存成长的良好土壤。而汉武帝迷信仙术，集方士寻访仙踪，采集芝药，以求长生不老。《史记·封禅书》载"予方士传车""号黄车使者"，动辄"以千数"，虞初即在其中。类似先秦采风以观人事的采诗官一样，周游各地，寻仙采药，同时也为异闻传说的收集提供了保障。《史记·封禅书》有类似的记载："夏，汉改历，以正月为岁首，而色黄。官名更印章以五字，为太初元年。是岁，西伐大宛。蝗大起。丁夫人、洛阳虞初等以方祠诅匈奴、大宛焉。"② 可见虞初很可能不是方士中的为首者，就是其中著名者，武帝任他做侍郎。

《汉书·艺文志》载虞初所撰《周说》有943篇，称《虞初周说》。《周说》已佚失，到底这是一本什么样的书，后人众说纷纭。从颜师古《汉书注》和张衡《西京赋》上面的记述来看，似为杂传体小说。从《文选·张平子西京赋》薛综注看，此书包含小说医巫厌祝之类，无所不有。为皇帝巡幸时，侍臣随身携带以备仓促之用。从书名推测，其中当有与周代历史、人物、事件或旧闻传说相关的内容，其中许多可能属于神奇怪异性质的东西。从《太平御览》《山海经》《文选》等典籍记载的一些蛛丝马迹，大约也可推测这些内容和性质。

小说主要是民间的叙述和涉及民间的事情，存在有不真实的虚构和想象，与重信史的文化传统相悖，再加上道听途说、稗官野史、刍荛的身份地位不为上层统治重视，那么虞初的小说《周说》遗失不存就是自然而然的事情。由此，虞初在中国古典文学中的地位没

---

① 王群芳、唐益舟编著：《洛阳古今小说概览》，吉林大学出版社2016年版，第3页。
② （汉）司马迁：《孝武本纪》，见《史记》，岳麓书社1993年版，第223页。

有得到确立，仅见于《汉书·艺文志》。几乎所有的文学史都很少记载虞初的事迹和他的小说创作，鲁迅《中国小说史略》偶有所记，也几乎与《汉书·艺文志》相同。

《周说》虽早已亡佚，但虞初和他的《周说》对后世产生了重大影响，对中国小说创作的历史贡献不可磨灭。甚至其名字成了志怪类书的通称，如明代陆氏的《虞初志》、汤显祖的《续虞初志》、邓乔林的《广虞初志》，清代张潮的《虞初新志》、黄承增的《广虞初新志》、郑澍若的《虞初续志》，近代王葆心的《虞初支志》、胡怀琛的《虞初近志》、姜泣群的《重订虞初广志》等。诸书皆以"虞初"为名，可见其影响之深远。《文选·西京赋》中张衡云"小说百家，本自虞初。"1934年谭正璧编撰《中国文学家大辞典》，认为《周说》虽然现在不存在了，但虞初被推为古代唯一小说作家。①

第二节 "洛阳才子"贾谊

一 贾谊的生平经历

贾谊（前200—前168），世称贾太傅，又称贾长沙，俗称贾生，洛阳孟津平乐镇新庄村人②，西汉著名的政治家、文学家、思想家和

---

① 王本宽、白本松：《河南文学史·古代卷》，中州古籍出版社2002年版，第176页。
② 据著名史学家季镇淮的《司马迁》（上海出版社1955年版）中记载，贾谊为今河南洛阳县东北人。又据台湾台北师范大学国学博士王更生考证，贾谊为汉魏故城北人，早逝于大梁，其后裔将遗骸迁葬故里。清硃继绪、魏襄编著的《洛阳县志》载"梁王太傅贾谊墓在洛阳县东北邙山上大坡口道西"。新编《孟津县志》记载"汉太傅贾谊墓在平乐乡新庄村东，洛孟1号公路所经之大坡口西侧，俗称贾生墓"。新庄村东北原有一古墓冢，当地群众世代称其为贾生冢，清同治年间，墓冢还非常高大，周围有赐田18亩，官员经过时要歇轿下马，步行至墓前拜谒，后来被毁。在该冢附近出土有东汉贾武仲妻墓志及唐代贾氏长殇女墓志，可知此处为贾氏祖茔。民国初期，有人在贾谊墓附近盗掘出唐代贾洮和贾郊父子的墓志，上面明确记载"秦末汉初，回生谊"，证实了贾回就是贾谊的父亲。根据以上记载和新的行政区划，可以确定贾谊墓位于现在的平乐镇新庄村周围。

教育家。其代表作有《过秦论》《论积贮疏》《吊屈原赋》等，对后世影响极大，史书记载常常与屈原并称，受到历代人们的赞颂和高度评价。

贾谊在洛阳出生时，正逢西汉初年，天下未平，内有诸王叛乱，外有匈奴袭扰。洛阳是河南郡的郡治所在地，人文荟萃，城池坚固。贾谊的父亲贾回，对教育十分重视。贾谊师从荀况的学生张苍。班固《汉书·贾谊传》载："贾谊，洛阳人也，年十八，以能诵诗书属文称于郡中。""河南守吴公闻其秀材，召置门下，甚幸爱。"此处的吴公名叫吴庄，是秦朝宰相李斯的同乡，也当过李斯的学生。在贾谊辅佐下，吴公治理河南郡，成绩卓著，社会安定，时评天下第一。汉文帝登基，擢升吴公为廷尉，吴公因势举荐贾谊。因此，前179年贾谊离开洛阳到京师长安。见到了比他大3岁的汉文帝。年轻的贾谊博学多才，思维敏捷，汉文帝委以博士之职，当时贾谊21岁，在所聘博士中年纪最轻。出任博士期间，每逢皇帝出题让讨论时，贾谊每每有精辟见解，应答如流，获得同侪的一致赞许，汉文帝非常欣赏，破格提拔，一年之内便升任为太中大夫，参与议论国事。他写了《过秦论》等一系列文章，剖析秦朝的兴亡之道，并称"前事之不忘，后事之师"，建议汉文帝进行改革，废弃秦法。这时候，西汉已建立20余年，天下较为安定。在贾谊看来，这是去除"汉承秦制"弊端的好时机。他起草了具体方案，其中还有更改律令、将列侯全部遣往封国等内容。汉文帝召集群臣商议，想任贾谊为公卿。周勃、灌婴等旧臣极力反对，他们认为贾谊年少初学，专欲擅权，纷乱诸事。于是文帝开始疏远贾谊，不再采纳其意见。不久，贾谊被贬为长沙王太傅。汉文帝时，长沙王已是唯一的异姓王，也不受朝廷重视。贾谊被派去做长沙王太傅，远离政治中心。从长安到长沙，途中经过湘水。贾谊怀着悲愤失意的心情，在这里悼念屈原，写下了千古名篇《吊屈原赋》。

公元前174年，贾谊被汉文帝召回长安，出任梁怀王太傅。梁怀王是汉文帝的小儿子，为报答汉文帝的知遇之恩，贾谊除了尽心辅佐梁怀王，还多次上疏议论朝政，指陈得失。公元前169年，按照惯例，梁怀王入朝觐见父亲汉文帝，却意外坠马而亡。因没有子嗣，梁怀王封国应被废除。贾谊从大局出发，劝汉文帝为梁怀王立继承人，以保留梁国。这样一旦将来有事，可以更好地拱卫京师。汉文帝听从贾谊的建议，让刘武继任梁王。后来"七国之乱"爆发，刘武率兵据守梁都睢阳，抵御吴楚联军的进攻，证明了贾谊的远见卓识。梁王坠马死后，《史记》里记载"贾生自伤为傅无状，哭泣岁余，亦死。贾生之死时年三十三矣。及孝文崩，孝武皇帝立，举贾生之孙二人至郡守，而贾嘉最好学，世其家，与余通书。"[①] 贾谊在痛悔与自责中于公元前168年去世。其后裔将遗骸迁葬故里。西晋时，潘岳曾出任长安令，从洛阳前往长安时写下《西征赋》，其中有"终童山东之英妙，贾生洛阳之才子"。后人便称贾谊为"洛阳才子"。

二　贾谊的政论文

贾谊认为秦朝灭亡在于不施行仁义之政，要使汉朝长治久安，必须施仁义、行仁政。同时，贾谊的仁义观带有强烈的民本主义的色彩。贾谊从秦的强大与灭亡中，看到了民在国家治乱兴衰中所起的重要作用。以民本主义思想为基础，贾谊认为仁政主要内容就是爱民，只有与民以福，与民以财，才能得到人民的拥护。这是贾谊政治思想的基本内容。贾谊对汉朝的社会现实也进行仔细考察，他

---

① （汉）司马迁：《屈原贾生列传》，见《史记》，岳麓书社1993年版，第632页。

认为在表面平静的景象后已隐藏着种种矛盾和社会危机：农民暴乱时或出现；诸侯王割据反叛，已构成对中央政权的严重威胁；整个社会以侈靡相竞，社会风气每况愈下。在贾谊看来，面对这样一种上无制度、弃礼义、捐廉丑的社会现实，不能遵奉黄老之术，必须改正朔、易服色、定官名、兴礼乐。叔孙通等人倡导的制礼仪、明尊卑、以礼治国的主张成了贾谊政治思想的重要内容。在《宗首》《藩强》《权重》等文中，阐述了加强中央集权的思想；在《大政》《修政》中提出了利民安民的民本思想。贾谊认为，富商大贾与诸侯王相勾结，有恃无恐，僭越礼制，又要农民供给他们以奢侈的生活资料，因而导致了广大农民贫困。因此，贾谊主张重视农民，提倡俭约，反对奢侈之风。文帝二年（前178），贾谊上《论积贮疏》，紧密围绕"积贮"的论题，从正反两面论证加强积贮对国计民生的重大意义，对于维护汉朝的封建统治，促进当时的社会生产，发展经济，巩固国防，安定人民的生活，都有一定的贡献，客观上符合人民利益，在历史上有进步意义。他的重视发展农业、提倡积贮的思想，至今仍有借鉴的价值。

在货币政策上，贾谊建议禁止私人铸钱，中央统一铸钱。不让铜流布于民间，不准老百姓私自采炼铜矿。贾谊的货币主张，在客观上为汉武帝实现统一的五铢钱制度，开辟了道路。武帝时期禁止铸钱的政策正是贾谊思想的延续。贾谊对待匈奴思想的出发点，是传统儒家的华夷之辨，四境少数民族侵凌中原民族是不能容忍的。因而，贾谊认为和亲并不能制止匈奴侵扰，提出儒法结合的战略思想。主张用和平手段瓦解敌人的策略，为西汉赢得了30多年的和平环境，为武帝最终战胜匈奴奠定了实力基础。

贾谊在《道德说》中借助汉初非常流行的《道德经》学说，试图为儒家的道德论寻找一个宇宙观的基础，表现了汉儒自陆贾以来自觉地吸收其他各家思想以充实思想体系的新动向。贾谊认为，阴阳、天地、人与万物都由德生，而德由道生。道是宇宙万物的最终本源，而德则是宇宙万物的直接本源。贾谊试图用《道德经》的道德说来为儒家的道德伦理提供依据。这种吸取道家的思想，为儒家道德伦常进行形而上的哲学论证，为后来董仲舒全面吸收道家学说、重构儒家思想体系提供了思想资料。

贾谊博古通今，政治主张在汉文帝时未能得到尽用，但到汉武帝时基本得以实施。贾谊怀报国之心，提出以削藩巩固皇权主张，并主动请缨，愿赴匈奴，使匈奴人归附朝廷。对贾谊的主张，汉文帝未完全采用。汉武帝登基后，大力削弱诸侯势力，实行盐铁专营，将铸币权收归朝廷。汉武帝开始对匈奴软硬兼施，在废除和亲政策后，派卫青、霍去病率兵北击匈奴，使匈奴再也无力大举南下。

三 贾谊的文学成就

班固《汉书·艺文志》记载贾谊散文58篇，收录于《新书》。大体可分为三类：专题政论文，如《过秦论》；就具体问题所写的疏牍文，如《陈政事疏》；杂论文章。语言或朴实浅显，或生动形象，叙事说理均有特色。

贾谊的政论文主要是一些陈政事的疏奏，为数不多，但成就巨大。一方面，他吸取战国儒道法三家思想而又结合当今的时政情况，具有适应时代需要的经世致用特色；另一方面，他继承战国散文铺张文辞的写作手法，又更加疏直激切，尽所欲言，具有说理与情感、气势、形象相结合，动人视听的特色。贾谊的政论散文说理透辟，逻辑严密，感情充沛，气势非凡，阐述了深刻的政治思想和

第二章 两汉洛阳文学

高瞻远瞩的治国方略，鲜明地体现了汉初知识分子在大一统封建帝国初创时期，积极用世的人生态度和昂扬向上的精神风貌，标志着中国散文发展的一个新阶段，代表了汉初政论散文的最高成就，对后代散文影响很大。鲁迅在《汉文学史纲要》中说，他与晁错的文章"皆为西汉鸿文，沾溉后人，其泽甚远"。[①] 赋是汉代文学的代表，是在楚辞基础上发展而成的一种文体。汉赋大致分两种，一种是直接模仿屈原《离骚》体的骚体赋，一种是汉代新创的散体大赋。贾谊赋在赋史上既上承楚骚的余绪，又奠定了汉代骚体赋的基础。在贾谊仅存的四篇赋中，《吊屈原赋》是汉初骚体赋的代表。"发愤吊屈，体同而事核，辞清而理哀，盖首出之作也。"[②] 以骚体写成抒怀之作，也是最早的凭吊屈原的作品，开汉代辞赋家追怀屈原的先例。

贾谊因被贬居长沙，长沙低洼潮湿，常自哀伤，以为寿命不长。做长沙王太傅第三年，有一只鹏鸟（猫头鹰）飞入房间。鹏鸟像鹃，旧时视为不祥之鸟。如今鹏鸟进宅，更使他伤感不已，于是作《鹏鸟赋》抒发忧愤不平的情绪，并以老庄的齐生死、等祸福的思想自我宽解。《鹏鸟赋》在艺术形式上，受庄子寓言影响，以人鸟对话展开，开汉赋主客问答体式的先河，同时此赋以整齐的四言句为主，有散文化的倾向，体现着向汉大赋过渡的趋向。

贾谊在短暂的一生中，为河洛文学园地留下了一份珍贵的遗产。他是骚体赋的代表作家，又奠定了汉代骚体赋的基础。政论散文文采斐然，《过秦论》《治安策》和《论积贮疏》，说理透辟，逻辑严密，气势汹涌，词句铿锵有力，对后代散文影响很大。

[①] 鲁迅：《汉文学史纲要》，见《鲁迅全集》第 9 卷，人民文学出版社 1981 年版，第 391 页。
[②] 刘勰：《文心雕龙·哀吊》，人民文学出版社 1981 年版，第 139 页。

第三节　东汉定都洛阳的文学史意义

长安依靠周边地势，定为都城，可保江山稳固；洛阳据伊河、洛河、黄河三川交汇，面向中原敞开，定为都城是着眼于开拓进取的战略选择。夏都二里头和早期商都选择河洛，特别是周王城和成周洛邑的刻意营建，处天地之中的洛阳，从此王权的象征意义逐步显现。东汉定都洛阳，即有接续周王之德的考虑。东汉政权又采取了一系列促进文化发展的政策，特别是太学、东观设立，对推动文化教育发展具有重大历史意义。使洛阳成为文人荟萃、思想活跃、文化辉煌的伟大都城。洛阳帝都形象的象征意义得以确立，随后经过历代发展，孕育了龙门石窟、白马寺、邙山、大运河、牡丹花、文人园林等等文化符号，融入帝都意象，成为一道道亮丽的文学景观，进入文人墨客着意笔墨的视野，逐渐塑造神都意象和精神圣地。东汉都城洛阳，从文化的多个方面和文学的多个领域，对中国文学的演进发展具有承前启后、继往开来的历史意义。

一　都城洛阳的文学环境

东汉都城洛阳整个社会上层人口基本上是迁入人口。西汉后期社会矛盾日益尖锐，战争和土地兼并造成大批农民流亡和沦为奴隶，加上水、旱、蝗等自然灾害连年不断，使人口减少。又经过战争、严刑苛法、饥馑、疾疫等，到东汉初年全国人口数量只有西汉末年的约三分之一。洛阳所在的河南郡人口或死亡或流徙，损失十分严重。定都洛阳后，人口逐渐增长。在各级官吏和河南尹、洛阳令及其所属官吏中，洛阳籍人仅占约十分之一。担任官职的人员卸任后很大一部分和家人就留居在洛阳。跟随刘秀建立东汉政权的功臣,一部分人如四大外戚家族邓、窦、马、梁及其家人都居住在洛阳。这些功臣死后,他们的后裔也仍然居住在洛阳。东汉政权在洛阳设立太学,太学生来自全国不同的郡县。迁入洛阳的少数民族,一部分是驻扎在洛阳军队中的兵士,另一部分是上层成员、商人和归附民众。光武帝在平定四方割据政权后,曾将其首领及家属迁到洛阳及其附近居住。①

洛阳作为东汉的都城,对东汉文学的发展起了重要的作用。从文学地域空间看,文学由西向东的转移,洛阳是一重要环节。东汉初年,文人由关中向洛阳转移是东移过程的第一步。定都洛阳,使洛阳最终成为文人最为集中的地区,是东汉文学发生、发展的重要场所,同时也是东汉文学书写的重要对象。作为文学创作的地域空间和文学形象的塑造对象,洛阳融入了中国文学的发展过程。

东汉初年,光武帝对文士采取拉拢政策,未及下车,先访儒雅,四方学士,云会京师。对东汉初年洛阳的文化建设做出重要贡献,使洛阳的文化中兴与政治中兴几乎同步实现,造就了东汉初政治文化的繁荣。伴随着王朝政治的日趋稳定和中兴局面的出现,第一代文人相继离世。第二代文人在东汉建立后成长起来,没有经过乱世,没有太多历史遗留问题,在文坛上的活动较少受到历史政治因素影响,盛世豪情在文章中充分展示。班固《东都赋》对洛阳不遗余力赞美,内心意气风发,讽西都而颂东都,充满无限自信。时代情绪是汉大赋的精神依托,东汉京都赋的出现,挽救了行将消亡的汉大赋。夸饰特征与实践相结合,实现了文学创新与宣传的双重目的。班固对王朝的歌颂得到了认同,傅毅、王景等人都通过赋论文

---

① 方原、徐卫民:《东汉洛阳人口问题初探》,《河南科技大学学报》(社会科学版) 2010年第1期。

章来支持班固的看法，革新了文学的精神面貌，推动了东汉文学的发展。

东汉文人在洛阳的活动场所主要是东观和太学，其次郎官职位上文人众多。东汉王朝官制中，郎官虽然地位不高，却非常重要，许多高级官吏均由此升迁。文人集于郎官之位，在这个职位上的表现关涉未来仕途，不免有着各种各样卖力的表现。有的迅速升迁，有的常年沉滞。他们满腹经纶，才华横溢，或议论时政，或书写情怀，为东汉文学发展留下了浓重的一笔。

东汉文人活动的另一个场所是幕府。两汉的幕府是军幕组织与官府组织相结合，多在京城，幕主多为朝廷权官，到汉魏之际演变成了府。文人在幕府中的活动对文学发展有重要影响，由东汉至魏晋，从幕府便可勾勒出文学发展演变的另一条轨迹。东汉后期的党锢之祸与鸿都门学虽然是两起政治事件，却与东汉末年文学发展有着千丝万缕的关系，围绕着它们展开的各种争论，间接反映了文学在东汉末年遭遇的处境。

京城兰台、东观的丰富图书资料，为班固短时间内写出《汉书》提供了极大的便利。班固妹妹班昭也是《汉书》重要著者，班固撰《汉书》八表和《天文志》未竟而逝，班昭于东观藏书阁接续完成。如果没有班氏一门两代的努力，可能不会有《汉书》，如果没有京城的文化环境和丰富的藏书，《汉书》也可能不会短期内完成。兰台、东观藏书丰富，文人云集交流，文章频繁往来，文学创作活动也是他们日常生活中的重要事项。班固许多经典的文学作品是在洛阳创作的。京城文人受诏作赋也是他们文学活动的一项内容。文人同题相作，也促进了文学发展和进步。[①]

[①] 田瑞文：《东汉洛阳与文学演进》，中国社会科学出版社2015年版，第30—41页。

二 班固立足洛阳的文学创新

班固对屈原的臧否都是基于儒家的伦理道德和诗教传统的。在班固心目中，《诗经》是儒家的典正之作，而《离骚》则显然不合乎儒家"温柔敦厚""哀而不伤"的诗风要求。班固对汉赋是十分肯定。首先，他认为赋源于诗歌，诗歌所具有的特征与功能，赋都应该具备。其次，诗歌是政治清明的象征，其发展与王朝政治紧密相连。汉赋是应时而生的，它兼具美刺两端。汉继秦燔书之后，其文化的重建是建立于对先秦典籍，尤其是儒家经典的整理、阐释的基础上的，其中尤以《诗经》最为重要。汉儒总结了先秦的诗论和当代经师有关的诗乐理论，比较全面系统地阐述了诗歌的思想内容和艺术表现方法的特征。尤其是对诗歌与社会生活的关系认识深透，强调诗的美刺作用，强调委婉含蓄和温柔敦厚，形成了儒家的诗教传统。班固的文学观念源于其经学家的思维方式。首先，把文学艺术和政治教化、伦理道德联结在一起，以一种理性精神去解释文学艺术现象，着重论述的是文学的社会作用，文学与政治的关系，并要求以一种理性的态度进行创作。其次，其文学观念都是在古代的文化传统中寻求理论依据。这固然是由于汉初建国时，可供统治阶级选择作为范本的文化传统只能在先秦的理想政治中寻找，但更重要的是由班固经学家的思维定式决定的。对圣人与经典的权威的崇拜，是儒家的思维特色。古代圣人早已逝去了，因而从儒家经典那里寻找对圣人的体验，构成了经学家思维方式的重要特征。无论是从事纯粹经学的研究，还是构建自身的思想体系，都以圣人的理论、经典的著作为准绳。

班固生活的时代正是经学极盛时代。其时，封建纲常名教已钦定下来，并系统化、制度化，成为伦理道德领域里不可动摇的金科玉律。班固出身于仕宦家庭，受正统儒家思想浸淫极深。他16岁入洛阳太学，博览群经，后又于章帝时编撰了《白虎通》。班固可谓是一位纯正的经学家，他也是站在经学家的立场上来看待文学的。当然，班固的部分文学观念也触及了文学自身的一些特点，如认为屈原忧愤而作《离骚》以及屈原作品弘博丽雅，是辞赋之宗。但这些只是班固文学观念中偶然闪现的火花，并非其理论的重点。班固的文学作品主要有《两都赋》《幽通赋》《竹扇赋》《答宾戏》，还有《终南山赋》《览海赋》《耿恭守疏勒赋》等残文，此外尚有一些公文性质的散文。

《两都赋》是其代表作。这篇赋在艺术上有许多独到之处。第一，主题鲜明。采用的是西都宾和东都主人的对话形式，文章也相应地分为两部分。赋的上篇，即以西都宾的口吻描写西都长安之盛景，从长安形势写起，又描绘了都市之华，物产之盛，随之又写宫室之富丽，苑囿之开阔以及天子的娱游田猎，最后结之以万民同乐，各得其所。西都部分以"眩耀"二字为中心，颇尽铺排之能事。东都部分从批判秦世、王莽之乱政开始，进而颂扬圣皇永平之治世，主要写东都天子修洛邑、建苑囿、祭祀祖先、宴飨群臣，并且申旧章、下明诏、昭节俭、示太素，这一部分完全是以"法度"为中心来揄扬王者之风。总之，《两都赋》的西都部分极力渲染了西都之盛事，且婉露讽喻之义，西都太过奢华有逾制之嫌。而东都部分却赞颂了东都天子的合乎法度，最终以西都的逾制来反衬东都的合度，深化了文章主题，使其更鲜明。班固的"法度"，实际上指的就是儒家的礼乐制度，班固更将它们视为儒家礼制的范本。第二，全篇结构严谨，层次清晰，繁简合度。对西都之奢进行了讽谏，在东都部分，宫室、畋猎一事一言略过，班固专言建武永平之治，东汉之武功文德。文章的最后,西都宾矍然失容,若有所悟,达到了讽谏的目的。《两都赋》结构紧凑、剪裁合度,它绝无以往汉大赋的臃肿散漫之病。第三,上下二篇的语言风格也不相同。上篇重在夸饰,所以文字华丽繁富;下篇立意于法度,所以文字典雅、古朴。

《两都赋》的这些艺术特征主要是由班固创作中的理性化倾向造成的。班固的精神气质趋于理性化,他的文学创作更多的是其文学观念的延伸和外化。班固有着明确的社会人生态度和经过思考的相对稳定的文学观念,而这种态度和观念就成为他进行创作的基础,支配着他的创作。班固的文学观念的核心是文学的美刺作用,在《两都赋》中他努力实践着这一观念。当时辞赋家的主要心态并非美刺,而铺陈扬厉也正反映了他们的实际心态。他们赋中的讽喻之意不过是对当时文学观念的一种响应,而非他们自身的自觉要求。在《两都赋》的创作中,班固对此有所匡正,并非曲终才奏雅,而是以上下篇对比的方式兼顾美刺两端。在实践其文学观念的过程中,体现了自觉化的倾向,整篇赋都是围绕"美刺两端"来布局谋篇的。《两都赋》创作的理性化倾向,体现了班固创作的自觉性,他强调文学的操作性和外在功利性。班固追求的是内容和形式上的"法度"。但这种自觉性创作并非文学的自觉,班固对文学本质的认识尚不够深入,他的作品虽有理性的力量,却无感情的深度。《两都赋》标志着汉赋创作史上一个新时代的到来,即大赋与经学融通已臻雅正之境,《两都赋》也显示出了新的美学特征:典正、细密、内敛。[1]

东汉京都赋兴起,使汉大赋重新焕发生机。东汉后期五言诗的发展为后世诗歌繁荣的源头,东汉洛阳文学承前启后。洛阳京城为文人提供了重要场所。京城的文学活动是推动东汉文学发展的内在

---

[1] 张军芳:《班固的文学观念与〈两都赋〉创作》,《山东教育学院学报》1999年第1期。

动力。东汉洛阳成了都城后，政权重视文化保护和利用，文人得到重视，外来文人咸集，洛阳成为中国文学生成发展的核心，并为后世的洛阳文学核心地位奠定了深厚的基础。洛阳的帝都形象也逐步成为后代文人歌咏抒写的对象。班固、蔡邕、蔡文姬、赵壹等文人，与洛阳帝都形象密切相连。东汉末年，曹操挟汉献帝自洛阳迁都许昌，文学中心转移到洛阳之外，但很快随着曹丕称帝，复都洛阳，洛阳又成了政治文化中心。洛阳作为文学活动中心的局面直到西晋。到唐代，以白居易为核心的文人群体，在洛阳诗酒交游，体现出中晚唐文人精神世界的重要变化，影响着以后尤其是北宋洛阳文坛。宋代以钱惟演、谢绛为首，以尹洙、梅尧臣、欧阳修为主要成员的洛阳文人集团对宋诗、宋文、宋词时代特点的形成和发展，起着导夫先路的作用。洛阳的文人集团至明清仍然不绝如缕，如明代的八耆会、惇谊会、澹逸会、初服会、五老会、崇雅会、中原奇社、芝泉会、伊洛大社等。虽然明代洛阳的政治、经济、文化地位与前代相比已经不可同日而语，然而以洛阳为中心的河洛地区丰厚的文化积淀对文学的发展仍然起着重要的作用。总之，东汉定都洛阳后的文学发展，为河洛文学在中国文学发展史上奠定了不可动摇的地位。

第三章 魏晋南北朝洛阳文学

概 述

东汉在洛阳兴办太学，佛教传入，皇权重视文治，作好辞赋就可以当官等，为后世思想文化繁荣奠定了基础。魏晋南北朝是中国历史上最为动荡不安的时代。政权或割据鼎立，或南北对峙，动乱分裂，更迭迅速。灾难沉重的社会现实使人们不断在精神世界寻求拓展，精神生活空间变得异常自由开阔。

老庄思想起于河洛，作为儒学的重要对立面而存在。它主张遵从人的自然本性。魏晋南北朝时期对老庄思想标榜，根本内涵是对个性价值的重视，同时以玄学新形式流行于思想文化领域。洛阳郭象注《庄子》，强调物任其性，将名教与自然统一起来，为士人身居庙堂而又追求心在山林的清高人格提供了理论依据，在玄学发展中承前启后。玄学对宇宙本体和各种事物名理以及人的才性进行辨析，是一种抽象思辨的哲学。玄学清谈便针对有与无、言与意、形与神、名教与自然等问题展开激烈讨论。这种争论基本上在河洛区域内展开。从精神实质上围绕人的存在问题展开思考，以新的眼光看待世界、以新的情趣体验人生的思想观念由此形成。宏大自我、崇尚内心自由成为新的人生目标，追求符合天性、富有才情的人格美为一时风尚。

佛教在魏晋南北朝时期以迅猛的势头发展，影响波及的文化领域和阶层范围极其广泛。西晋时洛阳有佛寺几十所，北魏则多达上千所。闻名于世的少林寺、龙门石窟始建于这一时期。河洛出现不少名僧，文人信佛的不在少数。宗炳专程上庐山与名僧慧远研讨佛教经义。佛学逐渐融入中国思想文化长河，对我国哲学及文学艺术产生了重要影响。在摆脱了天命神意的左右之后，人的才性、人的情感受到重视，那种把个人看成社会附属品的思想日益衰微，个体价值极度高扬，文学价值和文人地位不断提高。文人为了追求个体的不朽而从事创作，在文学上投入极大的创作热情，勇于追求美的创造，在题材开拓和艺术创新方面取得远超前人的巨大成就。

河洛文学在这样的文化潮流和社会趋势下，取得了极大的发展。文学创作领域呈现活跃状态。洛阳王都文化底蕴和山水人文景观赋予文人精神气质，河洛文学所取得的巨大成就及所表现出的种种特点，既基于地理位置和文化积淀等方面因素，又脱离不了历史文化背景。

西晋至北魏，中国文学创作活动基本在河洛地区展开，全国各地大多数作家活跃于河洛一带。特别是建安时期，曹氏三父子均嗜好并提倡文学，以"建安七子"为代表的一大批作家呈众星拱月之势。曹丕称帝后的活动主要在洛、许之间。河洛地区聚集了全国绝大多数作家，"三曹""七子"，阮瑀、应玚、蔡琰、邯郸淳、繁钦、应璩等。西晋王朝建立，洛阳依然处于权力中枢位置，文学发展在全国占最大优势。称名于时的文人有潘岳、潘尼等。陆机、陆云由吴入洛，名动一时。"竹林七贤"活动于河洛，"金谷二十四友"齐聚洛阳，他们各具风采，争奇斗艳，使洛阳成了文学艺术荟萃之都，为河洛大地留下了无数瑰丽华章。虽然他们的很多作品并不是作于洛阳，但他们与洛阳有不解之缘，与洛阳关系密切的佳作也不在少数。如曹操的《蒿里行》和《薤露行》伤悼洛阳被毁；孔融成名于洛阳，活动于洛阳；曹植《送应氏》《赠白马王彪》两篇名作的产生与洛阳有关，《洛神赋》更是千古传诵。左思闭门宜春里，构思十年，杰作《三都赋》使洛阳纸贵；巩义潘岳挥笔叙哀情，风韵清丽，诗歌被《诗品》列入上品，辞赋在《文选》中数量居于首位，与陆机并称"潘陆"，并有"掷果盈车"美谈。陆机《洛阳记》、杨衒之《洛阳伽蓝记》，使古都洛阳的辉煌永载史册，也为后世文学艺术创作提供了不竭的灵感与题材。另外，从"乐不思蜀"到"司马昭之心路人皆知"等，千古流传的洛阳典故、传说，也成为河洛文学长河中美丽的浪花。文明的发源地和建都城于洛阳等历史原因，河洛一带历来成为士族比较集中的地方，很多家族中出过多位有名的文学家，传承博雅宏深的文化修养。同时洛阳作为一个都城景观意象，其内涵日益得到创造和丰富。

"八王之乱"，晋室南迁，全国政治文化中心由黄河流域转到长江流域。几乎所有文化根基深厚的世族大家都在永嘉之乱间，随王室相继流亡到南方。南迁文人在气候温和、风景秀美的江南繁衍生息，将博大深厚的河洛文化带到南国，河洛文学在此一脉相承，继续发展。吴越之地从此步入文学的全面繁荣时期。

第一节　曹魏文学与河洛文化

曹魏定都洛阳是三国政治形势发展的需要。35 岁以前曹操的青春年华，是以国都洛阳为中心展开，洛阳让曹操确立了人生目标，实现了背弃家庭出身的根本转变，开启了建功立业的壮美历程。曹丕定都洛阳，不仅标志着曹魏政权取代汉室，政治上正统地位的确立，而且标志着曹魏承接两汉，文化上正义地位的确立。曹植虽然未能主宰洛阳政治中心，但他是曹魏以洛阳为中心的文化代言人，他的《洛神赋》等一系列作品，使他成为洛阳文学形象的代表，极大地丰富了洛阳古都的绚丽色彩和文化魅力。汉魏洛阳因"三曹"的登场而声名远扬，闪亮在中国历史文化天空。汉魏洛阳文学因他们的加入而更加充满自信。[①] 在天下大乱到天下归一的历史进程中，洛阳的地位不可替代。曹操、曹丕、曹植父子三人，参与、见证了洛阳由汉末国都到曹魏国都再到三国政治文化中心的历史进程，因此，梳理曹魏政权与洛阳的关系，能够很好把握建安文学出现的河洛文化背景。

一 曹魏定都洛阳的历史文化背景

三国政治家们皆以刘邦、刘秀为楷模，而两位开国之君都极为重视洛阳。刘邦击败项羽，建立汉室天下之后，初都洛阳。汉高祖初年置酒洛阳南宫，大宴群臣，讨论为何能击败项羽的原因。臣下都以为刘邦能击败项羽的关键，在于能与天下人同利害，赏罚分明，而项羽不能与大家有福同享，且嫉贤妒能。高祖曰："公知其一，未知其二。夫运筹策帷帐之中，决胜于千里之外，吾不如子房。镇国家，抚百姓，给馈饷，不绝粮道，吾不如萧何。连百万之军，战必胜，攻必取，吾不如韩信。此三者，皆人杰也，吾能用之，此吾所

[①] 梁中效：《三曹与洛阳述论》，《湖北文理学院学报》2017年第5期。

以取天下也。项羽有一范增而不能用，此其所以为我擒也。"① 这个中国历史上著名的庆功宴就是在洛阳南宫举办。最后刘邦听从了刘敬、张良的主张入都关中。

东汉定都洛阳，首先是其居天下之中的地位。其次是继承三代、西周以来的道统与文脉。洛阳所在的伊洛平原，山环水抱，形势险要，人杰地灵，也是定都的必备条件。张衡在《东京赋》将洛阳的山川形势描述得淋漓尽致，美不胜收。定都洛阳，也与光武帝刘秀的雄才大略有密切关系。东汉傅毅《洛都赋》先赞美刘秀，然后叙述定都洛阳的山川形势，对洛阳山水地脉的描写似乎超过班固、张衡，使人们对三曹父子钟情洛阳的历史地理背景理解得更为深刻。但是，汉代繁华茂盛的洛阳城，在汉末迁都长安时，被董卓一把火化为灰烬。《后汉书·董卓传》载："于是尽徙洛阳人数百万口于长安，步骑驱蹙，更相蹈藉，饥饿寇掠，积尸盈路。卓自屯留毕圭苑中，悉烧宫庙官府居家，二百里内无复孑遗。又使吕布发诸帝陵，及公卿以下冢墓，收其珍宝。"② 洛阳城遭受空前浩劫，都市可见的文化成果荡然无存。这也许是曹魏在三国鼎立格局基本形成之后，在许昌、邺城之后定都洛阳的客观原因，同时，也是东汉洛阳文人多为周边地域迁徙来的原因。西汉初定都洛阳、东汉定都洛阳，继周之后，奠定了洛阳在中国古都史上的地位，为曹魏定都洛阳打下基础。黄初元年（220），魏文帝曹丕定都洛阳。又以长安、谯、许、邺为陪都。这种五都制的局面持续了45年。从而，五都以洛阳为中心，使洛阳继往开来，成为魏晋南北朝时期的文化中心，而魏晋南北朝光辉灿烂的文化成就，也成就了洛阳古都文化的厚重，赋予洛阳更具个性魅力的古都形象品格。

---

① （汉）司马迁：《高祖本纪》，见《史记》，岳麓书社1988年版，第105页。
② （南朝宋）范晔：《后汉书》，中华书局1999年版，第1573页。

二 曹氏父子与洛阳

曹丕称帝正式迁都洛阳，因为洛阳一直是东汉首都，所以曹丕迁洛也想从法理上宣告曹魏帝业的正统性。曹魏政权经营洛阳，经历三个阶段：建安后期曹操部下移民洛阳，兴修建始殿；曹丕代汉建魏，定都洛阳，充实户口，兴建殿阁苑囿；曹叡大治洛阳宫，再现昔日光彩。由于营建规模和速度超出国力承受限度，激化了社会矛盾，埋下了曹魏政权短命的祸根。

曹操仕途的起点与终点，政治生命的开始与终结，"狭天子以令诸侯"的政治转折点都在洛阳。曹操浪漫不羁的青年时代，在洛阳度过了一段快意的时光。先是青涩时光的游侠少年，再是遍访名士的热血男儿。曹操父亲曹嵩任司隶校尉、大司农、大鸿胪官职时，大约在永康元年（126）至建宁四年（171），此时13至17岁的曹操跟随父亲到洛阳，过读书习武，任侠放荡，又喜飞鹰走狗，不治行业的富豪少年郎生活。在游侠放浪的同时，曹操也喜读书，更喜兵法。在文武之道修成之后，就以洛阳为中心，四出遍访名士，以提高自己的名声，扩大影响，改变自己出身官宦家庭的形象。他先亲近党人子孙，获取正直清白声名。颖川人李瓒是党人领袖李膺之子，曹操与他交往，相知颇深。李瓒极为欣赏曹操的才能，临终要求儿子依靠曹操。《后汉书·李膺传》："膺子瓒，位至东平相。初，曹操微时，瓒异其才，将没，谓子宣等曰：'时将乱矣，天下英雄无过曹操。张孟卓与吾善，袁本初汝外亲，虽尔勿依，必归曹氏。'诸子从之，并免于乱世。"[1] "党锢"解除之后，何颙在司空府为官。曹操

---

[1] （南朝宋）范晔：《后汉书》，中华书局1999年版，第1485页。

第三章 魏晋南北朝洛阳文学

在获得党人亲属的好感之后，又广交名士。他最敬重的名士是桥玄与许劭，一旦被他们品评之后，就会身价倍增，平步青云，成为察举、征辟的对象。桥玄在汉灵帝时同曹操的父亲曹嵩同朝为官，为官正直清廉，是"清流"派的领袖。曹操大约此时，因其父之缘，拜见了桥玄，《后汉书·桥玄传》："初，曹操微时，人莫知者。尝往候玄，玄见而异焉。谓曰：'今天下将乱，安生民者其在君乎！'操常感其知己。"[①] 桥玄此时大约56岁，曹操约16岁，相差40岁左右，从此二人成忘年交。桥玄的赏识，提高了曹操在士林中的知名度，为曹操打开了接近"清流"的大门。此外，曹操与汝南名士王儁、南阳名士宗承等人，都有交往，奠定了后来"汝颍名士"亲近曹操的基础。

19岁之前，曹操以祖父、父亲奠定的社会地位为基础，以国都洛阳文化发达、名士众多的环境为背景，以书剑文武之道初步形成的气质风度为基础，先是接近党人子孙，博取清流的好感，粉饰出身的不正，然后广交朝野内外的名士，激扬个人的声望，为出任为官铺平了道路。

其次，曹操仕途开始于洛阳。东汉灵帝熹平三年（174），20岁的曹操被地方推举为孝廉，被任命为洛阳北部尉。洛阳是国都所在地，设置四尉，曹操是其中的北部尉。推荐他的人是尚书右丞、京兆尹司马防，即司马懿的父亲。其实，曹操的目标是洛阳县令，但主其事的选部尚书梁鹄根本不考虑曹操的要求。按惯例，帝王的侍从官"郎"，有一定使用期，才可做县令、丞、尉，而曹操直接任职，反映出曹操不同于一般士人的家庭社会背景。京畿重地，达官显要，流动人口多，治安形势严峻，治理颇为不易。曹操上任后，

[①] （南朝宋）范晔：《后汉书》，中华书局1999年版，第146页。

高度重视自己的职责，颇有新人新气象。他严格管理自己所辖的四个城门，并制作了醒目的五色大棒，挂在城门的两边，违禁者遭五色棒惩处。严格执法，不畏权贵，让青年曹操在京城洛阳声名大振，树立了不避权贵、依靠清流、反对宦官、正道直行的清新形象。曹操对自己的第一次亮相，就一鸣惊人格外自豪。多年后，还给老臣司马防和儿子曹植提说此事。熹平三年（177），23岁的曹操离开京城洛阳，去屯丘做县令，但为时很短，于光和元年（178），因事受牵连，被免官后回家乡谯县，以诗书游猎自娱。

随后，曹操在洛阳镇压黄巾起义，开启了金戈铁马的军旅生活。光和三年（180），饱读诗书的曹操，又被授予议郎官。26岁的曹操在议郎任上，直言敢谏，一是上书为大将军窦武、太傅陈蕃等鸣冤，二是上书言三公所举不当。二者都针对宦官专权与政治腐败，显示出一个出身官宦家庭青年的正直立场。中平元年（184）二月，黄巾起义爆发，中国历史进入了"苍天已死，黄天当立"的转折期。三十而立的曹操被任命为骑都尉，被正式授以军职，参与镇压颍川黄巾军。骑都尉是二千石的官，这是曹操仕途上的一次重要晋升，也是他多年研读兵法的重要实践，他军事家的人生旅程也从此开始，后因军功再升为济南国相。中平四年（187），曹操以退为进，辞去东君太守之职，再次返回故里，追求书剑生活。而曹操父亲曹嵩的仕途此时在洛阳进入巅峰，历官大司农、大鸿胪，出钱一亿，得太尉之职，挤进了人臣之尊的三公。为了避祸，曹操收敛锋芒，在家乡的清静闲适中思考着自己的未来。

中平五年（188），曹嵩被免官，汉灵帝为镇压黄巾军，一方面改刺史为州牧，另一方面建立西园新军八校尉，征召曹操为八校尉之一的典军校尉。中平六年（189），35岁的曹操再次由谯县到洛阳，就任典军校尉。接着西凉董卓进京，诛杀宦官，废少帝刘辩，立献帝刘协,倒行逆施,无恶不作,曹操自然就成为反对董卓的斗士。他逃出洛阳,离开了汉末疾风恶浪的政治中心,走上了重建天下太平的艰难道路。建安元年(196)八月曹操再次回到洛阳,迎汉献帝迁都许昌,控制了东汉朝廷。24年后,66岁的曹操,于建安二十五年(220)正月最后一次回到洛阳,23日死于洛阳。他的生命虽终结,但与洛阳情未了。魏文帝曹丕于黄初元年(220)十二月,迁都洛阳,完成了曹操重建政治中心的使命。

总之,35岁以前曹操的青春年华,是以国都洛阳为中心绽放,他的游侠快意与青春浪漫是在洛阳度过,他的积极进取与失意退守是以洛阳为舞台展开;曹操在洛阳,饱读诗书,纵论兵法,由同情党人,到敬重党人子孙,再到广交朝野内外名士,抨击豪强宦官,走出了一条不同于官宦子弟的人生轨迹,完成了人生的政治信念与理想坐标;洛阳让曹操由青涩走向成熟,确立了人生目标,开启了金戈铁马、驰骋天下、建功立业的壮美历程。为反对董卓而逃离洛阳,最后又回归洛阳、长逝于洛阳,使洛阳成为其人生的终点。

曹丕与洛阳。曹丕作为嫡长子,镇守邺都与许昌的时间,多于追随曹操征伐四方,因此,称帝之前的曹丕在洛阳留下的足迹并不多。曹操与王后卞氏生子四人:曹丕、曹植、曹彰、曹熊,虽然在建安二十二年(217)之前,未立太子,曹植与曹丕等相争颇为激烈,但曹操将镇守重任委之曹丕。因此,曹丕到洛阳的机会少于曹植,建安十六年(211),曹操西征马超,曹植抱病随行,经过洛阳,而曹丕镇守邺城。被立为太子之后,更不能随便走动。这是导致曹丕在称帝之前在洛阳经历较少的直接原因。

曹丕定都洛阳是继承了曹操的遗志。曹操晚年有定都洛阳、统一天下的宏愿。建安二十四年(219),曹操兵败汉中,将曹魏军队由秦岭之南撤回到关中,此时,三国鼎立的形势更加明朗,吴、蜀两方难以卒除,必须以洛阳为国都作长久之计,因此他一方面联吴抗蜀,一方面修复洛阳宫殿,为一统天下做准备,但刚开始规划就与世长辞。曹丕即位,修建洛阳建始殿,立即着手建立魏国和定都洛阳事宜。改建安二十五年为延康元年(220),正月即王位。十月,汉献帝被迫禅位于曹丕,大赦天下,改延康元年为黄初元年。洛阳宫的修复工作并未因曹操的辞世而中断。曹丕从河北等地迁徙人口,加快了洛阳建设。定都洛阳,为了承继汉的正统地位,曹丕下诏改"雒"为"洛",不仅标志着曹魏政权取代汉室,政治上正统地位的确立,而且也标志着曹魏承接两汉,文化上正义地位的确立。

曹植随曹操西征关西马超、张鲁时,曾经到过国都洛阳与西京长安,秦汉帝国的强盛和东汉末年的军阀混战给他留下了深刻印象。因此,三曹唯有曹植歌咏洛阳的诗词传承了下来。首先,曹植的诗描写了汉末洛阳的景象,印证了洛阳衰败的实况。《送应氏》是曹植于建安十六年(211)路过洛阳送别应场兄弟所作:

> 步登北邙阪,遥望洛阳山。洛阳何寂寞,宫室尽烧焚。垣墙皆顿擗,荆棘上参天。不见旧耆老,但睹新少年。侧足无行径,荒畴不复田。游子久不归,不识陌与阡。中野何萧条,千里无人烟。念我平常居,气结不能言。

诗人真实地描绘了洛阳遭董卓之乱后的荒凉景象,诗人登上北邙山,洛阳城周围的山峰尽收眼底,选择"宫室""垣墙""荆棘"三个典型景物,交会成一幅荒凉残破的暗淡图画。"宫室尽烧焚"指董卓挟持汉献帝迁都长安,把洛阳的宗庙、宫室全部付之一炬。"垣墙""荆棘"二句,因距洛阳被焚21年,所以有垣墙颓败、荆棘参

第三章　魏晋南北朝洛阳文学

天的景象。"中野何萧条，千里无人烟。"与曹操的《蒿里行》"白骨露于野，千里无鸡鸣"同调合拍。曹植的残篇《洛阳卿》："狐貉穴于紫阙兮，茅荛生于禁闼。本至尊之攸居，口于今之可悲。"也依稀可见诗人对洛阳荒凉的悲伤。

曹植在魏文帝曹丕和明帝曹叡统治时期，对国都洛阳极为神往，希望能实现自己的政治理想，但往往事与愿违，因此借洛水之神，抒发人生情感。《洛神赋》是曹植虚构自己在洛水边与洛神相遇的情节，全篇想象丰富，描写细腻，词采流丽。其赋开篇即说明了回洛阳朝觐后，返回封地时在洛水上偶遇洛神的情形：

> 黄初三年，余朝京师，还济洛川。古人有言，斯水之神，名曰宓妃。感宋玉对楚王神女之事，遂作斯赋，其词曰：余从京域，言归东藩，背伊阙，越轘辕，经通谷，陵景山。日既西倾，车殆马烦。尔乃税驾乎蘅皋，秣驷乎芝田，容与乎阳林，流眄乎洛川。于是精移神骇，忽焉思散。俯则未察，仰以殊观。睹一丽人，于岩之畔。

接着描写了洛神的美丽，"其形也，翩若惊鸿，婉若游龙，荣曜秋菊，华茂春松。仿佛兮若轻云之蔽月，飘摇兮若流风之回雪""转眄流精，光润玉颜。含辞未吐，气若幽兰。华容婀娜，令我忘餐"。作者借洛神宓妃，表达自己对曹丕的忠诚之情，以求避祸自保。曹植向往政治文化中心洛阳，但现实让他距洛阳越来越远。因此，在一定程度上《洛神赋》是曹植迷恋洛阳的告白书，也是河洛文学星空灿烂的星辰。

洛阳文化深深吸引着曹植，他梦寐以求回到洛阳，现实的理想不能实现，艺术的翅膀则翔回洛阳。曹植写了多篇以洛阳为背景的诗,《赠白马王彪》诗序:"黄初四年五月,白马王、任城王与余俱朝师,会节气。到洛阳,任城王薨。"任城王曹彰暴死,曹植与白马王曹彪各自返回封地,愤而成篇:

谒帝承明庐,逝将归旧疆。清晨发皇邑,日夕过首阳。伊洛广且深,欲济川无梁。泛舟越洪涛,怨彼东路长。顾瞻恋城阙,引领情内伤。

洛阳相聚,时间短暂。离开洛阳,无限眷恋。《名都篇》诗则塑造了一位风流英俊的京洛少年形象:

名都多妖女,京洛出少年。宝剑值千金,被服丽且鲜。斗鸡东郊道,走马长楸间。驰骋未能半,双兔过我前。揽弓捷鸣镝,长驱上南山。

由诗歌涉及的洛阳地理环境可以看出,曹植对洛阳极为熟悉。诗中文武兼备的洛阳游侠少年,实际上是作者报国无门苦闷的抒发。曹植的《箜篌引》诗有"阳阿奏奇舞,京洛出名讴",《灵芝篇》诗有"灵芝生王地,朱草被洛滨",《结客篇》诗有"结客少年场,报怨洛北芒",《两仪篇》有"凤至河洛翔"。这些诗章,反映了曹植对洛阳的向往眷恋之情,洛阳文化给予曹植文学想象的翅膀和文学创作的灵感,同时洛河、邙山等洛阳物象,也因曹植诗歌的传播而增添充满想象的诗意空间。曹植虽然未能主宰洛阳政治中心,但他是曹魏以洛阳为中心的文化代言人,曹植的创作是河洛文学史上最为动人的篇章之一。

洛阳文化培育了曹操,使他在洛阳形成了完整的世界观、人生

观和价值观。讨伐董卓,结束动乱,再造社稷,是其思想政治成熟的标志。曹操描写洛阳动荡的《薤露行》:

> 惟汉廿二世,所任诚不良。沐猴而冠带,知小而谋疆。犹豫不敢断,因狩执君王。白虹为贯日,己亦先受殃。贼臣持国柄,杀主灭宇京。荡覆帝基业,宗庙以燔丧。播越西迁移,号泣而且行。瞻彼洛城郭,微子为哀伤。

诗中描写了汉末洛阳的政治风暴,汉灵帝宠信何进,外戚与宦官斗争,何进被杀,董卓进京。看到残破的洛阳城,令人多么悲伤。因此《薤露行》是曹操描写洛阳政治的史诗,是曹操政治思想与文学艺术等走向成熟的标志。

洛阳成为当时世界的文化中心。汉代许多年轻人向往洛阳,希望到繁华的洛阳施展人生抱负。《古诗十九首》之三《青青陵上柏》描写洛阳:

> 驱车策驽马,游戏宛与洛。洛中何郁郁,冠带自相索。长衢罗夹巷,王侯多第宅。两宫遥相望,双阙百余尺。极宴娱心意,戚戚何所迫?

总之,洛阳繁华锦绣,名垂宇宙,而曹氏父子不仅是"建安文学"的旗手,也是汉唐文化起承转合的推手,汉魏洛阳的文化舞台因他们而绚丽。因此,梳理曹魏政权形成的历史脉络,解读曹氏父子描写洛阳的作品,才能把握建安文学出现在文化史上的必然因素和对中国文学的卓越贡献。

第二节 郭象《庄子注》的文学价值

郭象（252？—312），字子玄，洛阳人。西晋玄学家，官至黄门侍郎、太傅主簿。少有才理，慕道好学，好老庄，善清谈。郭象的《庄子注》被认为是中国封建时代《庄子》的标准注解，同时也是一部哲学著作，集魏晋玄学之大成，与孕育于洛阳的老庄思想一脉相承，对其后的文学思想和文学创作产生了显著的影响。

郭象哲学对自然审美的影响，反映在魏晋文人的创作实践中。东晋、刘宋之际的田园诗、山水诗、禅宗美学与郭象哲学都受到了河洛同一文化脉络的影响。郭象玄学作为一股与主流相异的哲学思潮，给中国美学发展历程打上了深深的烙印。

一 郭象哲学对陶渊明创作产生了深刻影响

陶渊明深受儒家思想之教，同时也受当时玄学的影响，将生命体验融入诗中。其生命境界的形成一方面源于生活经历的积淀，另一方面有着深刻的社会文化底蕴，调和了儒道两家文化。陶渊明生活的东晋年间，正是郭象玄学盛行之时。其"本真"的生命追求与郭象"独化"哲学密不可分。郭象认为各个物类的殊异是因定分所决定，其存在地位是等同的。他肯定每一物的独立存在性，认为生命中最大的负累是羡欲，主张人人都要安分守己。陶渊明的生活平淡而自足，羡欲与他的世界太过遥远。郭象"独化"哲学中"性分"说具有本体论色彩，"性"是一物区别于另一物内在的规定性。"性"的说法产生了万物平等的观念，这种天性授予的本分，是无法抗拒的必然。郭象认为人们只要充分发展自我之"性"，就能达到逍遥游的境界。《庄子注》开篇："夫大小虽殊，而放于自得之场，则物任其性，事专其能，各当其分，逍遥一也。岂容胜负于其间哉！"人都有自身特有的"性"，只要将其充分展开，便能获得人生最大的自由乐趣，达到无上的审美之境。陶渊明的人生态度就是随着自然天性而回归田园。有人归隐是为韬光养晦，有人是为躲避尘世喧嚣，而陶渊明是为鸟鱼林草之乐，因此"性分所至"而人生追求相异。

陶渊明深感官场不符合自然之性，为生计又不得不为。在田园生活中，他怡然自乐，找到了精神栖息的场所，他的自然之性自由舒展，实现了精神的自由超越。为了满足自然之性的发展，就必须越名教而任自然，陶渊明在郭象那找到了二者的平衡点，从而完成了归于田园从最初的不得已到心安理得的心理转化。"结庐在人境，而无车马喧。问君何能尔，心远地自偏"成为他出世思想的最好注解，这和郭象哲学的"游外以弘内，无心以顺有"（《庄子·大宗师注》）之说殊途同归。陶渊明的守拙是要返回自然的本性上，是修行于世俗的表现，他既实现了内在的自由，又做到了返回外在的自然。他躬耕的目的不仅仅是收成，还有自己的修养真性情，当然，更是发自内心的喜欢。

二 魏晋南北朝山水诗深受郭象哲学影响

玄学又被称为"玄远之学"，它凭借对本体的追问，为人的生命自由寻找最终归依。讲究本末体用，虽貌似虚无缥缈，但确为魏晋士人生存境况和心理需求的真实反映。魏晋文人对不自由的社会现实的挣脱和人身自由的渴求，通过"名教"和"自然"、"本末"和"体用"、"有"和"无"的思辨表达了人生的矛盾和痛苦，具有强烈的时代气息和浓厚的文化内涵。玄学的定位乃本末有无之辨的本体之学。可以说，玄学是魏晋精神的集中体现，是魏晋人超越内心、追求审美理想、实现自由的理论体现。唯有把握住了玄学，才能把握魏晋美学的精神实质。郭象追求自由，但又肯定外在之物是对个性的束缚。在魏晋的历史环境中，复苏的人性对抹杀人独立价值的传统规范的反对，的确是采取了一种荒诞而颓废的形式，并体现为自我意识的扩张，否定外在的束缚，认为只有与大道逍遥和绝对自由才值得尊敬。郭象把这种绝对的逍遥和绝对的精神拉入了现实生活，注入了人间的温情。郭象说的逍遥游，与庄子不同，实指一种心灵自由的境界。郭象把庄子的"游心"拉入了世俗生活，他所说的游心不是老庄对天地之道的追求，而是在现实世界和日常生活中对自由存在的体认。

郭象的"逍遥游"把庄子的"逍遥游"改造成世俗化但不庸俗化的人生哲学，并使得这种"逍遥游"流行于六朝文人间。东晋以来，游赏山水之风逐渐兴盛，和郭象玄学流行有直接关系。依庄子之说，方内的人饱受礼法束缚，痛苦而不能自拔，而方外的人缥缈无为，弃绝俗物，享受着真正的无限自由。郭象一反此说，认为方内人只要通过自身修行便可自如兼得。郭象改造了庄子，摆脱吸风饮露的神人，将虚构的超现实世界拉回到现实世界。郭象身居庙堂而心同于山林，士人的逍遥可以在出世和入世中自由获得，这是郭象对"逍遥游"的现实复归。

郭象的逍遥是万物在具体生命形态中，在现实的生活中实现一种无拘无束的状态。这显然比庄子的超拔要实际容易得多。一方面，郭象将"名教"与"自然"、"游外"与"弘内"相融合，使出世入世均可以效仿；另一方面，山水自然作为入世之人修行的途径和场所开始备受关注。在这种情况下，山水游赏极盛一时，为山水诗的出现创造了前提和条件。从自然中感悟天地间生机勃勃的生命流荡，并自由舒展情性，从而得到审美满足，对这种存在方式，是郭象首先以明确的哲学语言加以肯定的。其深远意义在于肯定了万物生机与个体生机相感应的双向关系，从而山水游赏成为中国文人的重要审美方式。面对纷纷扰扰的尘世，山水自然是洗涤心灵的最佳空间，大自然的自然而然是无心状态的最好写照。我们从中也可看出，东晋山水游赏之风以及后来山水诗的兴起，其精神内蕴与郭象玄学密切关联。

郭象作为魏晋玄学的集大成者，代表了魏晋时代哲学思想发展的新阶段，其思想深深渗透于后来的美学著作和文学创作。郭象哲学是时代精神的产物，表面上看是一种人生哲学，其实它开创了一股新的审美思潮，改变中国美学的发展趋向。以境界为审美本体的中国传统美学，在思考和建构人生意义上建立起来，它有落实于人生的特点。郭象提出内圣外王的理想人格为审美生存提供了宝贵资源，深刻影响了六朝文人的文学创作。郭象重视个体价值和自然生命的原发精神，以哲学思辨表达了对人生意义和生死命运等问题的思考。

汉代重经世致用而轻视人的情感，人们在实践和观念上都与自然隔着一层，自然之美只是政治伦理观念的外在体现。魏晋玄学将士大夫从烦琐的经学束缚下摆脱出来，带来了个性解放和个性主义高扬。郭象哲学的掺入，以万物为各自独立的生命实体，又带来了自然的解脱，山水自然由此以独立审美对象的姿态出现，自然山水变得风情万种，成了文人可亲近的朋友。于是，中国诗歌创作一改将自然万物作为背景和道德比附的表现方式，首开山水即道和山水即天理的咏物之风，真正把自然感性引入审美殿堂。魏晋文人在思辨的道路上向内发现了自己的深情，向外发现了自然山水之美。[①]

---

① 李希：《郭象哲学与中古的自然审美》，博士学位论文，吉林大学，2011年，第135页。

三　郭象玄学促进了文学自觉时代的到来

玄学作为一种魏晋时期以老庄思想为骨架的哲学社会思潮，对当时的社会心理，以及文化形态产生了极其深远的影响。在具体语境中与特定历史发展状态相联系，呈现出否定之否定的演变轨迹：由正始年间何晏、王弼的"贵无论"到元康年间的"崇有论"，再到永嘉年间郭象的"独化论"。郭象消除"贵无"派和"崇有"派的对峙，论证自然与名教统一，综合各派主张，提出"独化于玄冥之境"（郭象《庄子·齐物论注》）的命题。使有与无、言与意、现象与本体、自然与名教之间的对立在理论形态上得以解决，使魏晋玄学本体论达到顶峰。"极大地提高了哲学的抽象思辨性，它影响各种精神领域，自然也有助于提高文学创作和理论的思想水平。"[①] 对玄学与文学的关系，钟嵘、刘勰做过精到的论述，"永嘉时，贵黄老，于时篇什，理过其辞，淡乎寡味"（《诗品·序》），"江左篇制，溺乎玄风，嗤笑徇务之志，崇盛玄机之谈"（《文心雕龙·明诗》）。玄学与文学的互动关系微妙复杂，玄风作为一种社会思潮自然会波及诗歌风格，但抽象思辨的玄学却往往妨碍探究文论。专注于玄理思辨的正始文人，极少有文学理论的探讨。到了西晋，探讨文学理论的风气才开始兴起。"贵无"的玄风无益于文学的生长，抽象僵硬的理论很难切实对文学的研究，这由正始玄学的品格所注定。郭象以注《庄子》为依托，整合众家之说，符合时代发展趋势，以全新品格对文学理论探讨，促使文艺自觉，从而在郭象《庄子注》同时或稍后出现了《文赋》和《文心雕龙》。

---

① 任继愈：《中国哲学发展史》，人民文学出版社1988年版，第299页。

文学自觉和文学理论的自足与完善，对文学审美本质和文学思维规律的探讨需要感性审美主体的确立。汉末建安时期，儒学式微，名教松动，自我意识逐渐觉醒。"建安风骨""文以气为主"（曹丕《典论·论文》）的文论主张提出，个体意识张扬，重情感、以悲情为美的社会风气逐渐形成。但正始文人对无的形而上的思辨，对圣人之情的一味效仿，窒息了弥漫着美学精神的社会风气。郭象玄学贬抑圣人之情，提出"法圣人者，法其迹耳"（《庄子·胠箧注》），主张"人各自正则无羡於大圣而趣之"（《庄子·德充符注》），并基于"物各自造而无所待焉，此天地之正也"（《庄子·齐物论注》）的思想，提倡适性逍遥和率性自然。郭象的观念中，自然与名教相统一，主体自然性与社会性相统一，神人与圣人、常人相统一。把感性的审美的主体从思辨的形而上桎梏中解放出来，具有划时代意义的是，把人生从儒教工具理性约束里解放出来。通过对思辨哲学理性与政治工具理性的双重批判，捍卫了主体的独立地位，从而完成对审美主体的理论建构。这对文学自觉，对探讨文学审美创造和审美价值有着极其深远的启发意义。

陆机的《文赋》作为我国古代最早研究文学创作特点的专论，分析创作主体的"感物""缘情"和"托言"三者之间的关系，以道家思想为指导。陆机仕晋来到洛阳，在多大程度上接受到郭象玄学影响，虽无具体史料佐证，但其诗学思想和对"感物""缘情"心理特点的描述，与郭象玄学对诗化审美主体论述内在一致。郭象"适性逍遥""率性自然"主张和对主体性的肯定，为陆机等人构筑文学理论体系奠定了哲学基础。这种哲学基础是文艺真正走向独立自觉的基本前提。刘勰强调的"性灵"是能感物吟志的感性主体，与郭象"适性逍遥""率性自然"和陆机"感物""缘情"说一脉相承。文学本质论的建立和完善是文学自觉的重要标志之一。有无、本末、体用和言意是玄学论辩的核心问题，这些范畴已由老庄的宇宙生成论被移置到世界本体论，并由言意为中介与文学本体论联系起来，极大地促进了当时文学观念的转化。在有无、本末等问题上，郭象作出了综合性的独特阐释。刘勰之所以能将"心"与"道"统一于理论体系中，所借助的正是自然范畴。由此，他在《原道》开篇就将"文之德"推崇到"与天地并生"的高度。刘勰"自然之道"与郭象万物"块然自生"的"齐物论"思想，以及他的"天地之心"与郭象"极两仪之至会"的"圣人之心"（《庄子·逍遥游注》）蕴涵一致。以郭象"独化于玄冥之境"的理论解读刘勰"思接千载""视通万里""登山则情满于山，观海则意溢于海"（《文心雕龙·神思篇》）等文论名句，就会豁然开朗。

文学自觉在于文学主体审美意识的独立，在于文论自觉地对文学内在规律的考察与探讨。总之，只有在郭象玄学的理论语境中，陆机《文赋》和刘勰《文心雕龙》两部文论著作的问世才有可能；正是郭象玄学为中国文学从两汉文学的逐渐自觉，到魏晋文学创作与文论的全面觉醒，提供了丰厚的理论依据和明晰的审美判断尺度。[①]

第三节　潘岳的洛阳深情

两晋时期，是文学走向自觉之后的大发展时期，河洛地区涌现出许多著名诗人。刘勰以为"晋虽不文，人才实盛"（《文心雕龙·才略》），他论述两晋诗家时提到的诗人，河洛籍诗人几乎占了半数，较为著名者有潘岳、潘尼、郭泰机、庾阐、支遁、殷仲文等。

---

① 陈士部：《郭象玄学与文学的自觉》，《菏泽师范专科学校学报》2004年第4期。

第三章　魏晋南北朝洛阳文学

潘岳（247—300），字安仁，后人称之为"潘安"。祖籍在中牟，出生于今巩义市西南芝田镇北石村。西晋著名文学家，太康文学的代表人物。曾在河阳、怀县、长安、京都洛阳等地做官。官至给事黄门郎。赵王司马伦执政时，因与赵王宠臣孙秀有隙，受诬陷被杀，并被夷三族。明代张溥辑有《潘黄门集》。[①]

潘岳为西晋著名文学、政治团体"金谷园二十四友"之首。作品对后世影响很大，特别是《悼亡诗》成为中国文学史悼亡题材的开先河之作。《秋兴赋》《闲居赋》《籍田赋》文字优美，富有感情，是那个时代顶峰之作。潘安与石崇等人在洛阳河阳县（今洛阳吉利区一带）金谷别墅设宴送别友人，后人称为"金谷宴集"，成为中国历史上第一次真正意义上的文人聚会。这次聚会和石崇所作的《金谷诗序》，为后人王羲之效仿而有"兰亭雅集"和《兰亭集序》。"金谷宴集"中"遂各赋诗，以叙中怀，或不能者，罚酒三斗"是酒宴上罚酒的鼻祖。潘安又由于貌美、才华卓著、小有政绩等，留下了很多典故，如"掷果盈车""白发悲秋""金谷俊游""桃花县令""拙政园"（苏州拙政园，借用潘岳《闲居赋》中"此亦拙者之为政也"之句取园名）等。潘安为人至情至孝，北宋之前《二十四孝》里记载有潘岳辞官奉母的故事。

潘岳的父亲潘芘应该是在京城洛阳任职，所以才将家从中牟搬到巩县，选址于北石村。当时的洛阳城在白马寺一带，巩县属于京畿，距离不远，且有洛水航运，来往极为便捷。潘岳19岁时（265）潘芘出任琅琊内史。潘芘去世后，潘岳兄弟五人将父亲葬于北石村，即潘岳《西征赋》中提到的"坟茔"，并在《在怀县作二首》中深情地称这里为魂牵梦绕的"旧乡"。据《水经注》及历代县志记载，

[①] 王永宽、白本松：《河南文学史·古代卷》，中州古籍出版社2002年版，第236页。下同。

北石村有潘岳的府第宅院和家族墓地。北石村是潘岳父亲的安家地、归葬地，也是潘岳的出生地、成长地、结婚地和归葬地。

一 潘岳对洛阳深情礼赞

潘岳对洛阳怀有深厚的感情，对洛阳庄园极尽赞美之词。金谷园位于洛阳邙山附近的金谷涧中，潘岳的《金谷集作诗》通过对庄园景致的刻画与雅集场面的描写，表现庄园的动态与静态，文风清丽疏朗，并对后世山水诗的兴起与发展有一定的影响。潘岳《闲居赋》呈现私家园林美景，突出洛阳深厚的文化底蕴和帝都的雍容大气：

> 浮梁黝以迳度，灵台杰其高峙。窥天文之秘奥，睹人事之终始。其西则有元戎禁营，玄幕绿徽，溪子巨黍，异椠同归，炮石雷骇，激矢虹飞，以先启行，耀我皇威。其东则有明堂辟雍，清穆敞闲，环林萦映，圆海回泉，聿追孝以严父，宗文考以配天，祇圣敬以明顺，养更老以崇年。若乃背冬涉春，阴谢阳施，天子有事于柴燎，以郊祖而展义，张钧天之广乐，备千乘之万骑，服枨枨以齐玄，管啾啾而并吹，煌煌乎，隐隐乎，兹礼容之壮观，而王制之巨丽也。两学齐列，双宇如一，右延国胄，左纳良逸，祁祁生徒，济济儒术，或升之堂，或入之室。教无常师，道在则是。故髦士投绂，名王怀玺，训若风行，应犹草靡。此里仁所以为美，孟母所以三徙也。

以居住地为中心，描绘附近建筑，并特意对柴燎壮观礼容和威严的皇家礼仪浓墨重彩地渲染，突出统治者对儒学的重视和皇族的恢宏气势，并显示京都深厚的文化底蕴。采取汉大赋的形式，夸张地展示帝都风姿，字里行间洋溢着自豪之情。

潘岳的洛阳深情更多表现在离洛时悲怨与眷恋交织的心理。潘岳一生三次离洛，洛阳始终是他魂牵梦萦之地，离京期间所作诗文或多或少表现出回望眷恋洛阳的情态。洛阳作为西晋的京都，具有政治特性；文人入洛，多为追寻政治前途，所谓"学成文武艺，货与帝王家"。大一统帝国核心是以皇帝为代表的政治机制，京都洛阳与文人仕途息息相关，广阔的政治舞台和高度集中的政治权力使洛阳为全国各地那些不甘平常的读书人提供了一个巨大的、高层次的发展平台。任职京都可接近高层政治组织，更容易获得统治阶层的关注和重用，因此，洛阳作为全国政治中心的地位，成为众多文人学士心驰神往的地方。潘安将入洛为官视为自己人生成功的标志和毕生理想。

其次，在以京都为中心的地理秩序尊卑观念影响下，崇尚京都成为人们普遍存在的心理。"惠此中国，以绥四方"（《诗经·大雅·民劳》），赞扬东周洛阳为自古神圣之地；班固《东都赋》颂扬洛阳有仁德礼义之美；作为魏晋京都，文人创作了大量咏洛赋，如傅玄《正都赋》、左思《二都赋》、王廙《洛都赋》等。洛阳形象在潘岳笔下也得到了完美诠释，彰显了帝都的恢宏气势与无限风光。最后，潘岳父亲的坟墓在巩县，"眷巩洛而掩涕，思缠绵于坟茔"（潘安《西征赋》），落叶归根，躯体要葬回故里。回到洛阳是潘安礼赞洛阳的写作动机。

二　潘岳的诗文赋诔

现存潘岳诗内容丰富，涉及战争、政事、悼亡、赠答、家训等方面。《关中诗》描述惠帝元康六年（296），关中氐、羌族人民起义的情况，在歌颂朝廷战将奋勇杀敌的同时，又对无辜被杀百姓表示深切同情："哀此黎元，无罪无辜，肝脑涂地，白骨交衢。"描写战争给人民带来巨大灾难。《河阳作二首》和《在怀县作二首》是潘岳步入官场初期作品，潘岳风华正茂，血气方刚，身为县令，很想有一番作为，成就一番事业："谁谓邑宰轻，令名患不劭""祗奉社稷守，恪居处职司"。

潘岳的主要成就表现在悼亡诗。表现悼亡之情，真切细腻，感人至深。《悼亡诗》为亡妻而作，堪称我国文学史上的杰作。从《诗经·邶风·绿衣》，到唐元稹《遣悲怀》、宋代苏轼《江城子》、清代纳兰性德《金缕曲》，潘岳悼亡诗在悼亡诗歌史上，承上启下。诗中表达对亡妻深切思念："望庐思其人，入室想所历。帏屏无仿佛，翰墨有余迹。流芳未及歇，遗挂犹在壁。怅恍如或存，回惶忡惊惕。"《杨氏七哀诗》写得更加凄楚动人："展转独悲穷，泣下沾枕席。人居天地间，飘若远行客。"《思子》情悲意切，令人伤怀："奈何念稚子，怀奇陨幼龄。追想存仿佛，感道伤中情。一往何时还，千载不复生。"

潘岳博学多才，富有创造性，诗歌情感深沉，荡人魂魄，富有艺术感染力，写景清新妩媚，抒情哀婉凄楚，辞采艳丽。在西晋文坛上，"降及元康，潘陆特秀"（沈约《宋书谢灵运传论》），与陆机并称潘陆。"潘陆俱词胜者也。陆之才富，而潘气稍雄也"（明人胡应麟《诗薮·外编》）。

潘岳是西晋著名辞赋家。其赋今存20余篇。萧统《昭明文选》对其辞赋偏爱有加，选其8篇。潘岳的辞赋以抒情小赋居多，成就也最高。借景抒情，所写之景明净流利，所抒之情真切感人，引人共鸣。内容大致分四类：歌唱田园生活，如《秋兴赋》《闲居赋》；

抒发悲伤情怀,如《悼亡赋》《寡妇赋》《怀旧赋》;赞美田猎之乐,如《籍田赋》《射雉赋》;咏物小赋,如《笙赋》《相风赋》《秋菊赋》《莲花赋》《芙蓉赋》《橘赋》《果赋》《萤火赋》《狭室赋》等。

《秋兴赋》为虎贲中郎将夜值散骑省时所作,表现对田园生活的向往,对官场险恶的厌恶,虽有嫌官小不做之嫌,但对官场险恶和田园之乐的对比描写,表现出真实的内心世界:"彼知安而忘危兮,故出生而入死。行投趾于容迹兮,殆不践而获底。阙侧足以及泉兮,虽猴猿而不履。龟祀骨于宗祧兮,思反身于绿水",而田园生活是如此的惬意:"耕东皋之沃壤兮,输黍稷之余税。泉涌湍于石间兮,菊扬芳于崖澨。澡秋水之涓涓兮,玩游儵之潎潎。逍遥乎山川之阿,放旷乎人间之世。优哉游哉,聊以卒岁。"

《闲居赋》写于惠帝元康年间,当时作者官场不得志,赋闲在家,有感而作。潘岳迷恋功名,甚至阿谀权贵,望尘而拜,但此赋写到了受到排挤,情绪低落,表现出向往田园生活,居家赋闲的欢乐:"昆弟斑白,儿童稚齿。称万寿以献觞,咸一惧而一喜。寿觞举,慈颜和,浮杯乐饮,丝竹骈罗。顿足起舞,抗音高歌。人生安乐,孰知其佗。"元好问曾这样评价潘岳:"心画心声总失真,文章宁复见为人。高情千古闲居赋,争信安仁拜路尘?"(元好问《论诗绝句》)潘岳谄事贾谧,史有记载。这篇小赋对尔虞我诈的官场十分厌恶,似乎并非"心画心声总失真"。人们也许不会否认潘岳曾对贾谧望尘而拜,但读《闲居赋》对潘岳可更全面了解。

《怀旧赋》是悼念岳父和两个妻弟而作,表现感激之意和哀悼之情:"今九载而一来,空馆阒其无人。陈荄被于堂除,旧圃化而为薪。步庭庑以徘徊,涕泫流而沾巾。"情文并茂,真挚感人。《寡妇赋》为好友任子咸妻子而写,把孤儿寡母孤立无援的悲苦处境表现得令人泪下。《悼亡赋》为亡妻而写:"人空室兮望灵座,帷飘飘兮灯荧荧。灯荧荧兮如故，帷飘飘兮若存。物未改兮人已化，馈生尘兮酒停樽。"面对空室，悲痛与思念交织，情真意切，感人至深。

潘岳大赋写得很有声色。晋惠帝元康二年（292）就任长安县令时作的《西征赋》，记述旅途经历和感慨，列举自洛阳至关中一带名人风物，臧否人物，内容丰富，规模宏大，句式以六言骈对为主，几乎每句一典。比西汉大赋四言句式前进了一大步，促进了辞赋骈四俪六基本句式的形成。

潘岳以诔文著称于时。存诔文近10篇，其中《马汧督诔》为诔文名作。汧阳督军马敦在乱军围攻汧阳时，他率兵苦守孤城，立下大功。可是，战后却因一点小小的嫌疑而死。诔文描绘当时关中危急的形势和马敦的大智大勇："旌旗电舒，戈矛林植，彤珠星流，飞欠雨集。惴惴士女，号天以泣。爨麦而炊，负户以汲。累卵之危，倒悬之急。马生爰发，在险弥亮，精冠白日，猛烈秋霜……"读之如见其人，如闻其声。然而，就是这样一个大智大勇的守城功臣却"身死汧狱"。从《马汧督诔》可见潘岳疾恶如仇、仗义执言的美好品质。

三　潘尼的创作

潘尼（250？—311？），字正叔，荥阳中牟（今河南中牟）人，潘岳之侄。初应州辟，后以父老归。官至太常卿。他少有才名，勤学苦读，与潘岳同以诗文享名于当时，并称"两潘"。后人辑有《潘太常集》。

潘尼的诗多为记游、赠答、迎送之作，题材范围相对狭窄，但意境开阔，气势非凡。如"桓桓上宰，穆穆四门。投纶沧海，结网昆仑。"(《赠司空掾安仁》),"振鳞南海,濯翼清流。"(《赠陆机出为吴王郎中令》)造境恢宏,给人以博大深沉之感。送别诗有的激情洋溢,富有感染力,如"知命虽无忧,仓促意低回。叹气从中发,洒泪随襟颓。"(《送卢景诗》)有的以理取胜,具有鲜明的哲理色彩,如"德厚化必深,政明奸自消。万寻由积簣,千里一步超。"(《赠长安令刘正伯诗》)潘尼善于摹景状物,形象鲜明逼真,历历如在目前,如"临岸濯素手,涉水搴轻衣。沉钩出比目,举弋落双飞。"(《三月三日洛水作诗》)其写景诗"青松荫修岭,绿蘩被广隰"(《迎大驾》)两句,意境宏阔,对仗工整,为人所称道。

潘尼的赋今存14篇,全是小赋,以咏物抒情为主,描写日常生活,抒写闲情逸致,品鉴风物,生活气息浓厚。《钓赋》写钓鱼之乐,《怀退赋》抒情言志,引功成身退、淡泊名利的历史人物为同调,抒发优游山水的情怀。潘尼赋善于描摹景物,形象逼真,神采飞动,如写一只鳖被人钓了上来,落在岸上,"方盘跚而雅步,或延首以鹤顾,或顿足而鹰距,或曳尾于泥中,或缩头于壳里"(《鳖赋》)。

潘尼散文存世较多,《安身论》最有影响,文中以个人修养为议题,指出安身立命的意义:"盖崇德莫大乎安身,安身莫尚乎存正,存正莫重乎无私,无私莫深乎寡欲。"身不能安,常因为"欲苟不济,能无争乎?私苟不从,能无伐乎?人人自私,家家有欲,众欲并争,群私交战。争则乱之萌也,伐则怨之府也。怨乱既构,危害及之,得不惧乎?"现实社会:"党与炽于前,荣名扇其后。握权则赴者鳞集,失宠则散者瓦解。求利则托刎颈之欢,争路则构刻骨之隙。于是浮伪波腾,曲辩云沸,寒暑殊声,朝夕异价。驽蹇希奔放之迹,铅刀竞一割之用。至于爱恶相攻,与夺交战……君子务能,小人伐技。风颓乎上,俗弊于下,祸结而恨争也不强,患至而悔伐之未辩,大者倾国丧家,次则覆身灭祀。其故何邪?岂不始于私欲,而终于争伐哉!"列举种种私欲造成的祸害,用朴素的道理宣讲安身立命的真谛,托物喻理,排比议论,论说颇具感染力。

第四节 《洛阳伽蓝记》的文学经典价值

北魏杨衒之的《洛阳伽蓝记》记载洛阳名寺的兴废沿革,由城内而城东、城南、城西、城北,以极富条理的空间顺序,依次记载每一座伽蓝的兴衰始末。以记佛寺为题,融入历史事迹、风俗习惯及种种传闻典故、灵异故事等。从宣武帝以后的皇室变动,到宗藩废立、权臣专横、宦官恣肆、艺文古迹,以及民间怪异、外夷风俗等,无不详记,使一部地理类、历史类书籍,充满文学的趣味,又可以补充《魏书》《北史》之不足。《洛阳伽蓝记》符合小说演进的各种特质,题材由志人志怪演变为兼融史传笔记、稗官野史与神怪杂录、民风异俗,超越六朝小说题材;艺术手法由先前的缺乏结构主题,到结构曲折,主题繁复;文字由单纯叙述到有叙述有描写,间杂俗语和对话;文采由朴质记录到骈散并行,修饰烘托,成为介于六朝残丛小语与唐传奇之间的过渡形态。每一则独立为小说来看,以清丽典雅的文字记述史传、古迹、艺文、风俗、灵异等故事,素材类型、艺术成就以及对洛阳文人史料的记载,可谓中国文学史上一块丰碑。

一 题材特征

记述洛阳城内奇人异事。六朝清谈放达,品评人物的风气大盛,这种风气已影响及小说。《洛阳伽蓝记》中有许多丰富的记人文字,

写人性情,鲜活生动。如第 2 卷"龙华寺"[1] 写寿阳公主一段故事:

  明帝拜综太尉公,封丹阳王。永安年中,尚庄帝姊寿阳公主,字莒犁。公主容色美丽,综甚敬之,与公主语,常自称下官。授齐州刺史,加开府。及京师倾覆,综弃州北走。时尔朱世隆专权,遣取公主至洛阳,世隆逼之。公主骂曰:"胡狗,敢辱天王女乎?我宁受剑而死,不为逆胡所污。"世隆怒之,遂缢杀之。

  这段故事没有直接描述公主性情,却用对话表现公主极为贞洁刚烈,笔法形神兼备。
"高阳王寺"[2] 载:

  (荀子文)年十三,幼而聪辩,神情卓异,虽黄琬、文举,无以加之。正光初,广宗,潘崇和讲《服氏春秋》于城东昭义里,子文摄齐北面,就和受道。时赵郡李才问子文曰"荀生住在何处?"子文对曰:"仆住在中甘里。"才曰:"何往?"曰:"往城南。"城南有四夷馆,才以此讥之。子文对曰:"国阳胜地,卿何怪也?若言川涧,伊洛峥嵘。语其旧事,灵台《石经》。招提之美,报德、景明。当世富贵,高阳、广平。四方风俗,万国千城。若论人物,有我无卿。"才无以对之。崇和曰:"汝颖之士利如锥,燕赵之士钝如锤。信非虚言。"举学皆笑焉。

---

[1] (北魏)杨衒之著,范祥雍校注:《洛阳伽蓝记校注》,上海古籍出版社 1958 年版,第 75 页。以下所引原文均出自此版本。
[2] 同上书,第 176 页。

河洛文脉

这段文字颇类《世说新语》，先叙人物，辅以故事，来证明荀子文聪辩。除了真实的人物外，也写虚构的传闻，譬如"建阳里"① 中的赵逸：

> 时有隐士赵逸，云是晋武时人，晋朝旧事，多所记录。……汝南王闻而异之，拜为义父。因而问："何所服饵，以致长年？"逸云："吾不闲养生，自然长寿。郭璞尝为吾筮云，寿年五百岁。今始余半。"帝给步挽车一乘，游于市里。所经之处，多记旧迹，三年以后遁去，莫知所在。

杨衒之极力把赵逸描写成一位隐逸高人，能洞察世事，智慧高超，并时时让他出现在书中，作为各种事件的见证人。这段文字记载赵逸，文末以汝南王问赵逸答，来刻画赵逸的神奇性格。

《洛阳伽蓝记》记述人物，无论官场中人或市井小民，也不管是文士贵族、异人高士，或雅人、小人，均如《世说》《人物志》一样生动形象，充满情趣。如"法云寺"② 记元或一段：

> 或博通典籍，辨慧清恬，风仪详审，容止可观。至三元肇庆，万国齐珍，金蝉曜首，宝玉鸣腰，负荷执笏，逶迤复道。观者忘疲，莫不叹服。或性爱林泉，又重宾客。至于春风扇扬，花树如锦，晨食南馆，夜游后园，僚采成群，俊民满席，丝桐发响，羽觞流行，诗赋并陈，清言乍起，莫不饮其玄奥，忘其褊郄焉。是以入或室者谓登仙也。荆州秀才张裴裳为五言，有

---

① （北魏）杨衒之著，范祥雍校注：《洛阳伽蓝记校注》，上海古籍出版社1958年版，第88页。
② 同上书，第201页。

清拔之句云："异林花共色，别树鸟同声。"或以蛟龙锦赐之，亦有得绯䌷绯绫者。唯河东裴子明为诗不工，罚酒一石。子明八斗而醉眠，时人譬之山涛。及尔朱兆入京师，或为乱兵所害，朝野痛惜焉。

这段文字写元彧性情风流如仙，颇有《世说》旨趣。还写人物聚会，赋诗相赏，从中可见当时洛阳文人习尚。

《洛阳伽蓝记》保存了大量的神怪故事，为后代《太平广记》等书主要的辑录来源。譬如"昭仪尼寺"① 一条，即存有两则异闻：

佛堂前生桑树一株，直上五尺，枝条横绕，柯叶傍布，形如羽盖。复高五尺，又然。凡为五重。每重叶椹各异，京师道俗谓之神桑。观者成市，施者甚众。帝闻而恶之，以为惑众，命给事中黄门侍郎元纪伐杀之。其日云雾晦暝，下斧之处，血流至地，见者莫不悲泣……

（段晖宅）地下常闻钟声。时见五色光明，照于堂宇。晖甚异之，遂掘光所，得金像一躯，可高三尺。并有二菩萨，趺上铭云："晋太始二年五月十五日侍中中书监荀勖造。"晖遂舍宅为光明寺。时人咸云"此荀勖旧宅。"其后，盗者欲窃此像，像与菩萨合声喝贼，盗者惊怖，应即陨倒。众僧闻像叫声，遂来捉得贼。

此外，还有"法云寺"之狐魅故事，"白马寺"经函时放光明，"宣忠寺"元徽投寇祖仁家遇害的冤报，"平等寺"佛汗故事，等

---

① （北魏）杨衒之著，范祥雍校注：《洛阳伽蓝记校注》，上海古籍出版社1958年版，第54页。

等。或长或短，叙述精简，骇人听闻。有叙述，有对话，笔法变化在六朝志怪小说上。记述有因果、灵验、报应、神狐等素材，兼有宣讲神怪和说明因果报应的双重趣味。

记述历史，并有史家评说。杨衒之笔下的历史，有些是见于史籍的信史，有些记述可弥补史籍不足；有些是演义，渲染强化民族意识。志史文字不仅具文学趣味，也富有史识史评。譬如《魏书》卷11载："正光二年，正常侍，领给事黄门侍郎，帝以元义擅权，遂称疾不起。久之，因托音病。"同样一段历史，杨衒之在"平等寺"①记云："恭是庄帝从父兄也。正光中，为黄门侍郎，见元义秉权，政归近习，遂佯哑不语，不预世事。永安中，巡于上洛山中，州刺史泉企执而送之。庄帝疑恭奸诈，夜遣人盗掠衣物，复拔刀剑欲煞之。恭张口以手指舌，竟乃不言。庄帝信其真患，放令归第。"

杨衒之这段描写比《魏书》更具体生动。此外杨衒之在志史的过程中加以史家评论。如"永宁寺"记永安三年尔朱兆囚庄帝于寺，交代清楚事情的来龙去脉后，"衒之曰：昔光武受命，冰桥宜凝于滹水；昭烈中起，的卢踊于泥沟。皆理合于天，神祇所福，故能功济宇宙，大庇生民。若兆者，蜂目豺声，行穷枭境，阻兵安忍，贼害君亲。皇灵有知，鉴其凶德……"②揭露尔朱氏祸国丑态，义正词严，文字笔法介于史传与小说之间。

记载很多魏人迁居洛阳时的民风异俗。反映当时的历史和地理情况，也是丰富的小说题材，如"法云寺"③诸王竞奢：

而河间王琛最为豪首，常与高阳争衡。造文柏堂，形如徽

---

① （北魏）杨衒之著，范祥雍校注：《洛阳伽蓝记校注》，上海古籍出版社1958年版，第104页。
② 同上书，第11页。
③ 同上书，第201页。

音殿。置玉井金罐，以金五色绩为绳。妓女三百人，尽皆国色。……琛在秦州，多无政绩，遣使向西域求名马，远至波斯国，得千里马，号曰"追风赤骥"。次有七百里者十余匹，皆有名字。以银为槽，金为锁环，诸王服其豪富。琛常语人云："晋室石崇乃是庶姓，犹能雉头狐掖，画卵雕薪；况我大魏天王，不为华侈？"

同一段记载中也描写元融竞奢，最后以"于时国家殷富，库藏盈溢，钱绢积于廊者，不可较数"结语。时俗之弊，令人骇异。此外，也记载了各种宗教习俗、外来传闻和南北生活异俗。①

思想内容上，有对时政和陋习的讽刺，有对南北正统的辨正和佛教义理的反省，比起纯粹的记述更接近小说笔法。杨衒之不信仰佛教，并且不赞成佛教的畸形繁荣，因此他的伽蓝记，没有陷入宗教情绪，比较客观地反映了历史真实，具有信史史料的价值。

二 卓越的小说艺术

首先叙事结构上，《洛阳伽蓝记》序言介绍本书体例："京城表里，凡有一千余寺，今日寥廓，钟声罕闻，恐后世无传，故撰斯记。然寺数最多，不可遍写，今之所录，止大伽蓝，其中小者，取其祥异，世谛俗事，因而出之。先以城内为始，次及城外。表列门名，以记远近。凡五篇。"分城内、城东、城南、城西、城北共5卷。每卷以若干个寺院为单元，如城内分别记载永宁寺、建中寺、长秋寺、瑶光寺、景乐寺、昭仪尼寺、胡统寺、修梵寺、景林寺。轻重主次，

---

① 成润淑：《〈洛阳伽蓝记〉的小说艺术研究》，《文史哲》1999年第4期。

条理清楚。各卷各寺之间又血脉相通,例如当时弘扬佛教,大建寺庙最有力的宣武帝皇后胡氏,即灵太后,在书中反复出现。陈留侯李崇在几则故事中都有记述。第2卷城东"正始寺"①:"有石碑一枚,背上有侍中崔光施钱四十万,陈留侯李崇施钱二十万,自余百官各有差,少者不减五千已下。"第3卷城南"高阳王寺"②:

> 崇为尚书令仪同三司,亦富倾天下,僮仆千人。而性多俭吝,恶衣粗食,亦常无肉,只有韭茹、韭菹。崇客李元佑语人云:"李令公一食十八种。"人问其故,元裕曰:"二九(韭)一十八。"闻者大笑,世人即以为讥骂。

第4卷城西"法云寺"条下"开善寺"③:

> 于时国家殷富,库藏盈溢,钱绢露积于廊者,不可较数。及太后赐百官绢,任意自取,朝臣莫不称力而去。唯元融与陈留侯李崇负绢过任,蹶倒伤踝,太后即不与之,令其空出,时人笑焉。

李崇贪财吝啬,而又是一个出手阔绰的大施主形象,跃然纸上。

同样一个人物在各卷中出现,互相呼应;同一事件散见各卷,互为补充。结构回旋中,隐现寺庙铺张浪费,将引发道德危机和政治动乱的线索。

开创正文和子注互相映照的叙事模式。《洛阳伽蓝记》正文外,

---

① (北魏)杨衒之著,范祥雍校注:《洛阳伽蓝记校注》,上海古籍出版社1958年版,第99页。
② 同上书,第176页。
③ 同上书,第201页。

第三章　魏晋南北朝洛阳文学

又有一些自注。虽然这种办法历代学者多不认可，但在中古时代颇为流行，也自有其妙处。正文与子注视角不同，取材各异，互为补充，相映成趣，读起来更有兴味。如卷一城内"永宁寺"，是本书记述的第一个寺院，叙述篇幅最长，子注也最多，大概因为永宁寺来头极大，建筑最为富丽堂皇，是洛阳的一大地标，而发生在这里的故事也最多，正文开头：

> 永宁寺，熙平元年（516）灵太后胡氏所立也，在宫前阊阖门南一里，御道西。其寺东有太尉府，西对永康里，南界昭玄曹，北临御史台。中有九层浮图一所，架木为之，举高九十丈，有刹复高十丈，合去地一千尺。去京师百里已遥见之。初掘基至黄泉下，得金像三十躯，太后以为信法之征，是以营建过度也。刹上有金宝瓶，容二十五石，宝瓶下有承露金盘三十重，周匝皆垂金铎，复有铁锁四道，引刹向浮图四角，锁上亦有金铎。铎大小如一石瓮（瓮）子。浮图有九级，角角皆悬金铎……诏中书舍人常景为寺碑文。装饰毕功，明帝与太后共登之，视宫内如掌中，临京师者若家庭。以其目见宫中，禁人不听登。①

所谓"刹"乃是塔上之塔，印度、尼泊尔的塔原是一个实心建筑，可安放佛骨和其他遗物，而中国式的佛塔是空心可登临。塔上加宝瓶和承露金盘，与中国传统信仰结合，所以要细加说明。正文加注，介绍永宁寺地理位置的同时，更详细说明这一带的重要建筑物；在"常景为寺碑文"句子下面，又详细介绍常景其人；在"禁人不听登"下又添一短注：衒之曾经与河南尹胡孝世一起登上过这

---

① （北魏）杨衒之著，范祥雍校注：《洛阳伽蓝记校注》，上海古籍出版社1958年版，第1页。下同。

个塔。用亲身经历来印证前文的叙述。这样空前雄伟豪壮的庙宇和宝塔，表现了当时高超的建筑技术，也洋溢着当时皇室狂热的宗教情绪。可是就在这庄严神圣的庙里，却发生了许多不幸的事，正文继续写道："至孝昌二年（526）中，大风发屋拔树，刹上宝瓶随风而落，入地丈余。复命工匠更铸新瓶。建义元，太原王尔朱荣总士马于此；永安二年五月，北海王元颢复入洛，在此寺聚兵；永安三年逆贼尔朱兆囚庄帝于寺；永熙三年二月，浮图为火所烧……"

十多年间，天灾人祸接踵而至，北魏王朝由此走向了衰败和分裂。作者于此段正文几乎一句一注，介绍了大量的相关史实，特别是关于尔朱荣入洛，诛杀王公卿士及诸朝臣二千余人，以及由尔朱荣扶上台的魏庄帝元子攸用非常手段诛杀太原王尔朱荣的经过，叙述非常清晰，中间又夹了一段元子攸从兄元颢自行上台称帝的插曲，把北魏王朝变故迭起、国将不国的乱局作了很好的交代。凡此种种，皆足以与《魏书》互证，其中的许多细节且为史书所不载。如果不加子注，这些珍贵的细节材料就将遗失不存，记述也少了许多兴味。

骈散结合，夹叙夹议。《洛阳伽蓝记》叙述用散句，写景时多用骈句，笔法灵活从容，于随意中见情志，毫不装腔作势或哗众取宠。如第1卷"景林寺"①：

在开阳门内御道东。讲殿迭起，房庑连属，丹槛炫日，绣桷迎风，实为胜地。寺西有园，多饶奇果，春鸟秋蝉，鸣声相续。中有禅房一所，内置祇洹精舍，形制虽小，巧构难比。加以禅阁虚静，隐室凝邃，嘉树夹牖，芳杜匝阶，虽云朝寺，想

---

① （北魏）杨衒之著，范祥雍校注：《洛阳伽蓝记校注》，上海古籍出版社1958年版，第62页。

同岩谷。静行之僧,绳坐其内,餐风服道,结跏数息。有石铭一所,博士卢白头为其文。

第4卷城西"宝光寺"①:

在西阳门外御道北,有三层浮图一所,以石为基,形制甚古,画工雕刻。隐士赵逸见而叹曰:"晋朝石塔寺今为宝光寺也。"人问其故,逸曰:"晋朝四十二寺,尽皆湮灭,唯此寺独存。"指园中一处曰:"此是浴堂。前五步应有一井。"众僧掘之,果得屋及井焉。井虽填塞,砖口如初,堂下犹有石数十枚。当时园地平衍,果菜葱青,莫不叹息焉。园中有一海,号曰咸池,葭菼披岸,菱荷覆水,青松翠竹,罗生其旁……普泰末,雍州刺史陇西王尔朱天光总士马于此寺,寺门无何都崩,天光见而恶之。其年天光战败,斩于东市也。

三 保存了很多关于洛阳的文学史料

《洛阳伽蓝记》引用了很多洛阳地方的民间传说、故事和谚语,有着丰富多彩的文学元素。无论是正文还是注文,在合适的地方杨衒之很喜欢引进民间文学,让行文充满生气活力。如第2卷城东"崇真寺"② 一上来就说"比丘慧嶷,死一七日复活,经阎罗王检阅,以错召放免"。下面大段记录慧嶷的回忆,归结为比丘应当禅

---

① (北魏)杨衒之著,范祥雍校注:《洛阳伽蓝记校注》,上海古籍出版社1958年版,第199页。
② 同上书,第79页。

诵，不必讲经。这些民间传说反映了当时佛教的风习变化。第 3 卷城南"大统寺"① 附双女寺文后有一较长子注：

> 虎贲骆子渊者，自云洛阳人，昔孝昌年戍在彭城。其同营人樊元宝得假还京，子渊附书一封，令达其家，云："宅在灵台南，近洛河，卿但至彼，家人自出相看。"元宝如其言，至灵台南，了无人家可问，徙倚欲去，忽见一老翁来，问："从何而来，彷徨于此？"元宝具向道之，老翁云："是吾儿也"取书引元宝入，遂见馆阁崇宽，屋宇佳丽，坐命婢取酒，须臾见婢抱一死小儿而过，元宝初甚怪之，俄而酒至，色甚红，香美异常，兼设珍馐，海陆具备。饮讫辞还，老翁送元宝出，云："后会难期，以为凄恨！"别甚殷勤。老翁还入，元宝不复见其门巷，但见高岸对水，渌波东倾，唯见一童子，可年十五，新溺死，鼻中出血。方知所饮是其血也。及还彭城，子渊已失矣。元宝与子渊同戍三年，不知是洛水之神也。

这则神奇故事记述洛水之神服役，而其家族以溺死孩子的鲜血为酒款待他的同僚。想象诡异，为后世民间故事借鉴虚构的素材。

《洛阳伽蓝记》多处引用谣谚，如第 1 卷城内"瑶光寺"，记述寺中有很多漂亮尼姑，于是引用"洛阳男儿急作髻，瑶光寺尼夺作婿"来说明此寺。第 4 卷城西"白马寺"中，说白马寺盛产高级水果，于是就引用谚语"白马甜榴，一实值牛"。第 3 卷城南归正寺中，说到伊洛河里的鱼，于是引用谚语"洛鲤伊鲂，贵于牛羊"，等等，给行文平添很多趣味。

---

① （北魏）杨衒之著，范祥雍校注：《洛阳伽蓝记校注》，上海古籍出版社 1958 年版，第 139 页。

介绍了当时洛阳文人逸事。第 3 卷城南"报德寺"条下写到洛阳城南延贤里内"正觉寺"①，介绍兴建正觉寺的王肃，因家难由萧齐投奔北魏的故事，其中详细记述了王肃前后两位夫人写诗赠答：

> 肃字恭懿，琅琊人也。赡学多通，才辞美茂，为齐秘书丞。太和十八年（494）背逆归顺，时高祖新营洛邑，多所造制，肃博识旧事，大有裨益，高祖甚重之……肃在江南之日，聘谢氏女为妻；及至京师，复尚公主。其后谢氏入道为尼，亦来奔肃，见肃尚主，谢作五言诗以赠之，其诗曰："本为箔上蚕，今作机上丝。得路逐胜去，颇忆缠绵时？"公主代肃答谢云："针是贯线物，目中恒任丝。得帛缝新去，何能衲故时？"肃甚有愧谢之色，遂造正觉寺以憩之。

王肃两任妻子出身都很高贵，前妻谢氏出身于江南世族，其父谢庄是著名的文学家；第二任妻子是北魏孝文帝的妹妹陈留长公主。王肃本来在南齐当官，因为父亲王奂被萧齐武帝诛杀，不得已投奔北魏。此时正值孝文帝大力改革，推行汉化政策，王肃凭他的才能得到赏识和重用，又被北魏王室招为女婿。谢氏追到了北方，于是王肃就成了两位夫人争夺的对象，处境十分狼狈。王肃建一座庙来安置谢氏，乃是不得已的举措，但就诸如此类的尴尬情况来看，这个办法后来还相当通行。谢氏的五言诗里包含着很深的哀怨和讽刺，她说你王肃像一条蚕，原来在箔上养着，后来爬上去了，你还能多少记得些原先的事情吗？这里的"丝""路""胜"都有谐音双关的意味，大有南朝民歌的风味。情幽语细，胜于明写哀怨，这正是运

---

① （北魏）杨衒之著，范祥雍校注：《洛阳伽蓝记校注》，上海古籍出版社 1958 年版，第 145 页。

用比兴手法的妙处。公主的答诗则充分肯定了喜新厌旧的正确性，坚持现在的婚姻状态不容改变。但当时北魏推行汉化政策不久，尚存蛮风，公主能用比兴手法写诗以表明自己的严正态度，已经非常风雅了。王肃虽然文化修养很高、极有文采，但绝不能开口，当务之急是把谢氏安顿下来。

记录文人作品、文坛逸事和文学相关的社会风气等。从书中可知，当时文人游览或集会时，与南朝相似，习惯于作五言诗。例如第5卷城北"凝玄寺"[①]条描述该寺："地形高显，下临城阙，房庑精丽，竹柏成林，实是净行息心之所也。王公卿士来游观为五言者，不可胜数。"可见洛阳当年诗风之盛。[②]

总之，杨衒之的《洛阳伽蓝记》是研究魏晋南北朝时期洛阳城市的重要历史文献。它把洛阳城作为描述对象，是城市文学审美的经典；充分描绘了北魏时期民族文化大融合的情景，展现了城市、文学与文化等多维度的融合演进，在整体上呈现出北魏都城洛阳的生存状态和风土人情。把洛阳城市人文景观作为描写对象，《洛阳伽蓝记》构建了城市文学的审美类型，具有独特的文学价值和审美品格。[③]

第五节 郭泰机《答傅咸》诗的成就

郭泰机（239—294），西晋诗人。河南郡（今河南洛阳市西郊涧水东岸）人。出身寒门，有才气，能诗。《文选》存其《答傅咸》诗：

皎皎白素丝，织为寒女衣。寒女虽妙巧，不得秉杼机。天

[①] （北魏）杨衒之著，范祥雍校注：《洛阳伽蓝记校注》，上海古籍出版社1958年版，第248页。
[②] 顾农：《〈洛阳伽蓝记〉里的文学史料》，《中原文化研究》2014年第4期。
[③] 席格：《〈洛阳伽蓝记〉的美学史价值》，《中州学刊》2017年第12期。

寒知运速，况复雁南飞。衣工秉刀尺，弃我忽若遗。人不取诸身，世事焉所希？况复已朝餐，曷由知我饥。①

傅咸有《赠郭泰机诗》残篇，今存序，从傅咸诗序文可知，郭诗是请求傅咸给予援引擢拔的干谒诗。干谒诗是古代文人为推荐自己而写，类似自荐信。文人为求进身，给权贵或者名人写诗，希望得到援引，自汉代开始到唐代蔚然成风。相比前代，《答傅咸》第一次以织机下的寒女及其才华自喻，倾诉自己出身寒门而怀才不遇之怨愤，也是古代诗歌史上现存的第一首反省自己的省谒诗，并首开在交际中用女性作比喻的先河。

一 诗歌史上特有的寒女形象

《答傅咸》是一首省谒诗②。祈求他人荐举是无奈和心酸的，在唐代为公荐贤的风气形成之前也是不太光彩的，经常会遭到拒绝，或者嘴上答应而实际不予推荐，或者存在虽举荐也不成功的尴尬。所以求人举荐往往委婉道出，或借助写景，如孟浩然《临洞庭湖赠张丞相》，开头描述洞庭湖壮丽景象和磅礴气势，为后文感叹欲渡无舟做铺垫，曲折表达希望援引之意。钱起的《赠阙下裴舍人》开头描画一幅秾丽的宫苑春景图，烘托裴舍人特殊身份，传达恭维和求援之意。或托物言志，如卢照邻《赠益府群官》和李白《上李邕》，或以鸟自喻，如吴均《赠柳秘书》，或以骏马自喻，如杜挚《赠毌丘俭》和李群玉《骢马》等，而郭泰机诗采用借女言志的比兴手法。

古代女性题材诗歌中，有现实描写女性，有以女性作比兴的，

---

① 逯钦立：《先秦汉魏晋南北朝诗》，中华书局2008年版，第609页。
② 韩立新：《唐代"谒事诗"的内涵界定及其分类的意义》，《河北学刊》2013年第2期。

用于比兴的女性多是神女和美女。楚辞以神女比喻诗人的高洁品行，张衡《四愁诗》以美人难寻，诉说追求理想的艰辛；《同声歌》借高贵大方的新娘子献身夫君，比况能臣对君王的忠贞；曹植用思妇表达君臣隔阂的痛苦，用弃妇比喻自己被家庭伦理、政治所弃的悲愤，所用的喻体都是美人佳人。其他如阮籍《咏怀诗》，傅玄《吴楚歌》《拟四愁诗》《明月篇》，石崇《楚妃叹》《王昭君辞》，陆机《拟兰若生春阳》《拟西北有高楼》《塘上行》《婕妤怨》均采用美人做比喻笔法，而郭泰机以现实中位卑才高的寒女做喻体。

唐宋，写贫寒多为反映现实，表达对寒女的同情。如杜甫《自京赴奉先咏怀》中"彤庭所分帛，本自寒女出"，白居易《缭绫》"缭绫织成费功绩，莫比寻常缯与帛。丝细缲多女手疼，扎扎千声不盈尺。昭阳殿里歌舞人，若见织时应也惜。"《红线毯》"红线毯，择蚕缲丝清水煮，拣丝练线红蓝染。染为红线红于蓝……一丈毯，千两丝"，宋代寇准妾蒨桃的"一曲清歌一束绫，美人犹自意嫌轻。不知织女萤窗下，几度抛梭织得成"。这些都是现实生活中贫寒女性的写照。但郭泰机诗所关注的不是寒女辛劳，而是寒女才技不能发挥，善于织纴却不得跻身于织女行列，她急切盼望能亲操机杼，为他人制作寒衣。寒女形象是一个积极入世者，以寒女比喻进身无路的寒士，写寒女美，比喻寒士品行高；写寒女巧，比喻寒士才华过人；写寒女无缘操持机杼，比喻寒士不能进身仕途；写寒女对衣工的怨恨，比喻寒士对选举制度及其执行者的不满。

郭诗强调寒女的才艺不被重视，塑造了一个才华出众却不得志的寒女形象。出身贫寒、地位卑微就是寒女和诗人见弃当朝的原因，也是他们的共同命运。郭诗以寒女自况后，到唐代时，才较多地出现以贫女自喻。如秦韬玉《贫女》突出贫女和寒士共享的人格美，《贵公子行》中书生的潦倒与贫女的怨诉互相辉映，借咏贫女为寒士鸣不平，邵谒《寒女行》和白居易《议婚》以贫女自伤，来为寒士写照。

二 现存的第一首省谒诗

《答傅咸》不仅是一首干谒诗，而且是一首省谒诗。省谒诗是诗人对干谒活动的一种反省，有抒写干谒成功后感激之情的，而更多是抒发失败后的失落和悲愤。诗题中的傅咸，字长虞，傅玄之子，是西晋名诗人之一，出身世族，先后任冀州大中正、尚书右丞、御史中丞等官职。傅咸和作者素称相知，曾有《赠郭泰机诗》，其诗小序云："河南郭泰机，寒素后门之士，不知余无能为益，以诗见激切可施用之才，而况沉沦不能自拔于世。余虽心知之而未如之何。此屈复非文辞所了，故直戏以答其诗云。"傅诗现仅存"素丝岂不洁，寒女难为容"及"贫寒手犹拙，机杼安能工"的残句。序言表现心有余而力不足的无奈，而"戏以答其诗"，表达了冷嘲世道，以此声援之意。

傅诗的"素丝岂不洁，寒女难为容"一开始并非比兴，而是借写技艺高超的贫女织出美丽衣服却不是给自己装扮，揭露"苦恨年年压金线，为他人作嫁衣裳"的不公平。而"贫寒手犹拙，机杼安能工"的反诘，表现不满世俗成见，肯定寒女才华弥足珍贵。可见郭泰机之前曾经有诗赠傅咸，即傅序"以诗见激切可施用之才，而况沉沦不能自拔于世"，傅咸回赠诗后他以此诗再答傅咸，所以此诗是干谒系列诗中的一首，也是一首省谒诗。

三 以女性喻体用于交际，突破怨而不怒传统

诗歌用于交际可追溯至《诗经》。《左传》众多赋诗活动中大量

使用爱情诗，使赋诗显得风流文雅。春秋赋诗中以爱情喻国家亲善，到《楚辞》中"香草美人"寄托君臣关系，可见春秋赋诗在女性做比喻方面有开创之功。但所赋之诗选取《诗经》已经有的篇目，不是创作，所以与后世文人雅集唱和有区别。自己作诗用于人际交往，典型的是赠答、唱和诗。最早的赠答诗，据文献记载可上溯到西汉苏武、李陵的送别诗。东汉《客示桓麟诗》与桓麟《答客诗》，以及秦嘉与其妻徐淑、贾充与李氏的夫妇赠答，但这些诗多写现实而无比兴，更无借女言志。而用于交际的诗歌首推这首《答傅咸》。

秦汉魏晋诗人多借女性抒发怀才不遇或忠君爱国情感，但均为自我抒怀，而郭泰机是写给傅咸的，向傅咸倾诉抱负难伸的怨愤和渴望用世之情。是朋友间的互相交流，将女性作为象征符号用于文人的交际，将难言的求援之词托于男女兴寄，并且突破怨而不怒的传统诗教。西晋讲究门第，庶族士人仕进艰难。郭泰机以"寒女虽妙巧，不得秉杼机"比况自己受门第所限入仕无门，而"衣工秉刀尺，弃我忽若遗""况复已朝食，易由知我饥"两句，更体现出空怀才学、无处施用的悲愤，揭露了晋代士庶对立，洋溢一股不平之气，表现出与一般的干谒诗有很大不同。因此，不但引起寒族士人的共鸣，也赢得了一些世族人士的理解和同情。钟嵘《诗品》称"泰机寒女之制，孤寂宜怨"，梁代昭明太子萧统把它收入选本，其主要原因应该在于此。①

---

① 以上见杨林夕《论郭泰机〈答傅咸〉对传统的突破》，《五邑大学学报》（社会科学版）2019年第1期。

第四章 隋唐洛阳文学

概　述

　　隋唐统一，结束东晋以来长达300年南北分裂局面，促成了民族文化全面融合。河洛地域文化在推进文学南北融合发展中，发挥着引导作用。唐初诗坛风靡上官体。洛阳才子刘希夷，其代表作《代悲白头翁》用乐府民歌式七言歌行体咏叹人生与爱情，跳出颓丧浮靡的官体窠臼，显现出鲜明的意象和婉转绵长的诗境。这种诗情与画意的完美结合，浓烈情思与澄澈意境的水乳交融，为气势壮大、声律协谐、形神兼备的盛唐诗歌的到来，铺平了道路。推动中晚唐白居易等为中坚的通俗诗派形成。从而，诗歌回到现实直录，为当下实际生活服务。隋唐科考会试，使八方才俊荟萃京洛，历史悠久的中原文化及遍布黄河南北的名山古刹，给流连其间的文人开辟自由驰骋的艺术空间。仅中岳嵩山，曾隐居其间参禅悟道、读书遨游的盛唐诗人就有王维、李白、岑参、李颀、刘长卿等众多名家。出自以上名家题咏嵩岳的古近体诗，出神入化地描绘名山胜景的绰约风姿，将雄奇壮丽的自然美提升到意象玲珑、形神兼备的艺术美高度，赋予河洛山川以蓬勃向上的精神气质和乐观进取的人格力量。

张说将陈子昂诗文革新主张发扬光大，引导唐代文学进入繁荣昌盛，是盛唐河洛文学的开路先锋。张说除诗文成就外，他还是唐代第一位以系列作品名世的传奇作家。他的传奇故事《梁四公传》等，有六朝志怪向唐传奇过渡的痕迹，把历史与虚构交织在一起，给人亦真亦幻的神秘感觉。开元年间在诗坛上享有盛誉的河洛诗人还有王湾、祖咏、李颀等。李颀是盛唐边塞诗的重要作家，兼具高适、岑参之长而又独具风骚。

盛唐河洛文学代表自然是杜甫、元结等。杜甫诗歌中伦理情感和济世忧民思想一直受到普遍推崇。元结《右溪记》等写景纪游之作，带有借山水寄慨的明确意向。山水游记最终在柳宗元手下脱颖而出，元结有开拓之功。

安史之乱后，以济世为目标的改革思潮，表现在文学领域，是以杜甫为前导、元结为津梁、白居易和元稹为首领的新乐府运动兴起，和以韩愈、柳宗元为主的古文运动蓬勃展开。在中唐前期诗坛上的洛阳刘长卿，于众体中专攻五言。足以体现中唐诗歌光辉成就的是河洛诗人韩、孟与元、白两派的典范诗。与这两派诗人声息相通的李贺、刘禹锡等，为中唐诗增添了绚丽光彩。韩愈以明确的诗论和富于开拓的创作，为唐代诗增添耀眼的光彩。把抒发抑郁作为诗歌创作的心理动因，透过奇崛怪诞的字面，感受爱憎忧乐的情绪波动。韩愈这种崇尚雄奇怪异之美，影响了整个韩孟诗派，形成了以奇崛险怪为特征的共同审美取向。韩、孟诗派与重视诗歌的讽喻教化功能的元、白诗派划出了明确的界限。深受韩孟影响又独辟蹊径的李贺，无路请缨和才不外见所导致的心理失衡，加上优越家世所赋予的孤高气质，使他逐渐显露出幽僻怪诞的个性特征。李贺诗歌审美特征的个性化、意象组合的情绪化、思维方式的奇特化和语言设色的冷艳而自树一帜，成为唐代近300年继李白之后诗人气质最为卓异、主观化倾向最为强烈、内心世界最为深邃、审美创造力最为卓绝的旷世天才。他用生命和心血凝结而成的珍贵作品，成为中华民族传统艺术瑰宝的重要组成部分；他所创造的凄艳奇诡的诗歌风格，对晚唐乃至封建社会后期诗歌产生了深远而持久的影响。[①]

在中唐文坛上，洛阳刘禹锡是以政治家的冷峻、哲学家的睿智、散文家的宏放、诗人的豪荡而卓然的传奇式人物。20余年贬谪生涯，没有消磨掉倔强锐气，反而培植了旷达乐观的主体性格，成就为人感佩的诗豪美誉。无论长篇短制或古体、近体，大都豪迈俊爽、简洁明快、情感真挚。在各种题材中，咏史怀古诗和独具风韵的民歌体乐府诗，是刘禹锡现存诗歌中最具创新色彩，因而也最值得珍视的作品。咏史怀古诗运用言简意赅的近体律绝，将深沉凝重的历史沧桑感和剀切淋漓的现实忧患感，融入隽永悠长的诗句，给人超越时空的哲理启迪。那些仿民歌体乐府诗，既保持民歌质朴明朗底蕴，又渗入长期谪居巴山楚水凄凉地的危苦情思。此外，中唐文人倜傥不羁的性格行为，不仅在长短句歌词和传奇小说中有所反映，也在刘禹锡对儿女风情的流连歌咏中得到印证。

以白居易、元稹为代表的通俗诗派与韩愈、孟郊为代表的奇险诗派并峙元和诗坛，各以独特的审美取向、不懈地探索创新，共同营造了中唐诗国百花竞放、姹紫嫣红的壮观景象。白居易《秦中吟》《新乐府》等组诗为代表的讽喻诗，集中体现了为君为臣为民为物为事而作的功利主义诗教观念，一度产生强烈的社会反响。白居易最

---

① 袁行霈主编：《中国文学史》第2卷，高等教育出版社1990年版，第313页。

负盛名且具永恒生命力的诗作,是突破自身观念局限,对个体情感真诚告白的感伤、闲适类作品,这主要体现在白居易居住洛阳时期的诗歌创作中。元稹是较早创作乐府诗的重要作家。早年创作的艳诗将青年时期风流倜傥的性爱体验和氤氲缱绻的情爱和盘托出,《会真诗》《离思》《春晓》等诗的优美意境和缠绵情致尤为后世称羡。元稹悼亡诗对人类至性真情的呼唤以及含蓄隽永的艺术意境,大大超越此前以悼亡诗称名的西晋潘岳,也影响了宋苏轼的悼亡词。元稹后期七言叙事长诗《连昌宫词》也颇负盛誉。元稹和白居易于贬谪期间以诗为使,往还寄赠,创作了大量情感浓郁的唱和诗,以至诗友唱和在长庆、开成年间蔚成风气。

韩愈是散文革新运动的杰出领袖,也是文体革新最高成就的体现者。突破了前期古文家空言论道的弊端,纠正了散文探索过程中的偏颇,为致力古文创作的文人提供了艺术范本。同时,将骈文注重辞章技巧的优点,创造性地运用于政论、书启、赠序、杂说、传记、碑志等各种题材,充分显示散文议论宏放、情感充沛的本体特征,把古文提升到真正的文学境地。受韩愈影响和带动,刘禹锡、元稹和白居易等,都在散文创作领域进行了积极探索。

晚唐河洛诗人李商隐,是唐诗天空腾起的一道晚霞。李商隐胸怀大志,有执着的参政意识,但随朝政危机,逐渐磨去锐气。对国家和个人命运忧心忡忡,饱尝横遭谗陷而无处诉怨的悲愤凄楚,培植了敏锐而纤弱的审美洞察力,对圆满充实的人生境界不倦追求,使他对缠绵爱情及至真至纯的理想境界情有独钟。"无题诗"是赋予残缺生活以完美品格的艺术写真。

除诗歌、散文外,河洛作家在笔记、传奇和长短句等领域也作出了贡献。张说《梁四公记》和元稹《莺莺传》等,在中晚唐传奇中,均占有一席之地。沈佺期、刘禹锡和白居易等,也为唐五代词的兴盛和发展进行了探索。

在唐代辉煌灿烂的历史天空，河洛土壤孕育了洛阳作家强烈的文化责任感和无与伦比的才情，同时，他们的文学创作又赋予了河洛景观充满魅力的艺术韵律，培植了河洛文化博大的人文情怀和深厚内蕴，继续开拓中国文学现实主义的艺术风格和创作原则。

第一节　唐初洛阳诗人

隋代是中国文学由南北朝向唐代的过渡期。南北朝末期江南文学的绮丽之风与北方文学贞刚之气不断融合。开皇四年（584）九月，隋文帝将李谔所奏《上隋高祖革文华书》颁示天下，以行政命令强力推行文风改革，促使文坛风气出现转机，成为唐代文风变革的先声。但到隋炀帝时，大兴宫掖，文坛重臣多为南朝遗老等因素交互作用，文坛弥漫齐梁余风。此时，整个河洛作家留下来的作品不多，质量不高，贺若弼仅存诗1首，于仲文仅存诗2首。

贺若弼（544—607），字辅伯，洛阳人，历仕北齐、北周，入隋后，拜吴州总管，因平陈之功，加上柱国，进爵宋国公。大业三年（607）从驾北巡，因口舌之祸被诛。《隋书》有传，《全隋诗》存其诗1首，题为《遗源雄诗》："交河骠骑幕，合浦伏波营。勿使麒麟上，无我二人名。"此诗为贺若弼在吴州总管任上用兵平陈前，与源雄的互勉之作。全诗借用西汉名将立功封侯和汉宣帝造麒麟阁置功臣图像二典，表达渴望建功立业的豪迈之志。诗风质朴雄健，为隋代诗坛仅见。于仲文（545—612），字次武，洛阳人。历周东郡太守，隋太子右卫率、大将军。大业八年（612）因辽东之败，发病而卒。今存诗2首，语言绮丽，多藻饰，唯《答谯王诗》中"晚霞淡远岫，落景藻长川"两句洗练工稳。

一　唐初洛阳文学

唐初百年间，政局稳定，四海晏然，经济复苏，文化高涨，但文学的发展却呈现出明显的滞后性，诗坛上风靡的是由齐梁宫体诗衍化而来的"上官体"。在河洛区域，杜审言诗歌成就较高。武后、中宗朝的沈佺期和宋之问，大力从事近体诗的写作。与沈宋等同榜及第的刘希夷，代表作《代悲白头翁》触景生情，以落花起兴，用乐府民歌式的七言歌行体咏叹人生与爱情，跳出了颓丧的宫体窠臼，显现出鲜明的意象和婉转绵长的诗境。昭示了声律协谐、形神兼备的盛唐诗歌的到来。

唐初广引全国文人，编纂类书，赋诗唱酬，推动了宫廷文学空前繁荣，由此完成了五七言诗的体制。河洛文人上官仪、杜审言、宋之问等承续六朝余风，对唐诗的发展起了规范化作用。

上官仪（608？—664），字游韶，陕州（今河南三门峡）人。贞观元年（627）登进士第。太宗召授弘文馆直学士，累迁秘书郎。高宗朝为秘书少监。累官至银青光禄大夫，西台侍郎等。麟德元年（664）为许敬宗所陷，下狱而死。有《上官仪集》30卷，已佚，《全唐诗》存他的诗1卷共20首。

上官仪是太宗、高宗朝最具代表性的宫廷诗人。其诗大都华艳精巧，词采雕琢。如《咏画幛》："芳晨丽日桃花浦，珠帘翠幛凤凰楼。蔡女菱歌移锦缆，燕姬春望上琼钩。新妆漏影浮轻扇，冶袖飘香入浅流。未减行雨荆台下，自比凌波洛浦游。"诗中华辞堆砌，极尽装饰，"桃花浦""凤凰楼"具有形容性质，"蔡女""燕姬"直以美女入诗，"行雨荆台""凌波洛浦"更铺以艳事。虽然内容空洞，情调柔媚，但上官仪有很高的艺术修养，对诗歌形式技巧屡有创见，其高度纯熟的手法，常常冲淡雕琢痕迹，使诗境圆融流畅。《入朝洛堤步月》描写天津晓月、洛浦秋风的清静开阔和鹊飞蝉鸣的飞动热闹交相辉映，展现了大自然的欣欣向荣景象，从中更透露出诗人内心的平静与满足，体现出承平步月的雍容气度。

作为唐诗史上第一个以个人名义命名的风格，号称"上官体"，其生成与流行既是社会文化风尚新变的产物，又顺应了诗歌艺术演进的内在规律，对唐诗风貌的形成产生了深远的影响。上官体汲取南朝诗艺的精要而又有重大突破，显示了宫廷诗风由因袭到创新、由滞重到轻灵、由风格雷同到个性彰显的变化趋势，超越唐初诗风的僵化局面，而呈现出唐诗风貌的端倪。

《全唐文》录存上官仪散文 20 篇，虽都是实用性文体，但骈体行文，典实繁密，对仗工整，辞语华美，显示非凡的才力，一定程度上助长了骈俪文风。代表作为《对用刑宽猛策》。

杜审言（645？—708），字必简，祖籍襄阳（今湖北襄樊），父迁居巩县（今河南巩义）。高宗咸亨元年（670）擢进士第，其后任隰城（今山西汾阳）尉、洛阳丞等职。武后圣历元年（698），被贬吉州司户参军，后回洛阳。武则天授著作佐郎，迁膳部员外郎。后授国子监主簿，加修文馆直学士。有《杜审言集》10 卷，已佚。今有《杜审言诗集》3 卷为后人所辑。《全唐诗》存诗 1 卷，共 42 首。今有徐定祥《杜审言诗注》。

杜甫诗中有："例及吾家诗，旷怀扫氛翳。慷慨嗣真作，咨嗟玉山桂。钟律俨高悬，鲲鲸喷迢递。"（《赠秘书监江夏李公邕》）其中"慷慨"联指杜审言诗寄寓人生感慨；"钟律"联指诗格律整严，气势雄畅，概括了杜审言诗内容及形式特点。在初唐诗人中，杜审言诗以浑厚见长。如："心是伤归望，春归异往年。河山鉴魏阙，桑梓忆秦川。花杂芳园鸟，风和绿野烟。更怀欢赏地，车马洛桥边。"

(《春日怀归》)此诗作于流放峰州时期,写乍见异地春光,便想起故乡洛阳的春色,特别怀念的是往日车马过洛桥的欢畅生活,情感极为真切浓烈。杜审言诗艺术上格律严整而气韵流畅,如:"独有宦游人,偏惊物候新。云霞出海曙,梅柳渡江春。淑气催黄鸟,晴光转绿苹。忽闻歌古调,归思欲沾巾。"(《和晋陵陆丞早春游望》)

  杜审言的五律:"今年游寓独游秦,愁思看春不当春。上林苑里花徒发,细柳营前叶漫新。公子南桥应尽兴,将军西第几留宾。寄语洛城风日道,明年春色倍还人。"(《春日京中有怀》)被誉为初唐第一五言律诗。全诗琢字精妙,对仗工整,写异乡景物给人的新鲜感受,其中"出""渡""催""转"再现江南早春的勃勃生机;前后联以"独有""偏惊""忽闻""欲"等绾合全诗,抒发天涯游宦的凄怆。虽题材寻常,但因脱胎七言歌行而加以整肃,故对仗音调和谐,有一唱三叹之妙,体现了杜审言诗自然流畅的特点。

  初唐诗人中,杜审言在律诗形成和发展中的贡献不亚于沈佺期和宋之问。胡应麟说:"唐初无七言律,五言亦未超然,二体之妙,杜审言实为首创。"(胡应麟《诗薮》内编卷4"近体"上)杜审言熟练掌握了律诗的体式规范,达到了很高的艺术水平,展示了律诗发展的广阔天地。

  宋之问(656—712),一名少连,字延清,虢州弘农(今河南灵宝)人。高宗上元二年(675)进士,授洛州参军,累迁左奉宸内供奉,后历任鸿胪主簿、考功员外郎,世称"宋考功"。睿宗即位,贬钦州。后被赐死于桂州。有《宋之问集》10卷,已佚。今《宋学士集》9卷乃明张燮所辑。《全唐诗》编其诗为3卷,《全唐诗外编》及《全唐诗续拾》补27首,断句9个,共计200余首。

  宋之问一生宦海浮沉,饱经忧患。作品中多有体现,如:"度岭方辞国,停轺一望家。魂随南翥鸟,泪尽北枝花。山雨初含霁,江云欲变霞。但令归有日，不敢恨长沙。"（《度大庾岭》）写景逼真，抒情凄婉，充满乡关之思和身世感怀。常用南北对比反差表现贬谪的凄苦，如"南溟天外合，北户日边开"（《登粤王台》）、"桂林风景异，秋似洛阳春"（《始安秋日》）、"丹心江北死，白发岭南生"（《发藤州》）等。地理分隔造成心理时空的错位，表达了两种完全不同的情感体验，表现出在政治旋涡中受到伤害的苦楚。

宋之问诗艺术上细密工巧，用语雕琢后仍能自由道出，复于自然。在中国文学史上历来"沈宋"并称，主要贡献在律诗创作上。他们以创作实践总结了五七言近体的形式规范，使律诗音韵对仗和起承转合缜密整齐，工巧创新，且合于黏附规则，使律诗格律至此定型。

上官婉儿（664—710），唐初著名宫廷女诗人。高宗麟德元年（664），其祖父上官仪、父上官庭芝同时被诛，襁褓中的上官婉儿随母配入掖庭。14岁因政治识见和文学才华为武则天内掌诏命。中宗即位，封为昭容，专掌制诰。中宗崩，韦后临朝，临淄王李隆基起兵，诛韦后，上官婉儿同时被斩。玄宗登位后，收集其作，撰成文集20卷，并让张说作序。文集散佚，而序今存。《全唐诗》存其诗32首。

上官婉儿诗风承其祖父，但感情自然，风格爽健，留有抒情佳作，如："叶下洞庭初，思君万里余。露浓香被冷，月落锦屏虚。欲奏江南曲，贪封蓟北书。书中无别意，惟怅久离居。"（《彩书怨》）将少妇思君融进凄清寂寞的秋景，感情纯净，诗境清远。虽出自宫廷女之手，却没有宫体诗所惯有的柔靡浮艳。作为宫廷诗会的热心组织者和权威评判者，上官婉儿良好的艺术修养对当时宫廷诗坛风气产生了广泛的影响。上官婉儿曾劝中宗扩大书馆，广置昭文学士，盛引词学之臣。每当中宗赐宴赋诗，不仅代皇帝皇后和诸位公主作

诗，而且负责评定群臣之作。"当时属辞，大抵浮靡，然皆有可观，昭容力也。"(《唐诗纪事》卷3)

刘希夷(651—?)，字庭芝，一说字延之，汝州人，一说颍川(今河南禹州)人。高宗上元二年(675)登进士第。有《刘希夷集》10卷和《诗集》4卷，均散佚。《全唐诗》编其诗1卷，《全唐诗外编》及《全唐诗续拾》补其诗7首，共42首。

刘希夷描写从军出塞的诗有《将军行》《从军行》等，表现戍边将士的英风豪气和慷慨报国豪情。描写闺情的作品较多，如《春女行》《采桑》《代闺人春日》《代秦女赠行人》《览镜》《晚春》等，对女子体态美、服饰美以及哀怨心绪刻画得细致入微，情调哀艳。其中一些诗歌颂了热烈真挚的爱情，如："愿作轻罗著细腰，愿为明镜分娇面。与君相向转相亲，与君双栖共一身。愿作贞松千岁古，谁论芳槿一朝新。百年同谢西山日，千秋万古北邙尘。"(《公子行》)用民歌比兴手法，轻罗、明镜、贞松指爱情的专注真诚。

从军与闺情题材更多表现年轻的青春冲动，然而浪漫情怀触及现实，就会产生怀才不遇、青春虚度的苦闷，这是刘希夷诗歌意旨悲苦的原因。如："酒熟人须饮，春还鬓已秋。愿逢千日醉，得缓百年忧。旧里多青草，新知尽白头。风前灯易灭，川上月难留。"(《故园置酒》)化解这种忧愁的，不是人情练达的人生历练，而是逍遥物外的出尘思想："吟咏秋水篇，渺然忘损益。秋水随形影，清浊混心迹。岁暮归去来，东山余宿昔。"(《秋日题汝阳潭壁》)刘夷希对洛阳城的花情有独钟，由花及人，表达一种超然觉悟：

洛阳城东桃李花，飞来飞去落谁家？洛阳女儿好颜色，坐见落花长叹息。今年花落颜色改，明年花开复谁在？已见松柏摧为薪，更闻桑田变成海。古人无复洛城东，今人还对落花风。

第四章　隋唐洛阳文学

年年岁岁花相似，岁岁年年人不同。寄言全盛红颜子，应怜半死白头翁。此翁白头真可怜，伊昔红颜美少年。公子王孙芳树下，清歌妙舞落花前。光禄池台文锦绣，将军楼阁画神仙。一朝卧病无相识，三春行乐在谁边？宛转蛾眉能几时？须臾鹤发乱如丝。但看古来歌舞地，惟有黄昏鸟雀悲。（《代悲白头翁》）

在这里，个体生命的渺小短暂令人伤感，大自然不息的生命力却让人神往。这种情思，把人生无常感淡化为青春惆怅，少了衰颓气息。由于刘希夷远离宫廷，创作不同于宫廷诗人，表现出质朴鲜活的个性，丰富了唐诗的表现领域和生活体验。

刘允济（？—709?），洛州巩人，生卒年月均不可考。博学善属文，早年与"初唐四杰"之一的王勃齐名。弱冠时中进士，累官著作佐郎、左史兼直弘文馆、凤阁舍人。他曾采集鲁哀公以后12世至战国的遗事，编撰《鲁后春秋》20卷，《旧唐书·经籍志下》《新唐书·艺文志四》《国史经籍志·卷五》均著录《刘允济集》20卷，《旧唐书·经籍志上》著录《鲁后春秋》20卷，《新唐书·艺文志四》《宋史·艺文志八》著录《金门待诏集》5卷，可惜这些文集均已散佚。《全唐诗》第63卷录存其诗4首，《全唐文》第164卷录存其赋5篇，《全唐文又再补·卷二》录其《明堂赋》，但为残文。文辞雕琢，为武则天赏识。[1]

初唐比较著名的洛阳作家还有元万顷（？—689），字万顷，洛阳人，鲜卑族。唐朝时期大臣，北魏太武帝拓跋焘七世孙。善于属文，放浪不羁。乾封二年（667），跟从大将军徐懋功出征高丽，为辽东道管记。尝奉令作文檄高丽，嘲笑高丽不知道固守鸭绿江。高

---

[1] 李冬艳：《〈新唐书·刘允济传〉笺证》，《文学界》（理论版）2012年第9期。

丽莫离支于是移兵固守鸭绿江，官军不得进入。武后临朝，迁中书舍人，擢中书侍郎，选为"北门学士"。后为酷吏所陷，流配岭南而死。著有通俗音乐理论专著《乐书要论》。

贾曾（？—727），字号不详，洛阳人。吏部员外郎贾言忠之子。年少知名，善于属文，以门荫入仕。唐睿宗复位，迁吏部员外郎，兼任太子舍人，迁谏议大夫。《旧唐书》《新唐书》均有其传。"史载贾曾'与苏晋同掌制诰，皆以辞学见知，时人称为苏贾'（《旧书·贾曾传》），其作品当丰甚，惜今可见者，仅五文五诗。其文除上考四篇外，尚存赋一篇，曰《水镜赋》，载《文苑英华》卷三三、《全唐文》卷二七七，未见前人系年，从赋之下半篇内容分析，当为不得意时之作，可能为坐事洋州前后所作……"。①

元希声（662—707），洛阳人，隋兵部尚书岩曾孙，三岁便善草书和隶书，援豪立就，当时被称为神童。举进士，拜司礼博士，擢吏部侍郎。《文苑英华·唐书宰相世系表》有他的生平记载，有作品《赠皇甫侍御赴都八首》传世。

第二节　盛唐洛阳文学

盛唐文学是中国古代文学史上的黄金时期。生活在大唐王朝腹心地带的河洛作家，具有地域文化上的优势，其中名家众多。依据《全唐诗》统计出盛唐诗人为 274 人②。其中河洛诗人约占这一时期诗人总数的四分之一。著名的有张说、王湾、祖咏、李颀、贾至、王季友、刘方平、孟云卿、姚崇、独孤及、杜甫、元结等，其中姚

---

① 刘国宾：《贾曾谱系、生平及文章编年考辨》，《烟台大学学报》（哲学社会科学版）1993 年第 5 期。
② 林庚：《唐诗综论·盛唐气象》，人民文学出版社 1987 年版，第 25 页。

崇、贾至等人诗作散佚殆尽。另外，盛唐散文作家们"在创作实践中差不多已经为韩、柳的文体文风改革准备了相当充分的基础"①。其中河洛作家张说、姚崇、元结、独孤及、梁肃、贾至、萧昕等均取得了突出的成就。当时作家梁肃记载得更为详细："唐有天下几二百载，而文章三变；初则广汉陈子昂以风雅革浮侈；次则燕国张公说以宏茂广波澜；天宝以还，则李员外、萧功曹、贾常侍、独孤常州比肩而出，故其道日炽。"②总结了自初唐至盛唐后期散文嬗变的推动者陈子昂、张说、李华、萧颖士、贾至、独孤及6位作家。其中张说、贾至和孤独及3人为洛阳人。可见，唐代散文发展的历史进程中河洛作家及其作品具有重要贡献。

一 张说的诗文贡献

张说（667—730），字道济，一字说之。原籍范阳（今河北涿州），世居河东（今山西永济），后迁居洛阳。垂拱四年（688），张说举词标文苑科，授太子校书。武后永昌元年（689）举登科，转右补阙，累迁凤阁舍人。天授二年至万岁通天元年（691—696）曾两度使蜀，一次随武攸宜征讨契丹。长安三年（703）因持正不阿，忤怒张易之兄弟，流配钦州（今广西钦州）。神龙元年（705），中宗复位，召授兵部员外郎，历迁至宰相位，监修国史。玄宗朝拜中书令，封燕国公，世称张燕公。后又再经宦海沉浮，官终于右丞相，卒后诏赠太师，赐谥"文贞"。《全唐诗》录存其诗5卷，《全唐诗外编》和《全唐诗续拾》补其诗4首，断句4则，题1则；《全唐文》录存其文13卷。明人辑《张燕公集》25卷。今人陈祖言有

---

① 罗宗强：《隋唐五代文学思想史》，上海古籍出版社1986年版，第217页。
② 梁肃：《左补阙李君前集·序》，见《全唐文》卷518。

《张说年谱》。

张说一生所建立的功业是多方面的。他历仕武后、中宗、睿宗、玄宗四朝，内秉均衡，外膺疆寄，是唐代著名的政治家。文学上，张说利用自己特殊的政治地位影响唐玄宗，为盛唐文人开创了一个宽松自由的文学创作环境，而且，他还注重奖掖文学后进。从一定意义上说，张说以政治上和文坛上的崇高声望，成为盛唐文学的先导者。

张说在盛唐文坛上卓越地位的确立，还有赖于他的文学实绩。其诗文涉及了文学理论问题。作为一个政治家，他重视文学的政治教化功能；作为一个文学家，他又高度重视文学抒情状物和娱情遣兴的功能。这种思想认识，贯穿在他的诗歌创作中。张说的诗今存350余首。从内容上看，其诗可分为奉和应制、封祭乐章、挽歌、赠别、军旅、怀古、山水纪行和咏物八大类。

张说奉和应制之作，数量极多，占总诗作的五分之一。这类诗虽不免有阿谀颂圣的特点，但还是从不同的侧面描述了上层社会的生活图景，再现了大唐帝国欣欣向荣的承平气象，具有诗化历史的性质。如《十五日夜御前口号踏歌词二首》，不仅写出盛世京都"龙衔火树千重焰，鸡踏莲花万岁春"的繁华景象，而且揭示了"西域灯轮千影合，东华金阙万重开"所带来的中外文化交流盛况。张说的应制奉和诗，典丽精工，多用比兴，兼以白描，在唐代应制诗中别具一格。张说的赠别诗虽不乏友朋依依惜别之深情，但更多的是流露慷慨磊落的政治情怀。如《奉和圣制送宇文融安辑户口应制》《送郭大夫元振再使吐蕃》《送李侍郎迥秀薛长史季昶同赋得水字》等。

张说出镇幽州、并州的军旅诗，表现了诗人立功疆场、卫国戍边以报明主的壮志豪情，语言沉稳劲健，意境雄浑豪迈。如七律："去年六月西河西，今年六月北河北。沙场碛路何为尔，重气轻生知许国。人生在世能几时,壮年征战发如丝。会待安边报明主,作颂封山也未迟。"(《巡边在河北作》)表达报国之志,情感激越。五律:"凉风吹夜雨,萧瑟动寒林。正有高堂宴,能忘迟暮心?军中宜剑舞,塞上重笳音。不作边城将,谁知恩遇深!"(《幽州夜饮》)以凉风寒夜之景反衬饮宴的快乐,传达出诗人对边地军旅生涯的喜悦和对君王的感激之情。另如《破阵乐词二首》塑造了一个少年英雄形象,赞扬了他以身报国的崇高品质,也表现渴望建功立业的豪情壮志,立意上承曹植《白马篇》、杨炯《从军行》,下启盛唐边塞诗,洋溢着浓郁的盛唐气息。

张说的山水纪行诗主要作于两度使蜀和流谪钦州、岳州之时。两次使蜀诗,充溢着乐观豪迈的情怀,而流谪钦州和岳州诗,则多悒郁凄婉之情。艺术上准确把握不同时空的山水景物特征,善于即景兴咏,融情于景,营造个性化的意境。如《过蜀道山》诗以"过"为结构线索,动态地描绘出一幅崔嵬奇峭的巴蜀山水图;《送梁六自洞庭山作》即景起兴,含蓄委婉地传达出诗人别情依依和迁谪孤苦之感。而《岳阳早霁南楼》《湘州北亭》等诗,写景细腻逼真,设色明艳,意境清新秀丽,表现出诗人陶醉山水的情致。

在盛唐前期诗坛上,张说是运用各种诗体进行创作且各种诗体均有上乘之作的诗人。从理论和创作实践上为盛唐气象的出现发挥了先导作用。

张说散文虽多有承旨撰述之作,但构思精密,典丽宏赡。张说的碑志文打破六朝铺排郡望、藻饰官阶的风气,遵循不假称虚善、附丽其迹的实录原则,从容述事,给人以亲切朴实之感。所涉对象,既有宗臣名相,也有寒儒小吏。从文体上看,他的多数碑志虽仍是骈体,但其间颇多散体句式,骈散结合,平易晓畅,如《贞节君碑》叙述阳鸿节义,善于抓住阳鸿一生事迹中最突出的事件,以简洁的语言，通过细节、对话和动作来显示碑主的个性与品质，仅用两个事例，即将阳鸿为人侠义、机智忠贞的个性品质表现出来了。"张说碑志文，宣传儒家教义礼乐，推崇王道之治，歌颂强国盛世之下社会生活的繁荣兴旺，抒发对盛唐国富民强、君臣和睦的大一统政权的拥护和热爱之情，具有强烈的时代精神和文化内涵。"[①]

张说的辞赋成就很高。在唐传奇发展史上，张说是第一个大力创作传奇的作家。《梁四公记》旧题张说撰。此外，《宋史·艺文志》小说类著录张说并有《五代新说》2卷和《鉴龙图》1卷，今已佚。宋代王仁裕《开元天宝遗事》认为张说有《绿衣使者传》与《传书燕》。

《梁四公记》已残，记述梁天监年间有四位老者谒见梁武帝，故称梁四公。四公都是才识高广的异人。他们对梁武帝谈占卜和异物等，内容多荒诞无稽，表现了丰富的想象力。艺术上，文笔细致，叙述曲折，且故事完整。作为传奇初期的作品，已具备传奇的体制。虽小说内部联系还不紧密，艺术上还不十分成熟，但体现了由短篇志怪发展为传奇的过程，为唐传奇的鼎盛期的到来奠定了基础。

二 祖咏、王湾、李颀、贾至、刘方平、王季友和孟云卿

祖咏，生卒年不详，排行三，故人称祖三。洛阳人，开元十二年（724）进士。早年与王维为诗友，吟咏唱和。后流落不偶，移居汝坟（今汝阳、临汝间），出入于仙州别驾王翰幕中，相互酬唱。后以渔樵而终。他的《长乐驿留别卢象裴总》有"故情君且足，谪宦我难任"句，似曾做过官，遭过贬谪。从其诗看，曾游江南，亦北

[①] 徐海容：《论张说碑志文创作的思想理念及时代精神》，《文艺评论》2016年第3期。

上蓟门,然行踪亦难确知。其过从友人有王维、王翰、卢象、丘为、储光羲、蔡希寂等,他和刘希夷、王昌龄、王之涣、李颀、孟浩然都有诗名,然均仕途失意。① 多年屈困林下,贫病交加。《全唐诗》编其诗1卷,王重民《补全唐诗》收诗1首,《全唐文》收文2篇。

祖咏的诗以羁旅行役、酬唱赠答和山水田园之作居多。最能代表其诗歌这种特点的是《望终南余雪》:"终南阴岭秀,积雪浮云端。林表明霁色,城中增暮寒。"前三句就"望"字写出,末句则写出"余雪"的"余",加上"明霁色"明写"余雪",就成了雪后天晴而气候转寒,暗写"余雪"的威力。明爽肃穆,寒色凛凛袭人。尤其是以衬托手法写"余雪",可看出祖咏诗讲究技巧,注意脉络,推敲用字。

祖咏的诗在形式上以五言为主,意境清幽,文笔洗练,时而显现出宏壮明朗的艺术个性。如《望蓟门》诗:"燕台一望客心惊,箫鼓喧喧汉将营。万里寒光生积雪,三边曙色动危旌。沙场烽火侵胡月,海畔云山拥蓟城。少小虽非投笔吏,论功还欲请长缨。"这是祖咏存诗中唯一一首七言体边塞诗。诗的前三联写望中所见,勾勒出边陲紧张刺激的临战状态,蕴蓄出尾联气吞山河的豪迈气概和以身报国的伟大胸襟,字里行间洋溢着充满自信的进取精神。此诗在立意和写法上与杨炯《从军行》可谓异曲同工。

王湾,生卒年不详,洛阳人,开元元年(713)中进士,初为荥阳主簿。开元五年至九年(717—721)参与编撰《群书四部录》,书成,调任洛阳尉。惜其诗文亡佚甚多,《全唐诗》仅录存10首。

从王湾现存诗作来看,其内容可分为应制、赠寄、记游三类,形式多为五言古诗和五律;写法上多在动态流程中叙事抒情。《次北

---

① 魏景波、魏耕原:《盛唐前期王湾、祖咏、崔曙与綦毋潜及刘眘虚合论》,《福州大学学报》2011年第2期。

固山下》是他的代表作，最负盛名："客路青山外，行舟绿水前。潮平两岸阔，风正一帆悬。海日生残夜，江春入旧年。乡书何处达？归雁洛阳边。"

《河岳英灵集》收录此诗，题为《江南意》，诗句首尾两联为"南国多新意，东行伺早天""从来观气象，惟向此中偏"，与原诗不同，由此带来两诗所抒发情感、表达主旨的差异。中间两联，观察细腻，写景工致，以小景传大景之神。尤其是颈联"海日生残夜，江春入旧年"，境界阔大，寓哲理和蓬勃朝气于景物描写之中，令人耳目一新。《唐才子传》卷1评道："《江南意》一联云：'海日生残夜，江春人旧年。'诗人以来，罕有此作，张燕公（张说）手题于政事堂，每示能文，令为楷式。"说明王湾诗在当时影响很大，这一联更成为诗歌史上传诵不朽的名句。

李颀（690？—754？），颍阳（今登封）人。开元二十三年（735）进士，曾官新乡县尉，因久不得调，且性疏简，厌薄世务，羡慕神仙，愤而归隐，直至去世。《全唐诗》收存其诗3卷，《全唐诗续拾》补其诗2首，断句2则。

李颀一生以归东川别业为界分成前后两个时期。早期虽受道教思想熏染，但受明主明时的影响，热衷于功名。约作于中第后不久的《缓歌行》历述平生，自抒怀抱，其中表达了对少年任侠的追悔和对功业富贵的企盼。但是，仕途坎坷，沉沦下僚，所以，任新乡县尉不久，升调无望，便辞官还山。《不调归东川别业》一诗集中表现了他后期的精神面貌。此诗写归隐东川后闲适恬静、悠然自得的生活，抒发了终老山水的愿望。

李颀今存诗120余首，以题材分，为后人称道的是边塞诗、音乐诗和交游赠别诗。李颀一生无边塞军旅生活经历，且边塞诗仅有几首，但借古题古事表达了对边塞战争的看法，浑融完整，气韵沉雄,风格苍凉悲壮,以冷峻峭刻的思考在"边塞诗人"中独树一帜。代表作《古从军行》,作于天宝年间,借汉讽唐,笔致凝重,引人深思。全诗采用以景写情和映衬、对比等手法,淋漓尽致地写出戍边者的艰辛和沉重的心理负荷,结句"年年战骨埋荒外,空见蒲桃入汉家",以重笔对比形成反讽,精警动人。尤为可贵的是,诗人跳出边塞诗常见的只关注汉人戍边者痛苦的范式,将目光投向了敌对方的黎民百姓,写出了战争给交战双方带来的痛苦。这样,使作品主旨超出一般意义上的边塞诗,对战争所酿成的人类灾难给予了理性的评判,表达了人民对和平环境的真诚企盼。

李颀的音乐诗数量不多,但成就突出。如《琴歌》《送康洽入京进乐府歌》《听安万善吹觱篥歌》《听董大弹胡笳声兼寄语弄房给事》等,尤以《听董大弹胡笳声兼寄语弄房给事》一诗最为著名。这首诗前六句交代胡笳的来历和音色特点;中间十八句,运用比喻和联想写音乐变化及给人的感受;末四句赞美董庭兰技艺超群并写出自己的愿望。诗句精辟,广为传诵。

李颀交游赠别之作有60余首,占今存诗的一半以上。尤以赠别友人之作写得最好。或刻画人物的外在行为,以形传神。如《赠张旭》:"张公性嗜酒,豁达无所营。皓首穷草隶,时称太湖精。露顶据胡床,长叫三五声。兴来洒素壁,挥笔如流星。……左手持蟹螯,右手执丹经。瞪目视霄汉,不知醉与醒。"抓住张旭的外在行为特点,加以细致的刻画,将张旭嗜酒不羁、率性而为、藐视一切、唯重艺术的形象栩栩如生地再现出来。或遗貌取神直写友人之志向情操,如《赠别高三十五》:"五十无产业,心轻百万资。屠酤亦与群,不问君是谁。"传达出恃才傲物、鄙视富贵的洒脱情怀。

李颀诗中成就最高的是七言律诗和七言古诗。其七律如《送魏万之京》,灿烂铿锵,响亮整肃。胡应麟在《诗薮》内编卷3中认为李颀七古应与高适、岑参、王维并视，可见李颀无愧于盛唐前期诗坛之名家。

贾至（718—772），字幼邻（一作幼儿），洛阳人。天宝元年（742）明经擢第。曾任校书郎，身历玄宗、肃宗、代宗三朝，又曾任中书舍人、岳州司马、右散骑常侍等职。《全唐诗》存其诗1卷，《全唐文》编录其文3卷。

贾至今存诗46首，多为赠答、送别、怀友之作。七律《早朝大明宫呈两省僚友》高华雅致，典丽精工，写出盛世宫廷辉煌气象，不仅当时就有王维、杜甫、岑参同和，而且后世一直为人传诵。其边塞诗《燕歌行》从历史与现实的对比中，歌颂了盛唐国力强盛、四海一清的盛世图景，在边塞诗中别开生面。贾至最擅长七绝，集中今存20首，多作于被贬岳州司马任上。诗作声调清畅，且多素辞。贾至岳州诗以《初至巴陵与李十二白裴九同泛洞庭湖三首》和《西亭春望》为代表。

贾至也是盛唐后期有影响的散文作家。独孤及在《赵郡李公中集序》中称他与萧颖士、李华同为天宝时文章中兴的代表人物。贾至是复兴儒学的积极倡导者，论文主张宗经述圣，反对声病浮艳之文，要求作者通六经之旨义，发挥文章的教化作用。

贾至之文长于议论，风格质朴平易，立论公允警辟。如《旌儒庙碑》一方面指责秦始皇焚书坑儒，另一方面又肯定秦始皇统一华夏的功绩。在《微子庙碑颂》中："於戏！国之兴亡，不独天命，向使帝乙舍受而立启……帝乙舍微子而亡，成败系人，不其昭彰乎！"此节文字为欧阳修在《五代史伶官传序》中直接移用。贾至的散文与萧颖士、独孤及之文一样，多用骈体，骈散结合，体现出过渡期散文的特点。

刘方平，生卒年不详，洛阳人。生活在玄宗、肃宗、代宗时期，与皇甫冉、李颀、李勉等相好。曾应进士举、从军，皆不如意，遂隐居颍阳（今登封）大谷，绝意仕进。刘方平以诗画知名于当时。《全唐诗》存其诗1卷，《全唐诗续拾》补1首。刘方平诗多为五言，在题材上以闺情宫怨为主，兼有寄怀和即景抒情之作。其闺情宫怨诗主要是抒发别离幽怨之情，诗思凄清婉转。写得最好的是即景抒情诗，代表作有七绝《夜月》："更深月色半人家，北斗阑干南斗斜。今夜偏知春气暖，虫声新透绿窗纱。"令狐楚编《御览诗》将本篇入选，是历代传诵的名篇之一。全诗写景细腻真切，尤其末二句借"虫声新透"之细节，写出春气萌动、万物复苏、生机盎然的感受，新巧贴切，为后人激赏。

王季友，生卒年不详，洛阳人。家贫，早年隐于洛阳附近山中，后入仕，累官至监察御史，迁副使。大历二年（767）还京归隐。《全唐诗》录存其诗11首，《全唐文》收其文2篇。

王季友的诗多借写贫寒生活以抒发淡泊利禄的逸情。如《寄韦子春》"山中谁余密，白发日相亲。雀鼠昼夜无，知我厨廪贫"，又如《酬李十六岐》"自耕自刈食为天，如鹿如麋饮野泉"等。此外，他的题画诗《观于舍人壁画山水》："野人宿在人家少，朝见此山谓山晓。半壁仍栖岭上云，开帘欲放湖中鸟。独坐长松是阿谁。再三招手起来迟。于公大笑向予说，小弟丹青能尔为。"除描述壁画山水的内容外，还以自己的错觉感受颂赞绘画者高超的艺术功力。

孟云卿（725？—？），洛阳人。代宗永泰元年（765）进士及第，授校书郎。不久客游南海，流寓荆州，漂泊广陵（今扬州），一生栖栖南北，仕途失意。《全唐诗》录其诗1卷。

孟云卿一生虽南北漂泊，苦无所遇，但他"身处江湖，心存魏阙……匹夫之志，亦可念矣"（《唐才子传》卷二）。其诗"朝亦常苦饥，暮亦常苦饥。飘飘万里余，贫贱多是非"（《悲哉行》），诗中写孤儿去亲远游的苦痛，悲凄感人，结尾两句"少年莫远游，远游多不归"，表现了作者对苦难孤儿的深切同情。《伤时二首》其一揭露了现实中"哀哉人食人"的惨象，表现了作者对现实社会问题的关注。

三　盛唐洛阳其他散文作家

盛唐散文，以河洛散文作家为主。前期张说为代表，还有姚崇等，他们虽未能摆脱骈文体式的影响，但已有意借鉴秦汉散文的语言技巧，成为散文由骈复散过渡时期的关键。盛唐后期文坛上有独孤及、梁肃、贾至、萧昕等，从理论和创作实践谋求革新，为中唐古文运动的开展奠定了基础。

姚崇（650—721），字元之，陕州硖石（今三门峡）人。高宗时举下笔成章科，授濮州（今濮阳）司仓参军，入朝为司刑丞。此后一直在朝为官。姚崇历仕高宗、武后、睿宗、玄宗四朝，三居相位，是唐代名相之一。《全唐诗》存其诗6首，《全唐诗续拾》补其诗2首，《全唐文》存其文1卷。

姚崇文多疏、奏和诫。疏奏内容关乎国家盛衰的政策法令，叙事简洁，为文短小。诫是一种规劝性文体，今存7篇，占姚文总数的三分之一。这类文章多借物阐理。如《执秤诫》借秤之衡，阐析了天子、君子、普通人和为政者"执衡持平"的道理。《遗令诫子孙文》，骈散结合，说理透辟，读来令人感动至深。这篇不到千字的文章囊括了作者一生从政、为人处世和个人生活的经验、体会与看法，谆谆告诫子孙处理自己后事要尚俭戒奢。从中可看姚崇思虑深远、学识渊博、敦厚俭朴的个性及修养。

独孤及（725—777），字至之，洛阳人。天宝十三载（754）以洞晓玄经中第,拜华阴尉。安史之乱时避乱于越。自上元元年(760)起,累官至吏部员外郎。大历三年(768)后,历濠州、舒州刺史,官终常州刺史。《全唐诗》存其诗2卷,《全唐诗补编》补其诗4首,《全唐文》存其文10卷。

独孤及文名极高,当时即有词宗和文伯之称。理论上倡导文体复古,反对骈文之流弊,强调先道德而后文学,重视文采。独孤及《吴季子札论》,一反古人褒季札让国之贤论调,开篇即说季札"非孝""非公""非仁""非智",进而指出季札让国,使"争端兴于上替,祸机作于内室",不过是为了"徇名""洁己""全身"而已,无益于社稷大业。《故御史丞卢奕谥议》,夹叙夹议,批驳时人对卢奕的非议,为卢奕之死正名,在写法和立论上直接启迪了韩愈的《张中丞传后叙》。唐人谓独孤及的议论文评议之精,在古人之上。另有《古函谷关铭》和《仙掌铭》,两篇文章构思新颖,起伏多变,绘景生动,语言精辟。

独孤及还有序记类文章60余篇。主要为写赠别游宴,其中写景部分清新如画,如《建丑月十五日虎邱山夜宴序》是难得的妙文。独孤及文章,辨而不华,博厚而高明,论人无虚美,比事为实录,为后人称赏。

梁肃(753—793),字宽中,又字敬之,新安人。少时随父避安史之乱于江南。建中元年(780)中文辞清丽科。官终右补阙、翰林学士。《全唐文》收其文6卷。

梁肃论文多秉承独孤及的观点,崇尚经术道德,推崇两汉之文。与孤独及所不同的是,他提出了道、气、辞三者的关系问题,认为文章本于道,失去道则博之以气,气不足就要以文辞修饰,等等,认为道为文章之根本,有道则气全而辞辩。所说的"道"是儒家仁义之道,所说的"气"指文章的气势和作者的才气。此论点对韩愈的文学观影响甚大。

梁肃文章在文体上以序、记、赞、碑铭、祭文为主，写法上多为散体，文字省净，叙事简约，风格平实博厚。如《丞相邺侯李泌文集序》《补阙李君前集序》《常州刺史独孤及集后序》等，都是写散体佳作。《盐池记》骈散结合，先写盐池来历及特点，接着写盐池历经变迁及遭逢盛世后出现的兴旺景象，最后点明山泽林盐，国之宝也，说明作记的目的。叙事简练，写景奇壮，议论精警，是唐代散文的名篇。

萧昕（699—791），字中明，洛阳人。开元十九年（731）首中博学鸿词科，天宝初复中鸿词科。除安史之乱后曾任哥舒翰判官外，一生一直在朝为官，累官至太子少师，卒赠扬州大都督，谥曰懿。《全唐诗》存其诗2首，《全唐诗续拾》补1首，《全唐文》收其文10篇。

萧昕的文章今已难睹全貌，所存文章全为骈体，但偶有散句夹杂其中，总体艺术上没有大特色，但有些极具文献价值，如《长史张公神道碑》记述张九皋一生事迹，甚为周详，又如《乡饮赋》详尽描述乡饮过程及礼仪，均为研究唐代历史的重要资料。

第三节　杜甫与洛阳[①]

杜甫是我国文学史上伟大的现实主义诗人。身处唐由盛转衰的动荡年代，其诗不仅具有丰富的社会内容，深刻地反映了当时社会的重大政治事件，而且充满了热爱国家、热爱人民、不惜牺牲自我的崇高精神。因此，他的诗歌自中唐以来就被公认为"诗史"，也是

[①] 王永宽、白本松：《河南文学史·古代卷》，中州古籍出版社2002年版，第362页。

洛阳文学史上最为辉煌的篇章。创作方法上，杜甫集前人之大成，兼古今而有之，为后世诗歌创作多有开拓，被尊为"诗圣"。杜甫青少年时代基本上是生活在东都洛阳，盛世的京城生活和文化，培养了他远大的政治理想，奠定了他以儒家修齐治平为目标的入世情怀，塑造了他正视现实人生的理性态度，陶冶了他风雅正宗的诗歌审美情趣；而晚年深入民间的生活，则奠定了他忧国忧民的思想主调和精益求精的诗歌创作追求，使他的诗歌上升到前所未有的思想高度和艺术水平。洛阳京城文化，是哺育杜甫形成人生观和思想、艺术成长的文化摇篮。[①]

一　洛阳文化对杜甫创作的影响

杜甫（712—770），字子美，生于河南府巩县瑶湾（今巩义南瑶湾村）。巩县是洛阳都畿道河南府的属县。杜甫母亲早逝，很小由其二姑抚养。祖父杜审言在武则天朝做过洛州洛阳县丞，后又为京官。杜甫在十四五岁时，能够在洛阳出游翰墨场，结交长者如郑州刺史崔尚和豫州刺史魏启心，甚至拜见李邕[②]和交游王翰，向他们请益学问，与祖父杜审言的影响有关。杜甫年轻时在洛阳与李龟年这样的宫廷歌唱家和岐王、崔涤这样的权贵人物有过交往。天宝三载（744）四月，李白经过洛阳时与杜甫相见，杜甫作诗《赠李白》，表达他与李白同游梁宋的愿望。

杜甫很早接触佛教，童年抚养他的洛阳仁风里的二姑信佛，继祖母卢氏也信佛。杜甫受佛教的影响，是当时洛阳佛教盛行和家庭信佛熏染的结果。杜甫在开元二十年（732）游龙门，作《游龙门奉

[①] 葛景春：《杜甫与洛阳京城文化》，《中原文化研究》2013年第1期。
[②] 胡永杰：《杜甫在洛阳居地的转移与心态的转变》，《中原文化研究》2020年第1期。

先寺》记载游览奉先寺并在寺中过夜的情景。还写了《龙门》诗，描写洛阳附近到处是佛寺的盛况。杜甫与道教也早有接触。当时洛阳地区的道教风行，杜甫曾怀着虔敬的心情，拜谒过东都的玄元皇帝庙，写了《冬日洛城北谒玄元皇帝庙》，对老子庙的雄伟壮丽作了精彩的描绘，对老子这位所谓李唐王朝"先祖"的遗德，作了大力的推崇。在洛阳期间，杜甫还深受音乐、舞蹈、雕塑、书法、绘画等文化艺术传统的熏陶。巩县石窟寺，龙门的古阳洞、宾阳洞、莲花洞、万佛洞、奉先寺等从北魏到隋唐以来的石刻雕像所取得的辉煌艺术成就，使他受到深刻的艺术感受，崔九堂的歌唱，公孙大娘、裴旻等剑术舞蹈家在河南郾城和洛阳的精彩表演，草圣张旭的草书，画圣吴道子在洛阳老子庙中的神仙壁画和"五圣图"等，都使他的艺术鉴赏能力有很大的提高。杜甫诗中的题画诗和关于对歌舞的精湛描写，多来自他在洛阳时所受到的艺术熏陶。洛阳诗歌传统对杜甫亦有相当深刻的影响。在洛阳生活时期所作的诗歌现存的有20多首。从这些诗歌的内容和题材上来看，颇受初唐、盛唐时代精神的影响。安史之乱后回洛阳寻亲时所作17首诗多是五七言古体诗，显然是受到洛阳初唐时期宫廷诗派影响。近体诗是在洛阳宫廷诗人群中诞生和基本定型，其中以杜审言、沈佺期、宋之问最为擅长。宋之问既是杜甫祖父的好友，又是洛阳的老乡，杜甫所居的偃师土娄庄，与宋之问的首阳山下的旧庄不远，虽宋之问已死，但他对这位前辈依然十分尊重，并专门到宋的旧庄去访问，他所写的《过宋员外之问旧庄》诗，对宋之问兄弟的文武功业表示仰慕，对其家后世的零落很感慨。杜甫对洛阳宫廷诗人所取得的律诗成绩，十分赞许，并从他们那里，继承了写近体诗的传统。洛阳诗歌的另一个传统，就是现实主义传统，这一传统源远流长。《诗经》《古诗十九首》，建安文学和陈子昂诗文革新，直到杜甫，继承和发扬洛阳诗歌传统中的思想艺术精髓。尤其是杜甫的创作，使唐代诗歌在现实主义道路上不断深化，并让唐诗在律化方面，发展到一个新的高度。

青少年时代受洛阳文化的熏陶，形成了坚守中原儒家文化仁义礼智信的信念和"奉儒守官"（《进雕赋表》）的家庭传统。对佛、道二家思想虽也有过濡染，但并不占据其思想的主要方面。中原文化直面现实的人生态度，奠定了他一生的思想基础。中年时长安复杂的政治文化环境和统治者的穷奢极欲的生活，增强了他的批判意识与忧患意识，使其思想由"致君尧舜上"的理想，逐渐转变为"穷年忧黎元"（《自京赴奉先县咏怀五百字》）的忧患意识，他的诗歌也转向对统治者的批判及对下层百姓苦难生活的同情。继承"民为贵""以民为本"的先秦原始儒家思想，使杜甫进入思想最先进的优秀诗人行列。杜甫青少年时洛阳正处于盛唐的鼎盛时代，宫室壮丽，山川秀美，足以媲美长安；洛阳城像长安城一样的大气，有帝都之象；洛阳还是一座花园城市。洛阳春天的桃李盛开的美景，令杜甫的印象十分深刻，养成了他爱花的习性，直到晚年他对花还是爱得十分痴迷："不是爱花即肯死，只恐花尽老相催。繁枝容易纷纷落，嫩叶商量细细开。"（《江畔独步寻花七绝句》其七）盛唐时代洛阳的经济繁荣与气象的博大，给了杜甫宽阔的心胸；洛阳文化的昌盛和历史底蕴的厚重，给了杜甫深厚的文化修养与思想底气。洛阳城壮丽的城池山川，陶冶了杜甫的理想和气魄；洛阳诗歌讲求声律和辞藻的高雅情趣，提高了杜甫的审美眼光，训练了他的写作手法和技巧，打下了他以后诗歌创作的坚实基础。盛唐时代的洛阳正像大唐百花盛开的春天，一片生机盎然，给杜甫留下了美好的印象，培养了他对未来的梦想，对盛世理想的追求。因此，杜甫在青年时代，也和其他盛唐诗人一样，树立了建功立业、一展宏图的理想之梦。他对未来充满了美丽的幻想，产生了对祖国与家乡的热爱和自豪感。①

二 杜甫诗歌的洛阳情感②

杜甫的很多诗歌,对洛阳怀有深厚的感情,无数次表达感伤和怀念。安史之乱期间,杜甫从洛阳回华州的途中,遇到因九节度使围攻邺城失利,一路上到处是官府抓兵抓夫的惨象,母子夫妻的生离死别随处可见,哭声震天,惨不忍睹。杜甫忧心如焚,以新题乐府的形式写下感天动地的"三吏""三别",达到了现实主义的诗歌创作高峰。

他晚年在长沙见到当年的宫廷乐师李龟年写道"岐王宅里寻常见,崔九堂前几度闻。正是江南好风景,落花时节又逢君"(《江南逢李龟年》)。诗中回忆了在开元盛世,杜甫在洛阳的岐王李范的宅第中及崔涤的堂前听李龟年唱歌的事。而当今春暮花落的时节却一起流落长沙,往事不堪回首。

杜甫在成都草堂居住了近三年,听到官军收复河南河北后,喜不自胜,即赋《闻官军收河南河北》。在居夔州所作的诗文中多次提到洛阳,如"洛阳宫殿化为烽,休道秦关百二重"(《诸将五首》)"洛阳昔陷没,胡马犯潼关"(《洛阳》)等是对处在安史之乱中的洛阳的追忆。杜甫由潭州入衡州,回想起洛阳遭受胡虏侵扰的惨景,感慨地写下了《咏怀诗二首》,其中对于唐军抗敌无力,极为愤慨。大历二年(767),孟仓曹将赴洛阳应选,杜甫在写诗相赠时,还委托孟仓曹访问自己的旧庄,"平居丧乱后,不到洛阳岑"(《凭孟仓曹将书觅土娄旧庄》)。

---

① 葛景春:《杜甫与洛阳京城文化》,《中原文化研究》2013 年第 1 期。
② 薛瑞泽、董红光:《杜甫的洛阳情结》,《杜甫研究学刊》1999 年第 1 期。

杜甫诗歌或表达忧国伤时，讽喻时事，关心国家兴亡的爱国主义情怀，或将自己的喜怒哀乐与国家的盛衰兴亡紧密联系在一起，或在咏物和歌咏自然的诗作中融入身世飘零之感和忧国忧民之情，或关注民生疾苦，反映人民的苦难生活，或者描写山水景物和亲友之情等等，在这些诗中，都有抒写洛阳的篇章。

杜甫诗歌的现实主义创作方法，不仅注重反映大的社会事件，而且善于根据不同的事件，运用多种多样的表现手法，善于将主观的思想感情融入客观的具体描写中，形成沉郁顿挫的风格。杜甫忧时忧民的爱国主义精神以及他自觉地运用诗歌反映社会、讴歌人生的现实主义创作精神，在中国文学史上以其光辉的思想和纯熟的诗歌艺术，影响了后代无数作家和诗人。

第四节　刘长卿和李贺的洛阳诗文

文学史研究通常把代宗大历年间至穆宗长庆前后为中唐阶段。中唐河洛文学虽然没有杜甫诗歌那种恢宏气象，但这一时期也取得了辉煌的成果。刘长卿、韩愈、李贺、白居易、元稹、刘禹锡等诗文贡献，在唐代文学乃至中国文学史上无可替代。白居易虽然原籍为下邽（今陕西渭南），但他出生在河南新郑，一生事迹有一大部分在洛阳，居住洛阳达18年，留下的3000多首诗中，讴歌洛阳的多达800余首，为河洛文学留下众多璀璨夺目的佳句。曾经白居易居履道里，刘禹锡住铜驼陌，二人洛中唱和，传为诗坛佳话。白居易最终安葬在洛阳龙门东山上，从文学史地位看，白居易应该是河洛文学的伟大贡献者。韩愈教学东都，提携后进，将洛阳称为故乡。还有武元衡、元稹、李涉、姚合以及灵宝杨凭、杨凝和杨凌三兄弟对河洛文学也有贡献。

一　刘长卿

刘长卿（726？—？），字文房，生卒年不详，祖籍宣城，家居洛阳，郡望河间。祖父刘庆约，官至考功郎中。父母名字事迹无考。妻姓氏无考。[①] 根据刘长卿《早春赠别赵居士还江左时长卿下第归嵩阳旧居》《京口怀洛阳旧居兼寄广陵二三知己》两诗推断，他在洛阳有家院，是早年居住地。又据刘长卿诗中写道"洛阳征战后，君去问凋残。……故园经乱久，古木隔林看"（《送严侍御充东畿观察判官》）、"飘飘洛阳客，惆怅梁园秋"（《睢阳赠李司仓》），称洛阳为故园，称自己为洛阳客，词意极为明确，洛阳应是其生地。由于家境贫寒，他年轻时在洛阳东边嵩山勤奋读书，青年时期为应进士考试而往来于长安和洛阳。而应举十年不第，大概在天宝十一载（752）才进士及第。官至随州刺史，故人称"刘随州"。有《刘随州集》传世。主要创作在安史之乱之后，所以常被看作大历诗人。在中唐前期大历诗坛上，刘长卿诗歌开辟了新的诗境，成为中唐诗歌新变的前导。

刘长卿居住洛阳读书应试期间，写有《龙门八咏》组诗八首，依次记录了游历龙门的行踪，表现出对龙门山水的由衷热爱。第一首《阙口》从"阙口"即龙门东西两山对峙形成的天然门阙写起，"秋山日摇落，秋水急波澜。独见鱼龙气，长令烟雨寒。谁穷造化力，空向两崖看"，伊河水自南而北贯流中分龙门，而龙门之奇、之美也正在于此。诗句平中见奇，自然含蓄。第二首《水东渡》："山叶傍崖赤，千峰秋色多。夜泉发清响，寒渚生微波。稍见沙上月，

[①] 杨世明：《刘长卿行年考述》，《四川师范学院学报》（哲学社会科学版）1990 年第 4 期。

归人争渡河。"夜里渡水至伊水东岸,近处入笔,但见龙门西山红叶,十分鲜艳,在夕阳的照耀下,将山崖映照得一片通红,遥望伊水东岸,"千峰秋色多""归人争渡河"。第三首《福公塔》:"寂寞对伊水,经行长未还。东流自朝暮,千载空云山。谁见白鸥鸟,无心洲渚间。"福公塔即神秀弟子义福的墓塔。这首诗即为悼念义福所作。义福死后,只有福公塔千载万年地空对着朝暮东流的伊水,空对着巍巍青山、悠悠白云。一个"空"字,既切合义福死后的"寂寞",又切合佛理所说的"空"。"谁见白鸥鸟,无心洲渚间"以景语点出作者渐悟佛"空"之理。第四首《远公龛》:"松路向精舍,花龛归老僧。闲云随锡杖,落日低金绳。入夜翠微里,千峰明一灯。"远公龛是一位叫名远的僧人捐资在龙门东山上雕凿的佛龛。语语天真,既是自然之景的真实描绘,又暗寓佛理,令人有寻绎不尽的佛理意味。若能身临其境,自可于言外得之。第五首《石楼》:"隐隐见花阁,隔河映青林。水田秋雁下,山寺夜钟深。寂寞群动息,风泉清道心。"香山寺石楼,位于龙门东山香山寺东南,这里由清风、清泉,领悟到"清"自己的"道心",自然天成,毫无牵强之意。夜宿石楼之上,闻夜半钟声,听香山风泉有所悟,这自然是诗人此次龙门之游的收获。从诗情的发展来看,组诗至此已达高潮。于是,诗人便接着写了第六首《下山》。在夜宿石楼之后,第二天游览了香山寺和东山,于日暮时分开始下山,"谁识往来意,孤云长自闲",写作者在香山寺和东山往来观览,但究竟有谁能理解他的心意呢?只有"孤云长自闲"作答,含蓄蕴藉。第七首《水西渡》写自东山上下来,渡水到伊水西岸,重归阙口处,然后回到洛阳城中。伊水清澈透明,在夕阳的余晖照耀下闪闪发光,像人摇动着镜子。第八首《渡水》,"日暮下山来,千山暮钟发",连用两个"暮"字,强调已日暮时分,不能再逗留了。"千山暮钟发",声声催人回归。

这八首诗是龙门山纪游组诗,像一个有机的整体的山水连环画,同时又各自成篇,自成画面。作者用简淡的笔触,刻画龙门山水清幽的景色,寄托孤寂落寞的情怀,并结合佛理,形成一种冲淡闲远、洗练含蓄的风格。《龙门八咏》读来使人有飘然御风、超然尘俗之感。

这组风景诗体现作者山水隐逸之情,表现出浓郁的佛教文化特色和独特的审美风格。在描写佛教景物时,作者刻意选用佛家用语"精舍""花龛""老僧""锡杖""金绳""经行"等等。这些词语使描写的对象更显本色,且突出龙门佛理清人寂寥的氛围。"静"是佛境美的一种重要体现。从《龙门八咏》其一《阙口》"秋山日摇落",其二《水东渡》"夜泉发清响""稍见沙上月",其四《远公龛》"入夜翠微里,千峰明一灯",其八《渡水》"日暮下山来,千山暮钟发"诸句看,刘长卿游赏时间在晚上,可深得其理。作者在太阳将要落山时到达阙口,在月亮初升时东渡,入夜时分欣赏了远公龛,深夜中又听了山寺钟声,然后又趁着夜色下山西渡。独特的时间选择,避免白天的喧嚣,使人更能沉浸在龙门静谧的佛教文化氛围中。

诗中所蕴含的静美,表现在每一处景物的描写和曲径通幽园林艺术的巧妙运用上。当作者东渡伊水到达"福公塔"前时,传达给读者的感受是"寂寞对伊水",与白天游人的喧闹相比,此时只有"无心洲渚间"的"白鸥鸟",而"归人争渡河",才独得鸥鸟之乐。让读者体会到超然物外与世无争的佛家精神。其五《石楼》中"山寺夜钟深""风泉清道心",山寺钟声响起,风送泉声入耳,越发衬出夜的寂静,并给人超凡脱俗的审美感受。曲径通幽艺术经常在佛寺选址中运用,不仅是自然美因素的考虑,更是佛教深邃境界的追求。曲径通幽的境界美要有人文景观的烘托,香山寺位于东山半腰,需渡伊水而至，伊水是通幽的自然形式。渡伊水面对"山叶傍崖赤，千峰秋色多"画面，增强了对香山寺的心理期待。接下来的"福公塔""远公龛"既是自然存在，又是人文景观，为香山寺出现增添情趣。①刘长卿五言诗写得最好，曾自诩为"五言长城"，由《龙门八咏》已经初见端倪。其后《江中对月》《送灵澈上人》《逢雪宿芙蓉山主人》等，写景抒情造境幽远，含蓄委婉，富有清雅之致，历来为人称道。

刘长卿大部分时光在逆境中度过。因性格耿直，常被诬谤。两遭贬谪，又目睹"安史之乱"前后社会盛衰巨变，常把身世之慨和家国之忧结合起来，诗歌创作带着时代特有的精神面貌和与特定心境吻合的凄凉之感。描写秋天凄冷和暗淡的黄昏，构成独特意象，其中自然包含了诗人的心绪。而《龙门八咏》以独特的审美视角描画富于气势的秋意，虽然处于"秋山""秋水""秋色"，但这里没有悲秋寂寥，虽黄昏夕阳，也不带萧瑟凄清色调。这与刘长卿对佛的感悟大有关系。"在人生与艺术的两个层面上相互浸润并积淀为浓郁的'宗教情怀'，促成其诗歌淡泊空灵、清幽闲雅艺术风格的形成"②。

刘长卿诗歌现存400余首，数量之多，在大历诗人中位居前列。他有一些表现赴敌报国、建功立业的诗篇，大都写得慷慨激昂；也有反映边塞生活的诗，如《从军六首》《代边将有怀》《疲兵篇》等。但数量较多的是描写战乱惨景和忧世伤时的作品。时代巨变和个人命运在诗中留下深深的印痕，生不逢时的忧伤和抚今追昔的喟叹，充溢着历史盛衰和个人凄寂的感受。盛唐诗人那种入世雄心和藐视权贵的傲骨在这里已不复存在了。

---

① 王士祥：《刘长卿的龙门诗旅》，《文艺争鸣》2008年第3期。
② 潘殊闲：《刘长卿及其诗歌的宗教情怀》，《西南民族大学学报》（人文社会科学版）2004年第2期。

二 李贺

李贺（790—816），字长吉，福昌昌谷（今洛阳宜阳）人，是没落的唐宗室后裔。父名晋肃，与"进士"谐音，李贺因避父讳不能参加进士考试，一生只做过从九品的奉礼郎，不久以病辞官，27岁卒于故里。有《李长吉歌诗》传世。李贺诗注本很多，以清代王琦《李长吉歌诗汇解》最为通行，近人有叶葱奇《李贺诗集》。

李贺接受韩孟诗派影响又自成格局，是极富创造精神的天才诗人，很早就扬名诗坛。李贺虽有理想抱负："男儿何不带吴钩，收取关山五十州。请君暂上凌烟阁，若个书生万户侯！"（《南园》）但国势不振，政治腐朽，社会矛盾交织，家境沦落又自身多病，备受打击。但不甘无声毁灭，于是一腔热血泼洒出一曲曲悲壮的乐章："我当二十不得意，一心愁谢如枯兰。衣如飞鹑马如狗，临岐击剑生铜吼。"（《开愁歌》）"不须浪饮丁都护，世上英雄本无主。买丝绣作平原君，有酒唯浇赵州土。"（《浩歌》）而怀才不遇的痛苦也折磨着身心，于是把诗作为事业，呕心沥血地经营。

李贺的诗和韩愈一样有怪奇倾向。少年失志抑郁影响了个性的完美，早熟敏感又使他比常人品尝到更多的人生苦涩，这使他的怪奇诗风向清幽凄艳发展。

李贺诗现存200余首，多为乐府体裁。凄艳凝重之中时有狰狞病态之美。他用这种趣味感知世界，给物象世界抹上了一层浓郁斑驳的色彩。诸如"冷红泣露娇啼色"（《南山田中行》）、"塞上燕脂凝夜紫"（《雁门太守行》）、"露压烟啼千万枝"（《昌谷北园新笋四首》之二）、"凄凄古血生铜花"（《长平箭头歌》）之类诗句俯拾皆是。描绘的物象带着浓重的主观色彩，酣畅淋漓地刺激着伤感和孤独的心灵。柔美流转的声音在李贺笔下"花楼玉凤声娇狞"(《秦王饮酒》),苍翠的竹柏和淡雅的芙蓉在李贺看来是"竹黄池冷芙蓉死"(《河南府试十二月乐词》)。他写的是敏感衰老的心对青春的向往和缅怀。"琉璃钟,琥珀浓,小槽酒滴真珠红。烹龙炮凤玉脂泣,罗帏绣幕围香风。吹龙笛,击鼍鼓,皓齿歌,细腰舞。况是青春日将暮,桃花乱落如红雨。"(《将进酒》)这里有声有色,有香有味,闪烁着鲜艳的色感,散发着浓烈的香气,琉璃、琥珀、真珠、玉脂、香风、桃花等真实的事物,都淹没在浓烈绝艳中,给人一种精彩销魂的美。

李贺诗多鬼趣,被称"诗鬼",和他病态的心灵与趣味相关。恐怖的鬼景经他诗笔点化,立即具有亲切感和冷艳美:"百年老鸮成木魅,笑声碧火巢中起"(《神弦曲》),"石脉水流泉滴沙,鬼灯如漆点松花"(《南山田中行》),等等。他写坟墓边景物是"幽兰露,如啼眼。无物结同心,烟花不堪剪。草如茵,松如盖。风为裳,水为佩。油壁车,夕相待。冷翠烛,劳光彩。西陵下,风吹雨"(《苏小小墓》),把楚辞《山鬼》的意境和南齐苏小小的传说结合起来,创造了一个非真非幻、艳丽凄清的幽灵世界。这种古怪创新的意象结构,正是李贺意象创造的基本特征。

李贺有超常的想象力,《金铜仙人辞汉歌》写铜驼流泪,想象奇绝;《梦天》《天上谣》虚拟的天上人间,有笙歌和佳人,有耕作和收获,却摆脱了烦恼和纷争,显现出一片恬静和谐的景象。任凭人世沧桑,这里却青春永驻,永享幸福。

李贺是古典诗歌浪漫主义传统的继承者,接受乐府民歌和齐梁诗风的影响,注重内心世界的挖掘,他的创造精神和凄艳清幽的诗风,对晚唐诗人尤其是李商隐、温庭筠产生了直接影响。韩愈、李贺在"以丑为美"上惊人相似,韩愈写落齿和鼾睡、恐怖和血腥,李贺写鬼怪和死亡、狞恶和病态，体现出共同的生活趣味，他们将从前被看作丑陋和凶恶、渺小和怪僻的事物入诗，传达一种丑中之美。从先秦到盛唐诗中高贵典雅的情趣被摒弃，诗歌也从贵族雅士的殿堂书斋走向实实在在的平凡人生，大胆面临不加文饰的现实世界。这种变化正是中唐诗歌趋于新变的基本走向，也是中国诗歌现实主义逐步深化的表现，在诗歌发展史上具有里程碑的意义。

三　中唐其他洛阳诗人

武元衡（758—815），字伯苍，缑氏（今河南偃师）人。武则天曾侄孙。建中四年（783）登进士第。曾任监察御史、华原县令、比部员外郎、右司郎中、御史中丞，宪宗元和二年（807）拜门下侍郎平章事，寻出任剑南节度使。元和八年（813）召还，任宰相。因力主削藩，遭藩镇忌恨，元和十年（815）六月为淄青藩帅李师道遣刺客暗杀。有《武元衡集》10卷。今存《临淮诗集》2卷，收于《唐诗百名家全集》中。《全唐诗》存其诗2卷，共121首，《全唐诗外编》以及《全唐诗续拾》补其诗2首。

武元衡精通雅乐，诗能入乐歌唱，多寄赠送别或写景抒怀之作。他在各地做官，到过许多地方，那些歌咏山川名胜的诗颇有气势，且有真情实感，如《出塞作》《南昌滩》《登阆间古城》等，炼字琢句，风格工丽。有些小诗也比较精巧，如"杨柳阴阴细雨晴，残花落尽见流莺。春风一夜吹乡梦，又逐春风到洛城"（《春兴》），借梦境，表达思归之意，化虚为实，形象生动。又如"纵横桃李枝，淡荡春风吹。美人歌白苎，万恨在蛾眉"（《春日偶作》），含蓄蕴藉，耐人寻味。七言律诗工稳整练，颇见功力，如"众香天上梵仙宫，钟磬寥寥半碧空。清景乍开松岭月，乱流长响石楼风。山河杳映春云外，城阙参差晓树中。欲尽出寻那可得，三千世界本无穷"（《春题龙门香山寺》），寺旁景物历历如绘，烘托出佛寺庄严、幽静而神圣的环境，辞藻与诗意完美和谐。武元衡的诗作特点被公认为瑰奇美丽。

杨凭（？—817），字虚受，一字嗣仁，虢州弘农（今灵宝）人。少时丧父，由母亲抚育成人，"安史之乱"时迁居苏州。代宗大历九年（774）中状元，历官太常少卿、湖南观察使等，直至刑部侍郎。元和四年（809）任京兆尹，被御史中丞李夷简弹劾，贬官为临贺县尉，后又改任杭州长史、太子詹事，卒于任。柳宗元有《祭杨凭詹事文》予以吊祭。杨凭与其弟杨凝、杨凌都有文才，人称"三杨"。

杨凝（？—803），大历十三年（778）中进士，历官校书郎、协律郎，直至右司郎中。德宗贞元十二年（796）出为宣武节度使判官，十四年（798）兼亳州刺史，十八年（802）授兵部郎中。次年正月卒，柳宗元为他写了《唐故兵部郎中杨君墓碣》。杨凌字恭履，年少时即以诗文著名，官终侍御史。

杨凭诗在《全唐诗》中录存1卷，19首，内容主要是写景和送别。其中七绝"辞家远客怆秋风，千里寒云与断蓬。日暮隔山投古寺，钟声何处雨濛濛"（《雨中怨秋》）比较著名，写秋雨客旅心绪，历历如绘，韵味无穷。杨凝先于其兄而卒，杨凭为他编有《杨凝集》20卷，其中诗300余首，今见《全唐诗》中录存其诗1卷，仅39首，主要是写景、送别与咏物诗。杨凌诗在《全唐诗》中录存1卷，诗才稍弱于两兄长。

李涉，生卒年未详，自号清溪子，洛阳人。曾为避乱与弟李渤隐居庐山白鹿洞，元和初年官陈许节度使从事，后任太子通事舍人。元和六年（811）被贬为硖州司仓参军，穆宗时逢大赦回朝廷任太常博士。敬宗宝历元年（825）又因事被流放到桂粤，后回到故里洛阳而卒。《全唐诗》录存其诗1卷，《全唐诗补编》补其诗4首。

姚合（775—855），陕州硖石（今三门峡）人，宰相姚崇曾孙。宪宗元和十一年（816）进士，初授武功主簿，世称"姚武功"。后历官县尉、监察御史等，直至给事中，文宗开成二年（837）任陕虢观察使，官终秘书少监，故后人又称他"姚少监"。《全唐诗》录存其诗7卷，又补遗1首。他还编辑有唐诗选本《极玄集》。其诗以五言律诗为主，刻意求工，诗风接近贾岛，时人将二人并称为"姚贾"。代表作是《武功县中作》30首，全为五言律诗，写他任武功主簿时所见山原景色和当时风物，描述闲适落寞的心情。诗体被称为"姚武功体"，为南宋时江湖诗派诗人效法。

元淳，晚唐僖宗时洛阳女道士，生卒年不详。今存诗二首《寄洛中诸姐》和《秦中春望》。

第五节 白居易在洛阳的创作

白居易（772—846），字乐天，晚号香山居士。原籍太原，祖上迁居下邽（今属陕西渭南）。生于新郑县，并在那里度过童年。后为避李希烈叛军之乱，自新郑徙家至徐州符离县。唐穆宗长庆四年（824），杭州刺史任期届满，被皇帝召为太子左庶子，分司东都。并于同年秋在洛阳履道坊西北隅购买了宅院。此后又短期外任。至大和三年（829），白居易以太子宾客分司东都，回到洛阳履道坊。去世后葬龙门香山寺旁。

一 白居易居洛时期的诗歌

出任分司官是白居易晚年生活的重要组成部分，皇城与白居易所住的外郭城履道坊间有洛水之隔，所以天津桥成为白居易的必经之地。白居易写天津桥的诗颇多，如《得洛水暴涨冲破中桥往来不通人诉其弊河南府云雨水犹涨未可修桥纵苟施功水来还破请待水定人又有辞》《和友人洛中春感》《长相思》《春尽日天津桥醉吟呈李尹侍郎》《洛桥寒食日作韵》《晓上天津桥闲望偶逢卢郎中张员外携酒同倾》等，他在作于宝历元年的《早春晚归》中写道："晚归骑马过天津，沙白桥红返照新。草色连延多隙地，鼓声闲缓少忙人。"伴随着闲缓的关闭城门的鼓声，骑马走过平坦宽敞的天津桥，诗中描绘出一幅闲适而温馨的画面。

大和四年（830）十二月，白居易就任河南府尹。以病辞官时，白居易渴望闲适生活：

陋巷乘篮入，朱门挂印回。腰间抛组绶，缨上拂尘埃。屈曲闲池沼，无非手自开。青苍好竹树，亦是眼看栽。石片抬琴匣，松枝阁酒杯。此生终老处，昨日却归来。（《罢府归旧居》）

归老山林的情致颇有陶渊明的韵味。

裴度在洛阳的绿野堂建成之后，白居易、刘禹锡和裴度在此酣宴终日，以诗酒琴书自乐，当时名士皆从之游。裴度的集贤坊住宅与履道坊紧相邻，白居易诗："洛川汝海封畿接，履道集贤来往频。一复时程虽不远，百余步地更相亲。"（《和刘汝州酬侍中见寄长句因书集贤坊胜事戏而问之》）白居易有《和张十八秘书谢裴相公寄马》《答裴相公乞鹤》《送鹤与裴相公临别赠诗》《酬令公赠马相戏》《奉和裴令公新成午桥庄绿野堂即事》等诗歌，记载了他与裴度在洛阳日常往来的一些情形。"绿野堂前占物华，路人指道令公家"（《春和令公绿野堂种花》），他们在此耽玩园林、纵情诗酒的生活对洛阳闲适诗人群体的形成和中唐时期抒写闲适、注重日常的诗风发展有不小的影响。"洛中多君子，可以恣欢言"，白居易居洛18年中，与诸留守、分司、致仕官员酬唱极为频繁，这不仅因为刘禹锡是"诗"中之"豪"，白居易是"诗"中之"仙"之"魔"，裴度为人豪放豁达，他们对洛阳文人的吸引力很大，而且由于他们居住环境的便利，更成全了洛中诗酒文会盛极一时的场面。

　　白居易深刻地体验到了洛阳文化的精神底蕴，同时，洛阳自然山水和园林景观，秀美幽静，也是孕育中隐思想和闲适情怀的最好土壤。白居易诗中对洛阳人文景观描写也随处可见，铜驼街、龙门、金谷园，以及洛水两岸的名胜上阳宫、神女浦、波月堤、魏王堤、天津桥、窈娘堤、斗亭等，在其诗中均有表现。如《早春雪后赠洛阳李长官长水郑明府二同年》《送东都留守令狐尚书赴任》《将至东都先寄令狐留守》。

　　同时，以白居易为中心的洛阳闲适文人唱和集团，也是在特殊的历史背景和政治环境下形成的，直接推动了当时诗歌创作。白居易、刘禹锡等人在洛阳的创作开拓了诗的题材疆域，成为宋代日常性诗歌的先导。宋代诗歌以俗为雅，讲究理趣的白话倾向明显受到白居易等人的影响。白居易等人的闲适诗对词的发展也有非常深刻的影响。从文人生活而言，白居易居洛期间提出新中隐模式，对当时中唐士人产生了很大影响。作为一种能在入世与出世进退裕如的人生哲学和生活方式，中隐巧妙地平衡了大隐与小隐、贵与贱、喧嚣与冷落、忧患与冻馁的矛盾，超越二者之上调控着仕宦经济与个体独立人格间的对立冲突，既是基于小隐、大隐观念上的扬弃与超越，也是对汉魏以来文人隐逸行为重新审视后自我调适的结果。中隐的处世法则和生活哲学对后世文人士大夫特别是宋人的出处进退产生了深远影响。苏轼最受影响，另龚宗元、王绅、徐得之等宋代官员建"中隐堂""闲轩"等,中隐思想在宋代的士大夫中已经成为一种较为普遍的心态和生活实践。虽然洛阳文人唱和集团悠闲于山水园林,关注个体生命的适意,表现儒家兼济天下的人文精神,但从诗歌艺术的发展看,白居易洛阳闲适文人唱和集团在文学史上也构成了一道亮丽的风景,为唐代文学的繁荣作出了贡献。[①]

白居易在洛阳共创作诗歌占其现存诗作三分之一。洛阳的地理环境对白居易的生活情趣、人生价值和创作倾向的转变起了不可忽视的作用,同时香山寺、白园是白居易留给洛阳的文化遗迹和人文景观。闲情诗歌和"中隐"思想,是白居易留给中国文人的精神财富,对中国文学思想的丰富和发展,具有重要贡献。会昌五年(845)春、夏,白居易在洛阳发起两次宴集活动,参加者同为9人。春天宴集,因狄兼暮、卢贞年未七十,虽与会而不列为"老",故称为"七老会",编集《七老会诗》;夏天宴集,李元爽、如满加入,与会者均年过70,称为"九老会",未编集。其后,宋有"至道九老"等,日本人南渊年名办尚齿会等,可见白居易洛阳宴集唱和对中外文化的影响。[②]"七老会""九老会"以年齿为序,这种文人结会宴集唱和影响深远,不但北宋洛阳文人集团,乃至明清时期的文人结社创作活动,均可见白居易"九老会"宴集活动的影子,甚至影响到今天的洛阳文人"牡丹诗会""龙门诗会"和各种民间诗文协会的创作活动。

白居易居洛间与佛教各宗僧人有广泛交往,其生活和思想受到佛教的重要影响。写了许多关于寺院的诗,如《菩提寺上方晚望香山寺寄舒员外》《香山寺石楼潭夜浴》《修香山寺记》,洛阳寺院文

[①] 韩大强:《以白居易为中心的洛阳闲适诗人群》,《中州学刊》2008年第4期。
[②] 卢燕新:《白居易与洛阳"七老会"及"九老会"考论》,《河南大学学报》(社会科学版)2012年第1期。

化对白居易影响至深。除香山寺外,圣善寺对白居易影响巨大,圣善寺是白居易佛教启蒙寺院,是白居易交往最频繁的寺院,也是交往时间最长的寺院,还是白居易存放诗文集次数最多的寺院。[①] 远身避害、清静无为、知足保和的思想随着在洛阳稳定闲适的生活的延续,愈到晚年便愈为强烈。白居易之所以能够不陷入中唐牛李党争、宦官专权、藩镇割据这三大旋涡之中,与其佛家思想的超脱物外、退让隐忍不无关系。与南北朝崇佛士人相比,白居易及其所代表的中唐士人接受佛教思想的特点是,从单纯的理论兴趣更彻底地转向了直接的人生问题,更全面地根据佛教思想来检讨和引导自己的人生意识。所以洛阳佛寺对于白居易来说才有一种非同寻常的意义。白居易在晚年不但将佛寺作为自我调节,求得清静无为、超脱物外的场所。而且他在离开这个世界的时候,要求子孙把自己的遗体葬于如满佛塔之侧,同时将自己的一部分文学作品永远地托付于洛阳香山寺。从人生意识这个角度讲,可以说白居易把洛阳佛寺当作他身心的最终归宿。

  文学史著作和白居易的研究学者大都认为,白居易的思想与创作大致可分为前后两个阶段,前期积极进取,以讽喻诗名满天下;后期消极独善。居洛期间闲适诗和感伤诗逐渐成为其诗歌作品的主体,为其后期文学成就的高峰和代表。他生命的最后 18 年(829—846)在洛阳履道园中过着适意任心的生活,并与刘禹锡、裴度、李德裕、令狐楚、崔玄亮等唱和颇多,形成以东都洛阳为基地、以致仕及分司官员为主体的专写闲适生活的诗人群体。东都的洛阳给予诗人创作乃至人生哲学深刻的影响。就诗歌而言,白居易在洛阳的创作以与同时代韩愈不同的方式,开拓了诗的题材疆域,成为宋代

---

① 焦尤杰:《洛阳圣善寺对白居易的影响》,《天水师范学院学报》2016 年第 4 期。

日常性诗歌的先导;从文人生活而言,白居易居洛期间提出了新的"中隐"模式,对当时中唐士人有很大影响;从文化思想上,白居易晚年形成了三教圆融的多元思想体系。①

白居易曾自分其诗为四个大类:讽喻诗,闲适诗,感伤诗,杂律诗。白居易的闲适诗在其创作中占有重要位置,对后世影响巨大。感伤诗是白居易诗歌中抒情色彩最重的部分,艺术上的成就也最为突出。其中最著名的是《长恨歌》和《琵琶行》,被公推为我国古典叙事诗的最高范本,流芳千古。杂律诗在白居易诗歌分类中排在最后。白居易诗以通俗浅切为世所称。生前其诗即已远播日本、高丽等国。其诗现存3800多首,在唐代诗人中首屈一指。与李白、杜甫并称为唐代三大诗人。诗是他基本的人生方式,白居易堪称诗意栖居的文化典型。

二 白居易的古文②

白居易是新乐府运动的倡导者和推动者,对古文理论有独特建树。《白氏长庆集》共71卷,其中文34卷。其散文成就最高的是策论和奏疏。《策林》是和元稹合著的策文,共75篇,论及当时的政治、经济和社会问题,作于元和初年。其中有些篇章如《决壅蔽》《使官吏清廉》《去盗贼》等,见解精辟,引古鉴今,析理深透,语言明快,且切实可行,形式追步汉初贾谊《治安策》又有所超越。还有一系列议政事的奏状,如《为人上宰相书》等,深入浅出,直率剀切,开启北宋王安石等人上书言事的先声。

---

① 陈龙:《白居易的诗歌创作与东都洛阳生活》,硕士学位论文,新疆师范大学,2006年,第3页。
② 王永宽、白本松:《河南文学史·古代卷》,中州古籍出版社2002年版,第395页。

著名的代表作《与元九书》是贬为江州司马时写给好友元稹的书信。信中阐述诗歌主张，总结诗歌创作经验，是一篇关于诗歌创作的著名文论。回顾了中国诗歌发展历史，肯定了《诗经》以来的现实主义传统，批评了两晋与南朝嘲风雪、弄花草的浮靡诗风，赞扬杜甫深刻反映社会现实的杰出成就。文中提出了"文章合为时而著，歌诗合为事而作"的经典性观点，对后世文学理论和创作产生了深远的影响。

白居易游记及杂体文也各有特色。如《庐山草堂记》写修筑草堂的原因及草堂的状貌，极力描写并赞叹庐山的峰岩林木之美，绘景如诗如画，笔法灵活娴熟，而且流露出闲适恬淡之情；《冷泉亭记》记述冷泉亭的地理位置和周围景色，并由此引发议论，谈山水之美可以培养情操，陶冶性情，带有哲理意味；《荔枝图序》是记画序文，叙写荔枝的产地、形状、色泽、香味等，并交代画图和题序的缘起，层次井然，旨趣隽永，是一篇玲珑工巧的小品文。另外《磐石铭并序》《续座右铭》等，短小精练，语言清丽，文风潇洒优美。

第六节　刘禹锡的洛阳诗会

刘禹锡（772—842），字梦得，洛阳人。德宗贞元九年（793）登进士第。历任京兆府渭南县主簿、监察御史、屯田员外郎、判度支盐铁案。后被贬为朗州司马、连州刺史。后任夔州刺史、和州刺史。敬宗宝历二年（826）奉调回洛阳。文宗大和元年（827）任主客郎中，分司东都。大和三年（829）改任礼部郎中，兼集贤院学士。后任太子宾客分司东都。会昌二年（842）病卒于洛阳，享年71岁。与白居易并称"刘白"，与柳宗元并称"刘柳"。有《刘禹锡集》40卷，宋初佚其10卷。今有《刘梦得文集》40卷行世，其中

《外集》10卷乃北宋宋敏求所辑。《全唐诗》编其诗为12卷。

一　刘禹锡的诗歌成就

刘禹锡的咏史诗历来为人称道。这些诗以洗练的文字、精美的意象，表现诗人沧桑阅尽之后的沉思，含蕴深厚，浑融自然。如《西塞山怀古》《石头城》《乌衣巷》等都是名篇。作为一个擅长理性思辨的诗人，刘禹锡的咏史诗往往包含着精辟的哲理而促人深思和玩味。但他并未剥落表象作抽象的议论，而是以丰满而富有神韵的意象来包蕴历史的反思，把抽象的时间意识具象化了。如《乌衣巷》诗："朱雀桥边野草花，乌衣巷口夕阳斜。旧时王谢堂前燕，飞入寻常百姓家。"诗人用朱雀桥、乌衣巷等暗寓昔日之繁华，而野草、夕阳则渲染今日之寂，然后出人意表地把笔触转向了正飞入寻常百姓之家的燕子，抒发了深刻的兴亡盛衰之感。

刘禹锡的山水诗，也显得境界开阔、诗意葱茏。刘禹锡对诗歌审美特征作出了许多有价值的论断。强调意境对于意象的超越性，要求诗歌语言的简练含蓄，诗中融入主体的观照与冥想。因此他的诗大多简练流畅而蕴含深厚，具有开阔的时空感，如他的名句"芳林新叶催陈叶，流水前波让后波"（《乐天见示伤微之敦诗晦叔三君子皆有深分因成是诗以寄》）、"沉舟侧畔千帆过，病树前头万木春"（《酬乐天扬州初逢席上见赠》）等，都是对自然、历史、人生进行沉思之后的一种感悟。这种感悟以优美的意象表现出来，形成了含蓄蕴藉、浑融自然的意境。

刘禹锡立志高远，积极有为，加之性格刚毅、达观，政治生活的挫折和"浪淘风簸"的贬谪生涯始终不能磨去他顽强的意志。因此在他的诗中常流露出高昂开朗的精神而较少有颓唐的语调。他人笔下萧瑟的秋天，给他的印象却是："自古逢秋悲寂寥，我言秋日胜春朝。晴空一鹤排云上，便引诗情到碧霄。"深沉的内涵、开阔的境界，以及高扬向上的内在精神为底蕴，刘禹锡诗在总体面貌上就显得清峻明朗，骨气豪劲，有盛唐风韵。

刘禹锡的民歌体诗如《竹枝词》《踏歌词》《杨柳枝词》《浪淘沙词》《大堤行》等，是他自觉向民歌学习而创作出来的优秀诗篇。它的特点是既保持了纯正的民歌风味，又提高了艺术水平，也将民歌的雅化和文人诗的通俗化结合起来，从而达到雅俗共赏。如"杨柳青青江水平，闻郎江上唱歌声。东边日出西边雨，道是无晴却有晴。""山桃红花满上头，蜀江春水拍山流。花红易衰似郎意，水流无限似侬愁。"（《竹枝词》）色泽亮丽莹润，音调婉转流美，风格清新自然，散发着浓郁的生活气息，为文人学习民歌并从中汲取营养树立了楷模。

和白居易一样，刘禹锡也创作了许多反映现实尤其是与自己政治生活有关的讽喻诗，如《昏镜词》《养鸷词》《聚蚊谣》《百舌吟》《飞鸢操》《秋萤引》《有獭吟》等，这些诗作大多讽刺激切，感情浓烈，已突破儒家"怨而不怒"的传统作风。但限于恶劣的政治气候和自己的孤危处境，以及对含蓄风格的有意追求，刘禹锡的讽喻诗在表现形式上往往显得词旨隐晦而寄托深远。刘禹锡诗在名家辈出的中唐诗坛卓然独树，既不同于元、白的轻倩浅俗，也有异于韩、孟的深刻僻涩，其清俊爽朗、含蓄蕴藉的诗风，是对形象玲珑、浑融自然的盛唐诗美学价值的重新认定。

二　刘禹锡与洛阳的文酒诗会

从大和元年（827）刘禹锡五十六岁算起，至会昌二年（842）

终老，刘禹锡的晚年生活共有 16 年。然而在他生命的最后 16 年，也不是一帆风顺地悠闲度过，经历仕途坎坷、友人故去种种苦痛折磨，可谓"播迁一生，洛下闲废"的如实写照。于唐文宗大和元年与白居易同归洛阳，被任命为主客郎中分司东都。

大和八年（834），刘禹锡转任汝州刺史，次年又转同州刺史，途中经洛阳，拜访了裴度、李绅等好友，并留家眷在洛阳，已作退居洛阳之计。开成元年（836）秋，刘禹锡因患足疾回到洛阳，以太子宾客分司东都，并与裴度、白居易、牛僧孺、王起等人唱和，此后他再也没有离开过洛阳。刘禹锡在洛阳度过了生命中的最后岁月，整整七年，无论是任太子宾客、秘书监还是检校礼部尚书，他始终都没有离开洛阳，与洛阳的亲朋好友、民俗风物、花草树木等都结下了深深的情意。可以说，这最后七年，是刘禹锡最放达、最自我的七年，让自己沉醉于文酒娱乐之中，也让自己潜心于佛教理论的钻研之中，融合佛家思想与儒家思想为一体，形成自己独特的思想体系。

归结刘禹锡最后七年的生活主题，简单说是诗酒交游，钻研佛理。诗酒交游的主要方式就是以诗会友，相互唱和。从刘禹锡五十六岁回到洛阳算起，以洛阳为中心，度过了生命中的最后十六年，除去其中出任苏州、汝州、同州三州刺史的时间，刘禹锡与洛阳朝夕相处的日子其实不到七年，但是也正是有了这七年，才能使我们对刘禹锡进行更深刻的认识，对中唐的朝争有更深入的了解。刘禹锡晚年优游于诗酒间，参加裴度、白居易在洛阳倡导的"文酒会"，与裴度、白居易、令狐楚、李德裕、牛僧孺等人相互唱和。但是他始终对自己不得施展政治抱负而感到遗憾。

刘禹锡所作为《三月三日与乐天及河南李尹奉陪裴令公泛洛禊饮各赋十二韵》，开篇即断言裴度领衔的洛下修禊远胜王羲之主盟的会稽宴集,然后以略带夸饰的笔触,对这次文酒之会作全方位的显影。其中,除了以"波上神仙妓"着色外,还以"翠幄连云起"造势。其排场之大、铺张之甚,由此或可窥知一二。在这样的氛围里,尊卑之序、穷达之别、荣辱之分,甚至恩仇之界,暂时都被泯灭,至少都被模糊,大家唯一的身份是诗坛中人,唯一的兴趣是以诗会友。所以,此时受到推崇的必然是诗才拔群者,而刘、白二人正是这样的诗才拔群者。开成元年(836)是"刘白诗人群"创作最为活跃的一年,不仅参与活动的人数最多,相互间的酬唱也最为频繁,白居易与裴度、李绅,刘禹锡与令狐楚、李德裕等人时相赠答,各有歌咏,均表现出旺盛的创作热情。

沉溺于文酒之会的刘禹锡,抗争意识渐趋淡薄,而明哲保身的观念越来越成为主导其行为方式的不二准则。"甘露之变"后,他便开始以阅尽沧桑的目光对朝廷中白云苍狗的变化冷眼旁观。退归洛阳后,他更是完全采取静水深流、超然局外的处世态度,洛阳文酒之会使刘禹锡的创作转型。如《酬乐天醉后狂吟十韵》,表明在经过痛苦的反思和艰难的抉择后,他已认同了庄子的处世哲学,准备跳出政治迷局,远离是非,静观时变了。政局如何动荡、时势如何变化,他都将以不变应万变,保持既定的超脱姿态。这种过分的清醒与冷静,却不能不让我们稍感陌生。从其人生态度的这种变中,我们自然也能感受到那一时代的政治气候的严酷,品味出诗人对世道人心的绝望,但它究竟是一种进化抑或退化,却很难衡定。

在文酒之会上纵饮高歌的刘禹锡其实是借酒浇愁。当年贬居时如此,如今闲居时亦复如此。因为闲居与贬居相比,生活待遇虽不可同日而语,怀才不遇、壮志难酬的痛苦却毫无二致。彼时尚能径直袒露痛苦,甚至可以呼天抢地;此时却只能隐晦其辞、曲折其意,努力将痛苦的心结藏掖得不见踏痕。这就更费心力了!也就更需要借助酒力了！无疑，转型后的刘禹锡已不似当年铁骨铮铮，宁折不弯。但这并不是一种脱胎换骨式的蜕变，也不是一种改弦易辙式的擅替，从本质上看，他依然忠于既定的政治理想，对当年的所作所为没有丝毫追悔之意，只不过在表现形式上，因为越来越清醒地意识到理想的实现已经渺茫无期，他才三缄其口，保持沉默——有时，沉默本身也是一种坚守！换言之，此时的禹锡，面貌虽异，而"我心依旧"，哪怕此心已是伤痕累累。所以，在试图自保自全的同时，他实际上并没有放弃自持自守。正如欢快其外与悲苦其内构成其创作转向后的矛盾心理一样，诗人通过讳言现实的特殊方式实现了自保自全和自持自守这看似抵牾的双重旨归的融通。而且，刘禹锡此时锋芒虽匿，而气骨犹在。与同样年届老暮的白居易相比，他依然不失雄豪之风，表现出远较常人达观的生命意识。这也是白居易以"诗豪"赞许他的原因。刘禹锡以《酬白乐天咏老见示》一诗相应答："人谁不顾老，老去有谁怜？身瘦带频减，发稀帽自偏。废书缘惜眼，多炙为随年。经事还谙事，阅人如阅川。……莫道桑榆晚，为霞尚满天。"[①] 针对白居易老病见迫、心志已灰的悲观情绪，刘禹锡的酬答并不否认老病会使人心力交瘁，也不讳言"顾老"是人之常情。但他更辩证地揭示了老年人的得天独厚之处：他们经历过悲喜人生，对人间的是非曲直、人世的荣辱沉浮、人心的善恶忠奸有着更深刻的体会和更清醒的判断。诗人认为，只要细细思量这些，就能破忧为喜。篇末借绚丽的晚霞为喻，对白居易予以深情的慰勉：谁说桑榆晚景无足观赏，那灿烂的红霞铺散开去、弥漫天际，不也是一种可以炫人眼目的奇异景观吗？识见如此超凡，既体现了诗人善于从不利局面中寻找有利因素的辩证思想，也映射出其不服老迈、

---

① （唐）刘禹锡著，瞿蜕园笺证：《刘禹锡集笺证》外集卷4，上海古籍出版社1989年版，第1261页。

力图振作的壮阔胸襟。结合诗人的现实处境和思想状况来看，只怕已无建功立业的"奋迅"之心，有的只是不服老迈的"振作"之态。即便如此，也已经比白居易要通达和乐观得多了。"莫道"二句视为可以验证刘禹锡"精华不衰"的典范之作。如果没有这类弥漾着雄豪之风和刚劲之气的作品，刘禹锡与寄意诗酒的同侪实在没有明显的差异，幸赖有了这类作品，且它们前后勾连、彼此呼应、一脉贯通，刘禹锡才能成为公推的"精华不衰"的"诗豪"。①

三 刘禹锡的散文

中唐时期的洛阳散文创作，是洛阳文学史上光辉的篇章。这一时期中原出现了韩愈这位中国文学史上第一流的古文大师。在韩愈和柳宗元倡导的古文运动影响下，洛阳一些著名诗人如刘禹锡、白居易、元稹等在散文方面也取得了卓越的成就。他们的作品是唐代文学宝库的重要组成部分，并在文学史上产生了深远的影响。

刘禹锡是韩愈倡导的古文运动的积极参加者。他从事古文写作的时间较早，德宗贞元十年（794）就认为骈体文"沉于浮华"，明确指出文章应该是"见志之具"（《献权舍人书》）；后来又进一步提出"文非空言""文之细大视道之行止"（《唐故相国李公集记》）等见解。他的观点和韩愈、柳宗元的古文理论是一致的。

刘禹锡的著作在《新唐书·艺文志》著录为《刘禹锡集》40卷，今传世者称《刘梦得文集》或《刘宾客集》，共30卷，另有外集10卷，其中文20卷，外集中有文22篇。

刘禹锡的散文以论说文成就最高。最著名的是《天论》，分上、

---

① 肖瑞峰：《刘禹锡与洛阳"文酒之会"》，《社会科学战线》2015年第7期。

中、下 3 篇，是作者被贬朗州后于元和九年（814）写成的。此文补充和发展了柳宗元《天说》的内容，表述了他对于天的理解，探讨了天命论产生的社会根源和认识根源。文章的论点表现了作者朴素的唯物主义思想，可以说是我国思想史上一篇重要的哲学著作。《因论》一组 7 篇文章也是哲学论文，写于作者被贬夔州期间（822—824 年），目的是"因之为言，有所至也"，即是说他所论的内容是有针对性的。其中之一《鉴药》最著名，此文借吃药治病的教训引发政治感慨，讲述节制与宣泄的道理，提出不能因循守旧地对待发展变化的事物等重要观点，立论具有辩证法的思想因素。其他论文如《答饶州元使君书》《答道州薛郎中论书仪书》等，都征引丰富，说理充分，具有严密的逻辑性和强烈的感染力。

还有些因事而发的杂文，论叙结合，笔法灵活，或借题发挥，或托古讽今，都具有针砭时弊的现实针对性。如《说骥》一文，受韩愈《杂说（四）》的启发，也通过相马来论述发现和使用人才的道理。又如《华佗论》《辩迹论》《明贽论》等，都短小精悍，隐微深切。最著名的还要数《陋室铭》："山不在高，有仙则名；水不在深，有龙则灵。斯是陋室，惟吾德馨。苔痕上阶绿，草色入帘青。谈笑有鸿儒，往来无白丁。可以调素琴，阅金经。无丝竹之乱耳，无案牍之劳形。南阳诸葛庐，西蜀子云亭。孔子云：'何陋之有？'"全文仅 81 字，却层次井然，结构严谨，通过写陋室环境和主人的文化生活，表现了作者对于自身道德完善和情调高雅的人生追求。文中多用对偶句，而且全文押韵，富于节奏感，可以说是一首精美的散文诗。

特别是刘禹锡晚居洛阳的散文创作，有 24 篇，同样是从积极用世之心声的表达到老当益壮、不改初衷之意志的高歌。虽然接近了佛家，但是并没有因此而消磨意志，相反，他汲取佛家思想，坚持理想，矢志不渝，不改初衷。即使应制唱和之文，但是同样寄托了他积极用世、老当益壮的坚贞意志与豁达心态。文风畅达，骈散结合，形式错落有致，凝练清丽，词采优美。对后世如王安石、苏轼、刘基等人都有极大的影响。[①] 特别是去世的前一年作的《秋声赋》，叙写秋声秋景等凄凉景象，以及历代文人伤秋悲秋的感叹，表达自己的心声：苍鹰虽未腾空，却充满搏击之情，一听到秋风的呼啸，便怦然心动，一看到苍茫的秋色，精神也为之惊醒；力量虽已将尽了啊，脚还受到束缚，可我还是要奋进向前，只因了那凛冽的秋声！作者并不对秋色而消沉，而是表现出一种"烈士暮年，壮心不已"的情操和乐观向上的精神。这是一篇凄怆感慨而又文采斐然的抒情文，对后来宋代欧阳修的《秋声赋》有直接的影响。

第七节 唐五代洛阳文学的其他样式

唐、五代时，除了传统的诗歌和散文以外，洛阳作家创作的其他的文学样式，如笔记文学、唐传奇和词等，也取得了较为丰硕的成果，并达到了相当高的艺术水平。

一 笔记和传奇

笔记是南北朝逸事小说的继承和发展。洛阳作家笔记主要有郑处诲的《明皇杂录》，作品内容丰富生动，叙事严谨，有些甚至可与史传相参证。唐传奇发轫于初唐，到中唐时臻于极盛。张说《梁四公记》叙梁代四位才高识广的异人逸事，文笔细腻曲折，已具备传

[①] 胡利霞：《刘禹锡晚居洛阳及其散文创作探析》，硕士学位论文，华中科技大学，2007年，第1页。

奇的体制。元稹的《莺莺传》和白行简的《李娃传》中莺莺和李娃形象，血肉丰满且美丽动人，在中国文学的人物画廊中具有重要的地位。

词出现于隋末。初唐时期，即有作者尝试着写一些小词，像沈佺期的《回波乐》即是雏形阶段的词。到了中唐，文人词渐多，刘禹锡的《竹枝词》《长相思》、白居易的《忆江南》等，则标志着词这类新兴的文学样式正式进入文人的创作视野。五代时，词的创作蔚为大观。

郑处诲《明皇杂录》是一部记述唐明皇事迹的逸事小说集，2卷，别录1卷。郑处诲字延美（一作廷美），荥阳人，宰相郑余庆之孙。文宗大和八年（834）登进士第，官至检校刑部尚书、宣武军节度使等。《明皇杂录》今本40条。丁如明先生辑校本又收逸文31条，补遗4条。小说以唐明皇为中心，记述了开元、天宝年间的逸文琐事，偶及肃代两朝故事，反映了不同时期不同的精神风貌和思想感情，曲折地表现了玄宗朝由盛至衰的过程，揭示了盛衰转变的原因，富有启示和借鉴意义。

作者也毫不留情地揭露了佞臣倚仗权势、飞扬跋扈的无耻行径。如《张九龄》《卢绚》揭露李林甫妒贤嫉能、设计构陷他人的卑鄙伎俩。《杨国忠》写杨国忠倚仗权势，施压于礼部侍郎达奚珣取其子为进士。而《王毛仲》中的王毛仲，则恃其为玄宗故交，气焰嚣张，不可一世。作者特别赞扬了雷海青不畏强暴、视死如归的高尚品质。长安失陷后，安禄山在凝碧池设宴。席间令梨园弟子奏乐，"乐既作，梨园旧人不觉唏嘘，相对泣下，群逆皆露刃持满以胁之，而悲不能已。有乐工雷海青者，投乐器于地，西向恸哭。逆党乃缚海青于戏马殿，支解以示众。闻之者莫不伤痛"。这是关于雷海青事迹的生动记载和描写，以后常为其他书籍采用。戏曲及小说中关于雷海青形象的塑造，也以《明皇杂录》为基础。

《明皇杂录》内容丰富全面，叙述有头有尾，完整紧凑，具有很强的故事性；同时善于渲染气氛，并通过人物行动和语言刻画人物性格，塑造人物形象，取得了不容忽视的艺术成就。

《莺莺传》是元稹约作于贞元二十年（804）的作品，《太平广记》收录题曰《莺莺传》，后人因文中张生曾赋《会真诗》三十韵，又称《会真记》。

这是第一篇完全不涉及神怪情节、纯粹写世人男女之情的作品。它在唐传奇的发展进程中具有重要意义。莺莺是唐代传奇小说人物画廊里具有独特命运和性格的人物。在悲剧发展的进程中，莺莺的情感流程和心灵轨迹是非常清晰的。她出身名门，聪明美丽又多才多艺。封建礼教的熏陶，使她养成了举止端庄、沉默寡言的个性。她的才能又使她对爱情充满了好奇与幻想，因此，当接触到翩翩少年张生时，内心深处便产生了相悦之情。但是从相悦到相爱，从向往到行动，在心灵中，仍有很长的路要走，特别是像莺莺这样出身名门的少女，更是如此。因此，在她的灵魂深处，自由与束缚，叛道与礼教的冲突异常激烈。她在月下对逾墙来会的张生的斥责，与其说是劝阻张生，不如说是自己对爱情诱惑所做的最后的挣扎与反抗。最终她冲破了礼教的防线与张生私下结合。此时的莺莺，不再是礼教的殉葬者，而是爱情的胜利者。她所追求的不仅是一种有形的爱，还有一种至高无上的情。她对自己的悲剧命运坦然承受，义无反顾。因此，她才能够做到数年之后拒绝再见张生，体现了她性格中决绝、坚强和理智的一面。这既是对爱情的忠贞，也是对负心者的针砭。小说中的张生，是一个用情不专的负心汉。《莺莺传》对后世的影响巨大。宋代话本《莺莺传》、传奇《张公子遇崔莺莺》、官本杂剧《莺莺六幺》、赵德麟《元微之崔莺莺商调蝶恋花》鼓子词等，均以此为滥觞。金代董解元《西厢记诸宫调》更促进了这个故事的传播和影响，而王实甫的《西厢记》，则更是家喻户晓、尽人皆知了。

白行简（776—826），字知退，白居易弟。德宗贞元十年（794），贞元十四年（798）移家洛阳。穆宗长庆年间累迁至主客郎中、膳部郎中。有诗文集20卷，今佚。《全唐诗》存其诗7首，《全唐文》载其文18篇。他的传奇有《李娃传》《三梦记》2篇。

《李娃传》写荥阳公子郑生入京应试，与平康里妓女李娃相爱。岁余，资财耗尽，被鸨母和李娃设计逐出，辗转入凶肆充当挽歌郎。在天门街的哀挽比赛中，恰与进京述职的父亲相遇，被鞭笞几死，并被断绝父子关系。其后沦为乞丐，风雪之中为李娃所救。在李娃的帮助下，郑生科举连中，终于功成名就，登第为官，与李娃结为正式夫妇。李娃被封为汧国夫人，父子也和好如初。《李娃传》通过妓女与郑生的恋爱，在一定程度上反映了希望消除门阀界限的意愿，但同时也表现了同这种意愿相矛盾的思想。

《李娃传》是唐传奇中第一流的作品。作者塑造了一个身世卑贱但却心地纯洁、人格崇高的妇女形象，取得了杰出的艺术成就。首先，刻画了李娃独特的性格。郑生功成名就，官授成都府参军，她却主动提出要离郑生而去。李娃施恩而不图报，始终是清醒的，也是坚强的。李娃的性格比之莺莺的软弱，霍小玉的幻想，都要成熟得多。其次，情节、细节和对话描写生动传神。作品情节起伏跌宕，摇曳多姿。广泛使用对比手法。其中既有不同人物之间的对比衬托，也有同一人物前后的比较映照，对刻画人物性格取得了较好的效果。

《李娃传》以卓越的成就，对后代的小说和戏曲产生了巨大影响。小说戏曲中那些历经磨难而最终团圆的才子佳人类情节，以及"落难公子中状元"的俗套，实滥觞于此。元代高文秀《郑元和风雪打瓦罐》，石君宝《李亚仙花酒曲江池》杂剧，明代朱有燉的《曲江池》杂剧，明代薛近兖《绣襦记》传奇，都是根据这篇小说改编的。在河洛文学中，最早塑造了可歌可泣的女性形象，是倡导男女平等意识的最早文学作品。

二　唐及五代的洛阳词作

词是隋代新生的文学样式，专家们一般认为它起源于民间。初唐时，文人们亦偶尔为之，但多是由诗入词，即利用近体诗的格律加以增减以赶歌拍，用写诗的技巧和方法学着写词。中国文学史上著名作家沈佺期的《回波乐》即是早期的词。

盛唐以后，文人词渐多，水平也有了较大的提高。这一时期作词成就最高的有河洛作家张说，他的《舞马词》6首，每首4句，每句皆为六言诗，这样的词每一首都可以说是同七言绝句相似的六言绝句。刘长卿的《谪仙怨》（苕溪酬梁耿别后见寄）前后两阕，各为一首六言绝句，合起来则相当于一首六言律诗："晴川落日初低，惆怅孤舟解携。鸟向平芜远近，人随流水东西。白云千里万里，明月前溪后溪。独恨长沙谪去，江潭春草萋萋。"这首词收入《刘随州集》中，即是作为律诗对待的。但它毕竟是词，而且《谪仙怨》成为形式固定的词牌。其后窦弘余和康骈的《广谪仙怨》，就采用了刘长卿创造的格律。

安史之乱时迁居南方的洛阳人元结，他的《欸乃曲》5首，其形式为每首四句的七言诗，在《全唐诗》中也列为词。这是和李白的《清平调》体制相同的词。其内容是写渔夫和纤夫的水上生活，反映了这些下层劳动者的艰辛，并借以表达了对于世事风波的感慨。在艺术上则是糅合了渔歌和七言绝句的特点，通俗流畅，抒情自然。

中唐以后，词作成就最高的，应推刘禹锡和白居易。刘禹锡词今存40余首，白居易词今存30余首。刘白曾被贬于巴蜀、湘赣一带，其词受民间文艺的熏染颇深。如白居易的《望江南》首章首句"江南好"，摄尽江南景物种种佳处，总绾三章。中间两句把春日江岸与江水景色写得极其明丽鲜艳。二、三两首分咏杭州、苏州胜境，而又均承首章结句"能不忆江南"。三章自具首尾而又脉络贯通，浑然一体。适应曲调的要求，把一组词写得这样纯熟完整，说明文人运用词这种韵文新体裁，已经得心应手，词体更加稳定了。

又如刘禹锡《忆江南》"春去也，多谢洛城人。弱柳从风疑举袂，丛兰裛露似沾巾。独坐亦含嚬"。用拟人化的笔调，写出了"弱柳"举手挥袖向春天告别，"丛兰"沾着露水像是泪水湿透手巾似的"可怜"情状，从而表达出一种女性化的惜春心情。这首词女性和闺阁气质突出，比白居易的词在意境上更加词化。这透露了词在文人手中自觉而迅速演化的痕迹。另外，花间词人中，山东东平人和凝，其词作《全唐诗》中收录24首，又有后人辑本《红叶稿词》。其一生大部分时间在洛阳一带度过，其词作在当时也广泛流传于汴、洛一带。

第八节 《大唐西域记》对后世小说创作的影响

唐玄奘俗姓陈，名祎，是河南洛州缑氏县人。被称为唐三藏，是唐代高僧，也是汉传佛教译经史上最伟大的人之一，同时也是中国佛教法相宗的创始人。现在玄奘故里是偃师缑氏镇陈河村一个景区。北依景山，南望嵩岳，东南为轘辕古关，西南临近伊阙龙门，河谷纵横，自古便为洛京畿辅之地。

在《大慈恩寺三藏法师传》中记载："汉太丘长仲弓之后。曾祖钦，后魏上党太守。祖康，以学优仕齐，任国子博士，食邑周南，子孙因家，又为缑氏人也。父慧，英杰有雅操，早通经术。形长八尺，美眉明目，褒衣博带，好儒者之容。"[①] 玄奘出身于一个具有浓厚文化底蕴和儒学氛围的家庭，为其创作奠定了良好的基础。10岁随哥哥进入佛门，13岁剃度出家，21岁受具足戒。他前后拜访了很多佛学大师，随着佛学造诣的日益高深，他对很多佛学基本问题也越来越弄不明白。于是决心远行西域，取得真经。《大唐西域记》为玄奘口述、门人辩机奉唐太宗之敕令笔受编集而成。共12卷，成书于唐贞观二十年（646），为玄奘游历印度和西域19年间的见闻录。

《大唐西域记》具有很高的文学价值，首先表现在写人记事的描写技巧和记录风俗历史的叙述手法。记录奇风异俗和西域诸国历史状况，保存了十分丰富的文学创作题材；骈散结合、优美简练的语言和比喻夸张等修辞手法，以及题材内容和思想倾向等，对唐传奇和宋话本的创作都产生了深远启发。

一 题材价值

唐代佛教已进入鼎盛阶段，《大唐西域记》所记载的异域奇异故事传播民间，当时小说创作大量题材取材民间，两者相互渗透，对猎奇趣味的小说创作产生深层影响。

此书叙述了所经国家、城邦和地区的所见所闻，忠实记录了当地的历史、地理、风土人情，以及民间传说和寓言故事等。所录题材丰富多彩，有的情节曲折，富于变化，有的充满异域风情，表现

---

① （唐）慧立、彦悰著，孙毓棠、谢方点校：《大慈恩寺三藏法师传》，中华书局1983年版，第2页。

手法独特,具有一定的文学价值。唐代商业经济繁荣,中外交流频繁,人们思想活跃,社会禁忌较少。同时,科举取士,文人从四面八方汇入京城,官员内迁外调频繁,士人流动性极大,接触面广,有利于故事交流搜集。《大唐西域记》所收录的印度民间传说或寓言故事,是闻所未闻的外来传说,十分新鲜有趣。文人传录,附会成篇加以传播,对唐五代小说的创作产生了重要的影响,许多题材直接取材《大唐》所收录故事或稍加变异。如段成式《酉阳杂俎》部分故事题材源于《大唐西域记》。唐代大量龙女故事产生,与《大唐西域记》所录龙女故事有一定关系。《法苑珠林》有部分利用《大唐西域记》材料。从书中收录故事题材看,不少被唐五代小说所继承,成为有中国特色的小说故事。

如"大象报恩"故事、"石柱显善恶"故事、"龙鼓"故事、"杜子春"系列故事,在当时流行,并有大量写本问世。小说起源于街谈巷语和道听途说,文人自古以来有将遗闻逸事或奇闻怪事录成文字、传诸后世的传统,唐人一定程度保持了这个传统。以"杜子春"故事为例,《烈士池及传说》[①]讲述一位隐士苦学法术,为进一步寻求成仙之道,还需一人帮助,要求此人在其作法时禁止说话,恰巧,隐士在路上遇到一个满面悲苦的人,于是隐士给此人多种优待,帮他解决困难。此人对隐士感恩戴德,便帮助隐士作法,完成仙道。结果经历了多重考验,没有发出声音,到最后关头,出现妻子将要杀死自己孩子的幻象,"因止其妻,令无杀害。遂发此声耳",功亏一篑。《玄怪录》中,杜子春在穷困时,遇到一位老人,给了他资财,"子春既富,荡心复炽"。之后,老人又帮助杜子春,杜子春钱财又浪费光了。老人多次给钱财后,杜子春感激涕零。老人要杜

---

① (唐)玄奘、辩机撰,董志翘译注:《大唐西域记》,中华书局2012年版,第409页。

子春帮他完成仙道，要求他"慎勿语……"结果杜子春在最后同样看到妻子要害自己的孩子，"不觉失声云：噫！"① 结局失败。段成式《酉阳杂俎·贬误·顾玄绩》也记录了相似的故事。《大唐西域记》为后世文学提供丰富神奇的题材，还体现在像《西游记》和《聊斋志异》这样的文言小说巅峰之作中。②

《大唐西域记》中所转述的故事传说，情节较为完整，具有民间口头文学特征，比汉译佛经书面传人的印度故事更为生动活泼。有相当一部分是借用民间文学材料附会加工而成。佛本生故事可看作染上宗教色彩的民间文学，转述的无宗教色彩故事，表现了古代中亚南亚地区世俗生活与心理状态，值得珍视。《大唐西域记》中以动物为主要角色的佛本生故事。以兔、鹿、象和雉鸟为主人公，附会成为佛祖本生之事，是玄奘实地游览佛寺遗迹时采录。篇幅虽短，文字叙述比佛经所载更生动活泼，富有口头文学的情趣和魅力。

佛经主旨在宣讲教义，故事为辅助说教而编。通篇老老实实叙说故事，更接近于口头叙说形态。此外，玄奘还以旅行家的眼光采录和介绍了纯粹以神奇幻想折射异域风土人情的故事，实录风格在这些故事中表现得更为明显。鲁迅作《古小说钩沉》，特将《大唐西域记》所载文本考见其源流，可见《大唐西域记》的影响。③

二 鲜明的文学特征

首先表现在动物形象的人性化。《大唐西域记》中所描绘的动物形象，有的具有人性的悲悯，有的却是见利忘义；有的是人面兽心，

---

① （唐）牛僧孺：《玄怪录》，中华书局1982年版，第3页。
② 何红艳：《〈大唐西域记〉与唐五代小说的创作》，《内蒙古民族大学学报》2003年第6期。
③ 刘守华：《唐玄奘采录的古代西域民间故事》，《中国典籍与文化》1998年第6期。

有的虽是兽形却有人性高尚的一面。玄奘在文本中通过人兽相映,形成一种鲜明的对照,借用动物的形象来凸显人类言行是否合宜,并以此来传达佛教意旨。如在卷宗二《那揭罗曷国》中:"昔如来在世之时,此龙为牧牛之士……既获谴责,心怀恚恨,即以金钱买花,供养受记窣诸波,愿为恶龙,破国害王。即趣石壁,投身而死。遂居此窟,为大龙王,便欲出穴,成本恶愿。"① 龙被赋予了人的来源,亦有人的报复之心,最终未能得逞。在《忽懔国·纳缚僧伽蓝》中,有一段对肆叶护可汗的描述:"近突厥叶护可汗子肆叶护可汗,倾其部落,率其戎旅,奄袭伽蓝,欲图珍宝。去此不远,屯军野次。其夜梦见毗沙门天曰:'汝有何力,敢坏伽蓝?'因以长戟贯毛胸背。可汗惊悟,便苦心痛,遂告群属所梦咎征,驰请众僧,方伸忏谢……"② 肆叶护可汗出兵掠夺珍宝的过程、其贪婪之心、其悔改之意便跃然纸上。

其次具有较高的语言艺术。《大唐西域记》文字优美,凝练含蓄。例如《序二》中的一段话:"若夫玉毫流照,甘露洒于大千;金镜扬辉,薰风被于有截。故知示现三界,粤称天下之尊;光宅四表,式标域中之在。是以慧日沦影,像化之迹东归;帝猷宏阐,大章之步西极。"③ 短短七十余字,既介绍了佛法的传扬必要,又体现了华夏的圣德;既说出了佛法向东的流传过程,又说出了华夏文明向西方的传播。语句抑扬顿挫,铿锵有力,节奏感强,给人以艺术的美感。又如《屈支国》一节:"文字取则印度,粗有改变。管弦伎乐,特善诸国。服饰锦褐,断发巾帽。货用金钱、银钱、小铜钱。王,屈支种也,智谋寡昧,迫于强臣。其俗生子以木押头。欲其遍递也。……经

---

① (唐)玄奘、辩机撰,董志翘译注:《大唐西域记》,中华书局2012年版,第136页。
② 同上书,第67页。
③ 同上书,第9页。

教律仪，取则印度，其习读者，即本文矣。尚拘渐教，食杂三净。洁清耽玩，人以功竞。"① 这里玄奘向唐太宗报告了屈支国的政治、经济、文化、气候、地理等多方面的情况，言简意赅，具体形象，蕴藉含蓄，文学色彩鲜明。

虽然《大唐西域记》在历史、地理和佛教史上的价值，远远高于其文学价值，有些佛本生故事和传说在其前也传入我国，但《大唐西域记》更加系统全面，忠实记述，并加以异国风情和民俗地理，使这些故事题材经久不衰，焕发着一部经典著作的艺术魅力。作为东方文学传统的一条支脉，其衍生的文学母题具有独特的文化价值。其独特性广泛流传和不断再创造，对后世文学作品产生了深远影响。

玄奘出生并成长于大唐东都京畿之地，对中华民族文化发展卓有贡献，也是河洛深厚的文化土壤培育出来的文化巨人。玄奘是继承印度正统佛教学说的集大成者，也是研究中国传统佛教成就最大的学者之一。他不畏艰难困苦，万里迢迢寻求佛法，又对典籍以毕生心血翻译和阐释，以难以想象的记忆和回想留下《大唐西域记》，不仅深远地影响了中国文化的发展，同时也为包括韩国和日本在内的东亚文化，能在世界文化中发挥积极作用打下了基础。就连他那坚韧不拔追求信仰的精神和去伪求真的严谨态度，也是中国文化史上一笔宝贵财富。今天，人们在游览洛阳近郊玄奘故里时，无不感受到玄奘其人其事，反过来又培植了河洛文化的深厚土壤，使河洛文化天空散发耀眼多彩的文化光芒。

第九节 隋唐大运河洛阳段文学

隋唐洛阳城跨洛水而建，穿过隋唐城的通济渠主要是自然河道

---

① （唐）玄奘、辩机撰，董志翘译注：《大唐西域记》，中华书局2012年版，第35页。

第四章 隋唐洛阳文学

即洛水,漕渠分洛水的位置在东城的南门承福门外,即今天洛阳市南关附近。漕渠分洛水东至堰师后再入洛水,漕渠开通后,成为运河的一部分。"所以,大运河这一线性文化遗产与其他线性遗产有着显著区别,大运河是由运河和自然河流共同组成的一个水运网,而非单纯的一条线。"[1] 隋唐大运河时空跨越几百年,围绕这个水运网积淀了丰厚的人文底蕴和文化遗存,诸如方言、民俗、宗教、藏书、学术、各类艺术等,所孕育产生的文学形式和题材内容丰富多彩。仅以这个水运网的隋唐洛阳城段为题材的隋唐诗歌,据目前统计有200多首,其中李白、杜甫和白居易的作品也不在少数;相关的叙事作品也非常丰富,诸如《隋书》《唐书》中的《李密传》《王世充传》《朱粲传》《大业杂记》和宋代追述的《太平御览》《邵氏见闻录》等类书和杂记,以及大量的民间传说和故事,等等。

一 隋唐大运河洛阳段文学兴起的背景

河洛地区深厚的文化积淀。河洛文化是中华民族文化发展的中轴、摇篮和圣地。这个摇篮的腹地是由洛、伊、瀍、涧四水开流而构成以洛水为主干的地区和紧邻的黄河,形成了古代文化、文明生成的先决条件。两周文化主要源头在河洛地区。周公在洛邑制礼乐,周文化的全部典籍保存于洛。"河图洛书"是华夏文明的曙光,也是我国古代保留下来最古老的文献之一,是中国古代人类在哲学、算学、天文学等方面最富有智慧和最完美学识的呈现,也可以说是中国古典哲学最高成就的体现,同时也是东方古代文化发展的一个高峰,同时,作为《易》学的内核,对后世文化儒、道、墨、法学及

---

[1] 李永强:《隋唐大运河洛阳段相关问题试析》,《四川文物》2011年第4期。

河洛文脉

兵、农、医、天文学等影响颇深。[1] 再从东汉太学到汉魏文章，隋唐以前河洛文化就已经成为维系炎黄子孙传承不息的精神纽带。大运河文化时代的隋唐制度、两宋理学、史学儒经、佛教发展等与此一脉相承。隋唐大运河洛阳段文学在这一中心区域孕育生成，富有华夏民族传承的成熟的哲学基础、思想方法、人文品格和文学精神。尽管文学观念历经演变，但其文学样式传承久远，多样共生，给后世文学以深远的启发，成为中华民族极其宝贵的文化遗产和全世界中华儿女引以为豪的精神财富。

　　隋唐大运河大大促进了商品经济的发展和社会文化的繁荣。隋唐大运河建成后，洛阳商业十分发达，以大运河洛阳段为中心，形成了洛河南北世界级的大型商业市场。运河南岸有丰都市，大同市；洛河北、瀍河东岸形成通远市。三市都面临河渠，水陆交通极为便利。市内规模宏大，货物齐全，中外名产，应有尽有。通远市以24门分路入市，市东合漕渠周围6里。丰都市则是驰名中外的国际贸易市场。国内边塞的少数民族和外国商人都在这里进行贸易。为了显示中国的富饶，隋炀帝让市内以缯帛缠树，卖菜的摆龙须席，邀请域外商客免费吃酒。由于在洛阳做生意的外国商人很多，特在建国门外设置"四夷馆"，以接待外国使者和商人。大业六年（610），隋炀帝命令正月十五日，在洛阳端门大街演出百戏，夸示各族君长，终宵灯火不熄，声闻数十里，到月底才结束。"我国元宵节行乐之盛，实始于此。"[2] 大运河促成了隋唐繁荣强盛的社会经济基础，形成了宽松的社会环境，加强了与边疆民族和国外的交流；各种宗教的传入也大大促进了中外的文化交流，丰富了中国的文化宝库，同时也推动了对前代文化的集成和发扬光大。特别是由此形成整个社

---

[1] 窦志力：《首届"河洛文化"学术研讨会圆满闭幕》，《河洛春秋》1989年第4期。
[2] 周得京：《浅议以洛阳为中心的南北大运河》，《河洛春秋》1987年第3期。

第四章　隋唐洛阳文学

会重视人生和关注现实的精神并重，使文化向更广大的社会底层普及，带来了文化诸多领域的普遍繁荣与交融发展。

开凿大运河的创新精神和开拓精神形成了良好的社会文化氛围。艺术上，音乐、绘画、雕塑、美术、书法等，以及哲学和思想领域各类流派和风格均出现兼容并包、兼收并蓄包容发展的繁荣局面。这些都很好地孕育了学者文人开放进取的壮志情怀，开拓了文学的想象空间和精神表现领域，为唐代诗歌的繁荣打下了坚实的社会文化基础。大运河贯通南北后，形成了一个自由开放、万象更新的时代。前代的经学、史学、地理学、小学、类书的编纂和《文选》学等，充满勃勃生机。随着精神生活的丰富，文学创新和继承发展在诗歌、散文、小说、词等领域都有表现，商品经济孕育的市民文化带动了俗文学发展，说唱、传奇也逐渐兴起。毫无疑问，以隋唐大运河洛阳段为中心的河洛地区是这个充满生机活力的、文化繁荣的核心地带，也是河洛文化核心意象生成的地区。

隋唐洛阳图书及藏书业盛极一时，创作氛围非常浓厚。隋唐时期，东都洛阳图书业的发展达到了空前繁荣的地步。隋朝建国之初，对收藏图书就很重视，开展了献书活动。洛阳是全国藏书的中心。隋炀帝诏令在东都洛阳观文殿内东西厢建造房屋，设立官藏。东屋藏甲乙，西屋藏丙丁。观文殿的宏丽藏书和一系列的自动装置绝无仅有，把我国的卷轴书的发展推到了高峰。隋炀帝派人大肆抄书，又对国家全部藏书进行整理编目，编成《隋大业正御书目录》。同时，大力发展官府专藏，集魏以来的古迹名画，在观文殿设立二台典藏；还在洛阳内道场设立了佛道典籍专藏，令沙门智果于内道场撰诸经目，分别条贯，对佛道专藏进行了整理。隋朝时，洛阳各类藏书的创立，不仅对当时文化的发展起到了一定的作用，而且对后来，尤其是唐代官府藏书的全盛奠定了基础，使得官府藏书发展到了纸质书写图书时代的高峰。使唐朝东都洛阳成为洛阳都城史上光辉壮丽的一页，使洛阳城不愧为当时世界上最大的都会。因此，唐代洛阳文人雅集，文化荟萃，各类文人创作日积月累，可谓汗牛充栋，卷帙浩繁。

隋炀帝、魏征等隋唐统治者和文人集团云集运河两岸的影响。明人许学夷《诗源辩体》（卷十一）云："隋炀帝五言声尽入律，语多绮靡。"清人沈德潜《说诗晬语》（卷上）云："隋炀帝艳情篇什，同符后主；而边塞诸作，铿然独异……。"隋炀帝艳情诗是江左艳情诗的余响。边塞诗源远流长，隋炀帝边塞诗上承建安风骨，洗净六朝粉黛，具有豪侠气概和帝王威势。《隋书·王胄传》载隋炀帝语："气高致远，归之于胄；词清体润，其在世基；意密理新，推庾自直。过此者未可以言诗也。"气高致远、词清体润、意密理新是隋炀帝追求的诗歌标准，这一理论超越了六朝隋唐时代的南北地域之争，高屋建瓴，引领了一代诗歌新风。[1] 运河开通后"隋炀帝醉心于江南的浮华，三幸江都，好为吴语。他喜欢作诗，每写成，都要请南朝的学士庾自直等评议。这样，上行下效，粉饰太平、华艳空洞的宫体诗、宫廷诗兴盛一时"。[2] 由于"醉心于江南的浮华"，使隋炀帝在运河岸边仿江南水乡修建西苑，西苑内绿水漾绕；又三次沿运河巡游江南，留下的诗作既有华艳空洞的宫廷诗，又有洗净六朝粉黛、气高致远的边塞诗。"上行下效"，无疑也推动了大运河洛阳段诗歌的创作。其他如隋的卢思道、薛道衡、杨素等，唐初的魏征、骆宾王等，武周时期的宋之问、沈佺期和杜甫的祖父杜审言等，他们的文学活动和诗歌创作也多在大运河洛阳段地区。

唐代许多诗人云集洛阳，以文章齐名天下的初唐四杰：王勃、

---

[1] 孙明君：《隋炀帝的人生轨迹》，《理论视野》2015年第3期。
[2] 孙昌武：《隋唐五代文化史》，东方出版中心2007年版，第119页。

杨炯、卢照邻、骆宾王长期居住洛阳,留恋洛滨风光,在洛阳写下了不少诗篇。在唐诗开创时期,肩负起时代的使命,努力摆脱梁诗风的影响,积极开拓诗歌的思想领域,对诗的格律形式也有所探索。李白曾八次游历洛阳,饮酒赋诗;白居易晚年一些诗歌中表达的"隐士"情绪,与运河水系推动园林建设,形成园林文化,促进了他的隐居思想形成相关。另外,刘希夷、孟浩然、王维、韩愈、杜牧、刘禹锡、王昌龄、王建、张籍、元稹、李贺、孟郊、宋之问等著名诗人在洛阳也留下了大量的诗篇。上官婉儿在洛阳作诗文20卷,并代朝廷品评天下诗文,一时群臣多集其门。李世民、上官仪、武则天、武三思、皇甫冉在洛阳也写下了不少作品。[①] 他们共同在大运河洛阳段创造了中国诗歌史上的光辉成就。

总之,漕运开通后,大运河洛阳段区域的工商业日趋繁荣;南北民族融合,不同区域方言、文化交流频繁;乡土气息与各地方特有的思维方式、文化精神与价值观念影响着隋唐大运河洛阳段区域的文学生命力与创造力。大运河洛阳段水面千百舳舻不断,几百年来南北穿梭,也促进了运河相关诗文题材的不断创新和发展。河洛方言、河洛戏曲、河洛信仰以及后世的河洛大鼓等,都带着大运河洛阳段的显著特征,大运河漕运文化赋予大运河洛阳段文学浓厚的地域特色。

二 隋唐大运河洛阳段文学的题材特征

大运河的漕运文化即包括河畔粮仓、馆驿津桥、水流行船、两岸宫阙和岸堤风物等,也包括大运河洛阳段水运网络区域内的历史

---

① 孟令俊:《论洛阳古代图书及藏书业的兴衰》,《河洛春秋》1994年第3期。

典故、民风民俗等，这些直接以大运河洛阳段风物为题材的诗歌，构成了"水上唐诗"的主要内容，俨然形成了"水上唐诗"的独特景观。云集在运河两岸隋唐宫阙、里弄的诗人，直接抒写津桥、流水、行船、堤岸风光的诗作目前所知有200多首。① 其中，描写运河水乡和河堤四季风光的"洛浦秋风"共101首，仅单单描写天津桥的有71首。其中白居易写了大量的"洛浦秋风"和"天津晓月"的名篇。唐代诗人们以其丰硕的诗歌创作，赋予了大运河以厚重的文化生命。大运河这条文化线路的形成，肇始于春秋，滥觞于隋，成就于唐。进入诗歌的大运河水系中的一些河名、地名及其相关的称谓、景点、风物、典故成为后世作品的典型意象和文化符号，经过历代文人墨客的艺术渲染和审美创造，早已经成为河洛文化天空中一颗颗灿烂的明星，共同将大运河洛阳段装点成一条多姿多彩的文化纽带，让今天的人们锲而不舍地缅怀它们在历史天空中迷人的身影，感受它们丰富的美感和无穷的魅力。

隋唐诗歌中的大运河洛阳段津桥。大业初年（604）在大运河上修建的天津桥（唐时洛阳桥）、中桥（武则天时修缮改名为永昌桥）、皇津桥和永济桥，在中国桥梁建筑史上彪炳史册。天津桥在桥梁史上分别以第一次出现铁链连接船只架设而成的浮桥、武则天时首创龟背形改建、宋徽宗重修时第一次有了桥梁设计方案等，拥有中国桥梁建筑史上的三个第一。皇津桥建在洛河南边开凿的漕渠黄津渠上，是从运河水路出入西苑的咽喉，是我国有文字记载的最早的可以随时开合的开合桥。天津桥、中桥和永济桥一起成为唐代全国四大石柱梁桥之三。② 隋唐运河上的这四座桥梁本身是全国著名工

---

① 李永强编著：《隋唐大运河的中心——洛阳》，中州古籍出版社2011年版，第126—211页"第四章运河之歌"，收录172首。
② 周得京：《洛阳名桥记》，《河洛春秋》1989年第3、4期。

程，凝聚着中华智慧，加上运河沿岸的美丽风景，历来为文人歌咏的重要对象。

　　白居易歌咏天津桥的诗最多，《和友人洛中春感》："莫悲金谷园中月，莫叹天津桥上春。若学多情寻往事，人间何处不伤神"。特别是他的《天津桥》"津桥东北斗亭西，到此令人诗思迷。眉月晚生神女浦，脸波春傍窈娘堤。柳丝袅袅风缫出，草缕茸茸雨剪齐。报道前驱少呼喝，恐惊黄鸟不成啼"最为人称道。诗一开篇就开门见山点明地点，概括说明这里的景色令人迷醉，是令人"诗思迷"的好地方，从而引出诗兴。中间四句具体描写景色：暮色降临时分，仰望天空，一弯新月升起，悬挂在神女浦的上空，犹如美女那秀丽的黑眉；俯视桥下水波荡漾，潆洄在窈娘堤的旁边，恰似美女澄明的眼波。在诗句里，白居易把看到的月亮与河水幻化为美女形象，且与地名恰相契合，这样，美丽的景色与美人的形象连缀起来，融为一体，不仅使景象完美化，而且充满神秘色彩。神女浦指洛水边神女活动之处，据说伏羲之女宓妃渡洛水时淹死，成为洛水之神。环顾四周，在洛水两岸更是春光无限：柳丝吐绿，春风中袅袅飘拂，似乎是由春风缫抽而出；缕缕小草泛着青绿，柔密齐整，好像是由春雨修剪而成。如此景色令诗人着迷，所以诗人不禁命令开路的人马不要大声喊叫，以免惊扰了正在枝头婉转啼鸣的黄莺。

　　白居易如此痴迷天津桥，因为天津桥有着不同凡响的历史。对于大运河开凿的地方，桥梁设计者杨素和宇文恺，谙风水、懂天象，认为洛水就像天上的银河，而洛阳就像天帝的居所紫微宫，天津即天河的渡口，在这里架的桥自然该称"天津桥"了。桥北端，正好与皇城的端门相对应；桥南端，与长达5公里的定鼎门大街相连，南北通衢，一桥相牵。唐初在原址上重建，桥两端有集市和酒楼。李白光顾的董家酒楼就在桥头。当时他从长安来到洛阳，洛阳地方官为他接风，李白坐车郊游后经过天津桥，诗兴大发："白玉谁家郎，回车渡天津。看花东陌上，惊动洛阳人。"他留恋天津桥的景致，心情格外好，于是又吟道"黄金白璧买歌笑，一醉累月轻王侯"，李白干脆暂不启程，在洛阳饮酒数月，把王侯功名都看轻了。其他诗人如李益的《上洛桥》："金谷园中柳，春来似舞腰。何堪好风景，独上洛阳桥。"孟郊《洛桥晚望》"天津桥下冰初结，洛阳陌上人行绝。榆柳萧疏楼阁闲，月明直见嵩山雪"等等，都描绘了天津桥的春天和冬天景色。刘希夷的《公子行》："天津桥下阳春水，天津桥上繁华子，马声回合青云外，人影动摇绿波里。"写天津桥风光旖旎，让人流连忘返。

天津桥凌晨的景致最美：晓月挂在天空，两岸垂柳如烟，桥下波光粼粼，四周风光旖旎，城中不时传来寺庙钟声，遂使"天津晓月"成为"洛阳八大景"中最静谧的风景。白居易在《晓上天津桥闲望偶逢卢郎中张员外携酒同倾》写道："上阳宫里晓钟后，天津桥头残月前。空阔境疑非下界，飘摇身似在寥天。星河隐映初生日，楼阁葱茏半出烟。此处相逢倾一盏，始知地上有神仙。"[1] 平易的语言，近乎夸张地描绘了天津桥的神仙境界。天津桥成为隋唐大运河洛阳段最富诗意和最能引人联想的地方，在诗歌世界里，永远闪烁着运河文化迷人的光彩，孕育着厚重的缅怀历史的情怀。

隋唐大运河洛阳段堤岸柳树的意象。对绵延不尽的运河堤岸上的垂柳描写，初期有李世民、王怜然、白居易、刘禹锡、李益五位诗人的五首诗歌涉及，晚唐五代时期，社会生活变迁发展，运河承载的文化意蕴更加丰富，"柳树"在诗歌中被赋予"羁留"和"离别"的含义，使"柳"成为独特的诗歌意象。这时写堤岸柳树风光

---

[1] 以上见白宁北、白灵坤《走近白居易》，白山出版社2014年版，第160—164页。

的作品越来越多。诗人往往把对大运河历史遗迹的描写、历史事件的记录、历史人物的品评融会在行行柳荫的描写中，以表达自己对现实的关注，对历史的反思和人生的感悟。因此运河岸"堤柳"的意象，也出现在咏史诗中。有些诗歌通过这些意象，批判了隋炀帝的骄奢淫逸，致使隋朝灭亡。对隋炀帝的批判，主要围绕着隋炀帝到江南巡游的奢华以及给老百姓带来的痛苦展开。如："大业年中炀天子，种柳成行夹流水；西自黄河东至淮，绿阴一千三百里。"（白居易《隋堤柳》），有的诗人慨叹："炀帝开河鬼亦悲，生民不独力空疲。至今呜咽东流水，似向清平怨昔时。"（罗邺《汴河》），"海内财力此时竭"（白居易《隋堤柳——悯亡国也》），连流淌的河水，也充满了怨恨之情："轻笼行殿迷天子，抛掷长安似梦中。"（翁承赞《隋堤柳》）堤岸柳使天子抛却家国社稷、一意作乐，从而导致国家的灭亡，柳树成为隋朝灭亡的见证："锦缆龙舟万里来，醉乡繁盛忽尘埃。空余两岸千株柳，雨叶风花作恨媒。"（江为《隋堤柳》）以至后来折柳人们想起前朝也悲愤肠断，正如白居易在《隋堤柳》中写到的一样："后王何以鉴前王，请看隋堤亡国树"。

客观上来说，白居易生活的时代已经距离隋炀帝开凿大运河200余年，隋炀帝的文治武功和运河营运创造的丰功伟绩都成为陈年旧事，或被人们忽视遗忘，因此诗歌中对隋炀帝的评说带着偏颇的情感倾向。明代时，齐东野人参考唐宋笔记小说《大业杂记》《隋遗录》等，写了一部小说《隋炀帝艳史》，又专门描写隋炀帝的奢靡生活。清初文学家褚人获根据《隋炀帝艳史》《隋史遗文》等，编撰了《隋唐演义》，这些作品对隋炀帝多有贬斥。倒是晚唐诗人皮日休的《汴河怀古》："尽道隋亡为此河，至今千里赖通波。若无水殿龙舟事，共禹论功不较多。"算是对隋炀帝比较客观的评说。

隋唐大运河洛阳段，不但是重要的南北水上运输通道，河上津桥又贯通着洛河两岸的宫殿里巷，商旅往返，船乘不绝，数不清的离别天天在渡口和津桥上演着，渡口也就成为人们别情的策源地和启航点。由于"柳""留"谐音，汉代以来，常以折柳相赠来寄托依依惜别之情。杨柳也成了离别、思念、相思的心灵符号。隋堤、隋堤柳也成了唐代诗歌中经常出现的意象。在长期的文学发展中，已成为特殊的意象和题材，充满了极其丰富的历史文化意蕴。[1]

诗歌想象中的繁华河港铜驼里。隋炀帝营建东都洛阳时，将洛水北岸、皇城之东第四里坊，命名为铜驼里，其位置在今老城瀍河入洛口之东。铜驼里之北为景行里，再北为北市，洛水之南与之相对为南市。故隋唐到北宋时，这里是商船如织的河港繁华地段，这里的滨水长桥、柳暗花明，吸引了众多游客前来观赏，并留下了大量诗篇。唐代诗人骆宾王咏道"铜驼陌上柳千条"，刘禹锡咏道"铜驼陌上好风吹"，刘沧咏道"隋朝古柏铜驼柳"，北宋邵雍咏道"花深柳岸铜驼陌"。历史的沧桑，社会生活的演进，在诗歌里面，难以掩盖对繁华的赞颂和世俗生活的向往，富有亲切的人文气息。而白居易的《久雨闲闷对酒偶吟》："凄凄苦雨暗铜驼，袅袅凉风起漕河。"诗句，把"铜驼"和"漕河"作为洛阳代表性的景致来描写，写出久雨中的烦闷，透露着对隋炀帝开通运河的颇有微词情绪。

"上阳花木不曾秋"的上阳宫。初建于唐高宗时期，是唐代在运河岸边建造得极为奢华的宫殿，建造者韦机因此遭弹劾而被免职。上阳宫建成之后，唐高宗就移至上阳宫，晚年常居上阳宫听政。武则天也曾长期在上阳宫听政，最后终老于上阳宫。上阳宫成为高宗与武则天时期重要的宫廷政治活动场所，唐玄宗李隆基也流连于上阳宫仙居殿。安史之乱使上阳宫遭到很大破坏，留给后人在诗文中

---

[1] 戴永新：《唐诗中的大运河》，《文艺评论》2011年第10期。

颇多咏叹。如最为有名的是唐诗人王建的《上阳宫》："上阳花木不曾秋，洛水穿宫处处流。画阁红楼宫女笑，玉箫金管路人愁。幔城入涧橙花发，玉辇登山桂叶稠。曾读列仙王母传，九天未胜此中游。"晚唐上阳宫已经不复存在，繁华地成为寻常巷陌，引发无数文人缅怀想象，发悠悠怀古的哀伤之情。

隋唐大运河洛阳段上的"舟行诗"。最能体现运河风貌的作品，无疑是创作于运河上的舟行诗。运河的景观，从清晨到日中及夜间，在诗人笔下都有生动的描写。当天边还留有残星斜月之际，便"半夜发清洛，不知过石桥。云增中岳大，树隐上阳遥。埕黑初沉月，河明欲认潮。孤村人尚梦，无处暂停桡。"（许棠《早发洛中》）题为早发，实则半夜已经行船。诗中透出一种宁静和孤寂，安静的氛围又有动感。船在蒙蒙黑暗中前行，转眼已经过了石桥，中岳云雾缭绕，由于看不清晰，反而显得更加磅礴。在树丛中若隐若现的上阳宫正渐渐遥远，月亮渐渐地沉下去。船在走，时间也在走。天微明，河潮渐渐上涨，孤村中的人们还在酣甜的睡梦中。郭良的《早行》诗："早行星尚在，数里未天明。不辨云林色，空闻风水声。月从山上落，河入斗间横。渐至重门外，依稀见洛城。"与许棠乘船早发时的情况有异曲同工之妙：一切都在宁静之中，只有水声不绝于耳，一片寂静中洛城渐渐显现出它的轮廓。朝阳冉冉升起，气温也渐渐升高，冷暖交替之际，河面上漂浮着袅袅轻雾。"清洛浮桥南渡头，天晶万里散华洲。晴看石濑光无数，晓入寒潭浸不流。"（刘希夷《洛中晴月送殷四入关》）诗中，光与影的结合，描画出清晨洛水的晶莹清澈。韦述《晚渡伊水》："悠悠涉伊水，伊水清见石。是时春向深，两岸草如积。……回瞻洛阳苑，遽有长山隔。烟雾犹辨家，风尘已为客。登陟多异趣，往来见行役。云起早已昏，鸟飞日将夕。光阴逝不借，超然慕畴昔。远游亦何为，归来存竹帛。"描写傍晚时分,倦鸟归林,渔舟返岸,落日的余晖洒满河川,沐浴在夕阳下是温馨的。然而"夕阳无限好,只是近黄昏",傍晚也是惹人愁绪的时分,常常溢满了离人分别的凄苦和游子思家的忧伤。

相对于白天而言,夜晚的河流又是另一番景象。储光羲的《夜到洛口入黄河》:"中宵大川静,解缆逐归流",写出了夜间河流的安静及夜间任小舟顺水而下的闲适。行旅者泊舟夜宿,此时,文人们卸下一天的劳顿,空寂无聊,思维活跃,感于环境,一般都会赋诗抒怀。即使乘舟离开洛水顺运河南下后,也会唏嘘留恋,怀念不已。宋之问《初宿淮口》:"孤舟汴河水,去国情无已。晚泊投楚乡,明月清淮里。汴河东泻路穷兹,洛阳西顾日增悲。夜闻楚歌思欲断,况值淮南木落时。"此诗是作者自洛阳赴越州途中夜泊淮口所作,抒写自从船行入汴河后,远望洛阳就一天天悲从中来。作者寄身于一叶孤舟,逐汴河南下,乡国渐远,离情渐深。诗歌寓情于景,情景交融,对旷野苍凉凄清的夜景极尽渲染,把风尘漂泊、羁旅愁思烘托得如此感人。出大运河洛阳段远行,夜泊运河水面,也是唐代行旅诗的重要表现内容。

发生在大运河洛阳段的人和事,历来为散体文学记述的题材内容。这些散文包括笔记、传记和杂记等。如《大业杂记》《隋书》卷3《炀帝纪上》,记述运河开挖的情境;《隋书》卷70、《新唐书》卷84 的《李密传》和《新唐书》卷85 的《王世充传》,生动描写了隋末洛阳段运河水面发生的惨烈的战争;《新唐书》卷162《李逊传》又生动地描绘了官员李讷擅离职守,致使河水泛滥给百姓造成灾难的故事;《太平御览》卷72《河南图经》描述了河水泛滥情况;《唐六典》卷7 记述河南尹李适修建上阳、积翠、月陂以防范谷水、洛水泛滥的情况;《旧唐书》卷6《则天皇后本纪》描写了武则天祭拜洛水的情况;《旧唐书》卷87《李昭德传》记载有官员为了阿谀奉承朝廷，从洛水中得到一块带红点的白石头进献，进献理由是这个石头赤心，会对朝廷忠心耿耿，被昭德训斥道：难道洛水中其他没有红点的白石头都要反了吗？阿谀之臣闹出笑话来，这些记述描绘生动，刻画有力，不但为大运河洛阳段历史文化研究提供了参考史料，也是中国记事散文的延续和发展。

天津桥南是官府公审处决犯人的地方，安禄山曾在此把唐将绑缚在桥南石柱上残酷处死。天津桥也是当时洛阳城一处重要的军事防守要地，还是亲朋送别、官方举办旬宴等活动的地方，另外乞丐、术士等人也多在此地聚集。天津桥周围成了包罗万象、形形色色的综合活动场合。天津桥本身也多灾多难，历经毁坏、重修。历代记述此类事件的散文也很多。影响大的笔记散文诸如唐杜宝的《大业杂记》，《资治通鉴》卷183，《旧唐书》卷8和卷117，《宋史》卷94和卷299，宋邵雍的《邵氏闻见后录》等，均详细生动地描写了天津桥的形制和修缮改造过程中的相关人物；《五灯会元》卷5记载丹霞天然禅师横卧于天津桥，被官员呵斥也不起来的故事；《太平广记》卷138《裴度》记载了中书令晋公裴度常常骑乘蹇驴过天津桥的故事；《宋朝事实类苑》卷8记载北宋著名宰相富弼，乘坐小轿过天津桥，众人围观的情景，等等，[①]描写人物突出细节，形象生动，趣味盎然。这些描写人物的文字，开拓了中国纪传体散文的表现领域和艺术风格。

三 隋唐大运河洛阳段文学的文化史意义

洛阳段文学以特有的文史混融的思想品格铸就河洛文化的核心

[①] 李永强编著：《隋唐大运河的中心——洛阳》，中州古籍出版社2011年版，第107—126页"第三章运河事典"。

意涵。河洛文化中心地域，以黄河中下游为载体，以洛河流域及周围附近地区为中心，夏商周三代之君皆居于河洛之间，"三皇""五帝"也多活动在这里。河洛文化中的"河"，多出于对华夏民族文明起源和生存之境的考察，河洛文化中的"洛"，重在对民族文化演变发展的精神品格和传承生息的人文维度的考察，"洛"赋予更多的人文象征意义。"河图洛书"之洛书，抒写着民族记忆和民族文化发展演变的脉络。隋唐大运河以惊天动地的土石工程、巨大无比的经济文化影响力、丰富多彩的诗意葱茏的意象体系，催生出磅礴无尽的民族想象和浩瀚深邃的民族根文化意识。大运河洛阳段以古老的自然网状水系，贯通了整个大运河，贯通了黄河和长江，又因处在隋唐盛世宫城的中心，在民族文化史上居于重要地位。大运河洛阳段文化赋予"河洛文化"高度的民族文化认同感。洛河为通济渠中心段，两岸的帝都景象和几百年风云变幻的社会生活，赋予"洛河"深厚的文化张力和艺术想象空间。直到今天，梳理大运河洛阳段文学与河洛文化的关系，仍能感受到两者互为表里，又相得益彰，两者成为共筑民族传统文化自信力的文化纽带。

大运河洛阳段，在久远的历史时空，以文学的形式演绎出了一系列的文化意象："西苑""上阳宫""天津桥""天街""隋堤柳""含嘉仓""回洛仓""安乐窝""河呐严关""通济街""洛神""洛水""河洛""谷水"等，以及大运河洛阳段两岸的历史典故和名人遗迹，无不蕴含着丰富的水文化元素和艺术领域的时空想象，抒发着一种河洛根文化的自豪情怀，凝聚着民族集体意识和心灵渴望，既书写着民族色彩斑斓的昨天，也昭示着今天的人们继往开来，拼搏前行！

隋唐大运河洛阳段文化中一些词体和曲艺源于大运河的开凿。有些乐曲是隋炀帝开凿大运河时自己创作的，有的则是当时乐工们

第四章 隋唐洛阳文学

创作。这些乐曲在当时广为流传，与唐宋诗词中一些著名体式产生直接的关联。如从《水调》到《水调歌头》。① 而诗体与词体的产生，又影响了大运河洛阳段两岸的音乐和曲艺的发生和发展。如洛阳方言与琴书结合后，逐渐形成了具有洛阳地方特色的大鼓。大鼓的宫调式具有色彩明亮及稳定的特性，十分符合河洛大鼓艺人乐观而坚定的艺术性格，而这种乐观坚定是大运河与河洛文化孕育的：尽管大运河带来了方音和四方曲艺的融合，而河洛雅音在人们心中有着不可动摇的中心地位，这种中心取向在大运河洛阳段周围民间潜移默化，于是很容易形成自然纯朴、欢快活泼、气氛热烈的曲艺演唱风格。直到今天，我们仍然可以在洛河两岸的公园和广场，看到热烈表演的群众，淳朴洪亮的唱腔回响在傍晚和节假日的休闲时空里。

大运河洛阳段繁荣兴盛的戏剧艺术是运河文学中不可或缺的篇章。"运河滋润了戏曲，戏曲激活了运河"，研究中国戏曲发展的轨迹，无法回避贯通南北的隋唐大运河所起的作用与贡献。唐宋以来运河漕运的兴盛与商品经济的发展，带动了沿河城镇、码头市民文艺的发展，进而促使了戏曲的最终形成；运河文化从其表现来看是一种水文化、船文化，是处于流动状态的开放型文化。运河不仅是戏曲艺人南来北往的主要通道，也为戏曲的广泛传播、不断发展并走向繁荣创造了优越条件。②

大运河洛阳段流传至今的传说和故事是最迷人的民间声音。这些民间传说和故事，是运河文化一道独特的风景线，形象地记录着河洛地区民间生活和社会变迁。比如，今天仍然口耳相传的诸如"豆腐店"的传说：关林镇北二里许的"豆腐店"，实为"窦府店"，

---

① 苗菁：《唐宋诗词与大运河》，《聊城大学学报》（社会科学版）2014年第5期。
② 杨忠国：《戏曲同运河文化的融合与发展》，《四川戏剧》2010年第3期。

是隋炀帝开掘大运河的募民队队长窦建德修建的花园别墅的遗留，至今豆腐店一带还流传着窦建德的传说；洛阳市郊区辛店乡的"柳皇村"，原名"留皇村"，传说是当年隋炀帝修建的，西苑里的十六院夫人，苦劝隋炀帝放弃劳民伤财的乘龙船游江都，仍然留在洛阳的地方，于是叫"留皇村"；天津桥西洛河北岸的社区"东下池"和"西下池"，传说中是神仙用池水染布匹的地方，等等。

大运河洛阳段水系网络中的洛水本是河洛地区古老的河段，有关水神的信仰发达，直接影响这一段运河文学的民间想象。比如，关于天津桥的传说很多，如八仙中的何仙姑和铁拐李协助蔡状元修建七十二孔洛阳桥；洛阳才子以元宝投掷彩帕，以应洛河女神化作的漂亮姑娘招女婿的要求，实际上是变相集资修建天津桥；还有，三国时曹植所爱的甄后被曹丕赐死后化作洛神的传说，以及曹植的《感甄赋》被明帝曹叡改为《洛神赋》的传说，伏羲的女儿宓妃掉进洛河淹死后被封为洛神的传说，洛阳邙山凤凰岭祖师庙的杨活道人和吕洞宾渡河的传说，等等；还有大量关于战争的历史传说，如关于李世民和王世充的大运河洛阳段两岸争夺战的各种版本的传说等。

大运河洛阳段文学对隋唐洛阳城市生活的真实展示与反映，揭示了市民文学成熟壮大并不断发展的情景。市民文学折射市民意识的进步与更新，从运河城市与市民文学的关系能够进一步认识运河之于中国文化发展的意义，并能进一步了解中国文学的历史。

大运河洛阳段两岸商妇诗的出现和商业发展有着必然的联系。隋唐大运河洛阳段区域是商人商业活动的主要场所，商妇数量的增加，隋唐诗歌题材涉及社会生活的各个阶层，商妇的命运和心灵世界也受到了关注。于是商妇诗歌增多，成为男性诗人笔下独特的文学风景，并且商妇也开始创作自我写照的诗歌。对隋唐大运河洛阳段两岸商妇诗进行系统疏理，研究这些商妇诗产生的历史背景、思想情感、艺术特色和社会影响等,能够作为研究中国商人和商业发展的辅助材料。① 总之,隋唐大运河洛阳段文学,在民族文化复兴的背景下,其文艺学、社会学、人类学、哲学和艺术史等方面的文化史学意义,不容忽视。

总之,隋唐大运河洛阳段,千百年的历史沧桑积淀下无比丰富的文化内涵。这一段运河与古洛河相通为一体,构成河洛文化的中心区域,使隋唐大运河洛阳段成为一个民族集体意识的文化符号。隋唐大运河洛阳段文学的兴起和发展,以生动形象的生活场景和意象系统,召唤着民族文化的历史记忆,塑造着中华民族光辉灿烂的文化形象。隋唐大运河洛阳段文学是河洛文化在一个特定历史时空的生活呈现,是河洛文化最为核心的组成部分,她卓越的艺术魅力助推着河洛文化的文明穿透力和辐射力。隋唐大运河洛阳段文学是镌刻在民族文化心灵中的一道深深的印记,并且时至今日,我们正在继续加宽着这道印记。

近年来,随着中华传统文化的复兴,河洛文化研究成为显学,但单独以隋唐大运河洛阳段为内容的文学创作研究得不多,重要原因是:一方面这段文学融入了河洛文学,对河洛文化的研究无形中遮蔽了隋唐大运河洛阳段文学的研究;另一方面,隋唐时期的文学体裁以诗歌为主,见于史书、笔记和文人别集的散文作品,多归入类书和杂记,由于其丰富深厚的文化史学品格,往往不被视为现代意义上以叙事为主、以想象虚构为特征的文学作品。无论如何,隋唐大运河洛阳段文化是河洛文化的核心,隋唐大运河洛阳段文学最为直接地遗传了河洛文化的文化基因,并构成河洛文化的主要组成部分之一,对其梳理和探讨是对河洛文化研究的丰富和发展。

---

① 董艳玲:《唐代商妇诗研究》,硕士学位论文,华东师范大学,2012年,第1页。

第五章　宋金洛阳文学

概　　述

　　宋代文学，河洛作家占有特殊地位，取得了卓越成就。北宋建都汴京，为东京，洛阳初为陪都，为西京。欧阳修及一大批文人曾在西京洛阳从事文学活动，这对后来宋代诗文革新理论的建立和创作实践具有重要意义。欧阳修在洛阳任西京留守推官时，在伊水河畔初识河南县主簿梅尧臣，因意气相投而引为知己。不久钱惟演到任西京留守，以当地最高行政长官的地位与文坛前辈的身份，把洛阳的文士聚集在自己的周围，促成了洛阳文人集团的形成。洛阳自古就有文人宴集交游的传统。西晋时贾谧门下"二十四友"、石崇"金谷之会"等，白居易"九老会"对宋代洛阳文人的影响更为直接。欧阳修、梅尧臣沿其余波，组织过"洛中七友"，亦以"八老"之名相互品题：尹洙为辩老，杨愈为俊老，王顾为慧老，王复为循老，张汝士为晦老，张先为默老，梅尧臣为懿老，欧阳修为达老。

　　钱惟演在洛阳文人集团首先利用职权，为这群体创作活动提供闲暇与物质资助，包括游洛阳园林与登嵩山等，其间诗文唱和，切磋请益，其乐融融。欧阳修自订《居士集》和梅尧臣诗集中正式著录的作品皆始于这个时期，洛阳是他们文学创作发轫的最初舞台。钱惟演在文学上大度宽容，大力奖掖后进。《邵氏闻见录》卷八记载钱惟演因建阁于临园驿，让欧阳修和尹洙作记。欧阳修写了1000余言，尹洙只用了500字。欧阳修佩服尹洙记文简古，并自此开始作古文。钱惟演组织这次笔会，提倡简朴古文。可见洛阳文人聚会对欧阳修古文革新理论形成产生的影响。

  洛阳文人集团时常参加活动的除"八老"外，还有富弼、张先、钱暄及西京国子学秀才王尚恭、王尚兄弟。其中年辈稍长的谢绛（995—1039）以祠部员外郎、直集贤院的名义任河南府通判，是这个集团主盟人物，对欧阳修、梅尧臣、尹洙等人都曾给予教诲。直至30多年后，欧阳修还追忆"昔在洛阳，与余游者，皆一时豪隽之士也。而陈郡谢希深善评文章，河南尹师鲁辩论精博，余每有所作，二人者必伸纸疾读，便得余深意；以示他人，亦或时有所称，皆非余所自得者也"。（欧阳修《集古录自跋自序》，《欧阳修全集》第134卷）洛阳文人集团的活动，对欧阳修一生影响深远，他们当时创作与切磋共进，给北宋文坛带来清新强劲的风格，也为后来欧阳修领导的诗文革新运动，培植了一支精锐的文坛骨干。宋神宗年间，洛阳又成为文人聚集的中心。当时王安石为宰相，御史中丞司马光与王安石政见不合，辞官退居洛阳15年之久。司马光在洛阳时，建造独乐园，荐辟刘恕、刘攽、范祖禹等一同纂修《资治通鉴》。当时一些不赞成新法的朝廷旧臣如文彦博、富弼等也退居洛阳，司马光仿唐代白居易"九老会"旧例，与文彦博等13人结"耆英会"。唱和诗作很多，司马光作《洛中耆英会诗序》记录。耆英会虽然带有政治色彩，但他们的活动包含着文学内容，这对当时文坛和宋代文学发展都产生了影响。

宋钦宗靖康元年（1126）金兵入侵，南宋开始，淮河以北基本属于金国版图。金国时汴京与洛阳在文学发展史上的核心作用远不如北宋时期，但这两处古都的悠久历史与文化积淀对金国文学仍发挥着作用。

宋词的兴盛与国家的相对承平和都市经济日趋繁荣密切相关。宋词发展的各个阶段中，都有河洛词作家的卓越贡献。特别是洛阳的陈与义、朱敦儒等。陈与义的词现实情感强烈，风格豪放颇似苏轼，但清婉奇丽之处也兼取柳永、秦观、周邦彦诸家之长。朱敦儒南渡后流落岭南，生活远离了政治现实，其词抒写自然景色，表达超然物外的情绪，并难忘在洛阳的情事。

宋代散文同前代相比有较大开拓和发展。从柳开提倡古文开始，经尹洙等人的大力支持，浮靡艰涩文风受到猛烈冲击。因隐逸而有名的魏野，理学家兼哲学家邵雍和程颢、程颐兄弟等，在诗文方面各有建树。南宋时期的河洛作家中，陈与义诗与词俱负盛名，曾几受禅风熏陶形成清新恬淡的诗歌风格，并完善和发展了诗歌理论。宋代是小说和笔记文学发展时期，邵雍与邵博父子的《邵氏闻见录》及《邵氏闻见后录》具有很高的文学价值。

金迁都后，在中原的统治相对稳定，著名文人纷纷流寓河南，他们在京师和地方做官，作品伤时感世，吟咏河洛山川风物。如元好问寓居福昌（今洛阳宜阳），又移家登封，也曾在南阳镇平等地任县令。

第一节 北宋洛阳的人文景观

洛阳的名山胜水因北宋文人们的交游唱和活动，增加了新的文化内涵和更加浓厚的人文色彩，体现着洛阳人文景观与历代文人之间精神互动、价值同构的关系。

人类的生存和发展有赖于地理环境所提供的空间，地理环境对于该地区人们的生产方式、行为方式和精神状态、性格好尚等起着一定的制约作用。环境和时代决定文明的性质面貌，人们的文化创造和文学活动受环境影响更为显著，区域人文性对文学活动影响最直接，洛阳文人集团的形成、集团成员的创作心态、风格和审美趣尚乃至文学活动的方式等，都与洛阳这一特定地区环境息息相关。

洛阳深厚的历史积淀，独特的人文景观和自然景观，为文人集团提供了理想的活动舞台。洛阳自古至宋群英荟萃，形成了文人宴集交游的悠久传统。西晋"二十四友""金谷之会"等，唐代白居易等人"九老会"，对宋代洛阳文人产生了直接的影响。梅尧臣、欧阳修等人沿白居易的"九老会"余波，组织"洛中七友"，以"八老"相互品题，相互标举，交通声气。其后司马光等人的"耆英会""真率会"，也远承白居易"九老会"余绪。宋代更大规模的科举活动，造成全国性人才大流动，经常性的游宦、频繁的贬谪以及以文酒诗会为中心的文人间交往，成为宋代作家们的主要生存方式。这是宋代比以往更普遍的文学现象。梅尧臣、欧阳修等人"七友""八老"的组成形式中，包含了更丰富的文化内容，在北宋洛阳的时代和环境条件下，对文学创作产生了良好影响。

一　洛阳园林与北宋文人创作

从东汉至北宋千年间，洛阳园林一直为全国之最。李格非有《洛阳名园记》，对19处名园做了详细记述。洛阳园林促使当时许多学者名流汇集洛阳，这是洛阳成为文化中心的原因之一。洛阳除贵家巨室园林外，还有皇家园林和寺庙园林。欧阳修《河南府重修净垢院记》(《欧集》卷63)云:"河南自古天子之都,王公戚里富商大姓,处其地喜于事佛者,往往割脂田沐邑货布之赢,奉祠宇为庄严,故浮图氏之居,与侯家主第之楼台屋瓦,高下相望于洛水之南北,若弈棋然。"记述了当时寺庙园林的盛况。

洛阳园林的营建是一种具有历史传承性的文化活动,并常成为历代文士集团活动的场所。石崇的金谷园就名闻遐迩,不仅是文人雅集的胜地,而且是诗人们不断吟咏的对象。唐代宰相裴度在洛阳集贤里宅第有"南园",在午桥庄有"绿野堂",与白居易、刘禹锡等在此流连忘返,诗歌唱酬。白居易组织"九老会",以履道里宅第的苑囿为活动中心。宋代洛阳园林多因隋唐之旧,往往在唐园基础上改筑而成,景观命名也常渗入历史文化含义。洛阳园林本身就是一种高度人文化的景观。宋代钱惟演文人集团频繁的游园活动,也自然地成为高品位的文化活动了。他们徜徉其间,自然与人生冥然相契,历史与现实悠然相融,耳目所及的自然景观中,其蕴藏的各种历史的、文学的逸事、故事不免油然浮现脑际,仿佛置身于前贤时流所共同营造的文化氛围之中,于是启发种种感受、情怀和思绪,激活创作机制。

天圣九年(1031)六月,欧阳修记述过他们在普明寺后园大字院避暑吟诗的情况。先写因酷热寻找胜地避暑,再写因胜地而引发作诗,末记后会有期,欢情不断。游园活动是诗歌创作的触媒,加强了彼此的感情交流和诗歌艺术的相互影响和提高。这次游宴的诗作分别在欧阳修《普明院避暑》(《欧集》卷56)和梅尧臣《与诸友普明院亭纳凉分题》有录存。

园林的建造固然要充分利用古迹遗址等人文因素,以唤起人们的历史意识和思古情怀,但园林的主要目的在于游赏。一般实用性的建筑物,目的是遮风避雨,抵御自然力的威胁,但同时也使人与自然阻隔不融；而园林建筑却以游赏为主，表现了人类回归自然的审美要求，追求生活环境的艺术化，这是促使现实人生转化为艺术人生的重要一环。在这一意义上，园林是人类对自然空间的艺术加工，是人化的自然，因而常着力于依据本地区气候、土壤等条件，创造出自己的景物特点，特别是通过一个或数个典型物象来突出人们对该环境的感受和印象。洛阳园林中的牡丹和绿竹景观就充分满足了这个要求，并成为洛阳文人集团游赏活动和创作活动的重要内容。

二　洛阳牡丹与北宋文人诗意情怀

洛阳园林大多分布于东南靠近伊洛水网地区，建筑风格重水不重山，尤以花卉竹木为胜。牡丹更是冠绝古今，独步天下，洛阳文人们无不为之倾倒。

钱惟演唯独钟情牡丹，曾想要写《花品》一书而没有成功。欧阳修写《洛阳牡丹记》，分《花品序》《花释名》《风俗记》三篇，是我国现存最早的有关牡丹的专文。记述了洛阳牡丹为天下第一，洛阳人称呼牡丹直接说花，其意思即谓天下真花只有牡丹。在《风俗记》中记载了当地赏花风俗的盛况："洛阳之俗，大抵好花。春时，城中无贵贱皆插花，虽负担者亦然。花开时，士庶竞为游遨，往往于古寺废宅有池台处为市井，张幄帟，笙歌之声相闻。最盛于月坡堤、张家园、棠棣坊、长寿寺东街与郭令宅（郭子仪旧宅），至花落乃罢。"[①] 其盛况空前，超越唐代，举世称艳。这里提到的"月坡堤"，是指洛河的月牙形堤岸，指"天王院花园子"，是洛阳最大

---

① （宋）欧阳修等著，王云整理校点：《洛阳牡丹记》（外十三种），上海书店出版社2017年版，第6页。

的牡丹园。李格非《洛阳名园记》对天王院花园子也有类似记载。

"洛阳花"成了欧阳修创作的一种意象符号，与充满欢乐、青春、生机、理想的洛中生活熔铸一片，时时成为他歌咏的题材。欧阳修《送张屯田归洛歌》中，往昔在洛阳杜家的一次醉伴牡丹的经历，如此深刻地烙印在他的心里，原因在于洛阳花已是他青春岁月的象征，同时凝聚着他韶华易逝不复、世事盛衰变幻的人生体验。因而，这种回忆随着时间的推移，犹如刻在幼树上的刀痕，历久而更大、更深和更新。洛阳赏花是他自豪的回忆和最珍重的人生留影，并成为他诗词创作中富有生命力的意象，倾注了他的眷爱。如庆历二年（1042）他作《洛阳牡丹图》，追忆本身成了一种审美活动。在欧阳修的词作中，"洛阳花"则更经常地作为离别词的一种特定意象出现。他的四首《玉楼春》分别写于离洛前、离洛时、离洛后的三种场合，构成一个完整的时间流程，"洛城春色待君来，莫到落花飞似霰"（《玉楼春》"春山敛黛低歌扇"），"直须看尽洛城花，始共春风容易别"（《玉楼春》"尊前拟把归期说"），"洛阳正值芳菲节，秾艳清香相间发。游丝有意苦相萦，垂柳无端争赠别"（《玉楼春》"洛阳正值芳菲节"），"常忆洛阳风景媚，……关心只为牡丹红"（《玉楼春》"常忆洛阳风景媚"）。第一首写在洛阳送友人，嘱其在花期前返回，莫要痛失良辰美景；第二、三首写他于景祐元年（1034）春离任之时，对牡丹的依恋，倾吐了他的全部离愁别恨；第四首写别后思洛，直接以牡丹作为洛阳的象征之物。牡丹和洛阳，已经牢固地合而为一。这在梅尧臣诗里所表达的情感也是如此，他于庆历六年（1046）在许昌任签判时所作《和王待制清凉院观牡丹赋诗》《和王待制牡丹咏》《洛阳牡丹》诸诗，也借牡丹抒写"华发我何感，洛阳年少时"的追怀。

唐人笔下的牡丹，或突出其国色天香，如李正封《咏牡丹花》，或以名花喻倾国美人，如李白《清平调》，或借以揭露社会贫富的不平，如白居易《买花》，都已获得艺术成就。欧阳修和梅尧臣等人此类诗词作品把牡丹和洛阳融为一体，即兴抒怀，使牡丹成为洛阳的象征物，大大丰富和扩展了牡丹这一诗歌意象的内涵。此后，洛阳人陈与义在历经靖康之难、流落江南时，以《牡丹》（《陈与义集校笺》卷30）为题，就抒发深沉的故国之叹："一自胡尘入汉关，十年伊洛路漫漫。青墩溪畔龙钟客，独立东风看牡丹。"正是牡丹贯通了故乡洛阳昔日的繁华和今日异地的孤寂，强烈的反差反射着感情巨大的起伏跌宕，使之成为一首有关洛阳牡丹的名作。他的成功与前辈的吟咏洛花有着内在的联系。这样，牡丹和洛阳，从欧梅等人反复抒写、大力开掘始，在以后的创作长河中不断地得到应和，终于结合成具有某种固定指向性的意象，丰富了我国诗歌的艺术宝库，并成为河洛文化灿烂星空中两颗互相映衬的耀眼明星。

三　洛阳园林绿竹与北宋文人创作灵感

绿竹景观也是洛阳园林的一大特色。据李格非《洛阳名园记》载，富郑公园有大竹林，归仁园"有竹百亩"，苗帅园"竹万余竿，比其大满二三围，疏密琅玕如碧玉椽"，松岛园虽以松名世，但"亭榭池沼，植竹木其旁。"说明竹的普遍。在造园艺术中，竹的作用甚大。有的与洞、亭相配，如富郑公园"凡谓之洞者，皆轩竹丈许，引流穿之，而径其上。横为洞一，曰土筠；纵为洞三：曰水筠，曰石筠，曰榭筠。历四洞之北，有亭五，错列竹中，曰丛玉，曰披风，曰漪岚，曰夹竹，曰兼山"。洞、亭的命名皆取自竹，竹叶掩抑，更富静谧高雅之趣。有的用竹布置堂、轩，如董氏西园，"又西一堂，竹环之"，独乐园有"弄水种竹轩"等。因而，竹也进入洛阳文士们的艺术视野，产生了不少有关诗文。

欧阳修的《绿竹堂独饮》（《欧集》卷51），写悼念亡妻，《戕竹记》（《欧集》卷63）则是针砭时弊，尹洙《张氏会隐园记》（《河南先生文集》卷4）对洛阳园林奥邃和旷远两种美学风格精辟阐述，其主要价值也在治园史上。钱惟演对绿竹描绘颇为用心，这位西昆体著名作家写于洛阳的作品遗存不多，但已看出他的诗歌风格向清雅朴实方向的转变轨迹。他的《对竹思鹤·留守西洛日作》："瘦玉萧萧伊水头，风宜清夜露宜秋。更教仙骥傍边立，尽是人间第一流。"（《能改斋漫录》卷11）竹为实写，鹤为虚拟，虚实相映，倍见"第一流"之雅，已透露出竹的意象日趋喻象化、道德化的倾向。经过以后多方面的发展和丰富，绿竹成为宋人理想人格最高型范的象征，也是体现宋诗理性化特征的一大题材。梅尧臣的"爱此孤生竹，碧叶琅玕柯"（《和王景彝省中咏孤竹》，《梅集》卷27）。欧阳修的"虚心高自擢，劲节晚愈瘦"（《初夏刘氏竹林小饮》，《欧集》卷54）等，都是吟咏洛竹的延伸。

钱惟演另有一首写竹笋的《玉楼春》词，与其诗对读，甚有启迪，"锦箨参差朱栏曲，露濯文犀和粉绿。未容浓翠伴桃红，几许纤枝留凤宿"。用语华美，着力于外形的藻饰，固然与词体风格要求有关，但在美学好尚上却与西昆体相通。《对竹思鹤》诗与之迥然异趣。钱惟演洛阳诗风的转变，正是文人群体中声气交应、相互切磋的结果。

四 北宋文人龙门赋诗

洛阳的名山大川也为文人集团提供了优越的活动天地。龙门之游和登嵩山就是其中的重要活动。明道元年（1032）春，欧阳修、杨愈和秀才陈经同游龙门，分题赋诗，并送陈经西归。今尚存欧阳修《送陈经秀才序》一文和《游龙门分题十五首》诗（《欧集》卷64、卷1）。《序》中叙明这次游程："夜宿西峰，步月松林间，登山上方，路穷而返。明日，上香山石楼，听八节滩。晚泛舟，傍山足夷犹而下，赋诗饮酒，暮已归。"在这些诗文中，表现出自然山水对诗人们所具有的多方面的文化意义。他们全身心地陶醉在旖旎秀美的自然景色之中。如《上山》诗："蹑蹻上高山，探险慕幽赏。初惊涧芳早，忽望岩扉敞。林穷路已迷，但逐樵歌响。"登山探幽，近见涧草繁茂，远眺伊阙开阔，林尽路失，唯闻樵歌声声，一派清幽闲远之趣。《自菩提步月归广化寺》云："春岩瀑泉响，夜久山已寂。明月净松林，千峰同一色。"则凸现一幅静谧净洁的月夜山行图。但是，山水对人们的意义不仅提供自然美、陶冶情操，还逗引起人们复杂的人生感慨。人们观赏自然景物，往往融入诗情和哲思，使自然景物在具体景观之外又表现出一种景外之意。欧阳修的《送陈经秀才序》先以简洁而精妙的笔墨，渲染出伊水之游的恬适愉悦："然伊之流最清浅，水溅溅鸣石间。刺舟随波，可为浮泛；钓鲂捉鳖，可供膳羞。山两麓浸流中，无岩崿颓怪盘绝之险，而可以登高顾望。自长夏而往，才十八里，可以朝游而暮归。故人之游此者，欣然得山水之乐，而未尝有筋骸之劳，虽数至不厌也。"然后，文意陡转："然洛阳西都，来此者多达官尊重，不可辄轻出。幸时一往，则驺奴从骑吏属遮道，唱呵后先，前侯旁扶，登览未周，意已怠矣。故非有激流上下、与鱼鸟相傲然徙倚之适也。然能得此者，惟卑且闲者宜之。"只有"卑且闲者"才能真正欣赏自然的大千世界，才能获得"欣然之乐""徙倚之适"。他们体会到自然景物并不都能成为审美对象，还与审美主体的情况有关。这种在游赏中才能得到的体会，是意味深长的。自然山水又往往融合着历史文化的积淀，易使人们获得广泛的人生思考。

五　洛阳嵩山与北宋文人文化情怀

嵩山，古称"外方"，夏商时称"崇高""崇山"，西周时称为"岳山"，以嵩山为中央，左泰山右华山，嵩山为中岳，始称"中岳嵩山"。司马迁《史记》载："昔三代之（君）皆在河、洛之间，故嵩高为中岳，而四岳各如其方。"[①] 嵩山地处登封西北，西邻洛阳，由太室山与少室山组成。嵩山北瞰黄河、洛水，西连十三朝古都洛阳，是古京师洛阳东方的重要屏障，素为京畿之地，具有深厚文化底蕴，是中国佛教禅宗的发源地和道教圣地，功夫之源。嵩山曾有30多位皇帝、150多位著名文人所亲临。嵩山是中华文明的重要发源地，也是中国名胜风景区，为五岳中的中岳。2004年2月，被联合国教科文组织列为世界地质公园。坐落在嵩山腹地的天地之中历史建筑群如少林寺、东汉三阙、中岳庙、嵩岳寺塔、会善寺、嵩阳书院、观星台等被列为世界文化遗产。

两次嵩山的结伴之游，更集中体现了自然景物的赏会和传统文化积累、诗文创作及其他社会思想因素的交叉渗透。一次在明道元年（1032）春末，同游者有梅尧臣、欧阳修、杨愈等人。欧阳修有《嵩山十二首》（《欧集》卷51），分别题为《公路涧》《拜马涧》《二室道》《自峻极中院步登太室中峰》《玉女窗》《玉女捣衣石》《天门》《天门泉》《天池》《三醉石》《峻极寺》《中峰》；《同永叔、子聪游嵩山赋十二题》（《梅集》卷2）予以唱和；当时任陈州通判的范仲淹也有《和人游嵩山十二题》（《范文正公集》卷2）。梅尧臣

[①] （汉）司马迁：《封禅书》，见《史记》，岳麓书社1993年版，第209页。

后在嘉祐三年（1058）回忆这次游历云："又忆游嵩山，胜趣无不索。各具一壶酒，各蜡一双屐，登危相扶牵，遇平相笑噱。石搥云衣轻，岩裂天窗窄，上饮醒心泉，高巅溜寒液，下看峰半雨，广甸飞甘泽。夜宿岳顶寺，明月入户白，分吟露气冷，猛酌面易赤。"（《永叔内翰见索谢公游嵩书，感叹希深、师鲁、子聪、几道皆为异物，独公与余二人在。因作五言以叙之》，《梅集》卷28）白天游山，夜晚吟咏，如此氛围，自是最佳创作环境。梅诗又云："誓将新咏章，灯前互诋摘，杨生（杨愈）护已短，一字不肯易。"使我们仿佛看到热烈争辩、切磋诗艺的场面，增添了此行的文学性质。

另一次在当年秋天。同游者有谢绛、欧阳修、杨愈、尹洙、王复五人。这次登嵩，原为受命奉御香告庙而去，他们便乘机作数日山水游。谢绛写过《游嵩山寄梅殿承》长信（《欧集》附录卷5），详细记叙这次游历，梅尧臣复有《希深惠书，言与师鲁、永叔、子聪、几道游嵩，因诵而韵之》长诗（《梅集》卷2），是宋代诗文交涉中的一组名作，梅尧臣的五百字古诗，是他以文为诗的重要试验和探索。在这次游山中，他们访僧问道，寻古觅碑，谈诗论文，文化内涵十分丰富。如谢绛信中提到他们在山顶访问汪僧一事。尹洙、欧阳修、梅尧臣坚决不信佛，痛斥僧人为鄙陋，但他们的排斥佛教，仅从儒家封建伦常、实际人生为立足点，没有涉及佛教理论层面。儒家很少言说怪力乱神的理性态度，未能解答命运的神秘性和无常性，未能最终摆脱人生空漠之感。因而他们一旦接触佛理的玄妙思辨，就容易转而接受佛学。这次汪僧的说道，可能是他们最早接受的佛学洗礼。以后尹洙受到更深刻的佛学熏陶，主动附和三教合流的社会思潮；欧阳修也从壮年的坚决排斥佛教，到晚年变成了"六一居士"。在两次游嵩中，欧阳修还对古碑石刻产生了浓厚兴趣。第一次与梅尧臣同游时，他发现了韩愈题名石刻两处，立即予以著录；

这次又获得唐韩覃《幽林思》诗碑，从而萌发了他广搜金石的宏愿。终于成就了我国最早的一部金石学巨著《集古录》一千卷（今存《集古录跋尾》十卷）。《集古录跋尾》卷8《唐韩退之题名》条云："右韩退之题名二，皆在洛阳。其一在嵩山天封宫石柱上刻之。天圣中，余为西京留守推官，与梅圣俞游嵩山，入天封宫裘回柱下而去。"而同书卷6《唐韩覃〈幽林思〉》，更是一则寓情于事的精妙小品："右《幽林思》，庐山林薮人韩覃撰。余为西京留守推官时，因游嵩山得此诗，爱其辞翰皆不俗。后十余年，始集古金石之文，发箧得之，不胜其喜。余在洛阳，凡再登嵩岳，其始往也，与梅圣俞、杨子聪俱；其再往也，与谢希深、尹师鲁、王几道、杨子聪俱。当发箧见此诗以入集时，谢希深、杨子聪已死，其后师鲁、几道、圣俞相继皆死。盖游嵩在天圣十年，是岁改元明道。余时年二十六，距今嘉祐八年，盖三十一年矣。游嵩六人，独余在尔。感物追往，不胜怆然。六月旬休日书。"这则简朴无华的跋文写于嘉祐八年（1063）六月，时欧阳修任参知政事。回首往事，朋辈星陨，俯仰呜咽。同时可以得知，他正式开始搜集金石资料，大约在此次游历嵩山后十余年，而此次游嵩的收获，是他编纂《集古录》的一个契机。

总之，洛阳的地域文化、自然景观和人文景观，构成了独具魅力的文化环境，为北宋洛阳文人的文学活动提供了广阔的舞台，而其颇富人文情怀的文化氛围，又塑造着文人们的艺术气质、文化性格和审美心理，从而对其文学创作发生更深刻的潜移默化的影响。①

第二节 张齐贤《洛阳缙绅旧闻记》

张齐贤（949—1014），字师亮，曹州冤句人。三岁时值后晋战

---

① 本节见王水照《北宋洛阳文人集团与地域环境的关系》，《文学遗产》1994年第3期。

乱，随父亲张冀迁居洛阳。小时贫穷致力求学，有远大志向，因慕唐代李大亮的为人，故字师亮。为北宋名相，宋太宗太平兴国进士，与吕蒙正同年且有师兄弟之谊。历任礼部尚书、刑部尚书、同中书门下平章事等，政治家、军事家、文学家。居官尽心为民，广受百姓爱戴。作品有《洛阳缙绅旧闻记》《孝和中兴故事》《同归小说》，目前可考的诗歌9首，存疑诗歌1首。

《洛阳缙绅旧闻记》自序①："余未应举前，十数年中，多与洛城搢绅旧老善，为余说及唐、梁已还五代间事，往往褒贬陈迹，理甚明白，使人终日听之忘倦。退而记之，旋失其本。数十年来，无暇着述；今眼昏足重，率多忘失。迩来营丘，事有条贯，足病累月，终朝宴坐，无所用心。追思曩昔搢绅所说及余亲所见闻，得二十余事，因编次之，分为五卷。摭旧老之所说，必稽事实；约前史之类例，动求劝诫。乡曲小辨，略而不书，与正史差异者，并存而录之，则别传、外传比也。斯皆搢绅所谈，因命之曰《洛阳搢绅旧闻记》。庶可传信，览之无惑焉。"由此可知，是张齐贤晚年所作的笔记小说。

追述唐梁五代间洛阳缙绅旧老所讲往事，是洛阳历史人物的传奇性经历，大多根据传说，但可补五代史之缺。有些篇章如"衡阳周令妻报应""洛阳染工见冤鬼""焦生见亡妻"等，不免流于志怪类传言，对后世小说尤其是传奇体小说在选材、主旨、风格上都有重大影响。从中国小说演变发展的角度看，《洛阳缙绅旧闻记》承接魏晋志怪与唐传奇，启发宋话本小说萌芽发展。经后世学者考证，有些史料并不一定严谨可信，如"李少师贤妻"。由于创作目的是"冀有补于太史氏"，有些篇章如"张全义治洛之功"，非常详细完

---

① （宋）张齐贤：《洛阳缙绅旧闻记》，丁喜霞校注，中国社会科学出版社2013年版。

备，为后世史书所采用。司马光编《资治通鉴》、清朝邵晋涵等人重辑《旧五代史》等，都从《洛阳缙绅旧闻记》采用了一些史料。因此此书也是研究五代史的学者一部重要参考书。其他逸事，让人了解宋初洛阳士大夫生活和社会现实状况，有社会学和史学价值，可与《五代史阙文》等书一起，作为考证史料的参考书。

《洛阳缙绅旧闻记》在小说体制上，承继了唐人传奇的传统，各则小说独立成篇，以一个人的事迹贯穿全书。故事篇幅可长达二千余字，情节委婉曲折，高潮迭起，线索明晰，形象生动。用《史记》和韩柳笔法，通过典型事件突现人物性格，展露人物内心世界，曲折尽情，细腻详赡。如首篇《梁太祖优待文士》，以杜荀鹤投奔梁太祖朱温为线索，通过三组事件多个侧面刻画朱温暴戾的性格特征和乱世暴君的形象，取得了较高的艺术成就，是宋代中期小说发展的良好开端。其他名篇有《梁太祖优待文士》《陶副车求荐见忌》《宋太师彦筠奉佛》《泰和苏揆父鬼灵》《齐王张令公外传》《洛阳染式见冤魂》《焦生见亡妻》等。

张齐贤在采用史实的基础上，不同程度地进行艺术虚构，加入诗词，对文章内容进行藻饰，使用各种细节描写、四字韵文等方法使得文章生动形象，最为重要的是对后世的历史演义小说产生了深远的影响。后世评价《三国演义》时，同样认为历史演义小说在总体框架大致符合史实的基础上，做到有实有虚，虚实结合。[①] 作为宋初的笔记小说，采用"梁太祖优待文士""陶副车求荐见忌"等七言标目，对后世通俗小说章节回目产生了重要影响，单篇小说的故事原型在后代的多部小说中被借用。

魏野（960—1019），字仲先，号草堂居士。原为蜀人，后迁居

---

① 陈若男：《张齐贤及其〈洛阳缙绅旧闻记〉研究》，硕士学位论文，暨南大学，2018年，第70页。

陕州（今河南三门峡），世代务农。他历经太祖、太宗、真宗三朝半个世纪的承平时代，无意仕进，不求闻达，自筑草堂于陕州东郊，自号"草堂居士"。常在泉林间弹琴赋诗，达官显贵多与之交游唱酬。宋真宗西行汾水时曾召见他，但他却避而不见。布衣终生，死后追赠著作郎。《宋史·艺文志》著录其《草堂集》2卷，《钜鹿东观集》10卷。

魏野早年诗学白体，后转宗晚唐。他与九僧、潘阆、林逋、寇准等同为北宋初年晚唐派的代表诗人。魏野狂放清逸，处世耿介不阿。他的日常生活是"静嫌莺斗舌，闲爱鹤梳翎。云好昂头望，松宜侧耳听"（《出户》）。这种为人志趣决定了他的诗风虽效法姚合、贾岛，苦力求工，却平朴闲远，尚无艰涩苦瘦之弊。如"成家书满屋，添口鹤生孙"（《闲居书事》），"妻喜栽花活，童夸斗草赢"（《春日述怀》），"采芝何处未归来，白云满地无人扫"（《寻隐者不遇》）等全是隐士语言。但偶尔也有苍凉壮阔之句："日暮北来惟有雁，地寒西去更无州。数声寒角高还咽，一派泾河冻不流"（《登原州城呈张贲从事》），境界开阔，气调悲凉，在宋初不可多得。其诗颇有精警之句，如"洗砚鱼吞墨，烹茶鹤避烟"（《书逸人俞太中屋壁》），"身犹为外物，诗亦是虚名"（《和王衢见寄》），"莫嫌生处波澜小，免得漂然逐众流"（《盆池萍》），等等。

第三节　北宋洛阳理学家的诗文价值

一　北宋"洛学"

广义的"洛学"指洛阳的文人士大夫所从事的学术，除了二程外还有邵雍、邵伯温、司马光、朱敦儒、陈与义等。邵雍的学术体系在洛阳建立，其学本于《易》，从"象数"入手阐释《易》，认为先有形后有象最后有数，用象和数便可以解释形，试图以此来解释宇宙万物。于是创立了体系完整博大精深的先天象数学。邵雍的文学思想从逻辑上说从三个层面展开：在天道境界谈文学；在生命境界谈文学；在文学创作层面谈文学。[①] 像富弼、韩绛、文彦博、司马光等退居洛阳的宰相均与邵雍有密切交往，并受邵雍文学思想的影响。司马光来到洛阳，潜心治学，完成《资治通鉴》，完善了自己的哲学与学术思想。

狭义的"洛学"指程颢、程颐所创立的理学思想体系，内容丰富，涉及自然、社会以及个人生活等多方面问题。他们以儒家思想为基础，赋予古老命题以新义，汲取佛道理论部分内容，比传统儒学更有思辨性。虽然对儒释道均有继承，但不是简单拼盘，而是经过整理融合，使三者合而为一，博大精深，为北宋统治者提供了适宜的统治思想。

二程理学兼容并包各家学说，"泛滥于诸家，出入于老释者，几十年，返求诸《六经》，而后得之"[②]，具有普遍意义和价值，再加上洛阳得天独厚的历史文化优势和地理优势，于是这个强大的有生命力的学派吸引众多学者从四面八方不远万里来洛阳求学。随着接受其主张的人越来越多，二程门生将"洛学"带回自己的家乡，传入陕西、四川、福建、两浙等地，在各地生根开花。南方地区除了较偏远的地区外，大部分均有"洛学"的直接传人宣扬二程理学。其中杨时传入福建的一支最关键。杨时作为南渡洛学大宗，传罗从彦，再传给李侗，李侗三传给朱熹，朱熹继承发展，集理学之大成，

[①] 魏崇周：《邵雍文学思想研究》，中州古籍出版社2009年版，第2页。
[②] （宋）程颢、程颐：《二程文集》第10卷《明道先生行状》，中华书局1985年版，第154页。

建立"闽学"。后世合"洛学"与"闽学"为"程朱理学"。自宋理宗起,程朱理学被确定为官方哲学,其影响直到近代。

二 邵雍的诗文

邵雍(1012—1077),字尧夫,谥康节,是北宋著名的理学家,也是宋代理学诗派的代表诗人。邵雍祖籍范阳,后徙家衡漳,其父又徙家共城(今河南辉县)。在此,邵雍师事李挺之,习《周易》。北宋皇祐元年(1049)邵雍37岁时,携父母兄弟,全家迁居洛阳,讲学于家,从学者日众,并为之买宅居之。他自名其居"安乐窝"(今属安乐镇),自号安乐先生。在洛阳30年间,研究先天之学同时,也关心时事,臧否人物,闲暇时诗酒自娱。著作有诗集《伊川击壤集》20卷,哲学著作《皇极经世书》62卷,以及《渔樵问对》1卷。

自汉"罢黜百家,独尊儒术"后,儒学成为自成体系的学说。汉代儒学主要指古文经学派,侧重于名物和训诂,而宋代儒学则以阐释义理、兼谈性命为主,故称理学。宋代理学实际的创始人是周敦颐、邵雍、张载、程颢、程颐,至南宋朱熹集大成,建立起完备的客观唯心主义体系。因周敦颐被称为濂溪先生,邵雍与二程是洛阳人,张载是关中(今陕西)人,朱熹曾侨寓于福建建阳,所以后人把宋代理学家合称为"濂洛关闽"。洛派理学的代表人物邵雍与二程都有诗文作品,他们的理学著作在语言、风格上也带有文学色彩,并对文学有关问题表述观点。邵雍还有著名笔记文学《邵氏闻见录》传世。

邵雍的诗在当时和后代理学家中,都受到很高评价。他们从人品、义理方面评价邵雍的诗。邵雍的诗秉承孔子温柔敦厚的诗教,自然晓畅，技巧娴熟，平中见奇，富于理趣；学习陶渊明、王梵志、白居易等前辈之长，又独辟蹊径，具有鲜明的个性特色。北宋理学家中邵雍诗作最多，并第一个有诗集传世。在宋代后理学诗派中，邵雍堪称有影响的巨擘。《伊川击壤集》3000多首诗，一小部分阐述先天之学，多数作品写优游闲适生活；还有一部分对时政讽喻。阐述先天之学的诗虽没情韵，但多富哲理。诗中注重当世，不事鬼神，强调耳闻目见，反对专尚空谈，提出"人贵有精神"，不能"是非随怒喜"（《伊川击壤集》第15卷《观物吟》《人贵有精神》）。这些诗没有汉唐儒学章句训诂之气，显示北宋理学家的勃勃生机和求实精神。

邵雍诗多数写闲适生活，故诗集名为"击壤"。他的闲适是对人情险恶的洞悉与提防，对世俗烦扰的排遣和自慰。当时的洛阳是从朝廷政治斗争中败退下来的官僚们企图东山再起的基地，邵雍与司马光有着很深的友谊，在这个政治旋涡中，邵雍必须慎之又慎。他的《安乐窝中好打乖吟》充溢着诗酒自娱和守身避世之意。他认为"安乐窝中虽不拘，不拘终不失吾儒"（《伊川击壤集》第10卷《安乐窝中吟》），"松桂操行，莺花文才，江山气度，风月情怀，借尔面貌，假而形骸，弄丸余瑕，闲往闲来"（同上，第12卷《自作真赞》），流露出自勉与自负情怀。他在咏怀诗中称赞安贫乐道的颜回、不为五斗米折腰的陶潜、自甘寂寥的扬雄、避世远祸的阮籍。但在他步入桑榆暮境时，仍慨叹知音难寻，只能独步高吟，"无限伤情言不到，共谁开口向西风"（同上，第2卷《秋游》之六），寂寞之情溢于言表。

邵雍还写了很多议论政事的讽喻诗和借古讽今的咏史诗。善于借形象议论抒情，以黄河比喻华夏子孙绵延不绝的历史，"西至昆仑东至海，其间多少不平声！"（《伊川击壤集》第2卷《题黄河》）从漫天大雪想到人世的悲欢，"素娥腰细舞将彻，白玉堂深曲又催。瓮牖书生方挟策，沙场甲士正衔枚"（《伊川击壤集》第8卷《和李审言龙图大雪》），"旨酒嘉肴与管弦，通宵鼎沸乐丰年。侯门深处还知否，百万流民在露天！"（《伊川击壤集》第10卷《感雪吟》）这些诗思想艺术上和杜甫、陆游一脉相通，表现一个儒者对民瘼的关心。他站在历史高度痛心山河分裂，鼓励建功立业，表达了富国强兵的愿望。而面对朝廷诏遗贤，坚辞不就，奋力疾呼"不愿朝廷命官职，不愿朝廷赐粟帛。惟愿朝廷省徭役，庶几天下少安息"（《伊川击壤集》第16卷《不愿吟》），显示了敢于为民请命的高风亮节。

邵雍的咏史诗深得左思风力，又富于哲理和政论色彩。题材十分广泛，从三皇五帝到五代纷争到上下几千年重大事件，可和《皇极经世书》相互补充。开卷第一首排律《观棋大吟》写得气势磅礴，《过宜阳城》议论六国灭亡的历史和苏洵的《六国论》有异曲同工之妙，对北宋的灭亡准确预见。

邵雍诗继承《诗经》现实主义传统，质朴写实。他不拘诗法声律，于平易中见深意，具有宋诗主气骨理趣的鲜明特色。有些诗可以看出杜甫、王维等唐代诗人的影响。更多的是以形象寄寓理性认识，诗境超逸空灵，反映思辨和忧患的精神面貌。还学习民歌，不避俚俗，多以常语入诗；善用顶针排比格，喜以数字、叠字、联绵字入诗，意味隽永，有一种回荡之美。五七言排律学习楚辞汉赋，善于铺陈摹写，中间穿插历史掌故、神话传说，纵横捭阖，波澜壮阔；小诗多写得恬静幽远，诗体多样，除五七言古体、律诗、绝句、排律外，还有三言、四言、六言，以及杂言诗等。三言《尧夫吟》节奏明快紧凑，可见豁达胸襟。由于邵雍诗明白如话，故在民间流传很广，宋元话本和明清小说中常见引用。

邵雍的《皇极经世书》从三个方面建构起他的先天之学：天地的发生演变，社会的治乱兴衰，个人的道德修养。这三者是一个彼此相连的循环体系，相克相生，互为因果。虽具有浓厚的唯心色彩，但他对历史和帝王的评价是客观的。

三 邵伯温和邵博的笔记文学

邵伯温（1057—1134），字子文，洛阳人，邵雍之子。受父亲耳濡目染，并与司马光、韩雄、吕公著等名士交往。历任潞州长子县尉、知陕州灵宝县、芮城县。南渡后，官至利州路转运副使，一生颠簸与动荡。作品有《邵氏闻见录》《易学辨惑》《皇极经世序》《观物内外篇解》。

《邵氏闻见录》又名《河南邵氏闻见录》，或《闻见前录》，共20卷，记叙了王安石变法、元祐党争、靖康之祸等事件详情，为后世提供了重要史料；记载了司马光、程颐兄弟、欧阳修、苏洵、王安石等人的思想言行和逸事，记录了其父言行；叙述了北宋朝廷和宫廷的一些典章制度，逸闻趣事，为后人了解当时社会风貌提供了重要参考；对一些事和人发表评论，阐述自己的观点。如记载宋太祖夜访赵普，语言和人物描绘颇具文学色彩，与《三国演义》刘备三顾茅庐有相近之处，塑造了一位礼贤下士、深谋远虑的明君形象。宋太祖以嫂称谓赵普夫人，不仅表现了君臣之间关系的融洽，而且突出了赵普特殊的政治地位。写宋太祖曾征召陈抟而不至，太宗再次召见陈抟，陈抟应诏赴京。这则笔记所写陈抟是一个隐士形象，他劝谏宋太宗君臣同心同德治理国家，不要追求道家的神仙法术，修仙行为对于国家毫无益处。元人修撰《宋史·陈抟传》时，主要依据邵伯温的这则笔记。至于记载的殇女转生，黑猿感孕，这些怪诞现象的描述虽被史家鄙弃，但颇有小说意味。

邵博（1122—1158），字公济，邵伯温之子。其生平事迹记载不多。宋高宗以其能文赐同进士出身，历任秘书监校书郎兼实录院检讨官、知果州、以左朝散大夫知眉州等。有《西山集》《邵博文集》57 卷，《邵氏闻见后录》30 卷，除《邵氏闻见后录》尚存外，其他皆亡佚。

《邵氏闻见后录》体例和内容形式皆与《邵氏闻见录》相近。记载的朝廷轶闻和文人逸事，文学性不及《邵氏闻见录》。载录了大量历史文献及历史事件考订，如唐太宗李世民诛杀建成、元吉，对历史研究有重要参考价值。记载了许多故事性强的作品，有的人物描写形象，诗文语言华美，情感哀婉，作品形式近文言小说。

四　程颢、程颐的诗文

程颢（1032—1085），字伯淳；程颐（1033—1107），字正叔，世称伊川先生。兄弟二人出生于河南洛阳的一个官僚世家。其父程珦官至太中大夫，勋上柱国，封永年县开国伯，食邑九百户。兄弟二人十余岁时同拜周敦颐为师。

宋仁宗嘉祐二年（1057），程颢与苏轼同年进士及第，座师为欧阳修。程颐为太学主持胡瑗所赏识，授以学职。程颢及第后历任陕西鄠（hù）县主簿、晋城令、太子中允、权监察御史里行，频蒙神宗召见，元丰六年（1083）监汝州酒税，曾率众抗洪赈灾，在职期间多有善政，卒后文彦博表其墓曰"明道先生"。

熙宁中，程颐与程颢在洛阳设馆授徒，从学者众，共同创立洛学，故世称"二程"。程氏兄弟对文学的认识有不同见解，诗歌创作呈现各自不同的风貌。作为理学大儒，二程诗歌也打上了深刻的理学烙印，存世诗篇中多半是理学诗。其中所体现的理学之美，值得我们静心体会、反复玩味。程颐反对不含理趣的诗歌，反对不追寻

"理"而追寻文辞的行为，推崇说理清楚的理学诗。程颢则不同，他的理学诗有两大特征：一是积极乐天的精神气象，二是充实遍在的存在意蕴。二程思想之核心是天理论，反映在他们的诗歌美学观上，就是相同的理学审美。要深入理解二程理学诗之美，就需要对他们理学身份的同情理解和理学思想体系的基本认知。[①]

程颢诗现存 60 余首，诗作分早期与晚期。早期多山水诗，诗中时常流露挂冠归隐，终老林泉的意趣，诗风与宋初林逋、魏野、潘阆、惠崇等山林诗人相近。还有一部分咏物诗，《盆荷二首》《桃花菊》表现出超凡脱俗的人生态度与理想。《桃花菊》极力赞美菊花经历灾难保持佳名；《盆荷二首》写荷花是清通绝俗、自甘寂寥的高雅之士。早期诗中亦不乏清新隽永之句，或平淡高远，或闲逸孤俏，或精细新巧，明显带有晚唐贾岛、姚合等人清淡朴素诗风的影响。41 岁退居洛阳后，其诗显示出浓重的理学色彩，具有独创性，理学思想体系日臻完备，形成了以他为首的理学流派。程颢认为人应注重"气象"。"气象"即人精神境界的外化，也即人的修养。理学家将所谓"温润含蓄气象"，作为个人修养达到炉火纯青的标志。程颢后期诗显示涵养深沉的理学家的形象。"云淡风轻近午天，傍花随柳过前川。时人不识余心乐，将谓偷闲学少年。"(《春日偶成》)"寥寥天气已高秋，更倚凌虚百尺楼。世上利名群蠛蠓，古来兴废几浮沤。退居陋巷颜回乐，不见长安李白愁。两事到头须有得，我心处处自优游。"(《秋日偶成二首》)"闲来无事不从容，睡觉东窗日已红。万物静观皆自得，四时佳兴与人同。道通天地有形外，思入风云变态中。富贵不淫贫贱乐，男儿到此是豪雄。"(《秋日偶成二首》)平淡质朴，明白如话，表现内在心境的恬淡与闲适，已不再是

[①] 尚荣：《论二程理学诗的美学指向》，《广西大学学报》2019 年第 5 期。

早年向往的山林野趣，表现出新儒学标榜的人生态度与节操。"从容""优游""心乐""自得"，不是魏晋时期隐者冲淡闲远的情趣，而是儒家积极入世的执着情怀，以乐天知命的豁达态度，追求人生的最高境界。"乐"成为程颢后期诗歌写作的主要范畴，也构成后期诗歌的基调。儒家所追求的最高尚的精神境界就是所谓"乐"，亦称"孔颜乐处"。在他看来，无论居庙堂之高还是处江湖之远，都应该保持优游恬适的心境，对于世俗的富贵贫贱，荣辱毁誉，都不介意，这才算孔颜乐处。

程颢深谙儒家诗教传统，还进一步把儒家伦理道德原则引入诗歌理论，认为抒情、言志、嗟叹、咏歌、舞蹈等，都要符合儒家的礼义规范，强调作品应有强烈的思想感化作用和社会政治影响力。这种诗学观点对于纠正浮艳靡丽、华而不实的形式主义倾向，具有积极意义。

程颐诗见于《伊川文集》者3首，《古今事文类聚》等辑得3首，共6首。其中《秋日偶成》亦见程颢集中。18岁所作《闻侯舅应辟南征诗》抒发追求的志向。《睢阳五老图》表达献身理学境界的执着探索。几首游览嵩山、陆浑山水的诗作，有清新可读的佳句。五律《陆浑乐游》流露轻松怡悦的心境，与平日肃穆端庄的理学家面目迥然有别。

北宋"洛学"思想体系和理学家们的诗文创作，蕴含着"天理"的核心意涵，其思想倾向、文化观念和情感价值也在于"理"的选择。尤其是二程将来源于先秦的"天理"赋予了丰富的哲学内涵，"为中国人建立了道德哲学，确立了道义自觉。宋代的文人士大夫以二程为代表，着眼于为天地立心、为生民立命，为人们确立伦理道德，为社会的道德重建作出了重要贡献。二程的突出贡献在于将'理'作为道德观念，来重建人的道德信仰，为人们建立了日用而不觉的核心价值观。第一，二程从天道出发，为理寻找天道依据。上古时期，人们认为上天主宰人的命运。二程打破这一思想桎梏，将'理'纳入天道范围。程颢说：'天者理也。'意思是天有自己的运行规则，将天人格化，告诫人们不能违背天理。第二，二程从人伦道德出发，认为理是人的伦理道德，将儒家的仁义礼智信孝悌都纳入理的范畴。第三，二程为人的视听言动建立起符合理的规范。正是由于二程对'理'的创造性转化，使'理'成为社会公认的道德原则。以至千年后的今天，普通民众都知道为人处世要讲理。理学是道德哲学，是教人学做人之学"。① 二程理学天人合一的理性主义世界观、成德成圣的道德修养观、利不妨义的义利观和德、诚、敬、恕的立身处世原则，以及公、正、仁、顺、和的治国理政之道，对今天的文化建设来说，无不具有深远的启发意义。

第四节　古文革新运动的承前启后者尹洙

尹洙（1001—1047），字师鲁，河南（今洛阳市）人，北宋著名文学家。其祖先世居太原，至其祖父时，刑部将其葬于河南，后子孙遂移居河南。尹洙幼时聪明喜学，早年跟随穆修学习古文。天圣二年（1024），登进士及第，授官绛州正平县主簿，历任河南府户曹参军、知邵武军光泽县。天圣八年（1030），尹洙参加书判拔萃科应选，授官武胜军节度掌书记，知伊阳县（洛阳嵩县）。天圣九年（1031），钱惟演判河南府，尹洙也在洛阳度过了一段快乐时光。

尹洙一生的主要活动，集中于仁宗朝的前半期。北宋政权内忧外患，文人参政意识和实现自身价值的愿望十分强烈，围绕着庆历

---

① 吴建设：《二程理学的核心思想与当代价值》，《河南日报》2019年6月30日第8版。

新政,守旧势力与革新势力展开尖锐斗争,力量消长系于最高统治者的好恶。秉性刚毅的尹洙,坚定地站在革新势力一边,在风浪中毫不动摇,故累遭打击迫害,人生道路极其坎坷。

北宋后期,社会问题不断暴露,政治领域出现变革呼声,带来了文学变革的呼应。尹洙在这转变过程力为古文创作,以文学推动政治,以政治引领文学,在当时文坛上取得了较高成就。尹洙论文,讲求古道,这个"道"不是单纯的儒家道统,而是切于实用的文道观。他主张行事立言应联系现实,有利于当世,反对空发议论和为名而文的功利创作。他认为文本于道,道本于心,要求创作心态平和,重视内心修养。崇尚韩愈,重视仁义。尹洙在作品中倡导仁义之说,强调为官治国,要行仁义,为百姓谋利。

尹洙撰有《五代春秋》,《河南集》在辞世之前已经成编。《河南集》中有 18 篇时政论文,12 篇记述文,10 篇赠序,55 篇书启,34 篇行状碑志,2 篇祭文,59 篇表状奏议,共 190 篇。其中,《乞坐范天章贬状》与《论朋党疏》等,正气凛然,语简意切;《送浮图回光序》《题祥符县尉厅壁》等,文短意长,耐人寻味;《叙燕》《息戍》《兵制》等,纵论古今,以矫时弊,文笔古朴,气势不凡。尹文长于议论,议政论兵,慷慨激昂,如《贺枢密副使富谏议启》,颇得汉文气势而古意盎然。《好恶解》文势峻峭,笔力不凡;《伊阙县筑堤记》叙述知县为民筑堤捍灾,论说强而有力;《志古堂记》透彻地论述志古与文章功名的关系,由志古说到求道,环环相扣,文势紧凑,笔墨省俭。尹洙举止耿直,性情刚峭,文如其人。欲挽唐末五代卑弱的文风,亦源自尹洙刚毅秉性,故一扫浮靡之习,多雄迈之气。[①]

---

① 洪本健:《论尹洙》,《井冈山师范学院学报》2000 年第 3 期。

在《尹师鲁墓志铭》中，欧阳修怀着深切的同情记叙尹洙的不幸遭遇和悲惨结局，记述了活跃于北宋政界、军界、文学界的尹洙，心忧国事而不以家事为念的改革者凄凉命运。关于尹洙的古文创作，欧阳修以文坛领袖和尹洙挚友的身份撰写《尹师鲁墓志铭》，以"简而有法"一言蔽之而没有过多论及，由此引发种种争议，不仅遭到尹材等后生的排拒，更让范仲淹、韩琦、孔嗣宗等名儒心生质疑。不管欧阳修尝与尹洙分撰《五代史》为什么最终没有成功，也不管欧阳修和挚友之间为文有什么分歧，仅从此事可以看出尹洙文章在当时的影响。随后，面对种种责难，欧阳修特撰《论尹师鲁墓志》详加论辩，才勉强让大家理解，一言蔽之是出于对文友的敬意，追慕尹洙简古的文风，用精练准确的语言，评述亡友一生的行事和业绩。[①]

尹洙是11世纪上半叶活跃于北宋政界、军界和文学界的重要人物。他义无反顾地投身政治革新运动，虽坎坷多难，但宁折不弯。尹洙深味《春秋》经文，自觉运用《春秋》笔法的治学理念，独树一帜。由于文多致用，不尚空谈，更无雕琢，故多数篇幅不长，言简而意明。在古文运动中，他积极从事古文创作，扩大古文运动的影响，为古文创作从重道轻文转向文道并重、从言辞涩苦转向文从字顺作出贡献，在这个文风转变过程中起了承前启后的作用。

第五节　朱敦儒词与洛阳地域文化

朱敦儒（1081—1159），字希真，洛阳人，南北宋之交著名词人。宋徽宗宣和年间（1119—1126）曾出仕五年，后归隐。绍兴

[①] 张兴武：《欧阳修〈尹师鲁墓志〉引发质疑的逻辑与史实》，《文史哲》2017年第1期。

三年（1133）被荐补右迪功郎之职，五年赐进士出身并任秘书省正字，历官左承奉郎、兵部郎中、枢密行府咨议参军、秘书郎、都官员外郎等，致仕后居嘉禾。朱敦儒的别号除了岩壑老人外，全部与洛阳的名山大川相联系，如洛阳遗民、伊川老人、洛川先生、少室山人等，透露出深沉强烈的洛阳情结，也体现了他对洛阳文化的热爱。

朱敦儒著有《岩壑老人诗文》，今已散佚。现有《樵歌》存词250首左右。洛阳文化是一个动态的历时性概念，其内涵厚重博大。朱敦儒《樵歌》与洛阳文化的关系最为密切。其词清隽婉丽，流畅谐缓，被称为"樵歌体"。朱敦儒南渡前在洛阳已经创作了不少词，洛阳文化陶冶了他的心态性情，形成了他独特的词风。《樵歌》深沉地表达了对洛阳山川风物的热恋和怀念，南渡前的作品表现旷达不羁的个性与隐逸乐趣，纵情声色，游赏行歌；南渡后伤悼故国，怀念故园，追忆洛阳旧日的欢乐，抚今追昔。

据宋楼钥《跋朱岩壑鹤赋及送间丘使君诗》载，朱敦儒有"洛中八俊"之"词俊"美誉[1]，洛阳文化对朱敦儒词的影响是终生的，南渡后他仍长久而深切地怀恋着在洛阳度过的美好岁月，"极目江湖水浸云。不堪回首洛阳春。天津帐饮凌云客，花市行歌绝代人。穿绣陌，踏香尘。满城沈醉管弦声。如今远客休惆怅，饱向皇都见太平。"（《鹧鸪天》）[2] 诉尽了国破家亡的悲凉与沉痛。针对今日皇都临安的太平气象，安慰自己要融入，表达无奈的自嘲和讽刺。[3]

---

[1] （宋）楼钥：《攻媿集》，见《文渊阁四库全书》第1153册，台湾商务印书馆1983年版，第71卷。

[2] （宋）朱敦儒著，邓子勉校注：《樵歌》，上海古籍出版社1998年版，第153页。

[3] 彭曙蓉：《论朱敦儒〈樵歌〉与洛阳文化的关系》，《河南科技大学学报》2016年第1期。

一　洛阳山水与隐逸情怀

"我是清都山水郎。天教分付与疏狂。曾批给雨支风券，累上留云借月章。诗万首，酒千觞。几曾着眼看侯王。玉楼金阙慵归去，且插梅花醉洛阳。"（《鹧鸪天·西都作》）该词蔑视王侯，塑造洒脱不羁的山水郎形象和洛阳清都形象。"清都"有天上帝都壮丽宏伟气派与庄严境界，又飘着人间山林气息与梅花清香。洛阳对于朱敦儒不仅是家乡，也是他疏狂性格与隐逸心态赖以形成的文化土壤。南渡前词除歌酒作乐内容，还有歌咏归隐情趣的内容。如"不如却趁白云归，免误使、山英扫迹"（《鹊桥仙·携琴寄鹤》），"两袖拂飞花，空一春、凄凉憔悴。东风误我，满帽洛阳尘，唤飞鸿，遮落日，归去烟霞外。"（《蓦山溪·琼蔬玉蕊》），《草堂诗馀隽》说："上有居易俟命之识见，下无行险侥幸之心情。""此乐天知命之言，可为昏夜乞哀以求富贵利达者戒。"[①] 朱敦儒"自乐闲旷"的归隐心理，既受白居易的影响，也是对洛阳文化在文人心态方面的继承和发展。朱敦儒将闲旷文化心态贯彻于词，洋溢着洛阳山水气息。

"生长西都逢化日，行歌不记流年。花间相过酒家眠。乘风游二室，弄雪过三川。莫笑衰容双鬓改，自家风味依然。碧潭明月水中天。谁闲如老子，不肯作神仙。"（《临江仙》）二室指嵩山的太室峰和少室峰，三川即伊水、洛水、黄河或谓泾水、渭水、洛水。在这风花雪月的生活中，乘风登山迎雪临水，心灵在自然美景中得到净化和升华。这种文化心态，只有在北宋西都洛阳的休闲环境里才能形成。

[①]（宋）朱敦儒著，邓子勉校注：《樵歌》，上海古籍出版社1998年版，第277页。

《满庭芳·花满金盆》大部分内容描述狎妓游乐生活，最后笔锋一转说要早起乘露看牡丹之王姚黄，风流岁月中保持高雅性情。居洛生活也时有迷惘惆怅，短暂的仕途唤起了良知与责任，使其无法不忧虑国事。《蓦山溪·夜来雨过》表达了对国事深沉的忧患意识。

二 洛阳梅花与故国之痛

靖康之难后悲叹国事、追怀故园、思恋亲朋的词构成了今昔对比的鲜明特色。"故国当年得意，射麋上苑，走马长楸。对葱葱佳气，赤县神州。好景何曾虚过，胜友是处相留。向伊川雪夜，洛浦花朝，占断狂游。胡尘卷地，南走炎荒，曳裾强学应刘。空漫说、螭蟠龙卧，谁取封侯。塞雁年年北去，蛮江日日西流。此生老矣，除非春梦，重到东周。"（《雨中花·岭南作》），"当年五陵下，结客占春游。红缨翠带，谈笑跋马水西头。落日经过桃叶，不管插花归去，小袖挽人留。换酒春壶碧，脱帽醉青楼。楚云惊，陇水散，两漂流。如今憔悴，天涯何处可销忧。长揖飞鸿旧月。不知今夕烟水，都照几人愁。有泪看芳草，无路认西州。"（《水调歌头·淮阴作》），"当年弹铗五陵间，行处万人看。雪猎星飞羽箭，春游花簇雕鞍。飘零到此，天涯倦客，海上苍颜。多谢江南苏小，尊前怪我青衫。"（《朝中措·当年弹铗五陵间》）三首词均以"当年"起头，回忆在洛阳度过的意气风发的青壮年时代，下片写流离漂泊，憔悴衰老，有家难归。今昔对比，给人以巨大反差，使读者感受永难忘怀的故国之痛。《鹧鸪天·草草园林作洛川》《一落索·惯被好花留住》《长相思·昨日晴》三首词，主旨仍是怀恋故国和故园，只是怀恋中已有深深的悔恨之情。词人恨自己没有珍惜美好的昨日时光，把大有作为的青壮年岁月都消磨在了温柔乡中。

出于对家国的热爱与强烈的社会责任感，流亡生活结束后，朱敦儒在宋高宗征召以及官员明橐、席益、陈与义和友人的劝说下，再次步入仕途。然而南宋朝廷并不真正希图收复河山，朱敦儒的凌云壮志渐被消磨殆尽，还遭到弹劾。只有将故园的回忆作为一剂良药，来医治受伤和受骗的心灵。于是"故苑""故园""家乡""中原""故国""凤凰城""北客"等词语，在其词中屡屡出现。如《木兰花慢·和师厚和司马文季房中作》怀念黄河、嵩岳及故苑名花，《风流子·吴越东风起》《鹊桥仙·康州同子权兄弟饮梅花下》怀念故园风光及其亭台池阁，《浪淘沙·康州泊船》坦言思恋家乡与旧情，《菩萨蛮·乡关散尽当年客》怀恋乡关故人和昔日隐逸乐趣，《一落索·一夜雨声连晓》感叹洛阳繁华盛景与青春激情俱逝，等等。

《临江仙》"直自凤凰城破后，擘钗破镜分飞。天涯海角信音稀。梦回辽海北，魂断玉关西。月解重圆星解聚，如何不见人归。今春还听杜鹃啼。年年看塞雁，一十四番回"。伤悲洛阳沦陷与情侣永别，凄婉哀痛。朱敦儒清醒认识到当时"暖风熏得游人醉，直把杭州作汴州"的世态，不同流合污醉生梦死，执着于回忆洛阳山川人物，在回忆中否定和蔑视现实的丑陋。如"北客翩然，壮心偏感，年华将暮。念伊、嵩旧隐，巢、由故友，南柯梦，遽如许！回首妖氛未扫，问人间、英雄何处？奇谋报国，可怜无用，尘昏白羽"。（《水龙吟·放船千里凌波去》）"独倚危楼，无限伤心处。芳草连天云薄暮。故国山河，一阵黄梅雨。有奇才，无用处。壮节飘零，受尽人间苦。"（《苏幕遮》）"老人无复少年欢，嫌酒倦吹弹。黄昏又是风雨，楼外角声残。悲故国，念尘寰，事难言。下了纸帐，曳上青毡，一任霜寒。"（《诉衷情》）洛阳已经成为故国的象征。

朱敦儒晚年的词，虽然描写归隐乐趣，表现看破红尘虚无倾向，但没有停止对故园怀恋。从被认为是绝笔的《西江月》可以看出："元是西都散汉，江南今日衰翁。从来颠怪更心风，做尽百般无用。屈指八旬将到，回头万事皆空。云间鸿雁草间虫，共我一般做梦。"

梅花是高洁人格的象征，也是故园洛阳的化身。朱敦儒写梅花的词很多，除专门写梅外，更多把梅花融入对洛阳风雅生活的回忆，在赏梅爱梅的过程中寄托对往昔岁月与人事的深情。"曾为梅花醉不归。佳人挽袖乞新词。轻红遍写鸳鸯带，浓碧争斟翡翠卮。人已老，事皆非。花前不饮泪沾衣。如今但欲关门睡，一任梅花作雪飞。"（《鹧鸪天》）"霜风急，江南路上梅花白。梅花白，寒溪残月，冷村深雪。洛阳醉里曾同摘，水西竹外常相忆。常相忆，玉钗双凤，鬓边春色。"（《忆秦娥》）"梅花"如佳人面也如酒，是年少欢情与年老悲情交织的心灵象征。但故园荒芜物是人非，梅花带给的只有无尽伤感，故关门欲睡，任梅花悄无声息地洒落。后一首词，追忆梅花与洛阳情事，描写的情节更细致。乱世离散如永别，情真意挚，对梅思人，黯然神伤。

《蓦山溪》中的梅花，质本高洁，无意与群芳攀比，有时天真活泼，全无心机，最后却悔恨误堕尘世，这正是作者出仕南宋后的心灵感悟。《减字木兰花》中的梅花，有着坚定的志向和高尚的情操，她期待知音，不肯在人间随便展现自己的风姿，内心却酸楚委屈。《卜算子》中梅花富人格特征，虽遗世独立，但热爱自由，甘于寂寞，豁达开朗，重视个体生命的价值，表现作者高洁的人格和洒脱的个性，可以说是作者自我形象的化身。朱敦儒对梅花的理解和刻画，与他在洛阳赏梅活动中所形成的高雅情趣密不可分。

朱敦儒的词早年婉丽明快，中年慷慨悲壮，晚年清疏晓畅。他将苏轼所开拓的词的自我化抒情推进一步，不仅用词来抒发人生感受，还用来表现社会现实，淡化了诗与词的功能分工，给后来辛派词人直接的启迪和影响。南渡初,朱敦儒在题材开拓方面作了很多努力,除了忧时愤乱与闲适生活两类外,还有宫怨、游仙以及讽刺世情方面的作品。他后期的词,语言清新晓畅,明白自然,并常以寻常口语入词,风格旷达,一扫绮靡柔媚的风气,继承苏轼而又有变化,自成一家,在当时词坛上占有独特的地位。

《樵歌》具有深沉强烈的洛阳情结。词中的山林气息、旷达心态、高雅性情和梅花思绪等,都与洛阳相关。从文学与地域文化关系看,朱敦儒《樵歌》具有深厚的洛阳地域文化内涵。由于洛阳在中国历史中的特殊地位,在词的发展历程中,对开拓表现领域和陶冶性情等方面有独到贡献。同时,深入相关研究,有助于开阔唐宋词与地域文化关系的研究视野,也有助于对河洛文化进行新的探索。

第六节　陈与义、曾几的洛阳诗词

从白居易"九老会"到北宋欧阳修为代表的钱幕文人集团,再到耆英会和二程洛学,洛阳文人云集,构建了蕴含中隐思想、独乐精神、诗意栖居等在内的多元城市意象。京、洛、汝、颍一带是北宋政治文化的中心,是文人士大夫的集结地,郑百因先生称之为"渡江三家"的陈与义、朱敦儒、李清照,其中就有两位是洛阳人。从陈与义和朱敦儒同是洛阳人角度考察洛阳群体共性,会梳理出河洛文脉通过陈、朱等南渡文人对江西诗派和南方文坛影响的线索。

陈与义(1090—1138),字去非,号简斋,汉族,其先祖居京兆(今西安),自曾祖陈希亮从眉州迁居洛阳,陈与义出生于洛阳。宋徽宗政和三年(1113)中上舍甲科进士,授职开德府教授。北宋亡后,自陈留南迁避难,1131年抵达绍兴,改任中书舍人,兼掌内制,拜吏部侍郎、翰林学士、知制诰。随即又授参知政事。后以资政殿学士身份知湖州。遭遇时艰，饱受颠沛流离之苦。其间可考的只有宣和四年（1122）一度归洛，且停留时间不足4个月。

陈与义是南宋朝廷重臣，又是南北宋之交的著名爱国诗人，给后世留下不少忧国忧民的诗篇，同时也工于填词。其诗尊杜甫，也推崇苏轼、黄庭坚和陈师道，号为"诗俊"，与"词俊"朱敦儒和"文俊"富直柔同列"洛中八俊"。陈与义不是江西人，作诗重锤炼，固然有与陈师道相似的地方，但他重意境，擅白描，与黄庭坚的好用典、矜生硬迥然有别。其是否为江西诗派一宗和是否归属于"江西诗派"，虽看法不同，但对江西诗派的影响没有问题。[①] 其词仅存十余首，语意超绝，笔力横空，疏朗明快，自然浑成。著有《简斋集》。

陈与义在洛阳度过童年和少年时代，其祖父和父亲皆以读书求仕为业，可谓书香门第。陈与义受到祖辈和父辈对其文章和德业的熏陶。17岁左右开始求学于外，对洛阳怀有浓烈的情感，离乱使他的诗词染上国破家亡的悲怆和沉重。

一 陈与义南渡后洛阳诗词特征

陈与义的洛阳诗词，包括他在洛阳创作的诗词和内容涉及洛阳的诗词。在洛阳创作的诗词数量不多，据白敦仁《简斋集校笺》统计仅八首，从内容上看，《虞美人·十年花底承朝露》《龙门》《秋夜》三首书写洛阳风光，寄寓重归故里的心情，《次韵谢心老以缘事至鲁山》《留别心老》二首为与天宁寺僧觉心的酬赠之作，《友人惠石两峰巉然取杜子美玉石高并两峰寒之句名曰小玉山》《咏蟹》为

---

① 杭勇：《陈与义南渡后诗歌的语言艺术》，《北方论丛》2018年第5期。

咏物寄兴之作，《跋外祖存诚子帖》乃帖后题跋。有阔别后重回洛阳的触景伤情、物是人非之慨，也有体物兴怀的闲情逸致和浸淫佛禅的心迹。

陈与义诗词中不同时期"客""故园""洛阳""中原"等怀乡色彩浓郁的字词出现的频率很高。"龙门"和"洛阳花"意象蕴含了深厚的思乡情怀与明显的崇佛心理，融入了中原沦陷的亡国之恨和对恢复中原的渴盼。"洛阳花"也不限于"牡丹"，"梅花""李花"同样寄寓对故乡洛阳的怀念。"典衣重作明朝约，聊复宽君念归洛"（《次韵富季申主簿梅花》）；"相逢京洛浑依旧，唯恨缁尘染素衣"（《和张规臣水墨梅五绝》其三）；"故园归计堕虚空，啼鸟惊心处处同"（《次韵乐文卿北园》）；"洛阳城边风起沙，征衫岁岁负年华"（《归洛道中》）；"飞絮春犹冷，离家食更寒"（《道中寒食两首》其一）；"客袂空佳节，莺声忽故园"（《寒食》）；"青青草木浮元气，渺渺山河接故乡"（《感怀》）；"思生长林内，故园归不存"（《入城》）；"草绕天西青不尽，故园归计入支颐"《寓居刘仓廨中晚步过郑仓台上》；"易破还家梦，难招去国魂"（《道中书事》）；"京洛了在眼，山川一何迁"（《述怀》）；"江南丞相浮云坏，洛下先生宰木春"（《无题》）；"我非洛豪士，不畏穷谷饥"（《正月十二日自房州城遇金房至奔入南山……抵回谷张家》）；"少年走马洛阳城，今作江边瓶锡僧"（《和王东卿绝句四首》）；"故园非无路，今已不念归"（《同左通老用陶潜还旧居韵》）；"汝洛尘未销，几人不负戈"（《均阳舟中夜赋》）；"洛阳路不容春到，南国花应为客开"（《望燕公楼下李花》）；"倚杖东南观百变，伤心云雾隔三川"（《春夜感怀寄席大光》）；"五湖七泽经行遍，终忆吾乡八节滩"（《雨中》）；"梦到龙门听涧水，觉来檐溜正潺潺"（《正月十二日至邠州十三日夜暴雨滂沱》）；"故园便是无兵马，犹有归时一段愁"（《送人归京师》);"身行江海滨,梦绕嵩少麓"(《题长冈亭呈德升大光》);"铁面苍髯洛阳客,玉颜红颔会稽仙"(《梅花二首》其一);"曾为庾岭客,本是洛阳人"(《瓶中梅》);"分明楼阁是龙门,亦有溪流曲抱村。万里家山无路入,十年心事有谁论"(《题画》);"河洛倾遗愤,英雄叹后尘"(《刘大资挽词二首》其二);"忆昔午桥桥上饮,坐中多是豪英"(《临江仙·夜登小阁忆洛中旧游》);"一自胡尘入汉关,十年伊洛路漫漫。青墩溪畔龙钟客,独立东风看牡丹"(《牡丹》)……①

陈与义与洛阳相关的诗歌,从内容上看,首先是对故土硝烟纷飞、生灵涂炭的悲叹,如"京洛了在眼,山川一何迁""汝洛尘未销,几人不负戈""倚杖东南观百变,伤心云雾隔三川"。从"故园归计堕虚空"到"故园归不存",再到"故园非无路,今已不念归",陈与义越来越沉痛地惊觉,也许是再也回不去的故乡。其次是对洛阳光景的追忆,"五湖七泽经行遍,终忆吾乡八节滩""梦到龙门听涧水,觉来檐溜正潺潺""忆昔午桥桥上饮,坐中多是豪英",或感怀洛阳自然风光,或怀念洛中旧游。时常见到芳草萋萋或愁云惨雾,听到莺歌笛声或檐雨清响,便触景伤情,起思乡之情。"既非还吴张,亦异赴洛陆""江南丞相浮云坏,洛下先生宰木春",借洛中典故寄寓羁旅之悲,或是感慨洛中程氏理学兴盛。陈与义的洛阳诗词,情真意切,较少用典,用语质朴,情感绮丽。

陈与义诗词中的龙门和洛阳花意象,寄寓深切的故园之思。陈与义诗词涉及的名胜有"龙门""八节滩""三川""嵩少麓"。洛阳龙门山水和源远流长的文化传统,吟咏的诗歌极多。② 陈与义在洛阳生活了17年,南渡后诗词中偶尔提及"嵩少麓""三川",一再提

---

① (宋)陈与义撰,白敦仁校笺:《简斋集》,上海古籍出版社1990年版,第103—832页。
② 李献奇:《洛阳龙门诗选》,北京旅游出版社1986年版。选注唐朝以来龙门诗歌百余首。

起龙门,对龙门情有独钟,原因当是陈与义与佛门的交往。南渡之前与天宁寺僧觉心有6首唱酬诗作,有《觉心画山水赋》《将赴陈留寄心老》,想将心事诉于对方。此外,陈与义与善相僧超然、印老、天宁寺永庆干明金銮四老等亦有往来。陈与义诗集中时常援引《景德传灯录》《维摩经》等佛经中的典故,可见其对佛道的虔诚之心。陈与义诗词中常有游览佛寺之作,晚年王师北定中原无望,以佛念聊以慰藉时,龙门便成为不可回避的意象。

"洛阳花"意象延续前人以牡丹来寄寓怀念西京岁月的传统,不局限于个人情感,更多融入中原沦陷的亡国之恨和对恢复中原的渴盼。《牡丹》诗抒发痛彻心扉的偏安之悲:故园归无路,唯有独立青墩溪畔看牡丹,这是何等的悲凉!西京洛阳承载着昨日的辉煌,牡丹意象对于南渡诗人寄寓一种相通的情怀。

在陈与义的洛阳诗词里,梅花也是常见意象。与陈与义同时期的文人,咏洛阳梅花的有赵鼎、朱敦儒、李处权等,梅花被赋予思乡意味,是怀乡的情物。"典衣重作明朝约,聊复宽君念归洛"(《次韵富季申主簿梅花》),另《梅花二首》与《瓶中梅》是极为真切的思乡之作,"铁面苍髯洛阳客,玉颜红领会稽仙""曾为庾岭客,本是洛阳人"。[①]

二 陈与义诗词的成就和后世影响

陈与义前期创作内容,是题咏自然景物,抒写个人怀抱。虽艺术上时有创新,风格灵活圆转,但思想内涵与后期创作有很大不同。陈与义对杜甫诗的师法,从注重艺术借鉴转向师法沉郁壮阔的爱国

[①] 吴佳妮:《陈与义洛阳诗词与南渡前后的洛阳士人群研究》,硕士学位论文,复旦大学,2013年,第11—13页。

精神，从而创造出自己雄浑深沉的诗风。在他后期诗作里，缅怀故乡洛阳和爱国主义的主题占据了主导地位，这些感时伤事、慷慨激越的诗章，给当时诗坛增添了几分亮色，也对此后的南宋诗人产生了积极的影响。如代表作之一《伤春》，对建炎三年（1129）宋高宗逃跑政策的尖锐讽刺，表达对国运的忧虑和对爱国将领的赞领。

陈与义成功地突破了江西诗派的樊篱，成为南北宋之交诗坛上最有特点的诗人。他的爱国主义作品体现出雄浑沉郁的风格，以山水田园生活为题材的诗歌，出入于他所推崇的陶渊明、韦应物、柳宗元之间，呈现出清远平淡的风格。如《怀天经智老因访之》完全摆脱了工稳精巧，更重上下句之间的内在联系，使全诗融会于诗情画意中，展现出不事雕琢的自然情境之美。

在他创作后期，还写下了数量不多但质量很高的词。现存《无住词》18首，南宋曾慥将其全部选入《乐府雅词》。陈与义的词作自问世以来，就得到很高评价，词风绝似苏东坡，后世多有论及者。陈与义并非刻意模仿，而是其诗作不假雕饰、疏朗自然的风格在词中的运用，这种以诗为词的倾向，自然就接近了苏轼词风。陈与义诗在文学思想方面有自觉的创新意识。他调和苏、黄二人的诗学思想并有所超越，上追杜甫及韦柳陶谢，形成崇尚清淡自然的文学思想，并意识到从自然和情感经历中寻求诗材和灵感的重要性。他的作品展现出不同于同时期江西诗派诸人的特点，为后世诗词新变奠定了基础。①

《无住词》大多为陈与义晚年退居湖州后所作。主要内容为感喟洛阳生活的青春年华，抒发慷慨悲凉的爱国情思，最为著名的是《临江仙》两首。第一首追忆十年前北宋徽宗年间的洛中旧游，良辰

---

① 黄海：《陈与义文学思想评议》，《贵州大学学报》（社会科学版）2018年第2期。

美景，赏心乐事，宛然重现。后金兵南下，北宋灭亡，颠沛流离，艰苦备尝，回忆往事，不由百感交集，难以释怀。整首词包含了世事沧桑、知交零落的厚重内容，用笔空灵。通篇疏快明亮，自然浑成，毫无矫作之迹。第二首是端午节而作。以吟咏《楚辞》来感怀屈原的高风亮节，在伤时怀旧中，寄托深厚的家国之感。这首词的意境超旷，糅入了词人的一腔壮志，表现了始终不渝的爱国情愫。这些词作，体现出宋词发展过程中"以诗为词"的尝试至陈与义已经取得了卓越成就。《无住词》的这个特点，对南宋后来的辛派词人的豪放作品，也产生了不容忽略的影响。

总之，靖康之变，中原沦陷，民族的悲剧，使大多爱国文人感受到灵魂的剧烈震荡。在这一时期诗歌创作反映的时代内涵比词作更为广泛，更加深刻。尤其是洛阳作家，如陈与义、曾几等，由于战乱背井离乡，南渡寄居，慷慨忧愤之心与怀乡恋国之思更浓，其作品闪耀出前所未有的光彩。陈与义后期诗风的转变，代表两宋之交宋代诗风的转变。宋诗创造了唐诗之外的另一种审美范式，诗论家不约而同地把陈与义后期诗歌与唐人相提并论，凸显了陈与义后期诗歌语言艺术的重大成就。江西诗派把宋诗语言的某些特点发展到极致，也使宋诗发展陷入某种窘境。与陈与义同时的诗人，甚至包括江西诗派中的吕本中和曾几，在诗歌创作上大多走了同陈与义相同的路径，体现了宋诗的自我纠偏和宋诗发展的新趋向。陈与义后期诗歌深厚的爱国情感、故园之思和在语言艺术上对江西诗风的突破，具有重要诗史意义。

三 曾几对陆游诗歌的影响

曾几（1084—1166），字吉甫。其祖先为赣人，后徙河南县（今河南洛阳）。少年即有识度，为人孝悌忠信，刚毅质直。徽宗时，由太学博士升任秘书省校书郎，与徐俯、吕本中交游。历官广西转运判官、浙西提点刑狱等职。绍兴八年（1138），因与其兄礼部侍郎曾开主张抗金，忤秦桧，同时被罢官，后寓居上饶茶山寺，自号茶山居士。秦桧死后，曾几再起为浙江提刑。卒谥文清。

陆游师从曾几十多年，师生关系十分融洽。陆游从曾几身上学到的，首先是在政治思想、学术思想进入一个新的层次，提高了陆游的爱国主义思想和民族感情；其次在诗歌创作和诗学理论上使陆游取得了新的突破；最后是做人作文的规模与养气。规模，是指诗的气概和气象，也指诗的格局。曾几的指点，使陆游认识了诗的真谛，对陆游诗歌创作无疑起了很大作用。[①]

曾几推重杜甫和黄庭坚，与江西诗派诗人韩驹、吕本中也有师友关系。他的诗法于吕本中，但是并没有墨守江西诗派的理论，而是领会其理论创新精神，讲究句法但不生硬，好用事典但不冷僻，风格活泼明快，清新自然。内容上赠题、咏物居多，不少诗歌中体现出对国事的关心，如其代表作《寓居吴兴》。

这首诗的首联点明了南渡后的凄楚，对神州中原的渴望。比喻和用典自然得体，感情深刻沉挚。曾几80岁时在《癸未八月十四日至十六日月色皆佳》诗中仍抒发了不忘恢复中原的爱国情思，这种精神显然也影响了陆游。曾几不仅忧国爱国，而且也关心人民的生活。在《苏秀道中自七月二十五日夜大雨三日，秋苗以苏，喜而有作》诗中，写到秋夜大雨，尽管自己屋漏床湿仍欣喜满怀，想象着稻花千里秀色可人，雨打梧桐声音悦耳。这些感觉，都是因为农民久旱得雨而产生的。诗人这种对百姓真挚无私的关心，与杜甫的

---

① 曾萍：《曾几五言诗的内容与诗风》，《文化学刊》2019年第10期。

《茅屋为秋风所破歌》有异曲同工之处。也是河洛作家身上忧国忧民思想的历史传承。

曾几是江西诗派的后期代表，其诗作上承苏黄，下启陆游、杨万里，在两宋之际诗风转变过程中发挥了重要作用，《茶山集》中的五言诗有题咏、悯农、酬唱次韵、行旅避难等四类，意象选择清淡，意境构成幽静，具有坦然恬淡的情感特征，形成了清新淡雅的诗歌风格，体现中原儒学和道家思想调和自足的文化特征。曾几在宋代诗史上具有特殊的地位，不仅因其创作的丰厚，更因其对江西诗派的继承与创造性发展为后世称道。曾几的贡献在于他学江西诗派既能入乎其内又能出乎其外，青出于蓝而胜于蓝，为江西诗派摆脱生新瘦硬、沉于典故之风迈出了坚实的一步，开一代诗风之先。

第七节 元好问在洛阳

金1126年攻破北宋都城汴京，然后宋金对峙120年。金代文学本质上还是中原文学的延续。世宗、章宗、卫绍王时期，在传统中原文学的培育下，金代文学得到了长足的发展，代表金代文学最高成就的元好问，在洛阳宜阳和嵩山写下的激越悲凉、沉郁苍健的诗词文著作，深深打上了时代的烙印和洛阳文化的精神印记。

金代文学的发展在很大程度上受益于河洛水土的哺育，表现在金宣宗贞祐南渡后诗坛名家如元好问、赵秉文、李俊民、麻革、孟宗献、张澄、杨宏道等都曾滞留河洛地区，写下了大量的以河洛风物人情为对象的诗篇，而且他们的诗风也明显受到洛阳前代作家诸如杜甫、李贺等人的影响，从而使金诗在整个中国诗歌发展史上也放射出耀眼的光彩。

一　元好问在三乡

元好问（1190—1257），字裕之，号遗山，太原秀容（今山西忻州）人，系出北朝魏代鲜卑族贵族拓跋氏，少时能诗，师事著名学者郝天挺，通经史。贞祐年间，蒙古兵多次入侵金朝，元好问家乡忻州遭到屠城，兄被杀。贞祐四年（1216）春，蒙古兵攻打太原，元好问偕母亲、妻子等家人，带着一些图书和画轴，南下避乱。五月，渡过黄河，进河南省，六月前后，到达三乡住下。《论诗三十首》是元好问诗歌的代表作，也是历代论诗绝句的代表作，实际上标志着元好问诗歌创作的第一个高峰。元好问在题下自注"丁丑岁三乡作"，丁丑为金宣宗兴定元年（1217），当时元好问28岁。三乡与永宁（洛宁）相邻，在洛阳市西南方向。元好问诗文中有时以永宁来指代三乡，有时以洛西指代三乡。

早在隋唐时期，三乡一带就是著名的风景区，这里有著名的女几山（又叫韩岳、石鸡山、花果山），海拔高达1800多米。唐宋时期，岑参、刘禹锡、邵雍等人有诗歌题咏女几山。当时避难三乡一带，是很多人的选择。"河汾诸老"成员的陈赓、陈庾兄弟，其父规措使陈仲谦选居永宁，"爱永宁山水之胜，遂欲终焉"（元好问《故规措使陈君墓志铭》），元好问碑志文中还有"洛西山水佳胜，衣冠之士多寓于此"（《费县令郭明府墓碑》）。光武庙，因纪念东汉光武帝刘秀而建。建武三年（27），刘秀在三乡降服樊崇领导的赤眉军，奠定东汉基业，其子汉明帝刘庄诏令修建光武庙。这座"汉刹云山"与女几山隔洛水相望，是当地著名的景点。元好问曾与辛愿、刘昂霄、麻革等众多诗人游览光武庙，举行诗酒会，各自题诗，元好问作《秋日载酒光武庙》，"美酒良辰邂逅同，赤眉城北汉王宫。百年星斗归天上，万古旌旗在眼中。草木暗随秋气老，河山长为昔人雄。一杯径醉风云地，莫放银盘上海东。"面对历史遗迹，诗人感慨王朝兴废，人物浮沉。三乡是天才诗人李贺的故里，具有浓厚的人文底蕴；这里还有闻名的连昌宫，唐高宗李治、女皇武则天、唐玄宗李隆基、贵妃杨玉环等曾游幸连昌宫。中晚唐后连昌宫成了废墟，但山河美景依旧，又交通便利。元好问世交赵元和同乡刘景玄先期到达这里。

优美风光也会激发诗情。如元好问《胜概》（三乡作）所说："胜概烟尘外，新诗杖屦间。偶随流水去，澹与暮云还。"触目所见的洛河流水和山间浮云，都能诱发情思和灵感。他的《三乡杂诗》组诗前两首《朝中措·水宁时作》《点绛唇·青梅》都是写三乡美景。对元好问而言，三乡一带的人文环境比山水佳胜更为重要。诗可以群，诗歌让一帮年轻诗人聚集在一起，聚集在一起的诗人形成了创作群体，形成了浓厚的文学氛围。他们互相切磋，互相促进。当时聚集在三乡的诗人有辛愿、赵元、刘昂霄、魏璠、马伯善、麻革、性英、张澄等人，元好问晚年为性英禅师《木庵诗集》作序，回忆三乡诗坛："贞祐初，南渡河居洛西之子盖，时人固以诗僧目之矣。三乡有辛敬之、赵宜之、刘景玄，予亦在焉，三君子皆诗人，上人与相往还，故诗道益进。"三乡还聚集着一批其他文化名流和乡贤，元好问在《费县令郭明府墓碑》中还说，郭娇在永宁"与贾吏部损之（贾益）、赵邠州庆之、刘文学元鼎、李泽州温甫、刘内翰光甫（刘祖谦）、名流陈寿卿、薛曼卿（薛继先）、申伯胜、和献之诸人徜徉泉石间，日有诗酒之乐"。这些人共同构筑了有利于元好问成长和发展的三乡文化。三乡山水和人文氛围为元好问诗歌创作提供了良好的土壤，促使他写出《论诗三十首》等诗。《论诗三十首》是元好问精心结撰的组诗，应该不是一朝一夕能完成。首创以"论诗"做题目，体现出强烈的理论自觉性；30首篇幅，超过杜甫《戏为六绝句》以来论诗组诗的规模，能够展开系列话题的讨论。从开宗明义的第一首（"汉谣魏什久纷纭，正体无人与细论。谁是诗中疏凿手，暂教泾渭各清浑"）到自我总结的最后一首（"撼树蚍蜉自觉狂，书生技痒爱论量。老来留得诗千首，却被何人校短长"），结构完整，理论观点旗帜鲜明，议论大气磅礴，才气纵横；辞采丰富，活泼自如，诗味隽永，是诗歌理论与诗歌艺术的完美结合。《论诗三十首》充分展示了元好问的理论修养和诗歌才华，不愧是论诗绝句史上的经典之作。[①]"山林皋壤，实文思之奥府"（《文心雕龙·物色》），元好问居三乡，得到了"江山之助"，这应该是确定无疑的。

二　元好问居嵩山

元好问29岁自三乡移居嵩山，接管其叔父元升的遗业，38岁离开嵩山，就任内乡县令。除了参加科举考试、权国史院编修官、应征进入完颜斜烈幕府之外，元好问在嵩山居住了7年左右。这期间，元好问以耕田为主业，以读书作诗为副业。他喜爱嵩山田园风光，游览嵩山名胜，交往众多诗人，有快乐，也有稼穑艰辛、生活困难、诗友散去、时不我待等方面的烦恼，最终出山，进入仕途。

文人们往往都怀有一份山水情怀，仕途失意时，这份山水情怀就会潜滋暗长，山林就成了文人的容身之所和心灵家园。兴定二年（1218），元好问29岁，自三乡移居嵩山。嵩山很早就是历史文化名山，以优美的自然风光、丰富的佛道文化著称于世，又靠近洛阳，离开封也不算很远，可进可退，所以经常成为真假隐士们的理想住

---

① 胡传志：《元好问的三乡诗思》，《名作欣赏》2019年第10期。

地。唐宋时期的宋之问、王维、王昌龄、刘几、刘长卿都曾一度隐居于此。除此之外，相对于三乡嵩山更加安全，金廷派重兵守卫洛阳一带，同时，元好问移家嵩山，为了继承已故叔父元升遗产，同时担负照顾叔父家属的责任。[①]

　　元好问的嵩山耕读生活也算充实，在他的一系列诗文中都有体现。"自我来嵩前，旱干岁相仍。耕田食不足，又复违亲朋。"（《寄赵宜之》）完全以耕田者口吻关心旱情与收成；"潦倒聊为陇亩民，一犁分得雨声春。悠悠世事休相问，牟麦今年晚得辛。"（《追录旧诗二首》其二）以农民自居展望丰收景象；元好问很喜欢嵩山的田园风光。刚到嵩山，见到少室山南边风光无限的原野，感觉到了神仙世界："地僻人烟断，山深鸟语哗。清溪鸣石齿，暖日长藤芽。绿映高低树，红迷远近花。林间见鸡犬，直拟是仙家。"（《少室南原》）丛林清溪、鸟语花香，掩映其中的人家，超凡脱俗。后来在史院任职期间，又回忆嵩山美好田园："嵩阳古仙村，佳处我所知。长林连玉华，细路入清微。连延百余家，柴门水之湄。桑麻蔽朝日，鸡犬通垣篱。"（《李道人嵩阳归隐图》）描写一个普通的村庄，有连绵嵩山的原始森林，有通往远方幽深的小路，有人丁兴旺、逐水而居的人家，有长势旺盛、遮天蔽日的桑麻，有悦耳动听的鸡鸣犬吠，宁静美好，俨然世外桃源。

　　元好问在耕读之余，经常游览嵩山一带的风景名胜，他自己有很多记载。其中最高兴的一次要算兴定四年（1220）六月十五日，元好问与李献能、雷渊、王渥等人一同游览嵩山玉华谷，诗酒盘桓。他们分韵赋诗，传世作品有元好问《同希颜、钦叔玉华谷分韵得军华二字》二首。玉华谷在嵩山少室山，山谷有泉水。他们游兴很浓，

[①] 郝树侯、杨国勇：《元好问传》，山西人民出版社1990年版，第34页。

不顾老虎伤人的传闻，冒险深入玉华谷，寻幽访胜。谷中有些巨石，每当大旱之时，山中人就转动巨石，将之推下水潭。据说，潭中之龙受此惊吓，就会下雨（见元好问《龙潭》诗末自注）。不管转石能否引来雷雨，但元好问就此引申，称赞大家的题诗能够"动烟霞"，用得恰切而美好。元好问这次游览作《水调歌头·山家酿初熟》词。正大四年（1127），元好问正式出山，就任内乡县令。临行之际，写下一首意味深长的《出山》诗，结束他将近10年的仕隐纠葛："松门石路静无关，布袜青鞋几往还。少日漫思为世用，中年直欲伴僧闲。尘埃长路仍回首，升斗微官亦强颜。休道西山不留客，数峰如画暮云间。"嵩山的一切，是那么熟悉和亲切。年轻时很想有所作为，而进入中年后，精神散淡，很想与僧人为伴，过着闲散的生活。如今即将步入尘世凡俗，长路漫漫，美好嵩山从此成为悲痛的记忆："十年旧隐抛何处，一片伤心画不成。"（《怀州子城晚望少室》）

嵩山期间，评鉴诗歌是其嵩山生活的内容之一。元好问品评诗歌时，在诗人名下加注，大概是这些诗人尚不知名。他用了一系列的比喻，形容相和尚、僧源、慕容安行、秦略、张效、崔遵等不同身份诗人的诗歌，给予不同的好评，体现了元好问鉴裁论量诗歌的兴趣和能力。元好问诗学的一大贡献就是利用闲暇时间，编纂《杜诗学》一书。其书虽然失传，却正式提出了杜诗学的概念，对后代产生了深远的影响，《杜诗学引》成了杜诗研究史上的重要文献。[①]

三 元好问《中州集》的文化价值

元好问不仅居洛期间写了脍炙人口的《论诗绝句三十首》，而且

[①] 胡传志：《元好问的三乡诗思》，《名作欣赏》2019年第28期。

编选了一部博大精深的金诗总集《中州集》。如果说《论诗绝句三十首》反映了元好问对历代文学遗产的清理和认识的话，那么《中州集》就反映了他对金代诗学的全面总结。中州是中原地区的代称，之所以命名"中州"，是因为元好问认为，金国拥中原广大地盘，而南宋只是偏安一隅；金代文学发展有自己一脉相传的独特轨迹，呈现出与南宋不同的审美风貌。他所谓"中州万古英雄气，也到阴山敕勒川"（《论诗绝句三十首》之七），强调金代文学气质贞刚的独创特色不同于南宋文学。《中州集》总结"中州文派"创作的意义，元好问在《孙九鼎小传》中说："中州文派，先生指授之功为多。"（《中州集》卷二）所谓"中州文派"，主要指金世宗后，金朝土地上成长起来的以蔡连为首的文学家阵营。

元好问编选《中州集》的宗旨为推崇雄健挺拔与平淡真淳的审美风格，为金诗发展寻求风雅正脉；指出金诗以唐人为指归的审美取向和独创特色，来与南宋诗歌分庭抗礼。《自题中州集后》绝句五首，第一首"邺下曹刘气尽豪，江东诸谢韵尤高。若从华实评诗品，未便吴侬得锦袍"，指出南北诗风差异，北方尚"气"，南方尚"韵"；指出尚气逞豪乃中州诗人本色，金诗是建安风骨的当然继承者；如果从尚实黜华的角度立论，那么，尚"气"的金诗要在尚"韵"之上。这首诗与《论诗绝句三十首》中"曹刘坐啸虎生风""邺下风流在晋多""慷慨歌谣绝不传"等诗推崇雄健风格的观点一脉相承；表明公正的批评态度，客观地分析作家成就和失误；以诗存史，保留金代诗歌史料，为逝去的百年王朝留下一部形象的历史。《中州集》的编辑体例布局以保存文献为主，将诗选与诗人小传、诗评结合，具有诗集学案体的性质；重视当代资料，存一代史志材料，在战乱时也为中州文献保存做出巨大贡献。

元好问在《中州集》中，开创了断代诗史的新体例，在后世产生了很大影响。在清代郭元钎《全金诗》尚未问世之时,《中州集》一直是集金诗最全的总集,具有极高的文学史料价值。不仅为元代修《金史》所取资,而且清康熙帝御定《全金诗》也以《中州集》为蓝本。清代吴之振编《宋诗钞》、顾嗣立编《元诗选》、钱谦益编《列朝诗集》、朱彝尊编《明诗综》等,均仿照《中州集》的体例。元好问国亡修史的行谊,也为后人所模仿,明清两朝史馆遗老多以元好问自况,用修史来报故君,既显示元好问编选《中州集》的深远影响,也是河洛文化传统的继承。①

元好问兴定五年(1221)登进士第,先后为镇平令、内乡令、南阳令、尚书省掾、左司都事、尚书省左司员外郎等。1234年金亡后绝意仕进,回到故乡从事著述。晚年广采金国君臣遗言往行、典章法度,以著金史自命,虽因故未果,但所集材料多为后人撰修《金史》所本。所编《中州集》《中州乐府》《壬辰杂编》等书,对金代诗词、文献的保存以及对中国文学史的编写作出了重大贡献。

元好问对于诗、词、文、散曲、笔记小说都有涉足,尤以诗词成就最为突出。今存诗1400多首,词300多首,成就冠绝金代。元好问在《自题中州集后》《论诗三首》《杜诗学引》《杨叔能小亨集引》《陶然集诗序》《东坡诗雅引》《新轩乐府引》以及《中州集》的作家小传中阐述文艺见解。提倡在前人基础上自创一格,推崇豪迈慷慨和自然天成的诗风,反对柔靡纤弱和虚假伪饰。《论诗绝句三十首》继承杜甫以诗论诗传统,评论汉魏晋南北朝至唐宋的重要作家作品、风格流派,提出要师法古之正体,并以此为标准来评判古今诗作。他褒扬魏晋南北朝的诗坛,称赞曹植、刘桢的慷慨,陶渊明的真淳,阮籍的沉郁,以及《敕勒歌》的豪放浑朴,认为这些是

---

① 詹杭伦:《元好问编选〈中州集〉的宗旨》,《四川师范大学学报》(社会科学版)1992年第1期。

古诗正体。以此为标准,批评齐梁的绮靡矫饰,衡判唐宋诗歌的优劣。在《杨叔能小亨集引》《内相文献公神道碑铭》等文中提出以"诚"为本、以"正""真"为宗的诗歌创作原则,要求诗歌要反映作者的真性情,要符合儒家温柔敦厚、蔼然仁义的风雅传统。

从移家登封直到金亡近20年时间,元好问的丧乱诗犹如一部历史画卷,广泛、深刻、生动地再现了金朝南迁汴京直至灭亡的历史变故,倾注了诗人郁结于胸的悲怆沉痛之情,但字里行间又勃发着一股慷慨壮烈之气。《岐阳三首》《出都》《壬辰十二月车驾东狩后即事五首》《癸巳五月三日北渡三首》《癸巳四月二十九日出京》等都是这方面的力作。元好问继承了古代诗歌关心现实的优良传统,凡官府的敲剥,统治者的贪暴,社会的混乱,百姓的贫困苦难在诗作中都有反映。元好问还创作了大量的写景诗。河洛水土的养育激发了他的创作灵感,河洛的山水风物如嵩山、少林寺、邙山等在诗词中留下了深刻的记忆。作于洛阳往孟津途中的《临江仙·今古北邙山下路》表达了对日渐衰微的金政权的深深忧虑,这些词章也是元好问作品的重要组成部分。

此外,元好问还写作了数量众多的散文,体裁涉及论文记游、品书题画、碑碣墓志、箴铭颂赞、题跋赠序、诔吊哀祭、书疏表记等各个领域。他的散文主要继承了北宋欧阳修、曾巩纡徐之风,兼采唐宋其他散文大家所长,风格清新雄健,语言平易自然。他将感时伤世的亡国之情融入其中,使其具有了鲜明的时代色彩。他的碑铭向与蔡邕、韩愈并称,往往通过为人撰写碑铭寓于强烈的时代感受,远非传统的"谀墓"之作能比。元好问以自己的优秀作品为金诗在中国文学史上争得了一席之地,他流寓洛阳及其周边时期的数量巨大的诗文作品,也奠定了金代河洛文学的重要地位。

第六章 元代洛阳文学

第一节 元代洛阳社会文化背景

北宋末年"靖康之乱"和大量文人南迁，文化中心南北移位。金军统帅完颜宗翰将富庶繁华的洛阳城一把火烧毁，此后洛阳百年战乱。金代，定洛阳为中京，改河南府为金昌府，并河南县入洛阳县。金朝末年，蒙古军两屠洛阳。金亡后，河洛大地成为蒙古兵的牧场。金朝灭亡半年后，南宋一度出兵开封、洛阳，结果宋人发现，中原地区千里无人烟，白骨遍地。直到蒙古帝国蒙哥二年（1252），改变国策，组织嵩州、汝州等十余州开始屯田。并开始编汉人户籍。洛阳等县，平均只有700多户，不及北宋时的百分之一。不久，蒙古改国号元。元灭南宋，在开封设立河南江北行省，统有十二路、七府。河南府路设于洛阳，领八县一州。河南府路的治所就是原金中京金昌府，即今洛阳老城。洛阳城内只有十四个里坊。这些里坊居住的主要是蒙古贵族、回回贵族、早期归降蒙古的金朝贵族和汉族士人。

元代洛阳文学，在100多年动荡不安中，文人星散各地。即使如此，中原地区的诗人作家们，创造了辉煌的业绩，为元代文学，也为中国文学，增添了丰富的内容。元代是中国历史上一个特殊的朝代，元代文学是中国文学由雅文学、抒情的文学占统治地位向俗文学、叙事的文学占统治地位的历史转折时期。元王朝是中国第一个由少数民族建立的全国政权，它疆域广阔，多民族同处共居，东西交通、中外交流前所未有的方便通达，形成了多元文化共存、相互影响、协同发展的局面，这对文学产生了深刻影响。不仅各少数民族母语文学取得较高成就，还产生了大量少数民族汉文诗人作家。他们在诗文、词曲等方面，取得了令人敬仰的成就，并由此把民族生活情趣、生活方式、文化心理、民族性格以及区域特殊的自然风光带进中国汉文学，极大地丰富了中国文学史的宝库。

前期河洛诗文创作代表是古文大家洛阳姚燧。怀卫儒学和主要从事诗文创作的彰德文人集团引人注目。怀卫儒学中出现了元代大儒许衡，其学术思想，前人以为是元之所以立国者，这些大儒也从事着诗文创作。许衡、姚枢等都有诗文传世。怀卫儒学后期转向文学，出现了洛阳姚燧这样的文章大家。

整个元代诗文，承金之脉，以洛阳、开封为中心的北方诗文家的创作对元代诗文的发展产生了很大影响。而河洛文人的成就和影响突出。元代后期活跃于文坛的不少南方作者，出自中原文献世家。他们或在宋代随宋室南迁，或在元初南下，在南方生活保存着旧家遗风。他们根在河洛，依然吸收着河洛文化的营养。

元代的河洛还出现了一批少数民族汉文作家，引人注目的有马祖常、迺贤、孛术鲁翀等。他们身上带有本民族世代形成的民族心理和性格，有着不同于汉族文人审视社会和自然的独特眼光，他们又在河洛地区长期生活，具有深厚的河洛文化修养，诗文创作具有鲜明特色。他们大多胸怀开阔坦荡，性格粗犷率直，乐观开朗，具有刚毅顽强豪迈奔放的气质,因而他们的诗文风格多质朴刚健,清新爽朗,率性而发,自然流泻,真情感人。他们的创作个性相对稳定,甚至直到现代文学大家李准身上还可见其遗风。

文化融合背景下,新的文学观念和文学思想在元代产生,对明清两代的文学发展产生深刻地影响。元代河洛文学的各种体式全面繁荣,取得了很高的成就,全面发掘和研究,既能揭示元代社会文化状态,又能把握河洛文学在特定历史时期演变发展的面貌。

第二节 洛阳题材杂剧的思想艺术

内容上反映女性爱情婚姻自主意识。在爱情婚姻剧中,女性大致有妓女与普通女性两类。塑造妓女形象的有《赵盼儿风月救风尘》《谢金莲诗酒红梨花》《玉箫女两世姻缘》《郑月莲秋夜云窗梦》《钱大尹智宠谢天香》《诸宫调风月紫云亭》《逞风流王焕百花亭》《李亚仙花酒曲江池》等。塑造普通女性的有《山神庙裴度还带》《诈妮子调风月》《闺怨佳人拜月亭》《裴少俊墙头马上》《吕蒙正风雪破窑记》《秦翛然竹坞听琴》《玉清庵错送鸳鸯被》《孟德耀举案齐眉》《赵匡义智娶符金锭》《萨真人夜断碧桃花》等。这两类女子虽然身份不同,但是都突破了发乎情止乎礼的传统观念,对爱情拥有自己的看法。

妓女形象几乎都是相貌出众,有文学修养,能与文人吟诗作对,摒弃了"女子无才便是德"的封建教条。在人格品质上重义守节,如李亚仙、贺怜怜、郑月莲等人还鼓励和资助情人去进取功名,实现抱负,还勇于反抗封建礼教的压迫,敢爱敢恨,如《赵盼儿风月救风尘》中的赵盼儿,是洛阳题材元杂剧中一个极具典型色彩的风尘女子形象。普通女性形象也鲜明动人。这些女性中有官宦小姐、婢女丫鬟、出家道姑等，但毫无例外，在追寻爱情路上，都忍受苦难，大胆追求，打破礼教枷锁。如《裴少俊墙头马上》中的李金枝、《吕蒙正风雪破窑记》中的月娥等。这些作品普遍都有"大团圆"结局。穷秀才状元及第、有情人终成眷属、各种矛盾也都被解除。虽然落入俗套，可以看作是希望借助作品将现实中的缺憾圆满化。在当时九儒十丐的制度下，这样的结局不仅表露了元代文人的功名意识，显示他们对科举取士的态度，更解释了这类杂剧集中发生在开封和洛阳两地的原因。中原一直是政治、文化、经济中心，特别是洛阳作为许多朝代的都城是知识分子们实现理想、施展抱负的神圣之地。这些包含了才子佳人、富贵豪门、状元及第的杂剧故事最佳发生地当然属于河洛地区了。

艺术上，表现出阳刚之美与恢宏大气。河洛西部巍峨雄浑的大山高原，给人以崇高感，使人感到悲壮沉稳，东部广阔的平原使人心胸开阔，豁达豪放。河洛地区经历战争的洗礼和锻炼，人们性情沉稳悲壮，转化为文化艺术，就会显露恢宏大气的品格。河洛文人大都眼界开阔，志存高远，有一股豪情正气，作品风格偏于气势磅礴，质朴厚重。普通百姓性格也豁达热情。洛阳民间说唱，更是激昂慷慨，故事情节大起大落，演唱大腔大韵，使人心情激荡；洛阳民间舞蹈舞动起来惊天动地，气吞山河，即使秧歌舞蹈中的女性角色，也比南方民间舞蹈中女性角色更为热烈奔放，动作也显得更有力度。另外，民间的社火、由洛阳兴起的元宵节的民间狂欢，都是以巨大的舞队形式，造成热闹非凡、场面壮观的艺术情境，如同汹涌的波涛，如同目击万马奔腾的场景，使人顿生英雄豪迈气。洛阳题材元杂剧是河洛文化形象的真实写照。

洛阳题材元杂剧中有相当一部分历史传奇剧，具有尖锐的矛盾冲突，激烈的情感状态，体现崇高感的道德力量和人格力量，给人以震撼激荡。一些反映家庭生活的悲剧、正剧，多表现义士、孝子、烈女的牺牲精神，在尖锐的戏剧冲突中，传达强烈的情感，塑造人物崇高品质，仍然以现实主义主色调，表达河洛历史的沧桑和河洛人的凛然正气。

第三节 元代洛阳戏曲和诗文作家

据《录鬼簿》和《录鬼簿续编》记载，元代杂剧河洛区域的有洛阳姚守中，散曲家有姚燧、姚守中和石子章等。

姚枢（1202—1280），字公茂，号雪斋，又号敬斋，其先祖作为后唐的使者出使契丹，因故留居其地，遂落籍营州柳城。姚枢的祖父和父亲先后担任金朝中下级官吏，其家辗转回到中原。元初，姚枢迁居洛阳。[①] 姚枢是元朝初年的政治家、思想家。在元世祖忽必烈改革过程中，他积极为之谋划，疏论治国理民之道，参与各项典章制度的拟定，对于元初推行以"汉法"为中心内容的改革起过重要作用。官至昭文馆大学士、翰林学士承旨等。少笃于学，有很高追求。早年在军中闻程朱性理之学，自此在北方传播理学，做出突出贡献。曾弃官携家来河南辉州，与许衡、窦默讲习理学。在文化面临危机时，在恢复汉文化上起了很大作用。辽金元时期，契丹、女真和蒙古族相继在北方建立政权，都将营州所在的辽西作为重要基地。长期生活于这种环境下的姚氏，对民族政权的认同感较强。姚氏适应北方的民族政权，在华夷之辨方面较为通达。金元易代之际，对于在金朝并未做过官的姚枢来说，很快认可了蒙古政权的正统性，并出仕蒙古王朝，积极推行以汉法治国。

---

① 王兴亚：《姚枢籍贯、生卒年份辨析》，《史林》1989年第2期。

姚氏从营州柳城回到河南后，家族受中原文化影响。逐步转变为文化世家。洛阳优越的地理位置，悠久的都城历史，聚集了众多士大夫，成为文化中心。原籍苏州的范仲淹选择坟地，最终定在洛阳。邵雍求学时游历各地，到洛阳后爱其山水风俗之美，迁居于此，在此完成其学术体系。蒙古初期，陈赓兄弟与贾损之、辛愿、元好问、杨奂等人曾讲学于洛西，姚枢也参与其间，其后薛友谅于此建立洛西书院。姚枢还在辉州奉孔子及周敦颐等人像，积极传播理学，推行汉法，政绩卓著。

姚枢能诗，《元诗选》二集收其《雪斋集》1卷，存诗25首。自宋代理学兴起，诗歌就深受理学影响，朱熹作《斋居感兴二十首》以诗言理学，后学效仿，形成风气，成为宋诗一大弊端。姚枢倾心研习程朱理学，诗歌创作也深受影响。他也以诗言理学。反对不切实用的讲究文采，也有以质实之笔表现士人高节的作品。姚枢有一首七言古诗《被顾问题张萱画明皇击梧按乐图》，全诗两句一韵，以流畅之笔写深沉之意，不失为一篇颇有特色的作品："阿萱五季名画师，尤工粉墨含春姿。君王游荡堕声色，不知声色倾人国。开元无逸致太平，天宝奢风生五兵……"

姚燧（1238—1313），字端甫，号牧庵，河南洛阳人。3岁丧父，自幼得伯父姚枢教养，大器晚成，且恃才傲物。倾心研读并推崇韩愈文章，尝试古文写作，探求做人与作文、学问与文章的道理。至元八年（1271）许衡为国子祭酒主持国学，召姚燧进京入国学为蒙古生员侍读；之后，姚燧被荐为秦王府文学，提举陕西、四川、中兴等路学校；后除陕西汉中道提刑按察司副使、入为翰林学士、授大司农丞。历任太子宾客、翰林学士承旨、知制诰，兼修国史等。有《牧庵文集》50卷，今存《牧庵集》36卷。

姚燧为元世名儒，文章开有元一代风气。所作散曲，今存小令

29首。姚燧散曲内容可分言志抒怀、男女风情和写景咏物三大类。其言志抒怀之作，如《中吕·阳春曲》中的"诗气豪，凭换紫罗袍""得志秋，分破帝王忧"一类句子，反映了他猎获功名的进取心和忠君忧国的责任感。《中吕·满庭芳》则表现了他既有志于市朝功名亦向往自然山水的心态："天风海涛，昔人曾此，酒圣诗豪。我到此闲登眺，日远天高。山接水茫茫渺渺，水连天隐隐迢迢。供吟啸，功名事了，不待老僧招。"

他的男女风情之作多具谐趣娱人的世俗色彩，如"博带峨冠少年郎，高髻云鬟窈窕娘。我文章你艳妆，你一斤咱十六两。马上墙头瞥见他，眼角眉尖拖逗咱。论文章他爱咱，睹妖娆咱爱他。"（《越调·凭栏人》）"欲寄君衣君不还，不寄君衣君又寒。寄与不寄间，妾身千万难。"（《越调·凭栏人·寄征衣》）这曲小令精当地刻画出思妇"爱不能，恨不成"的两难心理，曾被前人评为深得词人三昧。

姚燧散文风格独特，后世评价很高。现存多为制诏、碑铭、序、记等应用文，也正是这些力求严谨朴实的文章，奠定了他古文创作在元代不可替代的地位。姚燧文风古奥，但却能典雅不失文采，严谨而不失变化。如《冯氏三世遗文序》，先言何谓世德之家，然后列举古代杨震、袁安等世德之家及其风范。接着笔锋一转，写成就世德之家的困难。之后剖析其中原因，感慨至深，情绪激切。而写冯氏五世儒仕的彬彬之盛，则语言和煦，感情充沛。上追五世之德，下述子孙学行，文采晔然。文章最后归题，评论《冯氏三世遗文》，指出其中中顺《白云集》、通议《松庵集》、右部《常山集》，各有特色。

姚燧为文以经史为师，推崇古文，追求奥雅而雄深的文章风格。即使碑铭、墓志、行状等文章，也能于典奥之中求得生动形象。如

《中书左丞姚文献公神道碑》，这是姚燧为鞠育自己长大成人的伯父姚枢所撰。通过"戎服而髽""陈琴书""一莞""鞍马号积尸间"等有关肖像、陈设、行为的描写，突出表现了姚枢的儒雅飘逸、珍视贤才。同时，通过对赵复惊骇的情态、语气以及求死的行为的刻画，表现江南儒士对北人的不了解，以及国破家亡的哀恸。尤其是姚燧写姚枢知遇赵复，发生在月皓而盈、满地积尸的环境中，一方面烘托姚枢不见赵复的焦急，另一方面渲染了赵复为国家残破仰天面号的悲痛。在叙事、描写中刻画人物，生动形象，惟妙惟肖。

姚燧文章很少写景状物，但偶尔为之，或与议论相生，或与人物行为事迹相谐，景物为议论、叙事、写人服务，颇有特色。如他著名的传记文《太华真隐褚君传》，记叙全真教道上华山云台宫真隐褚志通事迹，为衬托褚君恬愉静退之行，作者描摹云台景象，山之高险，谷之深幽，居处之萧爽，无一不在写褚君隐者高行，使人如临其境且生超凡出世之念，并由此感知褚君隐者形象。

姚燧学问得之于许衡，由程朱理学的穷理致知、反躬实践，成为当世名儒，所以深受理学思想熏染。姚燧作文是从学习韩愈古文开始的，所以深受韩愈古文理论的影响。姚燧论文，强调以经史为本，主张作家应气粹而正。认为"夫人之言为声，声原于气"（《牧庵集》卷三《冯氏三世遗文序》），又说"大抵体根于气，气根于识，识正而气正，气正而体正"（《牧庵集》卷三《卢威仲文集序》）。姚燧将作者的识与文章的气、体紧密结合在一起，继承了韩愈气盛言宜和注重作家自身修养的观点。他的创作实践也基本上体现了自己的古文理论。

姚燧现存诗、词、散曲共 5 卷。其诗、词、散曲的创作成就，为其散文所掩，很少被人注意，但其中写景、抒情、言志的篇什，有不少佳作。

第六章　元代洛阳文学

姚燧的"才"与"气"是与理学相通的才与气。看重醇厚的儒家道德修养以及表现在文章中的浩然正气。受理学思想影响颇深的姚燧，虽也主张诗歌吟咏性情，但其性"有明显的正统诗教痕迹"。但是，姚燧并未将诗歌作为光大理学的工具，而是既求"正"又求"葩"，同时要求词华义严和情密礼周。若就学唐而论，其诗歌"蹇我白头学诗迟，少陵不作谁与归"（卷三十三《次齐彦提刑和余肖斋腊梅诗韵》）、"休官止酒爱陶令，对客赋诗输杜翁"（卷三十四《道中即事十九首》其四），说明他崇尚杜甫。姚燧散文虽学韩愈的文以明道，诗歌则摒弃了韩愈的求怪求险，去追求清快可诵。从理学走出来的文学家姚燧，其以杜甫为指归的诗学主张，在元初北方诗坛与王恽、卢挚共同开了诗尊汉魏晋唐的先声，不仅促进了南北诗风的融合，而且汇合成席卷延祐以后元代诗坛的诗学潮流。

姚燧的各种体裁的诗作，古诗成就较高，而五言古诗不仅数量多，而且艺术性最强，成就最高。五言古诗《过开先寺》《过大孤山》《过小孤山》、七言古诗《清明日陪诗僧悟柳山登落星寺》等，是姚燧诗中的写景名篇，皆气势雄奇飞动。如《过大孤山》诗中"左山如腾龙，右山如伏狻"，形容大孤山周围山景，动静相衬，极写其凶险飞动之势。"危樯蒲帆舞，日出风力赡"借樯帆极写大孤山周围湖水风大浪涌。"插云根""余折剑"等语句以其峭拔千尺、直入云霄之势惊人心魄。整首诗用比喻夸张手法，将静态的山动态化；又用对比衬托，用"豪浪""帆舞"动态形象映衬直插云根的水中孤山，动静结合，生动逼真。《京师病中六首》，集中而强烈地表现出投老隐居南土的思想和向往农家桑麻短长的生活。倾吐晚年心曲，沉挚质朴，颇得古风之韵致。

姚燧现存词约 50 首，内容多为咏物抒怀，风格有豪放，也有婉约。如《虞美人》语言婉丽。上阕写景抓住物候特征，从感觉、视

— 245 —

觉、嗅觉等各方面入手，清新自然；下阕写人只摹其歌新声，以态写情，委婉蕴藉。它代表了姚燧婉约词的风格。姚燧豪放词风，更多南宋初爱国词人慷慨悲壮之气。

姚燧为元初文章大家。论文重视文学与作家个性的关系，主张评论文学作品必结合其人的性情，即文学风格往往反映出作家的个性。论诗亦如此，主张直抒其所感。肯定真性情，还强调性情出于正，强调道德评价的尺度，与其师许衡强调文德文质并重有相通之处。

姚守中，洛阳人，元初名臣姚燧（牧俺）侄。所作杂剧有《神武门逢萌挂冠》《褚遂良扯诏立东宫》等，均散佚。姚守中的散曲仅存套数《中吕·粉蝶儿·牛诉冤》，通过描写千辛万苦的耕牛的悲惨命运，申诉了农民遭受剥削掠夺的冤苦。拟人化的手法，把牛写成具有人一样的感觉、思维、语言，牛被人格化了。揭露了世态冷漠淡薄和人心的残忍卑劣。套曲虽是滑稽诙谐的游戏笔墨，但曲中的深刻寓意富现实意义。

第四节 元代洛阳戏曲

一 元代前河洛戏曲的孕育发展

汉代歌舞百戏十分流行。尤其东汉时期，洛阳为当时的国都，戏曲活动十分兴盛。据葛洪《西京杂记》记载，《东海黄公》虽仍属角抵之戏，但已经有了假定的故事情节，有专门的服饰与化妆，演出已经满足了戏曲最基本要求，是一场完整的初级戏剧表演，同时也标志着我国民族戏曲的初步形成。李尤在《平乐观赋》中所描写的洛阳平乐观演出的百戏表演，技艺高超吸引观众，且开始注重布景取材。张衡《东京赋》对河洛传统的声势浩大的驱傩活动也有

第六章　元代洛阳文学

详尽的描绘：

> 尔乃卒岁大傩，殴除群厉。方相秉钺，巫觋操茢侲子万童，丹首玄制。桃弧棘矢，所发无臬。飞砾雨散，刚瘅必毙。煌火驰而星流，逐赤疫于四裔。然后凌天池，绝飞梁。捎魑魅，斮獝狂。斩蜲蛇，脑方良。囚耕父于清泠，溺女魃于神潢。残夔魖与罔像，殪野仲而歼游光。八灵为之震慑，况魁蛊与毕方。度朔作梗，守以郁垒。神荼副焉，对操索苇。目察区陬，司执遗鬼。京室密清，罔有不韪。[①]

描写虽然夸张，所表现出来的紧张气氛却真实。傩舞粗犷强悍，面具狰狞恐怖，这些特点在今天的傩舞中依然存在。这两篇赋为我们展现了汉代洛阳百戏歌舞的繁荣景象，同时也使我们看到，洛阳以深厚悠久的文化积淀，为初期戏剧发展提供了空间环境。

汉末，思想文化发展受到了严重影响，但百戏歌舞却在割据政权那里获得了较好的发展。如曹魏政权先建都许昌，后建都洛阳，统治者颇好乐舞，史书《三国志》载魏明帝大兴百戏的盛况：

> 是时，大治洛阳宫，起昭阳、太极殿，筑总章观。百姓失农时，直臣杨阜、高堂隆等各数切谏，虽不能听，常优容之。魏略曰：是年起太极诸殿，筑总章观，高十余丈，建翔凤於其上；又于芳林园中起陂池，楫棹越歌；又于列殿之北，立八坊，诸才人以次序处其中，贵人夫人以上，转南附焉，其秩石拟百官之数。帝常游宴在内，乃选女子知书可付信者六人，以为女

[①] 严可均校辑：《全上古三代秦汉三国六朝文》，中华书局1958年版，第767页。

尚书，使典省外奏事，处当画可，自贵人以下至尚保，及给掖庭洒扫，习伎歌者，各有千数。通引谷水过九龙殿前，为玉井绮栏，蟾蜍含受，神龙吐出。使博士马均作司南车，水转百戏。岁首建巨兽，鱼龙曼延，弄马倒骑，备如汉西京之制，筑阊阖诸门阙外罘罳。太子舍人张茂以吴、蜀数动，诸将出征，而帝盛兴宫室，留意于玩饰，赐与无度，帑藏空竭。①

魏明帝仿平乐观造总章观于洛阳，制作木偶，以水运转，演出百戏，颇具规模，热闹非凡。此外，北魏时期，孝文帝迁都洛阳，贵族官僚沉溺歌舞，蓄养声伎之风盛行，如高阳王雍就有"僮仆六千，妓女五百……出则鸣驺御道，文物成行，铙吹响发，笳声哀转，入则歌姬舞女，击筑吹笙，丝管迭奏，连宵尽日"②，乐舞演出一派盎然的景象。可见，即使在朝代更替频繁的魏晋南北朝时期，河洛地区依然演出频繁，百戏兴盛，为后来戏曲发展积累了经验。

隋朝历史短暂，戏曲依然受到重视。隋炀帝曾"总追四方散乐大集东都"③，进行百戏演出，并借此向来朝的突厥染干可汗夸耀国力。同时，文人们所记载的洛阳民间演出也十分兴盛，如薛道衡的《和许给事善心戏场转韵诗》中所描述："京洛重新年，复属月轮圆。云间璧独转，空里镜孤悬。万方皆集会，百戏尽来前。临衢车不绝，夹道阁相连。……竟夕鱼负灯，彻夜龙衔烛。欢笑无穷已，歌咏还相续。羌笛陇头吟，胡舞龟兹曲。假面饰金银，盛服摇珠玉。宵深戏未阑，兢为人所难。"④ 此诗中，"峰岭""林丛""杨柳""梅花"等作

---

① （晋）陈寿：《三国志》，中华书局1999年版，第79页。
② （北魏）杨衒之著，范祥雍校注：《洛阳伽蓝记校注》，上海古籍出版社1958年版，第177页。
③ （唐）魏徵：《隋书》，中华书局1993年版，第381页。
④ （宋）李昉：《文苑英华》，中华书局1982年版，第1060页。

第六章　元代洛阳文学

为艺术造景已经出现在演出中，为后世戏曲的舞台演出提供了参考。

唐玄宗时期，洛阳设立左右教坊，唐玄宗曾设宴于五凤楼下，命三百里内县令、刺史率人到洛阳比赛演出，根据胜负决定赏黜。据《新唐书·元德秀传》记载，鲁山县令元德秀组织乐工演唱《于芳于》。民间的演出活动也十分盛行。洛阳地区的歌舞活动频繁兴盛，为戏曲艺术的形成积累了宝贵的经验。后唐时，庄宗李存勖定都洛阳，爱好歌舞俳优之戏，又通晓音律，能够自己撰词谱曲，经常自敷粉墨，与众伶人共同嬉戏于庭堂之上。如《新五代史·伶官传》中就有所记载：

> 庄宗好畋猎，猎于中牟，践民田。中牟县令当马切谏，为民请，庄宗怒，叱县令去，将杀之。伶人敬新磨知其不可，乃率诸伶走追县令，擒至马前责之曰："汝为县令，独不知吾天子好猎邪？奈何纵民稼穑以供税赋！何不饥汝县民而空此地，以备吾天子之驰骋？汝罪当死！"因前请亟行刑，诸伶共唱和之。庄宗大笑，县令乃得免去。①

这个敬新磨率众优人当场作戏，劝阻庄宗，救了县令的故事，从侧面看出当时优戏演出的寻常景象。这些在河洛大地带戏曲因子的表演，为中国戏曲形成积累了宝贵经验，创造了良好条件。洛阳地区正是因其悠久的戏曲文化历史，在后世戏曲的发展中起到了重要作用。

宋代杂剧在洛阳有形成发展的遗迹。在洛阳洛宁县小界乡宋墓的杂剧砖雕、新安县石寺乡李村北宋宋四郎墓中的杂剧演出壁画等

---

① （宋）欧阳修：《新五代史》，中华书局1974年版，第399页。

等，都显示出北宋洛阳地区世俗生活中的戏曲活动。

二　元杂剧的中州情结

北宋汴京杂剧在激烈的百戏竞争中脱颖而出，然而由于战争缘故，汴京杂剧伴随着社会政治结构的急剧变化而迅速转移，金人撤离汴京时将大批汴京艺人北掳而上，或被带至燕京，成为宫廷杂剧的主流；或流落民间，促进了民间杂剧的发展。

"元曲四大家"都写过以河洛为故事背景的杂剧作品，其中仅关汉卿一人就有9种，占他所存杂剧的一半。除此之外，以郑振铎将元杂剧分为前、后两期："第一期从关、王到公元1300年，第二期从公元1300年到元末"[1] 为据，有前期作家高文秀、郑廷玉、李文蔚、吴昌龄、王实甫、武汉臣、王仲文、尚仲贤、石君宝、杨显之、张国宾、孙仲章、费唐臣、岳伯川、石子章、孟汉卿、李行甫、张寿卿和刘唐卿等；后期作家宫天挺、曾瑞、乔吉、秦简夫、萧德祥、王晔、罗贯中、杨景贤、贾仲明等，以及一些无名氏都参与了河洛题材杂剧的创作。看见元代杂剧创作，以河洛作为故事背景已经普遍。这些知名作家中，除郑廷玉、石子章、宫天挺三人外，其余均非河南籍。关汉卿的《尉迟恭单鞭夺槊》《山神庙裴度还带》《诈妮子调风月》以河洛为背景。这些杂剧中涉及洛阳、郑州、开封等地，与他在散曲《不伏老》中"我玩的是梁园（商丘）月，饮的是东京（开封）酒，赏的是洛阳花，攀的是章台柳"[2] 描述基本一致。便利的交通使关汉卿可能来往于洛阳、郑州、开封和商丘等地。

---

[1]　郑振铎：《插图本中国文学史》，北京出版社1998年版，第645页。
[2]　徐征等主编：《全元曲》，河北教育出版社1998年版，第704页。

元杂剧吸收了大量河洛元素。思乡寻根是中国传统文化的主题，金元杂剧之"河南现象"是金元之际文人寄托思乡情感的载体。杂剧中出现的河洛地名，不是单纯的地域名称，寄寓着中原子民对正统文化的怀恋和故国家园的黍离之思。

各地戏曲的创作搬演遵周德清《中原音韵》。"中原音韵"在明代依然是戏曲创作的圭臬。工乐府、善音律的周德清深感当下曲作不重格律的混乱，以作乐府的创作实践为前提，创作规范戏曲创作的体制、音律、语言等，尤以语言为重，其音节为中州之正。从靖康之难到《中原音韵》成书已达一个半世纪，而曾以官话之尊影响各地的河洛雅言虽然失去依托的政治背景，但随文人流散各地，中州音的影响范围也逐步扩大。

结合佚失杂剧的题目看，洛阳作家的杂剧反映更多的是历史传奇与市井生活。从历史故事与市井生活取材，不仅以史为鉴，更多是在原有故事框架，寄托思想，抒发情怀，充满了强烈的批判意味与浓厚的现实主义色彩。关于洛阳题材的杂剧统计如下：社会生活剧涉及开封、洛阳的《看钱奴买冤家债主》《半夜雷轰荐福碑》《施仁义刘弘嫁婢》《山神庙裴度还带》《郑月莲秋夜云窗梦》等；涉及洛阳的《朱砂担滴水浮沤记》《风雨像生货郎旦》；流行洛阳的爱情婚姻剧有《吕蒙正风雪破窑记》《逞风流王焕百花亭》《谢金莲诗酒红梨花》《诈妮子调风月》《玉清庵错送鸳鸯被》《萨真人夜断碧桃花》《玉箫女两世姻缘》《裴少俊墙头马上》等。公案剧四种，涉及洛阳的《李亚仙花酒曲江池》《张孔目智勘魔合罗》，涉及许昌和洛阳的《关云长千里独行》《好酒赵元遇上皇》。历史传奇剧为《程咬金斧劈老君堂》《尉迟恭单鞭夺槊》《严子陵垂钓七里滩》《锦云堂暗定连环计》《张子房圯桥进履》等。宗教剧涉及开封和洛阳的《西华山陈抟高卧》《桃花女破法嫁周公》《张天师断风花雪月》《汉钟离度脱蓝采和》等。

  取材于历史故事的剧本，反映了河洛民众对古圣先贤及英雄人物的仰慕，对盛世已逝的惋惜；取材于前人文学作品和市井民俗的剧本，与洛阳悠久深厚的历史文化传承有关，传达背井离乡的中原人民深沉的家国之思。

第七章 明代洛阳文学

明代在相对沉寂的文学背景下,河洛文学却显得比较活跃,成绩也较为突出。与明王朝同时诞生的渑池人曹端,以理学家的身份出现。他虽为大儒,作品多以阐释儒家经典为主,文学类作品不多,但在他的《夜行烛》《语录》等书里却闪烁着哲人的思想火花。尤其是其仅存的7篇序文、16篇诗歌,质朴不假藻饰,显示与众不同的风格。明代中后期,复古线索贯穿着整个明代河洛文学。河洛诗文创作较有成就者有沁阳的何瑭、新郑高拱等人。高拱以文著名,其作品多为奏书、圣旨或官方纪事文书,具有历史档案、文献资料价值,最能体现其文学成就的是《本语》6卷,乃发愤抒情之作。河洛地区还有小说家方汝浩。

明代洛阳文学有两个鲜明特征,一是文人结社兴盛,二是家族文学现象和成就显著,特别是吕维祺、王铎和许进家族文学。另外,重臣刘健的诗文作品也值得关注。

第一节 曹端、方汝浩和李雨商

曹端(1376—1435),字正夫,人称月川先生,渑池人。一生笃爱性理之学，永乐年间举乡试，先后为蒲州学正、霍州学正，修明圣学，在当地影响颇大。60岁卒时，州人为之罢市悲哭。学者私谥之静修。有《曹月川先生遗书》，收录《太极图说述解》《通书述解》《西铭述解》《曹月川先生语录》，又曾著《四书详说》《存疑录》《儒家统谱》等。其诗文大都散佚，清人张伯行辑《曹月川集》，收《夜行烛》《家规辑略》《语录》《录粹》及序7篇，诗16首。后附"诸儒评论"和"年谱"。此集虽未尽录曹氏著作，但却集中反映了曹氏在文学方面的成就和创作特色。

曹端是一位理学家，在思想上信守孔孟之学，反复陈述君臣、父子、夫妇之礼与忠、孝、节、义，且直承程朱理学，处处重天理而抑制人欲，几乎到了不近人情的地步。如要求男女不能同桌共食，女子要守节不能改嫁（《夜行烛》）。对家族中的男女行为禁制更严，其在《家规辑略》中规定，子孙不得沾染围棋、词曲等娱乐活动，男子在行加冠礼之前不能吃肉。曹氏一生为维护封建传统道德、传播性理之学可谓不遗余力。其现存诗歌16首大多也是宣扬儒家伦常、修身养性的。值得肯定的是，曹端一生不信轮回、风水、时日吉凶之说，他在《轮回》诗中直斥佛教生死轮回说。[①]

在诗文的艺术技巧上，他认为"作文不必巧，载道以为宝"（《曹月川集·家谱》）。所以行文似老人谈家常、父母对面教子，平白不假修饰，慢慢道来，全无文采。诗歌更是接近白话，由口语入诗，不讲韵律。如《戒子诗》："越奸越狡越贫穷，奸狡原来天不容。富贵若从奸狡得，世间痴汉吸西风。"又如《兄弟》诗："堪叹今人这样愚，亲亲兄弟各分居。陈褒畜犬犹知义，何乃为人反不知。"皆是顺口说来，质朴得没有诗意诗趣。所以《四库全书总目提要》评

[①] 王蕾、林东生：《论曹端礼乐教化思想的核心特质》，《东岳论丛》2014年第5期。

曰："端诗皆《击壤集》派，殊不入格。文亦质直朴素，不以章句为工。然人品既已醇正，学问又复笃实，直抒己见，皆根理要。固未可绳以音律，求以藻采。"

方汝浩，洛阳人，一说为郑州人，约生活在明天启年间，生平事迹不详。他著有《禅真逸史》《禅真后史》和《东度记》3部长篇章回小说。

《禅真逸史》，全称《新镌批评出像通俗奇侠禅真逸史》，全书8卷40回。清末有石印本改题为《残梁外史》或《妙相寺全传》。书以南北朝为背景，叙写东魏高僧林时茂（号淡然）及其高徒杜伏威、薛举、张善相仗义除恶，济世利民，终于修成正果的故事。林时茂原为东魏镇南将军，因得罪高欢之子，避祸出家，来到梁朝，被梁武帝封为妙相寺副主持。妙相寺主持钟守净好淫，林劝阻遭钟守净陷害，被通缉捉拿。在逃走途中，先后被薛守义、杜成治相救，再行入魏。薛守义、杜成治则因救林时茂而先后被害，薛守义遗一子名薛举，杜成治遗一子名杜伏威。林时茂在逃难途中得天书，修得排兵布阵、降龙伏虎、捉妖镇魔的本领。入魏后，林时茂寄住张老庄，先后收得薛举、杜伏威及张老庄张太公之孙张善相为徒。杜伏威去岐阳安葬祖父骸骨，途中得仙人传授秘术。杜伏威叔父被贪官污吏迫害致死，为给叔父报仇，杜伏威与孟门山好汉一起大败官军。随后又在薛举、张善相等帮助下，攻府占县，遂自称都统正元帅。后受齐后主招安，3人均被封为大将军。十余年后，齐被周所灭，杜伏威等遂据地称王。后又归顺隋朝。不久唐灭隋，林时茂圆寂升天，杜伏威等3人弃家学道，俱成上仙。

《禅真后史》全称《新镌批评出像通俗演义禅真后史》，共60回，是《禅真逸史》的续篇。小说以唐太宗贞观年间为背景，写薛举虽登仙位，但因杀戮太重，又无利物济民之德，再次被贬谪至人间经受劫难。于是在唐贞观末年，降生在卢溪州辰溪县毗离村瞿天民之家，名为瞿琰。瞿琰9岁得仙僧林淡然指点，通晓五经，精于武艺，善书符咒。此后，济世利民，屡建奇功。历官司理、侍中、大理寺少卿、兵部左侍郎。后又经林淡然点化，弃名避世，隐居岩壑，敛迹修真，终成正果，复升仙秩。

与林时茂、薛举、杜伏威、瞿琰等对应，《逸史》和《后史》还塑造了一系列的反面人物，如酷信佛教至使朝政废弛的梁武帝，依仗权势毁坏庄稼殴打农夫的高衙内高澄，陷害忠良的淫僧钟守净，作威作福、结党营私、阴谋篡位的印竖之流，虽入佛门，但不守戒律，作意害人的稽西化、怀义之流。他们均因泯灭了灵台的一点善念，到底难免轮回，都没有好下场。

上述人物的描写，涉及当时社会的各个层面，政治的腐败，官吏的贪婪，各种社会现象都在小说中得到了反映。《逸史》和《后史》对农民起义的描写，揭示了官逼民反的真理，值得肯定。在《逸史》第二十一回里，有关于雌鸡市的描写，值得注意。尽管方汝浩仍受夫权影响，着意描写不孝泼妇，但客观上反映了当时妇女的正当要求，追求平等，追求解放，迫切要求扫除社会上赌博、嫖娼等恶习，有认识价值。书中写的泼妇名叫尤娘子，为捍卫她们的家庭幸福、人格尊严，勇敢地与丑恶现象作斗争。这是明代小说很少涉及的内容。

方汝浩在《禅真逸史》和《禅真后史》里，善于通过心理描写和描摹当事人的口吻，来刻画人物，如林淡然、杜伏威、瞿天民、瞿琰及管贤士等，作者将他们的心理活动描写得细腻入微。而对一些村夫俗妇形象的描写，言语行动粗俗，与其身份颇相符。可见方汝浩对下层人民的生活十分熟悉。

《东度记》，全名《新编扫魅敦伦东度记》，又称《续证道书东游记》，全书20卷100回。现在可见最早版本为明崇祯八年（1635）金阊万卷楼刻本。此书叙写印度高僧达摩发愿普度众生，阐扬佛教，不畏艰辛，万里远航来中国传法布道、扫魅敦伦的故事。书中以传播佛教玄言来宣传儒家的伦理道德。假圣僧东渡，发明人伦，借佛家禅理，扬儒家思想。同时，也宣传儒、释、道三教合一思想。在方汝浩看来，无论是全真教的正乙法，佛教的演化劝善，还是儒家的伦理纲常，都是教人向善，本质一致。全书想象奇特，构思新颖。方汝浩将人类所共有的特点如酒、色、财、气、贪、嗔、痴、欺心、反目、懒惰等形象化，把它们描写成一系列具有象征意义的魑魅魍魉，扰乱人心，然后通过达摩圣僧师徒反复演化，终得脱度。这样构思描写，淡化了宗教的神秘性，强化了形象的人情味，让人有真实感，达到说教目的。明代后期商业兴盛，城市经济繁荣，人们追求享乐纵欲，谄媚之风盛行。小说正是通过林林总总、形形色色的故事情节，真实地反映出当时的社会现实。但《东度记》与《西游记》情节有雷同之处，书中极力宣扬因果报应，生死轮回。

李雨商是明代洛阳戏曲作家。《传奇汇考标目》著录李雨商戏曲著作有传奇《镜中花》，别本《传奇汇考标目》记李雨商，字桑林。庄一拂《古典戏曲存目汇考》著录李雨商的戏曲作品，除《镜中花》外，增出《丰乐按》，且《丰乐按》疑是《丰乐楼》之误。由于《镜中花》与《丰乐按》都未见传本，因此李雨商究竟撰作几种戏曲作品，其内容如何，皆难以查考。此外，有《曲录》传于世。

第二节 明代洛阳的文人结社

明代洛阳文人集团社事活动众多。从时间看，八耆会（"续真率会"）及其续会，历时达三十余年，就成员看，伊洛大社成员多至二百多人。

"八耆会"（又名续真率会）。该会最初有孙应奎、王邦瑞等8人。八耆会效宋代文彦博、司马光等人在洛阳结的"耆英会"，参加的也是致仕官员。并效仿白居易在洛阳香山所结的香山"九老会"，详细列出与会人年岁和总年岁，"八耆会"成员有：孙应奎，字文宿，号东谷，洛阳人，正德十六年（1521）进士，历官至户部尚书，《明史》第203卷有他的传记；王邦瑞，字惟贤，号风泉，宜阳人，正德十二年（1517）进士，改庶吉士，历官至兵部尚书，有《王襄毅公文集》，《明史》第199卷有其传记；李天伦，字叔重，正德丙子（1516）举人，历官至户部员外郎等。

"伊洛大社"是吕维祺在洛阳所结文社，又名"伊洛社""伊洛会"，结社于崇祯十年（1637）。《明德先生年谱》卷四崇祯十年记载，结社目的是吕维祺忧虑伊洛被长久湮没不闻，要以此来昌明圣学。《明德先生文集》第22卷有《伊洛会约》及《伊洛社约》，第8卷里有《伊洛大社引》。《伊洛社约》显示结社宗旨：率性、修道、戒慎、中和、位育等。成员有姚赓唐、杨英、丁泰吉、杨镰、杨士英、刘绍周、石岳、田乃实、李毓楠、张鉴衡、张祖恕、吴治平、刘介、徐琦等50余人，社团活动方式是每月初二和十六在程明道书院讲学，每月初三、十七开展文会。慢慢参与的人越来越多，达到200多人。

"惇谊会"（原名敦谊会），成员有：王正国，字佐之，号柱峰，宜阳人；杨士廉，嘉靖乙卯举人，历官知临洮府；董尧封，字淑化，嘉靖癸丑（1553）进士，历官都御史、巡按等职，仕终户部侍郎，谥公敏，著有《文清粹言》及奏牍等。

其他结社有刘贽等人在万历十七年（1589）结的"初服会"，刘衍祚在万历三十一年（1603）结的"崇雅会"，洛宁田理等人结

第七章　明代洛阳文学

的"五老会",孟津王价等人结的"中原奇社",吕维祺等人又结的"芝泉会",热爱洛宁嶕谷山川的温廷垣等人结的"嶕谷社",刘赟、许梦兆等人结的"同年会",方城恭惠王朱珂墦等人结的"七闲社",偃师高诗等人结的"洛下会",洛阳任绍曾等人结的"证媒社""饵社"。还有社名失考,只有文社组织者的有昌玢、丰俭、朱朝用以及偃师冯启昌、新安吕孔学、孟津王铎等人。

明代洛阳文人著述,大多已散佚,有关具体情况,难考其详。就性质而言,明代洛阳文人集团多为官绅致仕之后所结,其中不少的文会有较强的理学志趣,"惇谊会"甚至有意改"敦"为"惇"。这反映出明代洛阳文人主要的学术与文化取向。而"芝泉会"与"伊洛大社"虽为读书人所结,却与理学讲会相并生。

明代洛阳文人结社如此兴盛,其原因除了整个明代文化思潮的影响之外,还与洛阳一带明代文化的繁荣有很大关系。首先,明代洛阳虽然文化地位已非前代,然而这一地区有丰厚的文化积淀。加上朱元璋以来大力提倡程朱理学,并作为取仕的标准,使洛阳一带的文人在文化取向上有地缘上优势。在这方面洛阳有着广泛的理学基础。而大量的洛阳文人通过科举进入仕宦阶层,致仕后,形成一个独特的文人阶层,他们或优游林下,以诗文自娱,或居于乡里,以移风易俗为己任,其趣味相投者就结为文会。而吕维祺以砥砺后学为己任,乡居致仕后大举文社,以他的声望,吸引了大量的学子前来集会、学习。其次,明初以来,河洛一带的理学讲会数量众多。明初渑池曹端为明代理学大家,而吕维祺则被称为河洛一带传统洛学的终结性人物。孟化鲤、张民表等人举办的川上会、兴学会、正学会、龙兴寺大会等众多的理学讲会,在河洛地区有着深远的影响。讲会所采用的集会形式,对文人的社集活动,有积极的影响。再次,洛阳有着文人集会的悠远传统。在中国古代文人集团的发展史上,洛阳有着重要的地位。晋代石崇等人的金谷游宴与金谷二十四友,是文学史上的盛事。高士董京,居于洛阳百社,更使白社、洛社成为具有隐逸性质之文人集团的代称。之后,唐代白居易所结的香山九老会,宋代司马光、文彦博等人所结的耆英会等,不仅在当时影响甚大,而且在明代其名称及一些会约就被全国各地文人所追慕、仿效、袭用。这也促使了明代洛阳文人集团的繁荣。①

第三节　崇尚儒学义理的河洛名臣刘健

刘健(1433—1526),字希贤,号晦庵。洛阳人。明朝中期名臣、内阁首辅。刘健师从大儒薛瑄,明英宗天顺四年(1460)进士,历庶吉士、翰林编修、翰林修撰、少詹事,并担任太子朱祐樘(明孝宗)的讲官。历任礼部右侍郎兼翰林学士、礼部尚书兼武英殿大学士、太子太保、首辅。历英宗、宪宗、孝宗、武宗,为四朝元老,为官46年。崇儒兴学,注重实务。居官敢言,极陈怠政之失。谥"文靖",《皇明经世文编》辑有《刘文靖公奏疏》二卷。

刘健自幼在洛阳理学文化氛围里,接受儒家人格精神和思想意识的培养。早期交往洛中理学名士阎禹锡、白良辅,以及毕亨、许进、赵锡、李祥等体现儒家礼教风范的人物,对刘健个性成长产生了深刻影响,更强化了他以理学为宗、注重践履的政治意识和思想品格。刘健著述追求致政,崇儒兴学,注重实政实务,摒弃佛道异教。文章有崇义理,信礼教,重实务,轻虚饰的风尚。刘健著述的体裁以奏疏及实政碑记类为主,也时常有诗文之作。诗文作品大都与政务活动相关,单纯应酬性、消闲性诗文少见。

---

① 杨晓塘、扈耕田:《明代洛阳的文人集团》,《洛阳大学学报》2002年第3期。

刘健不把舞文弄墨当作展示自己才华，或当作交际应酬的一种媒介与手段。但在许多必要的场合也有诗文之作，并表现出自己独特的风格。刘健的序文也透露注重实政实务及崇尚理学义理倾向。

刘健的几篇诗作，其一为早期所作七言律诗《环翠亭》。环翠亭为洛阳处士李维恭早年于城东瀍河上所修，起初仅供其教子读书的亭阁。李维恭曾延请洛阳进士杜纲、潘觐等人为其子陪读。后来他也常邀请洛阳名士于此聚会，或谈诗论文，或交流学术。阎禹锡、白良辅、刘健等人也曾登临聚会。刘健诗是回顾当年情景而作。诗作其二是刘健居官翰林时所作"玉堂赏花"诗。"玉堂"是对翰林院的代称。明代许多阁部大臣出自翰林院，因此殿阁词林蔚然成风雅之势。那些饱学诗文的馆阁之士时常对诗会文，吟咏唱和。有时甚至连皇帝也作御制诗，而命大臣作应制诗文。刘健之诗，既有依景以寄意之切喻，又有借物以抒志之气势。在刘健为数不多的诗文作品中，处处能显示出他不重华藻的文风与重视实政、富于义理的思想意识倾向。

刘健碑记铭文类作品，集中体现出他经世致用、注重实务的实政思想和意识。这种思想意识在这类著述的类型、内容、体例、数量等方面都有所表现。一种是为各地兴学、修造工程等实务建设所作的碑记类作品，另一种是为已故官员及其他人物所撰写的墓志、神道碑以及其他具有旌表意义的祠记类作品，即铭文类作品，这些作品有三十多篇。反映各地兴学、工程修造等类碑记作品主要涉及各地文化教育方面的建设如书院、文庙的兴修、科举题名碑记及题记等，也有农事水利方面如治河修渠等工程事务，还有一些具有旌表意义的祭典性文章，等等。

这类作品的思想有两个方面，一是反映崇儒兴学的，这是与刘健一向崇信并专注于儒家思想学说，对于其他释老之说持排斥态度的学术倾向是一致的。刘健的崇儒兴学思想具有明显的系统性、深刻性和全面性。它包含以下几个方面的内容。其一，祭礼是崇圣的重要表现。这里说的祭礼特指祭奠孔、孟等先圣先哲的礼节仪式。文庙是为祭奠先圣孔子及曾子、颜回等特别设置的场所，它在体现朝廷崇圣之意中占有极为重要的地位。祭礼是崇圣最重要的形式之一。所以，不仅是先圣、亚圣庙祭，在许多书院中也常有祭拜。明代的崇圣不仅表现在对孔、孟的祭礼中，也通过对其他名儒先贤的祭奠来体现。宋代二程、朱熹、杨时等人，也都在纪念和祭奠之列。刘健在为福建延平书院所作记文中，阐释了对宋儒李侗纪念的意义，并从儒学传承道统的角度来揭示李侗在儒学历史上的地位和影响。崇儒是崇圣的实质。

修身养性以成就超越俗人之德行，这就是刘健所理解的儒学之道即孔孟之道的主旨。刘健对于儒家道德、伦理、政治相统一的思想理论颇有探究。所以在他的政治思想、实务思想中，这些内容也都是统一的。他在奏疏类著述中反复阐明和强调的君德臣道思想，实际上也就是儒家修身养性、培养超越常人思想德行的体现。以儒治国需要培养深谙儒学的人才。无论崇圣或崇儒，目的还在于培养能够治国安邦的人才。而只有具备儒家所倡导的超越普通人的德行涵养，才能成为具有致政之德能的君子，才是国家社会治理与建设所需要的人才。

兴儒学是培养人才的主要渠道。刘健一向重视兴学，他本人就是通过努力求学才脱颖而出的。兴儒学的途径一是学校教育内容对儒学理论的系统体现，二是渗透在各种日常生活和学习中进行的崇圣意识的培养。前者具有体系化、系统化和规范化的特点。后者除了一般的日常生活化渗透外，还有一些特别的方式。兴儒学还需要相应的设施建设，书院与文庙是主要的场地设施。刘健为此类设施建设所撰写的作品占到其碑记作品中的三分之一。为庙祭、书院所作记文阐述兴儒学、育人才外，刘健还撰写有旌表意义的科举题名碑记、题记类作品。这些作品以更富褒扬的方式来体现崇儒重学的思想。除了推崇所谓正统的儒学思想并以"兴学设教"倡行之外，刘健对于其他有关国计民生的实务十分重视。这类碑记，有许多涉及治河修城、盐政管理等内容。刘健对于故乡洛阳的水利建设事业更为关怀。当他得知伊、洛二渠得以重浚，瀍河桥得以重修，便欣然为之作记《伊洛两渠水利重浚记》。

二是墓志铭类作品，包括一些祠堂记文等，属于记述和评说人物生平事迹为主要内容的传记作品。这种作品为故去人刻石立碑以示崇礼与旌表，具有史传意义。这类作品常常带有对传主溢美的成分。刘健的这类作品可分为两种类型。一种是朝廷为表彰一些人物的功勋而准予其建立祠堂，刘健则以朝廷重臣的身份受请为之所作的记文。第二种是为一些官员或其他私交人物去世后所作的墓志、墓表或神道碑的铭文。刘健并不轻易为人作墓志铭，从铭文所述主人的身份来看，大都是一些朝廷高级文官，是与刘健政务活动中不可避免要交往的一些人物。只有少数情况下是以特殊的身份和地位为个别官员所作，而所要昭示的是朝廷官方的旌表意义。大部分情况下，刘健以私人身份为官员所作的墓志铭，都是建立在刘健对此官员熟知的基础上。刘健也有以私人身份为一些交往较密切，为刘健所熟知的不仕或未仕乡人、旧友所作。如洛阳李祥，既是刘健的同乡，又是邻里人，且其族兄李荣是与刘健同侍孝宗、武宗的司礼太监。于情于理，刘健为之作铭文也是适宜的。河南陕州人赵锡，虽其仕官品秩不入九流，甚至职同于吏，但其与刘健为忘年至交。

在叙述和介绍人物生平事迹时，刘健以客观描述为主，夸赞评说为辅的朴质无华的文辞，显示出其崇尚质实的意识。虽然赵锡与刘健关系非同一般，但刘健的评说都是建立在大量事迹的基础上。刘健还大量列举赵锡孝亲友悌、礼敬缙绅、睦和乡邻的事例以说明其秉性受到众人交口称赞。这些叙述显得翔实而少虚饰夸誉，更能深感人心。在刘健给其他官员所写铭文中，也体现着这种风格。刘健对人物德行修为非常重视，尤其是对那种淳朴无华的个性，更为欣赏。如为李祥作的墓志铭，只约略介绍李祥为太监李荣堂弟，李祥子李珍为李荣养子，但对李祥淳朴无华的个性品格则浓墨重彩介绍和评说。

奏疏在刘健著作中占有最重要的地位和比重。明末陈子龙等人选编的《皇明经世文编》中有两卷专门辑有刘健的奏疏。这些奏疏都属于刘健于弘治后期至正德初期具有代表性的政论性著述。刘健的奏疏大多就日常职事展开议论。其中大部分是就一些具体政务提出意见和建议，从中明显看出刘健的政治思想。首先，他承认皇帝具有统御天下和至高无上的权力，所以君德修举直接关系着天下之治。而君德养成的重要方式在于讲学。其次，在认同君以礼使臣、臣以道事君原则的基础上，刘健更注重臣应履行"道"义的要求。刘健作为朝廷大臣，从致政兴治的角度一直倡行"节用"。弘治十四年，刘健在"论节财用疏"中，深刻阐述了"节用"对于整个朝政的影响。"节用"而至于对各种具体事项的关注，便构成了刘健实政思想的具体内容。今天看来，这种思想颇有现实意义。刘健的奏疏根植于儒家传统思想，君德臣道意识占有重要地位；对于鬼神祥异敬而远之，对于佛道则立足现世而排斥。君德修举，以道事君构成刘健政治思想基础。[1]

---

[1] 翟爱玲：《明代名臣刘健研究》，博士学位论文，南开大学，2013年，第225—251页。

第七章　明代洛阳文学

第四节　王铎诗歌的现实主义精神

王铎（1592—1652），字觉斯、觉之，号十樵、嵩樵、痴庵、痴仙道人，别署烟潭渔叟，河南孟津人①。明末清初著名书法家和诗人。《清史列传》第 79 卷《贰臣传乙》有其传。明天启二年（1622）中进士，入翰林院庶吉士，累官礼部尚书、东阁大学士。南明弘光时期官至大学士，位居次辅。崇祯十七年（清世祖顺治元年，1644）清入关后被授予礼部尚书、官弘文院学士，加太子少保。病逝后"赐葬于偃师之黑石关，后迁葬于孟津县城之西北隅"②。

王铎自幼博学好古，工诗文，产量甚丰，仅五言诗就逾万首，明谈迁《棘林杂俎·仁集》存有 4954 首。王铎的诗文集有《拟山园初集》17 册，《拟山园选集》82 卷，有文震孟、黄道周等序，另有《拟山园文选集》32 卷，遭禁毁。王铎是以文学书艺而优则仕，入清以后更以赋诗属文为业。

王铎的诗，尊崇杜甫。在明末诗坛被推为"四大家"之首，在清初诗坛与薛所蕴、刘正宗合称为"京师三大家"。王铎一生致力于书法、诗歌和古文辞。书法成就斐然，与董其昌齐名，被后世誉为"神笔"和"明代书法第一"等至高评价。作品有《拟山园帖》和《琅华馆帖》等，其绘画作品有《雪景竹石图》等。

王铎前半生在读书求仕的艰苦岁月中度过，而其后半生则一直在宦海中浮沉挣扎。顺治二年降仕清廷，沦为贰臣。易代之际的沧桑悲苦和坎坷不平的人生遭际，使他的内心世界和人生态度发生了

---

① 王铎故居位于洛阳市孟津县中州名镇会盟镇老城村，国家 AAA 级旅游景点。清顺治九年（1652）病逝故里，谥文安。
② 张升编著：《王铎年谱》，上海书画出版社 2007 年版，第 255 页。

转变。这直接影响着他的文艺创作。王铎将种种情志和心语寄托于诗歌中，如怀才不遇、壮志难酬的满腔愤懑，惨经离乱、亲友故去的无限伤痛，徘徊于仕与隐之间的矛盾心态以及降清之后强烈的忏悔心声和退隐愿望。王铎诗歌是对其不得意人生的真挚抒写，在抒写生活遭际和思想心态的同时，具有浓厚沉重的情感力量。王铎在崇祯和弘光两朝，以忧国忧民、救时匡国之心创作了许多具有"诗史"精神的诗歌。这些诗歌或记述重大历史事件，或忧虑国家的前途命运，或痛惜人民的灾难困苦，或对农民军和明军进行双重抨击，或对当朝政治和误国臣子表示极度不满，真实展现了明清之际风云激荡的政治局势、民生凋敝的社会状况和不堪回望的破碎山河。

作为有志于天下国家事的在朝官员和杜甫的忠实崇拜者，王铎强调诗歌的政治作用，主张诗不仅要存史，更要忧国轸民，反映政治得失，以匡时定国。这类诗歌以五、七言古体和律诗为主。王铎写了大量对离乱沉痛记录和民生凋敝的强烈悲叹的诗歌。天启五年（1625），明军与后金已经开战七年，将士和辽东人民都饱受其苦，而朝中以魏忠贤为首的阉党大肆打击迫害东林人士，以致朝野上下人心惶惶，动荡不安。王铎作《子美有歌乙丑都下拟》，以激切的笔调记述了这一内忧外患的局面。随着崇祯皇帝即位，魏忠贤得以清算，党争依然存在，辽东战役和农民起义尚未结束。王铎作《答明吾》（四首），以组诗的形式集中表现了希望辽东战事早日结束的迫切心情。

清军入关，给明王朝造成极大的威胁，在王铎的诗歌中有真实的记录。《宿良乡柬长店居人述变》记述皇太极第一次入关情景，《丙子》记述了崇祯九年（1636）清军第二次入关之事，诗中道出清军大举进攻和楚地贼寇遍布交织在一起，造成县县饥馑、门门鼓鼙的情景。《闻警》《忧第四次兵》以哀伤忧愁的笔调展现出一幅诸城骷髅的悲惨画面。王铎有大量的诗歌记录了明军与农民军的战争进程。避乱南下的王铎以无比悲戚的心情写下《始信》《甲申旅处哭》(八首)来哭悼国家和崇祯，痛斥误国奸佞。《前年行》以回忆的方式叙述崇祯帝死亡和崇祯中后期混乱黑暗的历史，亦是对明王朝覆亡原因的总结与反思。

王铎以悲苦愤慨的情感反映人民所遭受的苦难，反映他们不仅受到战火的荼毒，而且又频繁地遇到天灾，许多农田颗粒无收沦为荒地，而朝廷加派饷银的政策又将农民逼入饥寒交迫的境地。王铎家族世代靠土地为生，对农民和农田有着深厚的情感，是时他创作了不少与农民、农事有关的诗歌，基调颇为沉重。《过村舍》颇似杜甫的"三吏""三别"，《庚辰大饥津人食子》哭诉了人间母食子的惨剧。王铎悲叹的不只是农民这一个群体，而是在这个甚为动乱的时期遭受苦难的全体民众。因此，他一再在诗歌中表现出战争带给人民的深重灾祸，流露出早日休兵的渴望。

王铎诗歌对农民军和明廷明军的双重批判。《新军别》中的主人公就是一位"昨日"收到军帖而"今日"就要赶赴边关的"远征人"，他在与家人离别之时，纵然万般不舍，纵然知道等待自己的是边关凛冽强劲的北风和生死无定的战场，他还是将年迈的父母托付给弱妻。《汤阴岳王庙》等诗来凭吊宋代誓死收复中原的爱国将领岳飞，迫切希望朝廷能早日恢复中原。王铎清楚地认识到朝廷内部的混乱黑暗和酷吏对人民的恶行，以及官兵的无作为，并在诗歌中予以沉痛的揭示与批判。与鞭挞明军相应的是对时弊和误国臣子的抨击。这类诗歌往往与其奏疏相应，具有较强的纪实性，也体现出他的清刚品格和勇气。《纪往迹》是王铎五古中最长的诗篇，真实再现了他在崇祯十一年(1638)经历的一些重大事件，包括上疏反对加派赋税，反对与清军和议，雪中亲守京师城门，两女俱亡于京，乞假归养等，其中引人注目的是他对时政庸臣的揭露和对误国败国之人的愤激之情，如《再冀》等。

王铎诗歌卷帙浩繁，内容博大精深，广泛展示了明清易代之际的风云变幻，以及由明季士大夫到清初贰臣的心路历程，表现出强烈的忧患意识与批判精神。《纪往迹》《五月桃叶渡》诸诗，矛头甚至直指当时的最高统治者。诗风沉雄壮阔，瑰玮险怪，而思亲念友、山水田园、赠送悼友之作蕴藉淡远，清新自然，真切动人，且语言警策精妙，独具风采外，部分诗作甚至有鲜明的民歌情调，故被誉为集大成的诗人。总之，王铎诗歌如同一幅描摹明末风云的巨型画卷，继承着杜甫诗歌的"诗史"精神。

王铎的辞赋及散文亦极具成就。其《拟山园赋》长达八千余言，全赋借对故居的描写，以表达自己的情操、志向，突出孤傲的个性；他的散文极负盛名，其中书信小札语短情长，言近旨远；书画题跋亦言简而意精；墓志传记作品，涉及社会各阶层的人物，大都注重细节的刻画，叙事生动，人物性格鲜明，堪称明清之际芸芸众生的人物群像。

第八章　清代洛阳文学

　　清代文学是中国古典文学总结时期，小说、诗歌、戏剧等各体文学样式蔚为大观。清代河洛文学总体成就不高，没有像汉魏六朝或唐代那样创造出中国文学史上的辉煌，但清代各体文学的作家作品中，河洛文人及其创作都占有一定的位置。首先，清代河洛诗坛并不消沉，有自己的特色。出现了冉觐祖、耿介、武亿等人，为清诗的繁荣贡献了才情。耿介等人在诗歌创作中突破哲学思想的拘囿，借诗明志，抒写胸臆；武亿的洒脱在清代诗坛上占据不可替代的地位。

　　从清初到清中叶，河洛词作家主要有吕履恒，他与词坛大家一道，共同创造了清词的辉煌。清代河洛小说创作，李绿园的《歧路灯》在中国小说史乃至于整个中国文学史上占有一席之地。《歧路灯》是一部堪称百科全书式的文学巨著。小说尽管以载道为目的，但它在如何教育后代立身处世的客观价值方面今天仍然具有借鉴意义。清代戏曲继承晚明又有新的开拓发展。河洛戏曲作家人数不多，但其传奇、杂剧创作取得了一定成就，表现突出特点。清初孟津王鑨的《双蝶梦》《秋虎丘》等6种作品，其中《双蝶梦》对明末社会矛盾和黑暗现实深刻揭露，以政治斗争和爱情故事两条线索交织结构剧情，与《桃花扇》有异曲同工之妙。新安吕履恒、吕公溥祖孙二人都有传奇作品传世，体现戏曲艺术形式在清代发展演变趋势。吕履恒的《洛神庙》传奇以明末大动乱时代为背景，通过爱情故事反映了明末政治黑暗、社会动荡的现实，写法和明清许多同类作品相似；而吕公溥的《弥勒笑》采用十字句式写唱词，是今天看到的最早最完整的十字调梆子腔剧本，对于研究花部流变有重要的史料价值。

第一节　清前期孟津诗派和新安吕氏

一　孟津诗派

以王铎、王鑨兄弟为中心形成了著名的孟津诗派，成为当时河洛地区与归德诗派并称的两大诗派之一。以王铎兄弟为首的"孟津诗派"是一个以孟津为核心，通过血缘姻亲纽带联结成的乡邑诗学群体，其流风延续到清代初年。主要成员除王铎外，有王镛、王鑨等，王铎子无党、无咎和王铎侄无逸、无忝等，内侄马上骧、马之骏等，王铎外孙吕履恒、吕谦恒等，其中王鑨、王无咎、吕履恒、吕谦恒等较有成就。吕履恒，有《梦月岩诗集》20 卷。吕谦恒（1653—1728），字天益，号涧樵，康熙四十八年（1709）进士，官至光禄寺卿，有《青要山房诗选》12 卷。

王鑨（1608?—1672?），王铎三弟，字子陶，号大愚，入清历官山东提学道按察司佥事，有《大愚集》24 卷。其诗颇具风华，如《哀洛阳故宫》，于强烈的今昔对比当中，蕴含着无尽的沉痛。全诗音韵和谐，婉转流畅，有吴梅村歌行的风致。王鑨的《拟牡丹亭·寻梦》，在《牡丹亭》的诸改本中独树一帜，颇具特色。王鑨传奇创

第八章 清代洛阳文学

作细目依次为《华山缘》《拟寻梦曲》《双蝶梦》《司马衫》，王铎逝世后《大愚集》刊印间，王鑨又作《大孝子》《秋虎丘》。顺康两朝又是明清传奇发展最为繁荣的阶段，王鑨的传奇作品全部是以才子佳人为题材进行创作，并把历史素材引入其中，形成了独具风格的主旨思想。王鑨的作品既具有同期传奇整体的审美取向和艺术技巧，也新奇创意，且其传奇实践对日后以吕履恒为代表的河洛传奇作家多有影响。[1]

孟津诗派中其他著名作家尚有马上骧、梁琦、傅而师等人。马上骧（生卒年不详），字天衢，孟津人，顺治间举人，官至山东学官，有《纫兰斋七言律》。他与王铎兄弟为姻亲，其诗法亦效二王，颇有盛唐之风。但其诗中多伤乱之作，悲苦之语每每溢于纸上。

梁琦（生卒年不详），字小韩，号无涯，孟津人。傅而师（生卒年不详），字余不，又字左启。嵩县（一说登封）人。举人，两试礼闱，不第。有《枕烟亭集》。傅而师为王鑨女婿，其诗文多作于顺治十年（1653）之后。邓之诚称之"感事伤时，随事吐露。虽词尚含蓄，然怨而近于怒也。豫中人文，商丘与洛阳相竞爽。侯宋之作，不事质言。若贵质言，则而师为得风人之旨焉"[2]。

与灿若星辰的江南文人相比，明清之际的河洛大地显得黯淡无光，河洛文脉晦暗不清，然而在明末清初这个地动山摇、瞬息万变的历史时刻，王铎、王鑨等肩负延续河洛文脉的重要使命。王氏家族思想上师承北方王学代表孟化鲤与尤时熙，同时又深受李贽等人"至情论"影响。而以王铎、王鑨为首的"孟津诗派"，与商丘侯方域、宋荦的"雪苑社"分坛树帜，成为清初中原文学的双峰。与此

---

[1] 梁帅：《清初戏曲家王鑨研究三题》，《新疆大学学报》（哲学人文社会科学版）2016年第2期。

[2] 邓之诚撰：《清诗纪事初编》，上海古籍出版社1984年版，第894页。

同时，王鑨创作传奇戏曲 6 部，填补了明清之际河洛地区戏曲文献的空白。①

二 新安吕氏

新安吕氏是洛阳文学史上历时最长、作家最众、著述最多的文学世家。自明吕维祺后，才俊辈出，或昆仲并驰，或父子叔侄相承，在清 200 多年间有著述可考的 200 人左右，著述多达 400 多种。其间尤其杰出的有吕维祺、吕履恒、吕谦恒、吕宪曾、吕公溥等。

吕维祺（1587—1641），字介孺，号豫石。洛阳新安县人。明代著名理学家，其父为河南府名儒吕孔学，吕维祺自幼学习理学。因新安境内有青要山，自称"青要山人"。也因为在洛阳建明德堂，被称"明德先生"。万历四十一年（1613）进士，授兖州推官，擢吏部主事，后任员外郎、郎中等职。因得罪魏忠贤，辞官还乡，设芝泉讲会，传播理学。崇祯元年（1628），起为尚宝卿，后历任翰林院提督四夷馆、太常卿、南京户部右侍郎兼右佥都御史、南京兵部尚书。崇祯八年（1635），因剿寇不力被革职。归居洛阳后，立"伊洛会"，著书立说，广招门徒，达 200 多人。吕维祺著述丰厚，有《明德堂文集》《孝经本义》《孝经翼》《节孝义忠集》等传世。崇祯十四年（1641）正月二十一日，李自成陷洛，被俘不屈死。南明弘光时谥忠节。其生平事迹详见于弟子施化远等人所作《吕明德先生年谱》。

嘉靖中期后，王阳明心学在河洛地区经尤时熙、孟化鲤传至王以悟、张信民、吕维祺。吕维祺的学说融合程朱陆王，一生以明道兴教为己任，在洛阳一带大兴讲会书院。在其奏疏、诗文中体现经

---

① 梁帅：《明末清初曲家王鑨生平事迹考》，《河南科技大学学报》（社会科学版）2015 年第 5 期。

世思想和知行合一的治学理念。他邀请东林党人到洛阳讲学，扩大了明末东林党经世学风在河洛地区的影响。他从事于训诂音韵之学，学问博大贯通。他卓越的学术成就与深远的学术影响，使明清之际程朱理学、阳明心学、东林经世之学以及传统朴学，在晚明河洛地区交融并生。其中经世之学与朴学的兴盛正是清代与明代学风的最大不同。洞察晚明社会巨变，出于对时代危机的回应，他对当时的学术弊端进行了深入批判。从东林学派的经世思想出发，熔铸众家，开启新风，对河洛学术由明至清的转型产生了深刻的影响。他是明代洛阳学术的集大成者，对明清学风转变作出了很大贡献。

王铎与吕维祺交游至深，曾将一个女儿嫁给吕维祺儿子吕兆琳。李自成攻陷洛阳时，王铎正流寓于怀州（今沁阳），赋诗多首悼念吕维祺。另，自吕维祺开始，新安吕氏家族出现了多位文学大家，对河洛文学的传承和发展，也做出了巨大贡献。

吕履恒（1650—1719），字元素，号月岩。吕维祺之孙。康熙三十三年（1694）进士，官至户部右侍郎，是康熙年间著名诗人、剧作家、方志学家。诗作有《冶古堂文集》《梦月岩诗集》《梦月岩诗余》等。其诗师法盛唐，雄浑壮阔也受孟津诗派影响，在清初诗歌由尊唐到继承宋的演进过程中，具有诗史意义。吕履恒诗歌的题材极其丰富，大都能切合时事。《斫榆谣》《邻人别》《哀流亡》等，极言民间疾苦，可看作是对杜甫诗歌精神的一种继承。杨淮《中州诗抄》录其诗达53首，选入他的诗最多；也擅长散文，同时，也是清代河洛地区最重要的词人；吕履恒的剧作《洛神庙》传奇是现存最早的豫西调剧本，故事演绎洛水河畔的人情世态，离合情缘，抒发对现实的生存体验和生命感悟。《洛神庙》将故事背景放在洛河水畔的洛神庙，并用"人间异宝"还魂香坠联结情节关目。写明朝洛阳秀才何寅与妻巫友娘、妾贾绿华的生死离合，以二枚返魂香坠周旋其间。作品具有强烈的虚幻色彩，但又能够自如地出入于真假、实虚之间。这种奇幻性色彩，可以说是汤显祖"因情成梦，因梦成戏"的一种继承。作品暗寓着作者的人生感悟、现实思考。在语言上则采用诗化的语言，追求诗的意境与韵致，不太注意戏曲文学应有的通俗化与舞台化，因而被奉为清代前期正统派传奇的代表剧作之一。①《洛神庙》也反映了清代传奇创作文体规范和重构趋势，不仅在"演奇事，畅奇情"这一题材内容上是对传奇本体性特征的回归，而且在情节构成和舞台效应上，遵循戏曲文体要求，做到了"从心所欲不逾矩"。无论从艺术性还是思想性来说，都达到了较高水平，是传奇发展到繁盛时期的一部典范之作，也是河洛戏曲园林中不可多得的文人传奇佳作。②

吕谦恒（1654—1720），吕履恒之弟，字天益，号涧樵。康熙四十八年（1709）进士，官至光禄寺卿。与兄吕履恒同以文学闻名，时称新安二吕。在其故里青要山苦读四十年，其诗以抒情为主，有婉约之象。古文力追上古，与方苞过从甚密，有《青要山房诗集》《青要山房文集》《一统志万姓通谱》等著作。其诗风格，历来研究者所论也很不同。方苞称赞："《青要集》兼初盛唐人之长，而风骨酷肖子美。"③吕谦恒在清初中州诗坛风气转变上，比其兄走得更远。他的古文推崇桐城派，堪称桐城派在洛阳地区最重要的作家。方苞《吕光禄卿谦恒墓志铭》以他为知己："余尝以古文法绳班史柳文，多可瑕疵，世士骇诧，虽安溪李文贞不能无疑，惟公笃信也。"

吕法曾（生卒年不详），吕履恒侄。康熙五十二年（1713）举

---

① 郭英德：《论清前期的正统派传奇》，《文学遗产》1997年第1期。
② 杜培响、黄义枢：《论吕履恒〈洛神庙〉传奇思想艺术及传统遵循》，《湖南科技大学学报》（社会科学版）2012年第1期。
③ （民国）李敏修著，申畅等校补：《中州艺文录校补》，中州古籍出版社1995年版，第442页。

人，任祥符教谕。善音韵、训诂之学，有《韵可》《力园诗草》等。作诗极为慎重，几经删削方成。其诗歌内容主要是游览名胜，写景咏物。他以小学家而出入于诗，鲁曾煜在《力园诗草序》评："力园与予论诗，贯串古今，有本有末，而选声谐韵，按部分班，揆之考文，功令不差铢黍。"① 从中可看出乾嘉考据学派对他的影响，他也因此成为代表着河洛地区诗风转变的又一关键人物。

吕公溥（1727—1805），字仁原，号寸田，吕履恒之孙。主持荆山书院多年。有《寸田诗集》及戏剧《弥勒笑》。吕公溥为吕氏后劲，《中州诗抄》录其诗达48首之多，仅次于吕履恒。他与袁枚为诗友，诗学接近性灵派。其诗词必从己出，不袭前人窠臼，语言率真而极富情趣，咏物抒怀皆酣畅淋漓，以情深而取胜。如《宿铁门》写出了游子独特的心理感受。他写给著名小说家、诗人李绿园的《赠李孔堂二首》给人以袁枚诗歌的俊爽之感。然而与袁枚相比，吕公溥诗歌又有不同之处。他出生于理学名区，新安吕氏又世以忠孝传家，故其诗忧国忧民的作品较多，对下层百姓疾苦多直接描述，如《黄河谣》等皆是。他的风格也更为多样，尤其是部分诗作达到了风华与情韵兼长，如《落花》想象之别致，含意之深厚，皆为古来同题之作所少见。

吕履恒共三子，长子吕宪曾，工诗，著《潊亭诗草》；次子吕宣曾是著名学者，著《靖州志》《永兴县志》《读札说》《柏岩文集》《柏岩诗集》等；三子吕守曾，进士及第，好诗，与袁枚为友。诗多为艳诗，缠绵笃挚，有《松萍诗草》传世。

吕履恒长子吕宪曾有二子吕公迁、吕公泽，不入仕，皆为诗人。吕公迁著有《见山亭集》，吕公泽著有《拙堂集》。吕履恒次子吕宣曾也有二子吕公路、吕公滋，二人均为著名诗人。吕公路著《介亭诗草》，吕

---

① （民国）李敏修著，申畅等校补：《中州艺文录校补》，中州古籍出版社1995年版，第446页。

公滋著《硕亭本草》。吕公滋又工于考据学，有《春秋本义》传世。

吕履恒弟吕谦恒之子吕耀曾，康熙后期中进士，是著名诗人，著有《横山诗草》《白燕诗集》等。吕耀曾之子吕肃高，曾主持修《长沙府志》，著有《南村诗草》等。吕耀曾之孙吕燕昭，工诗，与袁枚交厚，袁枚《随园诗话》多录其诗，著有《福堂诗文集》。

另外，在登封地区，则出现了耿介、高一麟、景日昣等诗人群体。耿介（1618—1688），初名璧，字介石，号逸庵，登封人。顺治九年（1652）进士，官至少詹事。致仕后讲学于嵩阳书院。著名学者。有《中州道学编》等。他以提倡理学为己任，作诗和平温雅。耿介为著名学者，当时河洛文人很多与他交游，他对当时河洛文人的影响很大。高一麟（1635—1708），字玉书，号矩庵。屡试不中，于是致力作古文词，在嵩颍之间设教。他的诗多反映下层人民的疾苦，如《园丁苦》《损田行》皆为当时现实惨状的实录。

偃师武亿父子、卢氏王尔鉴也是这个时期著名作家。武亿（1745—1799），字虚谷、小石，号半石山人。乾隆五十四年（1780）进士，曾官博山知县。有《授堂文抄》《授堂诗抄》等。武亿一生博通经籍，精于金石考据，为乾嘉学派中北方最著名的学者，诗文朴实真切，《跋汉吉羊池》《汉匾壶》《题访碑图》等以考据入诗，为典型的乾嘉诗风。其子穆淳也善诗文，有《读画室诗文集》。

王尔鉴（生卒年不详），字在兹，号熊峰。雍正八年（1730）进士，长期担任地方官，卒于夔州知府任上。有《二东诗草》《滕阳山水吟》等。王尔鉴文学政事均有声望。赵执信称之曰："才优于政事，心喜乎风雅，内不绝冥搜，外不废吟咏，是真能以心运其才，而不为职位之所限者。"（《二东诗草序》）[①] 他一生喜爱山水，尤以

[①] （民国）李敏修著，申畅等校补：《中州艺文录校补》，中州古籍出版社1995年版，第471页。

山水诗著称。在居官的重庆、山东一带皆留下了大量的歌咏山水之作。

第二节 清代嵩山文人群体与文学家族

清代前期，嵩山一带的文人群体，成员前后相继，贯穿顺治至乾隆四世，历时100多年，作家作品可考者达数十人。他们弘扬河洛文化传统与文学精神，又有包容和创新，呈现出河洛文化博大恢宏的气象。先后涌现出耿介和傅作霖、焦子春、高一麟、景日昣四大文学家族，以及邰锦、张铸与王朋等人。

耿介（1618—1688），初名璧，字介石，号逸庵，登封城关人，因兴复和主持嵩阳书院而又称"嵩阳先生"。著名政治家、教育家、理学家、文学家。顺治壬辰（1652）进士，选翰林院庶吉士，先后任福州巡海道、江西湖东道、直隶大名府兵备副使等职。康熙三年（1664）归里，主持嵩阳书院。康熙二十五年（1686）因汤斌推荐，被封为少詹事，入值上书房。次年以病辞职归里，仍主嵩阳书院。一生著述甚富，主要有《孝经易知》一卷、《嵩阳书院志》《理学要旨》《中州道学编》二卷、《敬恕堂存稿》《弃余文草》二卷、《松风草阁诗》等。耿介为清代前期河洛理学的代表人物之一，以提倡理学为己任，文章颇具理学家特点。耿介的儒学文化观经历从尊孔到崇朱的过程，成为程朱理学的忠实捍卫者和传承者。耿介复兴嵩阳书院，以书院为依托，招徒纳贤，传播理学文化思想，著述理学文化书籍，广交理学文化之士，咏诗赋词，笃志于理学文化研究与践履。他对理学文化思想的研究传播大大促进了清初理学文化思想的发展，在清初河洛理学文化史上写下重要一笔。耿介一生留下大量的诗词歌赋，这些诗词歌赋有些渗透着理学文化思想的精髓，以传扬理学文化思想的仁义礼智为思想基调，以教育世人修身养性为践履之道，如《迎春花赋并序》《由西郭草堂寻五一园偶然作》等。①同时，耿介又指出诗与理不同，深于理必然工于诗，而工于诗未必深于理，承认诗所表现的情有独特价值，并且还认为文学作品的内容并不仅限于载道说理，而是或感物以写忧思抑郁的情感，或触景以寄寓幽深绵邈的风致，而文学作品的风格也不限于理学家所称颂的淡定闲远、温醇尔雅。这与前代多数理学家不同。

耿介诗歌内容相当广泛，纯粹说理诗少，咏怀、登临、赠别诗很多。他的诗能表达细腻真切的感受。如《公车北上留别傅左启门人》写出分别时的独特感受，在留别诗中堪称新颖之作，《雀鹰》借咏物巧妙表达对士风看法，形象贴切，精警有力。风格上也能突破理学家传统诗风的局限，如《由南平至闽》虽表达理学家对从容闲淡生活的向往，亦有说理成分，却是在两幅画面中展现，意境生动，明快含蓄，情感跌宕多变，与传统的濂洛诗风不同。更能显示出耿介诗歌艺术追求的，体现在选字炼句方面，如《嵩岳寺》《长安早春》《春日言怀》等，造语新警，意象非凡。从一定意义看，耿介推动了程、邵以来几百年间河洛理学诗的转型。

家族文学是构成清代地域文学特色的主要力量。清代前期嵩山文人群体中，傅氏家族的第一位诗人是傅作霖。傅作霖（生卒年不详），字叔甘，登封人。顺治三年（1646）进士，选庶吉士，后为编修。做江南督粮道，着力清除明代以来漕政弊端。傅作霖为耿介表兄，两人长期奇文共赏，肝胆相披。傅作霖乞归后，以著书自娱。诗多佚，《中州诗钞》录其《卢岩行》一首。诗中所写的卢岩，壁削千仞，瀑布飞流直下，为嵩山名胜，因唐玄宗时名士卢鸿隐居于此而得名。因烽火战乱而久违了的故乡名胜，在作者的心中引起沧

---

① 王秋霞：《耿介与清初理学文化思想发展述略》，《边疆经济与文化》2017年第10期。

桑感和长久思索，全诗展现了天崩地裂的时代文人人生选择的艰难与痛苦。

傅作霖之侄傅而师（1635—1661），字余不，又字左启。顺治八年（1651）举人，两试礼闱不第。性爱读书，自天文地志，星相医卜等博览。虽著作等身，但只有《枕烟亭集》传世。他为王鑨之婿，与孟津王铎、王鑨兄弟日相切磋，诗古文辞俱佳。他认为文宗先秦，次韩、欧，诗宗汉魏，次李、杜。持论大抵与王铎相似，为七子余风，但论文于先秦之外并重韩、欧，又明显受唐宋派影响。其诗文多作于顺治十年（1653）后。感事伤时，随事吐露。《南征诗》语言质朴，意境阔大，沉痛中有愤激。傅而师子傅枅（1659—1692），字肯堂，以明经任扶沟县儒学教谕。工诗赋、文辞，著有《西园诗草》，今散佚。

焦氏家族自明末学者焦子春起，即为嵩山著名的文化世家，至清代更盛。焦贲亨（1625—1684），字汝将，号丘园，登封人，焦子春孙，曾学于嵩阳书院，清顺治五年（1648）举人。焦贲亨官福建兴华府推官，擢江西瑞州府同知，告归。性爱丘壑，有《诗文》二卷，今散佚，另有《嵩山志》四卷。其《观卢岩瀑布放歌》诗，夭矫多变，想象奇特，给人以无穷回想。焦贲亨弟焦复亨（生卒年不详），字阳长，号箕颖外臣，学于嵩阳书院。读书勤奋，工诗古文辞。明末征隐士，固辞。入清，遨游山水，嗜好诗画，以诗文自娱。著有《关侯世家》《诗缶音》《洛阳秋》《猴籁》等，今皆不存。另曾纂顺治《登封县志》七卷。现存诗作大都表现山野之趣，如《访僧少林不遇》《同友谊暑少林》，前诗写访僧不遇之惆怅，后诗写避暑少林之逸致。

焦贲亨子焦钦宠（生卒年不详），字锡三，号槚林，康熙间岁贡，候选训导。其学问渊博，工诗及古文辞，所交皆海内名士，与耿介以理学相交。早年学习于嵩阳书院，晚年讲学于此。著有《樗林文存》《樗林诗存》，今皆不存。又曾纂康熙《登封县志》十卷。焦钦宠诗存世仅数首，散见于《中州诗钞》《嵩山志》《密县志》等，多写故乡景物，借景抒情，壮怀与幽情兼有，如《再登嵩岳绝顶》。焦钦宠诗境界阔大，气象非凡，如《云庄》。有数篇文章传世，多碑记文，质朴自然，但文采不足。

高氏家族中，高一麟（1635？—1708？），字玉书，号矩庵。屡试不中，出游山左、吴下、两浙、八闽，归而设教于嵩颍之间。高一麟师从焦钦宠，继承杜甫诗歌忧国忧民传统，他的诗歌大量反映下层人民疾苦，如《园丁苦》《损田行》皆为当时现实惨状的实录。此一类诗大都为古体，采用通俗的口语，类杜甫的"三吏""三别"，真切而感人，如《损田行》写天灾人祸，人们难以完成国赋，官吏威吓百姓，鱼肉乡里。艺术上受范成大《催租行》《后催租行》的影响。高一麟诗还继承元白新乐府传统，关注妇女问题，表现妇女生活状况的作品，相当全面地描述了女性身上的种种痛苦，如《前促织行》中女子忍受丈夫久役不归痛苦，《后促织行》中女子不仅要拼命织布，还要忍受小姑责骂，《采桑女》因家中将她当作劳力，年长不得出嫁。高一麟对女性命运的关注，在清初诗人中极其突出。高一麟子高缙桓（生卒年不详），字辑五，号嵩麓，康熙间拔贡。继承家学，工吟咏，所著《嵩麓诗》一卷附于《矩庵诗质》卷末，风格类其父。

景氏家族中最著名的属景日昣。景日昣（1661—1733），字冬旸，号嵩崖，登封人；幼家贫，性至孝，从汤斌、耿介游，讲宋儒之学，以文章知名；康熙三十年（1691）进士，历官至户部侍郎；雍正三年（1725）致仕归里，在嵩山南麓建别墅居住，专事著述。著作有《嵩崖易义》《说嵩》32卷、《嵩崖尊生》15卷、《嵩阳学凡》6卷、《学制书》3卷、《嵩台随笔》2卷、《嵩岳庙史》10卷、《嵩台蕞录》一卷、《会善寺志》《龙潭寺志》《嵩阳风雅》《嵩崖文集》《嵩崖新集》《嵩崖诗集》等，另著有康熙《登封县志》10卷，这些著作大都存世。其《嵩崖尊生》为著名医学著作。《说嵩》《嵩岳庙史》等广征博辑，搜罗保存嵩岳文献。景日昣诗歌多写故乡嵩岳景物，大抵嵩山"横看成岭侧成峰"，观察角度不同，风姿不同，诗歌风格也极其多样，如《望岳》，极尽缥缈虚幻之妙，《秋霁》呈现浪漫的想象与壮阔的气势，《途中忧旱》刻画旱象惨状历历在目。景日昣诗质朴中见真情，如《贻内》平淡真挚的特点，与作为理学家的身份相一致。可以说，景日昣与耿介等嵩山一带理学诗人，形成了河洛理学诗人诗歌创作的第三个高潮。但他们的诗更重文学的特质，一定程度上达到了义理与辞章之双美。

景日昣之侄景嶹（生卒年不详），字林峰，号季次。早慧，及长，肆力于古文，不习举业。著有《四书道学编》《嵩山志》《人物论》，今皆不存。《中州诗钞》录其诗二首《平生述怀》和《嵩山长吟》。

清前期活跃于嵩山的还有郜锦、张铸与王朋三人。郜锦（生卒年不详），字文江，登封人，《中州艺文录》载其生平：精经史，贯穿百家，为文下笔风发泉涌，千言立就。性爱山水，登封富于岩谷，每探奇履险，以寄幽兴，所至忘倦。晚年爱濂、洛、关、闽之书，尤工二王书法，与耿介、景日昣等人多有唱和。著有《卧云轩文集》《卧云轩诗集》，今皆不存。《中州诗钞》录有其诗七首，皆写景及抒情之作，无涉于理趣，隐居与兼济之思均有之。诗风豪迈，即便写隐居及幽情之思者亦有开阔之境界。张铸（生卒年不详），字仲匋，登封人，乾隆时岁贡。从舅高一麟学，经史子集皆通，游历吴越，结交名士，官终修武县训导，有《寄庵诗存》2卷，今佚。王朋（生卒年不详），字锡我，别号青庐子，登封人，乾隆时举人。

《中州诗钞》载有其诗 17 首,多为对古代名作的模拟,间有感人者。

以上为嵩山一带本籍诗人,若以文学群体定义,应包括因仕宦和流寓尤其是任教或求学于嵩阳书院的大批诗人。其间如王铎、汤斌、张沐、李来章、冉觐祖、窦克勤、叶封、张埙、王又旦、陆继萼等,皆有盛名。嵩山文人群体生活在河洛文化的中心区域,成员之间多为亲朋师友,交往密切,而家族诗人构成群体主体。创作虽各具个性,但都有河洛文化观念的自觉意识。抒情言志,歌咏嵩山名胜,传承河洛文脉;"濂洛风雅"赋予耿介等人创作的理学色彩,傅而师、高一麟关心民瘼,体现出儒家情怀,继承和弘扬杜甫和白居易现实主义精神。清代文坛,流派纷争,有神韵、肌理、性灵等,嵩山诗人体现出博大和包容,与同属于中原的商丘诗人群体相比,有明显的文化优势。耿介和景日昣等对传统理学诗歌的革新,体现出从容开放心态与海纳百川气度,使他们跳出传统樊篱,诗的抒情性和艺术性大为加强。[①]

第三节 李绿园《歧路灯》的教育启蒙精神

李绿园(1707—1790),原名李海观,字孔堂,号绿园,亦号碧圃老人。原籍洛阳市新安县北冶乡马行沟,祖父李玉琳是个穷秀才。康熙三十年(1691)豫西大旱闹饥荒,祖父逃荒到河南宝丰县,李绿园生于宝丰宋寨。曾任印江县知县。李绿园曾在新安旧宅设帐授徒,与新安诸吕中的吕公溥等相唱和,并缔结诗社"九老会"。除长篇小说《歧路灯》外,还有《绿园诗抄》《绿园文集》等诗文作品。

李绿园一生中不断回洛阳新安祭扫及小住,在新安的影响不亚

---

① 扈耕田:《清代前期的嵩山文人群体初探》,《信阳师范学院学报》(哲学社会科学版) 2019 年第 4 期。

于宝丰。他在新安写完《歧路灯》后，两度到北京久居，最后终老于北京。新安发现了一部《新渑李氏族谱》，与在宝丰发现的完全相同。① 大约乾隆四十二年（1777）《歧路灯》在新安完稿后，由新安传出，渐及于豫西地区。乾隆四十四年李绿园辞去教职，由新安南返，把稿本带回了宝丰。再由宝丰抄传，渐及于豫中及豫西南地区。这是《歧路灯》传布的两条线索。可谓不胫而走，这样鸿篇巨制，在河南农村流传之广，抄本之多，没有其他书可与之相比。②

《歧路灯》共108回，假托明代嘉靖年间发生的事情，实际反映的是当时的现实。小说围绕官僚子弟谭绍闻交往了坏人而误入歧途，又浪子回头这一线索，穿插大量世态人情描绘，描写了广阔的社会现实。凡官僚贪婪，世风浇薄，道德沦丧，士林败类丑形，土豪横行乡里，农民饥寒劳苦，以及新的经济萌生所带来的意识形态变化，均进行淋漓尽致的表现。《歧路灯》运用多种艺术手段，成功地塑造了谭绍闻、夏逢若等艺术形象。该书为中国古代最为著名的教育小说，尽管作品有一定的说教成分，但它提出的青少年教育问题，所塑造的回头浪子的形象，所强调的用心读书，亲近正人的处事原则，至今仍有现实意义。

一 《歧路灯》杰出的艺术成就

《歧路灯》的社会认识价值和文化价值，首先在于它所描绘的生活画面，从多方面展现了明清社会的市井风貌，是当时社会的一幅"清明上河图"，无疑为读者打开了一扇了解明清时期社会政治、经济、科举、教育、城市文化、风俗、民情乃至市民生活心态的窗口，

---

① 栾星：《李绿园家世生平再补》，《明清小说研究》1986年第2期。
② 栾星：《〈歧路灯〉及其流传》，《文献》1980年第5期。

其内容之丰富,描写之细腻,在明清章回说部中也属罕见。另外,从现存宋元话本中难以找到有关当时艺人作场的材料,在《歧路灯》第十回中,我们看到了《全本西游记》的演出实况,至于散布在全书的有关其他戏曲演出描写,无论是雅部,抑或花部,其详细生动,在古代小说中也是不多见的,均有极高的研究价值。如果我们从戏曲曲艺演出的角度发掘与利用这些史料层面,那么,对于开拓古代戏曲曲艺研究领域,无疑是有了更为广阔的思路与新的视角。

《歧路灯》的艺术成就,首先体现在它塑造了大大小小 200 余个人物形象,涉及社会的各个阶层,可谓三教九流,无所不有。其中大都并非帝王将相、英雄豪杰、神魔鬼怪,而是身处社会下层的平民百姓。小说塑造的人物形象,无论是谭孝移、娄潜斋这样的所谓道学家,还是谭绍闻、盛希侨这样的浪荡子,包括帮闲篾片夏逢若、义仆王中、糊涂慈母王氏等,均生动鲜活,栩栩如生。

特别是《歧路灯》中出现了大量的心理描写。较之中国古代戏曲,中国古代小说在基本上是以敷衍故事为主,注重的是作品的故事性,小说家对于人物心理,尚缺乏应有的关注。《歧路灯》中谭孝移、谭绍闻、孔慧娘等人的心理刻画,为人物形象的完满起到了关键性的作用。可以说,在中国古代章回小说中,除了《红楼梦》以外,罕见有作品在人物心理刻画上能与《歧路灯》相提并论的。

《歧路灯》的结构艺术,在中国古代小说中也是有独特地位的。这部小说围绕着一个中心人物展开故事情节,结构紧凑,脉络清晰,首尾呼应,谨严完整,在中国古代章回小说中,的确可以说是独树一帜。《歧路灯》叙事自明嘉靖十五年丙申(1536)始,至嘉靖四十年辛酉(1561)止,凡 26 年,作者交代得极为清楚,没有丝毫的差失。作者构思之全面周到,创作态度之严肃认真,绝无游戏文字。《歧路灯》自始至终围绕主角谭绍闻的活动,来构建小说框架,组织情节，加之作者创作主旨明确，一以贯之，所以，仅就作品结构而论，《歧路灯》与近现代小说颇为接近，确实是古代小说中的佼佼者。而且，类似于这样的长篇说部，在中国古代小说史上并不多见。《歧路灯》的思想艺术成就，在总体上虽然并不一定能与《儒林外史》《红楼梦》等比肩，但是在结构上却足以自豪，为中国古代小说艺术的发展与进步作出了不俗的贡献。小说在平淡无奇的情节演进中，使人物的思想性格得到逐步地展现乃至深化，这已经十分接近近代小说的结构模式。

《歧路灯》语言成就也为学者称道。《歧路灯》语言生动鲜活。各色人杂，说着切符其身份、地位、处境的话，对于人物形象的塑造、个性特征的刻画起到了极为突出的作用。小说采用了地道的河南方言，使全书具有浓厚的地方色彩与河洛乡土气息。除了文学研究者外，语言学家，尤其是研究方言的学者，也可以将之作为二百年前中原地区语言的研究资料，也极具价值。

《歧路灯》作为中国古代小说发展到鼎盛时期的一部巨著，与《儒林外史》《红楼梦》等一起，构筑了这一时期小说艺苑的繁荣局面，并且，以其独特的品质与成就，为明清章回小说增添了令人瞩目的重重一笔。《歧路灯》所敷衍的浪子回头故事，以及寄寓的传统文化精神，不仅在旧时代有着强烈的警世、醒世意义，即使在现代中国社会，也有极大的教育作用和文化复兴意义。[1]

二 李绿园的文化担当和救赎精神

李绿园是个正统儒生，他的小说以儒家思想为旨归。20世纪的

---

[1] 陈桂声：《关于〈歧路灯〉研究的几点思考》，《明清小说研究》2005 年第 1 期。

中国，处于从旧时代向新时代转变的历史阶段，求新求变的时代思潮下，人们对《歧路灯》宣扬传统思想或有不满，批评李绿园的道学气，认为他思想迂腐落后，这自然可以理解。今天以宽容的学术眼光来看《歧路灯》，就会发现这部小说值得我们极大关注。李绿园童年在宝丰读书时，私塾先生是从洛阳新安逃荒到宝丰的他的爷爷。游历过西南、华北、北京及长江南北，见闻既广，阅历丰富，洞察世事，练达人情。他坚持传统儒家修齐治平理想，有忧患意识。小说高扬"文以载道"的创作思想，显示了作者强烈的社会责任感。

在那个风雨飘摇、落日余晖的帝国黄昏背景之下，李绿园这样一个中原地区的远乡穷儒，毕生关注青少年教育问题。作者在《歧路灯自序》中表达了自己对唐宋以来通俗小说的整体看法，将"唐人小说，元人院本"等不关"风化"之作看作是"风俗大蛊"，认为这类世俗小说对社会风气多有损伤，表达了他深切的社会责任感，并因此要撰《歧路灯》一册"以发人之善心，惩创人之逸志"，传递出他的教育策略。[①]

《歧路灯》与《红楼梦》《儒林外史》几乎同时问世。《红楼梦》写了封建家族没落的悲剧，写了贾宝玉、林黛玉、薛宝钗的爱情婚姻悲剧和人生悲剧以及大观园的毁灭。《儒林外史》意在批判科举、批判被科举扭曲的社会和文人，体现了作者改造社会的理想。《歧路灯》则将作品立意锁定在青少年教育这一老生常谈的母题之上。作者用小说作为劝诫青少年的手段，也表明了他对国家和民族的前途的忧虑和关切。《歧路灯》的文字语言功夫在技术层面和《红楼梦》《儒林外史》存在着差距，但以李绿园为代表的中原士人对国家和民

[①] 栾星：《歧路灯研究资料》，中州书画社1982年版，第94页。

族存亡的文化担当精神则远非《儒林外史》所可比拟。小说中王氏的母亲形象，既表现出溺爱孩子、糊涂势利的性格缺陷，也表现为一个勇于担当和不断成长的母亲形象，是一个市侩与伟大相统一的、具有复杂性格特征的典型人物。王氏的母亲形象的文化内涵即是作者文化担当精神的人格折射。小说中的主人公谭绍闻经历种种磨难，最后浪子回头，迷途知返，完成了小说的教育主题。主人公谭绍闻人生最后的成功也表明了作者的教育自信、担当自信和拯救自信。故事以大团圆的形式结尾似有落入俗套之嫌，但在这篇小说里却是一种有意味的形式。对主人公教育的成功说明了作者的良好期望，也表明了作者对这个家族对这个国家、民族文化复兴的自信和期许。① 李绿园的社会责任感和文化使命意识，也体现了河洛文化的担当精神。因此，《歧路灯》是展示河洛文化担当精神和救赎意识的杰出代表作。《歧路灯》的结构艺术和心理描写成为中国现代小说的民族文化资源，标志着中国小说由古典传统向现代化的过渡。

《歧路灯》以一系列生动真实的艺术形象，从正反两方面诠释了"用心读书，亲近正人"八字心诀外，还突破了理学思想的束缚，表达了反对八股取士制度，抨击戕害自然人性的二十四孝，同情寡妇再嫁等具有更加鲜明人道主义内涵的启蒙思想。"由李梦阳、何景明、李绿园等人的创作可知，以人道主义为主要表征的启蒙思潮，在明清时期即已构成伏牛山文化圈甚或中原文化的重要人文传统，而且处在引领中原主流文化、跻身全国文化新潮的位置，这种思想到近现代逐渐成为生于斯、长于斯的知识者思想、精神的'原动力'之一。正是在这样的启蒙人文传统滋养下，才在'五四'以后的伏

---

① 郭树伟：《李绿园〈歧路灯〉的文化担当精神谫论》，《中州学刊》2015 年第 8 期。

牛山深处走出了一个个以启蒙为己任的新文学作家,这既是此地遥远历史传统的回声,更是本地明清以来启蒙思潮的自然延续。"① 小说教育救世的思想和期盼产生了广泛的社会影响,具有深远的历史意义,直逼五四时代以鲁迅《狂人日记》中"救救孩子"为代表的文化先驱们的启蒙呐喊。

第四节 清代后期的洛阳文学

1840年的鸦片战争之后的文学,即晚清文学,一般称之为近代文学。这一时期洛阳地区文学主要成就为诗文。重要作家有王汝谦、李棠阶、洛阳曹氏文学世家、林东郊、赵金鉴等。王汝谦(1777—1885),字六吉,号益斋,沁阳人。著名理学家,然亦善文,有《省过斋文集》。李棠阶(1798—1865),字树南,号文园,又号强斋,沁阳人。道光二年(1822)进士,选庶吉士,授编修,历官至礼部尚书、军机大臣。李棠阶为当时理学宗师,作为朝廷重臣,一代名儒,其诗文亦颇为时所重,每至名山胜水,皆喜题咏,所写对联,典雅清秀,构思精巧,至今尚为文人雅士所称道。有《李文清公遗书》《李文清公诗集》等。晚清,曾经显赫的新安吕氏文学世家已见式微,而洛阳曹氏则成为洛阳地区最大的文学世家。其代表人物为曹肃孙。曹肃孙(1795—?),字伯绳,号小亭,又号柏亭外史、诸生。曾任颍川训导,有《迟悔斋集》《洛学拾遗补编》等。其祖逢庚(生卒年不详)、父敏(?—1796)皆以理学文章驰名河洛间,而曹肃孙的文学成就相对而言最为突出。其子谦(生卒年不详),字吉六,亦工诗,有《养云斋诗稿》。

---

① 秦方奇:《地域人文传统与伏牛山文化圈新文学作家群——以徐玉诺、曹靖华等为例》,《沈阳师范大学学报》(社会科学版)2012年第5期。

第八章　清代洛阳文学

　　林东郊（1868—1937），字莽园，一字霁园，洛阳人，光绪戊戌（1898）进士，翰林院庶吉士。历任国史馆纂修等职。辛亥革命后，曾任临时参议院议员、众议院议员等职。1906年官派东渡日本考察政治。1909年被派编纂《皇清奏议》。当地人提及直呼"洛阳翰林""林大学士"。著名书画家、诗人。林东郊对近现代社会转型期间的河洛文化传承保护贡献很大，他的诗书画印在民间广为流传。其作品多已散佚，今存《爱日草庐诗集》所收多为辛亥后所作。林东郊一生著书两部，1200余首诗。诗中表达在几年内大总统一职五易其人的年代，对绳营狗苟和贿赂公行疾恶如仇，并羞与此辈为伍的情绪。诗中还对故人故址的访游和家乡迎春、牡丹等70余种花草的描写歌颂，倾诉对故乡山水的眷恋。虽晚年身处民间，但仍忧国忧民。林东郊终身立身行事及诗书画印创作是河洛文化形象在近现代社会转型中的缩影。①

　　赵金鉴（1875—1931），字劲修，宜阳人，官至云南候补道、腾越镇总兵。颇善诗文，有《瓢沧诗稿》《蜀滇游琐录》等。因一生多在行伍，故诗歌亦跃动着英豪之气。

　　诗歌之外，这一时期值得称道的是长篇历史小说《黛眉寨》。该书长期以来湮没不传，仅有一部完整的清代手抄本和民国时期的两个手抄残本。其作者各版本均署名西山外史。据研究，西山外史乃道光年间新安举人张象山之号，惜张象山生平不可详考。《黛眉寨》共100回。全书从元兵南下，陆秀夫蹈海、杨朝英携传国玉玺隐于新安县黛眉山石渠寨开始，一直写到朱元璋建立明朝结束。书的主题是歌颂伟大的民族精神。为了表达这一主题，作者着力刻画了杨朝英之孙杨清的英雄形象。元顺帝刚继位，便命察罕帖木儿及子五

---

① 林功敦、高胜德：《河洛名人林东郊与洛阳》，《河南图书馆学刊》1997年第4期。

人前往陕西"围剿"抗元义军，在义军被镇压后，又命察罕帖木儿为河南行省大都督，开赴洛阳。他赴洛途经黛眉山，血洗了阳壶寨，又欲强占石渠寨，杨清率领族人进行了顽强的抵抗。然而终因寡不敌众，石渠寨被攻占，杨清与族人被迫逃亡。在逃亡途中，杨清被捕，关押于燕京拈花寺。10年后，白莲教领袖韩山童、刘福通将杨清救出。杨清于是献传国玉玺于韩山童，并于黛眉寨结义众英雄，与刘福通领导的颍州红巾军相互配合，打开省城汴梁，建立了韩宋政权。韩宋灭亡之后，红巾军余部在朱元璋领导下，建立大明政权，杨清于是又归顺朱元璋。最后，大明军队直捣燕京，推翻了元朝统治。在杨清身上不仅有着不畏强敌、九死不悔的顽强作风，而且有着为了民族大业不计个人得失的伟大精神。这一形象出现在中国外患日炽的鸦片战争前后，可以说具有非常典型的时代意义。在艺术上，《黛眉寨》在极其宏大的背景之上，刻画出一系列鲜明生动而又具有时代特征的人物形象，全方位展现了一百年左右波澜壮阔的时代风云，具有高亢乐观的革命英雄主义精神。作品情节曲折多变，跌宕生姿，读来惊心动魄，荡气回肠，堪称一部壮丽的英雄史诗。

与金元明三代相比，清代可称为洛阳地区古典文学的复兴时期。以上所举，仅是较为著名的。至于负盛名而文集湮没不存者，不在少数。

第九章　现代洛阳文学

在现代中国历史上，洛阳远离全国政治、经济和文化中心，洛阳文学艰难曲折的发展对中国现代文学潮流来说，是涓涓细流，但也取得了一定成就，是我国新文学事业的重要组成部分，体现着现代洛阳人的精神风貌、文化传承、生命状态和风俗习惯。从一个新的时代高度，继承河洛传统，推动现代洛阳文化的变革和进步。

在中华人民共和国成立前的30多年时间里，河洛地区也向全国文坛奉献了自己的文学成就和作家队伍。尤其是卢氏的曹靖华，可谓中国30年代左翼革命文学的早期开拓者；洛宁的李翔梧，曾以火热的激情奏响革命文学前期的进行曲，中国革命历史上永远镌刻着他伟大的献身精神，他是一位彪炳史册的红军英烈。很早就加入北方"左联"荥阳的李蕤，他的《战地短歌》忠实地记录了中国人民在民族苦难中的奋起，他们不屈的意志和他们的牺牲精神。还有巩义的柯岗，以作品描绘了人民革命战争的史诗，以及稍晚点的宜阳的陆柱国、灵宝的塞风、孟津的栾星、偃师的姚欣则、新安的杨子敏等。这些洛阳现代作家的创作有着鲜明的特色，他们充满激情投身于中国社会革命和民族解放的斗争中，秉承河洛文化的历史责任感，继承河洛文学表现现实、直面生活的传统，丰富和深化了中国现实主义文学的表现领域和表达内涵，使河洛文化在新的历史背景下仍然放射着夺目的光彩。

第一节 革命文学最早实践者——李翔梧

一 以诗作为革命的武器

李翔梧（1907—1935），出生于洛宁县中高村。中国共产党早期杰出的革命家，诗人。李翔梧自幼聪明好学，对诗词有着浓厚的兴趣，并经常把生活中的所见所闻填词赋诗，在当地留下了不少佳话和诗作。后受新文化运动影响，开始用白话作诗。并以诗为武器，揭露和鞭挞当时社会的黑暗。在河南省立第四师范读书时，用诗配画的形式，深刻而形象地揭露了校长的贪污腐败行为，成为推动学生运动的动员令。

当他在学校得知家乡农民被北洋军阀的爪牙马德胜诬蔑为匪，施以极刑时，悲愤异常，立即写下这样一首白话诗："的的哒哒的号声/叫来了左邻右舍的乡亲，都是我李老四和儿子的见证人……"来表达面对社会的不平和黑暗，求生和反抗不是一家父子可以完成的事情。这也是他后来走上革命道路的一次警世钟。随后不久，他又在校刊上写下这样的诗句："都是大自然母亲的婴儿，卧在宇宙的摇篮里，为什么有人替他人劳动，为什么有人要别人替自己劳动？这简直是极不平等的黑幕……！"李翔梧的这些白话诗脱不掉初期白白体新诗的稚气，但字里行间充满革命激情，表达了对剥削阶级和黑暗社会的强烈不满。

1923 年，李翔梧考入位于开封的河南省立第一师范，由于他思想进步，刻苦好学，深受共产党员、英语老师冯品毅等人的器重。

在这些老师的指导和影响下，李翔梧学习《共产党宣言》等革命书刊，积极参加共产党领导的学生社团活动，思想觉悟有了很大提高。1924年，李翔梧加入中国社会主义青年团，次年加入中国共产党，成为当时河南省立第一师范学校早期的共产党员和学生运动领袖之一，在此期间，他积极参加五四以后的新文化运动，展现出优秀的文学才华。在《现代评论》和《学生杂志》等刊物上发表了不少新诗和散文，并在《沫若，我要站在你的旗帜之下》的署名文章中，坚定地表示：愿站在这面旗帜下做一个小卒。后来，李翔梧的同窗好友、我国著名的马克思主义美术史家胡蛮回忆说，当年的《学生杂志》曾为李翔梧出过一本诗集，书名就叫《翔集》，遗憾的是这本珍贵的诗集现在已经找不到了。李翔梧的另一位同窗好友、我国当代著名诗人苏金伞也在回忆中称赞李翔梧有闪耀发光的文采，又有刚刚萌生的新思想。

从诗人到红军将领，从用诗作武器呐喊到践行革命信念。1925年秋，李翔梧从河南省立第一师范毕业不久，奉党组织委派到苏联莫斯科中山大学学习。他怀着崇高的革命热情与理想，在学习上刻苦钻研，特别是在俄语学习方面成绩优秀，一年多后就被调到东方大学当翻译。不久，党组织又选送他到苏联伏龙芝军事学院学习军事，成为我党早期的军事工作者。党的"六大"在莫斯科召开期间，李翔梧作为"六大"的主要工作人员，参加了党的"六大"。

1929年秋，李翔梧从苏联回到上海后，先后任中央军事部秘书、兵运科长、军事部副秘书长等职，成为我党早期军事领导机关的主要工作者。1930年4月，李翔梧以中央巡视员的身份，奉中央委派深入安徽省安庆地区开展巡视工作，他在白色恐怖中，不顾个人的安危，深入实际搞调研，很快写出《翔梧关于各县联席会议情形给中央的报告》，并对当地武装起义和工农武装建立的情况进行了实事求是的分析，提出了自己的建议。报告充分显示了他较高的马克思主义理论水平和丰富的对敌斗争经验。他的这份报告受到了党中央的高度评价，现在已经成为我党当年革命斗争的重要历史见证和宝贵的历史文献资料。

1931年6月，李翔梧到中共苏区中央局和红一方面军总部报到。从此，李翔梧便奉命留在中央苏区工作，先担任红一方面军政治部宣传处副处长，不久后开始担任中央革命军事委员会总政治部宣传部副部长，相继担任红5军团第41师政委、中国工农红军总政治部敌工部长、宣传部部长等职，作为红军总部领导机关一名重要的政治工作领导者，他文韬武略，军政兼备，积极投身于第三至第五次反"围剿"战斗，并以他特有的文学才华和政治工作才能，写下了许多脍炙人口的战斗诗篇和文章，刊登在《红色中华》等报刊上，激励和鼓舞苏区军民英勇战斗。

以革命诗人的豪情英勇献身。1934年10月，中央苏区第五次反"围剿"失败后，中共中央机关和中央主力红军撤离中央苏区，开始战略转移。李翔梧和曾任中共闽赣省委常委、妇女部长的妻子奉命留在中央苏区，李翔梧担任中央军区政治部宣传部部长，为了指导部队和苏区群众开展游击战争，亲自起草并刻印了《中共中央给中央分局训令的讨论提纲》《巩固我们的部队》等文件，号召苏区军民坚持斗争，掩护中央主力红军进行战略转移。

在这革命处于低潮的情况下，有的人背叛了革命。李翔梧非常愤怒，他奋笔疾书，连夜写下了《给叛徒们以无情的打击》的檄文，在《红色中华》报上发表，痛斥了叛徒的无耻行径，教育大家坚定革命必胜的信心。1935年2月，中央军区及其机关和部队在会昌仁风山区一个狭小的地带遭遇国民党军。3月初，由于敌众我寡，经过多次激战后，最后突围时只剩下李翔梧和袁血卒带着警卫员唐继章、战士钟伟生等 8 个人继续坚持战斗。李翔梧为了把生的希望留给战友，断然端起机枪扫向敌人，使战友们得以安全突围。李翔梧牺牲后不久，他的妻子刘志敏也在战斗中负伤被俘，因宁死不屈而英勇牺牲在刑场上。

中华人民共和国成立后，李翔梧被追授为"河南十大革命烈士"之一。1985 年 10 月，在李翔梧夫妻牺牲 50 周年之际，河南省委、省政府在洛宁县召开了纪念大会，为他们建立了纪念亭、纪念碑，还把李翔梧的出生地中高村小学命名为"翔梧小学"。李翔梧没有留下诗集，但他在 1928 年革命文学思潮兴起之前，以最早的革命诗篇，推动了革命文学的萌芽，用实际行动抒写了一首革命文学最为壮丽的华章，昭示着河洛文学的前途命脉。

第二节　革命文学卓有成就者——曹靖华

一　河洛文化孕育现代河洛文学启蒙意识

以河洛区域为中心的伏牛山文化圈，孕育新文化的契机，催生河洛文学的启蒙思潮。"在中国现代文学的初创期，地处中原大地西南部的伏牛山地区，曾诞生了一个独特的伏牛山文化圈作家群。它由徐玉诺、曹靖华、于庚虞、冯沅君、姚雪垠领衔，引领河南现代文学新潮走向全国，在中国现代文学史上占有重要章节。从地域文化视角审视这个长期被忽视的群体，这个群体的集成，既是该地域明清以降启蒙传统的现代延续，得益于此地积极吸纳'面海的中国''小传统'后所形成的'新传统'；也与地域人文精神的驱动密不可分。惟其如此，才使徐玉诺、曹靖华等能在中国新文学产生初期即可大有作为，分别在新诗、小说创作、翻译文学和新诗批评等领域独领风骚"。①

当中国有可能向着现代化的方向迈进时,伏牛山腹地的河洛地区就会获得变革的先机。在此基础上,酝酿改革弊政、学习先进科技文化、振兴中国的新的思想文化思潮势所必然。创刊于 1907 年的河南籍留学生杂志《河南》便高张反孔大旗,率先提出自古"无圣"的激烈口号:"破专制之恶魔,必自无圣始""某人类之独立,必自无圣始""立学界前途之大本,必自无圣始"②。河南留学生能在新文化运动之前的 10 年公开发表如此激烈的反孔文章,显示了他们挣脱封建枷锁、披荆斩棘奋不顾身的英勇锐气,当然是新文化运动中陈独秀、鲁迅等批孔文章的先声,其对河洛文化思潮的引领自不待言。

伏牛山文化圈独特的浅山丘陵地貌和秀美风光,带来的明清书院教育以及由此形成的重教传统,为文化新生提供了人才支撑。书院是中国古代教育史上一种独特的教育机构和形式,明清两代河洛地区书院密布。仅汝州府就先后设立或重建了 14 所书院。伏牛山腹地、三川交汇的河洛地域,土地零散便于筹田,高地广布,便于择址,环境幽雅,交通便利非常有利于周边士子攻读和求学。古代书院的发达,又为河洛地域近现代教育发展带来了便利。清末民初书院改为新式学堂。新学堂的诞生、发展,吸引大批富家子弟前往求学,即便一贫如洗、目不识丁的穷苦百姓也想方设法送子女读书。读书求学遂成河洛时尚,上至官宦富商,下至普通百姓,都对教育投入了足够的关注。各地新式学堂的设立,不仅为青年学子提供了读书求学的场所,而且这些学校成为此地传播新思想的重要阵地。

曹靖华的父亲曹培元就是一名普通的山村教师,但他敢于突破

---

① 秦方奇:《地域人文传统与伏牛山文化圈新文学作家群——以徐玉诺、曹靖华等为例》,《沈阳师范大学学报》(社会科学版) 2012 年第 5 期。
② 凡人:《无圣篇》,《河南》1907 年第 3 期。

传统教学模式的束缚,向学生传授新思想,鲁迅专门撰写《河南卢氏曹先生教泽碑文》赞之:"躬居山曲,设校授徒,专心一致,启迪后进……又不泥古,为学日新,作时事之前驱,与童冠而俱迈。"①正是本地尊师重教的传统滋养,才为河洛日后新文学作家群的诞生提供了充足的营养,大批接受新思想的青年学子也成为新文学作家群的中坚力量。

伏牛山新一代文化人崛起的深刻内涵在于:它对改变明清以来作家队伍整体结构,实现文学由古典向现代转型产生了重要影响。文化新人知识结构的更新和思想理念的调整,奠定了向现代转型的基本色调和走势。他们既有传统"中学"根底,又有"西学"背景,走出国门留学欧陆的曹靖华直接感受了世界文学新潮。即便因生活贫困未能出洋的徐玉诺、姚雪垠等,他们也都进了省会开封的新式学校,他们在心理素质、文化理念、思维方式方面已经具备了现代性的本色。新一代河洛知识者在学习西方进步学问、选择人生道路方面,表现出对文学情有独钟,这使日后的新文学受益颇多。同湖南、广东的知识青年立志政治革命不同,徐玉诺、曹靖华、于庚虞等在走出家门,走进大都市后的首选是文学启蒙之路。②

二 曹靖华对中国现代革命文学的贡献

曹靖华(1897—1987),原名曹联亚。河南省卢氏县人,中国现代文学翻译家、散文家、教育家,北京大学教授。童年在家乡随父亲曹培元读书,初步接触了反清革新思想。1919年在开封省立第二

---

① 鲁迅:《河南卢氏曹先生教泽碑文》,《鲁迅全集》第六卷,人民文学出版社2005年版,第203页。
② 秦方奇:《地域人文传统与伏牛山文化圈新文学作家群——以徐玉诺、曹靖华等为例》,《沈阳师范大学学报》(社会科学版)2012年第5期。

中学求学时，投身于五四运动，与8位进步同学一起成立了"青年学会"，并创办了《青年》杂志。1920年加入社会主义青年团，随后加入文学研究会，并与当时住在苏联的瞿秋白结成挚友。1924年由中国社会主义青年团派往莫斯科，在东方大学学习。翌年回国，参加鲁迅主持的未名社。1926至1927年参加第一次国内革命战争，革命失败后再去苏联，先后在莫斯科中山大学和列宁格勒东方语言学校任教。1933年秋回国，先后在北平大学女子文理学院、东北大学、中国大学等校任教。1939年去重庆，任中苏文化协会常务理事，主编《苏联文学丛书》。1948年应聘赴北平清华大学任教。曾任中国文联委员，中国作家协会书记处书记、顾问，中国苏联文学研究会名誉会长，中国翻译工作者协会顾问等职。1959年至1964年，任《世界文学》主编。十一届三中全会以来，先后担任第五、六届全国政协委员，中国文联委员，国务院学位委员会委员，中国作家协会顾问，鲁迅博物馆顾问，中国翻译工作者协会名誉理事，中国外国文学会顾问，中国苏联文学研究会名誉会长等职。1987年获苏联列宁格勒大学荣誉博士学位。同年8月获苏联最高苏维埃主席团授予各国人民友谊勋章。

　　曹靖华是一位革命文学家和文化事业的默默奉献者。青年时代起，就投入民族解放和无产阶级革命事业中。曹靖华与鲁迅、韦素园等8人在北平成立文学团体"未名社"时建立起深厚友谊。鲁迅曾多次甚至抱病为曹靖华的译稿写小引，并设法出版。鲁迅一生中唯一写过一篇碑文，就是为曹靖华的父亲曹植甫所写。30年代初开始，在国民党反动统治下，曹靖华曾化名亚丹、汝珍、郑汝珍等，和鲁迅通信介绍苏联革命文学，代鲁迅搜集苏联优秀版画和革命书刊。鲁迅逝世，曹靖华撰《我们应该怎样纪念鲁迅》《吊豫才》等5篇文章纪念鲁迅先生。鲁迅生前，曹靖华多次当面向鲁迅请教、交流思想、共商大事，或通信交流，曹靖华共收到鲁迅先生信件292封。

首先在翻译方面。1923年起，开始翻译俄国进步作品和苏联革命作品，鲁迅非常称赞他"一声不响，不断的翻译"的辛勤劳作精神。他译的契诃夫的独幕剧《蠢货》，曾经瞿秋白介绍给《新青年》杂志；他译的契诃夫另一剧本《三姊妹》，经瞿秋白介绍列为《文学研究会丛书》出版；他重要的译作绥拉菲摩维支的《铁流》，曾经鲁迅出资在1931年由三闲书屋出版，对参加工农红军长征的干部发生过很大的影响。此外他还译有《苏联作家七人集》《烟袋》《第四十一》《平常东西的故事》《星花》《保卫察里津》《虹》《城与年》《我是劳动人民的儿子》《油船德宾特号》《孟达尔小说选》《列宁的故事》等，剧本《白茶》《粮食》《恐惧》《侵略》《望穿秋水》等。译著结集为《曹靖华译著文集》（11卷）。苏联文学寄托、塑造了几代中国人的爱与恨、青春与梦想。那些伟大的抱负、坚强的个性和敏感的灵魂，在曹靖华译成中文的俄文字句里找到中国革命的情感共鸣。

1923年回国后，他被李大钊分别派往开封、广州革命军所在地当翻译，随总部军北伐，参加了丁泗桥、贺胜桥、武汉、南昌、武胜关、郑州等著名的战役。在开封当苏联顾问团翻译期间，他把鲁迅的作品《呐喊》推荐给苏联顾问团成员瓦西里耶夫，瓦西里耶夫大为欣赏，随后就把其中的《阿Q正传》译成俄文介绍到苏联。这是曹靖华作为中国第一人向苏联推荐鲁迅作品，也是鲁迅的作品第一次被译成俄文。

1940年初，在周恩来直接提名和领导下，曹靖华参加中苏文化协会和中华全国文艺界抗敌协会的工作，主编"苏联抗战文艺丛书"。一直到抗战胜利的数年中，曹靖华又写作了《抗战三年来苏联文学之介绍》《伦卡达耶夫》《高尔基生平》等诸多文章，译出《苏联空中女英雄》《侦探队长》《自由的摇篮》等作品，他的翻译作品达300多万字。他的作品，尤其是他翻译出的苏联革命文艺作品，在教育人民、打击敌人方面发挥了巨大的作用。

中华人民共和国诞生前夕和成立以后，曹靖华经常参与繁忙的文学、政治、社会活动，先后担任过中苏友好协会全国理事兼北京分会副会长、中国文联委员、中国作家协会书记处书记等职。1956年至1964年，曹靖华任《世界文学》主编，他为当时推动、发展中苏文化交流和两国人民的友谊作出了巨大的努力。1987年5月，苏联列宁格勒大学授予他名誉博士学位；同年8月，苏联最高苏维埃主席团授予他"各国人民友谊勋章"。

其次，对现代话剧的贡献。曹靖华的翻译和散文蜚声海内外，他的话剧创作和话剧翻译也向人们显示了他在我国话剧初创期所作的努力。尽管他没有成为剧作家，但他以自己的汗水浇灌了话剧幼苗，在五四文学革命和随后的革命文学建设时期，极大地推动了话剧的成长。曹靖华于1923年创作的三幕剧《恐怖之夜》（发表于《晨报副刊》1923年6月4日至13日），以全新的题材，深刻的思想，开掘了当时话剧创作还几乎无人涉猎的主题。《恐怖之夜》描写几名中国少共青年到苏联留学的艰难历程，表现出五四时期追求马克思主义真理的中国知识分子百折不挠、不怕牺牲的精神。虽然郭沫若在1923年5月《我们的文学新运动》文中要求在文学之中爆发出无产阶级的精神，但真正爆发出无产阶级的精神的作品很少。曹靖华突破了早期话剧盛行的个性解放口号，冲出单纯反封建主题，表现了比较明确的革命意识，在尖锐的戏剧冲突中，自然地流露出无产阶级的精神。剧本着力塑造了我国早期话剧未曾有过的人物形象中国少共成员镜霞，集中体现了革命者信仰的坚定、斗争的机智勇敢和不怕牺牲精神。剧本真实展现了五四时期信仰马克思主义知识青年的精神风貌，这是当时众多新文学作品中的人物还无法达到的精神境界。在早期现实主义话剧中，这是较早出现的不多见的具有明确革命意识的作品。

曹靖华为五四剧坛请来了另一位不同于易卜生的契诃夫。通过剧本翻译将契诃夫新的戏剧观念和美学原则介绍给中国剧作家，推动我国现实主义话剧创作跳出"情节戏"模式而走向注意反映普通人日常生活，塑造人物性格的新的艺术高度。曹靖华自1923年起，接连翻译了契诃夫的《蠢货》《求婚》《婚礼》《纪念日》等独幕喜剧和多幕名剧《三姊妹》。他以精彩的文笔，把体现了契诃夫新的戏剧观念和美学原则的话剧艺术输进中国早期剧坛，为我国初创期话剧提供了一个新的可学习的艺术样式。契诃夫完全不同于易卜生剧作突出个人作用，讨论某一社会问题，契诃夫彻底改变了个人和环境的关系。契诃夫认为在普通的、常见的事物中隐蔽着、潜伏着新的美学原则。曹靖华让人们看到：世界上还有这样一种新的戏剧艺术，在普通人的平凡生活中，居然潜伏着如此巨大的艺术魅力。不管曹靖华主观上是否认识到契诃夫戏剧艺术的伟大意义，然而他的翻译却在客观上对中国话剧发展作出了贡献。

曹靖华翻译的契诃夫独幕喜剧，也为早期话剧带来了真正的喜剧观念和喜剧形式。我国话剧初创期出现的喜剧作品，大都是作为宣传婚姻自由、个性解放等反封建思想而编排的笑话或闹剧。曹靖华翻译的契诃夫喜剧作品，显示了真正的喜剧观念和喜剧手法。契诃夫的作品告诉人们，一切喜剧性的源泉都是生活中的矛盾。作者的任务在于揭示这种矛盾。这种喜剧性的矛盾是无限丰富多样的，包含在人的生活及自身的各个方面，因而喜剧的范围无限宽广。曹靖华以契诃夫的喜剧作品也展示了喜剧的丰富性和高超技巧。对我国喜剧创作从初期的幼稚中走出来，起了很好的示范作用。

曹靖华以自己的创作为早期话剧开拓了新的题材，新的思想和新的人物形象，丰富了五四话剧艺术。他又以出色的翻译剧本，为早期话剧提供了新的戏剧观念、美学原则和艺术营养。在艺术的汲取和借鉴中，促进了我国话剧艺术的发展提高。[1]

三　曹靖华散文的抒情风格

中华人民共和国成立后，曹靖华著有散文集《花》《春城飞花》《飞花集》《望断南来雁》《天涯处处皆芳草》《曹靖华散文选》《曹靖华抒情散文选》《曹靖华散文选集》《曹靖华书信集》，画册《曹靖华》等。他的散文，或漫忆往事，凝聚着对鲁迅、瞿秋白、周恩来、董必武、宋庆龄等的无限怀念；或写中苏人民友谊，热情洋溢地歌颂十月革命；或写地方风物人情，寄情于山水之间，展现祖国旖旎风光，赞美人民改天换地的精神风貌。

往事漫忆类的作品，是其散文创作中分量最重也是深受读者喜爱的散文。尤其对白区文学活动与革命活动的回忆和对鲁迅、瞿秋白等革命先辈的缅怀，不仅具有史料价值，而且是写得很美的散文。其中《望断南飞雁》是代表作之一。即景抒情类的散文，主要指"云南抒情""广西抒情"与"福建抒情"三组抒情散文，是曹靖华歌颂社会主义变革与建设的篇章。作者把这类散文当成游记来写，充满着诗情画意。

他善于寓大于小、因小见大，往往抓住一些小事、细节，作出意味深长的文章来。有意用一唱三叹、反复吟咏的句子，布设于作品的前后段落之间，构成抒情的脉络并强化抒情的气势。他的散文

---

[1] 张德美：《曹靖华对我国早期话剧的贡献》，《安徽师范大学学报》（哲学社会科学版）1988年第1期。

语言不仅凝练流畅，而且富于节奏性与音乐性。尤其他善于在叙述描写中，用四字的成语、词组或短语去结构句式，形成铿锵有力、朗朗上口的节奏，同时又表现出一种清亮典雅的韵味。

曹靖华的散文像是一朵独具风姿的小花，妩媚鲜亮，为散文园地增添了几许春意。阅读曹靖华的散文会感受到诗一样的抒情美。曹靖华散文首先是弘扬主旋律，抒写革命情。在代表作《往事漫议·小米加步枪》中，作者以对小米的感情作为行文的线索，叙写了几件事情：第一件事，回忆孩提时代自己在贫瘠的沙石地上种谷的往事，以及叙说小米在我国种植的历史、特性和优点；第二件事，30年代我送给鲁迅一袋小米的故事；第三件事，写重庆"下江人"怀念故乡国土，到"老乡亲"饭店吃小米稀饭的情景；第四件事，八年抗战时期，周总理从延安捎来珍贵的小米分给同志们吃的事迹。在这些往事的叙述中，作者所抒发的感情是丰富的，多侧面的：或对小米旺盛生命力的由衷赞美，或对在白色恐怖下的鲁迅无限的关切，或对"下江人"怀念故乡国土的万端感慨，或对周总理的深深感激和恻恻怀念，等等。初看起来，叙事的跳跃性很大，抒发的感情时而深沉，时而高昂，时而如潺潺流水，时而如山泉溢涌，风格似乎不够统一。然而我们细加分析和体会，就会发现，作品中回荡着对小米精神纵情讴歌的旋律：小米是养育中华民族的母亲，小米那种在沙石地上不畏艰难，奋发向上的倔强性格，正是中国人民不屈不挠、前仆后继地向一切国内外敌人英勇斗争的写照，正是几十年来我们党"小米加步枪"延安精神的象征。因此，"小米精神"也是养育革命者的母亲。这种对"小米精神"发自内心深处的礼赞，成为作品深沉而热烈、委婉而悠扬的主题旋律，它反复跳荡和奔突在叙事的各个乐章之中，成为一根有机地贯穿各个回忆片段的感情红线。

曹靖华散文以点带面，点面融合。感情喷薄的地方也是作品意境的焦点。如在《艳艳红豆寄相思》中，作者先以诗的情调，描写广西凭祥和睦南关如诗如画的风光，让我们思索这幸福的生活来得是多么不易；然后，笔锋一转，把读者引向历史深处，叙写爱国名将冯子材大破法军和各族人民在党的领导下解放"南大门"的胜利历史；而后，又把读者引回人民现在的幸福生活中。从历史和现实的交映中启迪我们去思考是谁创造了边疆人民美如画卷般的生活。运用类似绘画的手法，以一点牵动全局，自远而近，由面到点，层层开拓作品的意境，从而传出主题的神采。另外，精心设计抒情的线索。着意安排在各个章节里富有内在情思和感情色彩的词句，是抒情艺术的脉络。有了抒情的脉络，读者才能按图索骥，体会作品诗意的内涵。曹靖华对散文的标题，常常一改再改，苦心推敲，赋予散文标题浓烈的诗意。如《顽猴探头树枝间，蟠桃哪有灵枣鲜？》《望断南飞雁》《叹往昔，独木桥头徘徊无终期！》《好似春燕第一只》《窃火者》《往事漫议·电工鲁迅》以新颖、贴切的比喻，形象地刻画了鲁迅孜孜不倦、身体力行的劳作精神，对革命工作热情负责的态度和对革命的赤胆忠心，具有诗的概括力。总之，曹靖华的散文标题，洗练，醒目，形象，深刻，有独特艺术个性。

四　曹靖华散文语言艺术

曹靖华的散文特别注意锤炼语言，遣词造句，一篇篇散文如一束束清丽的鲜花，芬芳扑鼻，沁人心脾，给人以美的享受。曹靖华散文具有独特的语言魅力，文白并用，骈散结合是曹靖华散文语言的一个突出特色。曹靖华对中国古典文学语言和现代文学语言都有很深功底。他的散文语言，基本上以新鲜活泼的现代文学语言为基础。同时,又恰到好处地吸收、选用了一些有生命力的古代词语,如《雪雾迷蒙访书画》《怀念庆龄同志》《忆当年,穿着细事且莫等闲看!》等。曹靖华常在散文中引用古代成语、古诗。成语、古诗不仅可以把思想意义表达得更加深刻,而且给文章增添情趣,使文章更有文采,如《叹往昔,独木桥头徘徊无终期!》《忆梅园》等,由于引用古诗,思想感情表达得含蓄,言尽意不尽,耐人回味。铿锵有力,流畅自然,读来顺口,听来悦耳,具有音乐美;善于用比喻,语言形象生动,富于表现力,是曹靖华散文语言又一特色。曹靖华散文中善于用比喻,而且用得贴切、新鲜,层出不穷。有些散文的标题,就是新颖、生动的比喻。《窃火者》把鲁迅孜孜不倦介绍外国文学的丰功伟绩,比喻为普罗米修斯偷天火给人类,又比喻偷运军火给起义的奴隶。《叹往昔,独木桥头徘徊无终期》,把从事外国语文工作者手里的辞书比喻为"斧子""桥梁""拐杖"。有了这些比喻,辞书的作用、重要性,说得清楚、形象。有时随着叙述、议论的向前发展,比喻也层层深入。[①]

曹靖华散文具有文学史史料价值。由于曹靖华散文所表现的内容,多数篇目是作者对过去黑暗岁月里革命斗争生活的记述和对战友的回忆,其中对周恩来、董必武、瞿秋白等党的重要领导人领导革命文化活动的回忆,特别是以相当的篇幅记述了作者当年同新文化运动的伟大旗手鲁迅的交往,从而使我们得以进一步了解以鲁迅为代表的革命文化工作者,在中国共产党的领导和影响下,向反革命势力进行英勇不懈的斗争的若干生动史实。由于曹靖华是一些事件的直接参与者,所以这些往事回忆就成为他半个世纪以来,尤其是三四十年代革命斗争生活的真实记录,也反映了文化工作者在党

[①] 李长钦:《曹靖华散文的语言特色》,《怀化师专社会科学学报》1987年第4期。

的领导指引下所走过的革命历程。曹靖华散文所提供的新文化史料是多方面的，其中尤以有关鲁迅的记述为最。[①]

第三节　全面描写革命战争的军旅作家——柯岗

柯岗（1915—2002），原名张晏如，张荫南之子，笔名柯岗，河南巩义康店镇张岭人。上海复旦大学毕业。1938年参加革命工作。1942年加入中国共产党。抗日战争结束，任《人民日报》编委兼农村版、文艺版主编。1947年，随刘邓大军挺进大别山，任第二野战军第六纵队宣传部长兼新华分社社长。参加过解放江浙和进军大西南的战斗。中华人民共和国成立后，任西南军政委员会文教部文化处处长，中国作家协会四川分会理事，专门从事文学创作。后任文化部剧本委员会委员兼办公室主任。1983年撰写《刘伯承传》。

柯岗作品以小说、诗歌为主，兼有戏剧、电影、散文等。著有长篇小说《刘伯承传》《金桥》《不知名的作者》《不屈的人们》《不可摇撼的心》《红军的妈妈》《逐鹿中原》《三战陇海》《骆驼队》等，诗集《小诗集》，散文集《因为我们是幸福的》（合作），短篇小说集《八朗里和五里河》《边疆》《一同成长》《这是发生在北京》《柳雪岚》，长诗《长着翅膀的朱银马》，多幕话剧剧本《针锋相对》，通讯集《三千七百万零三十元》，电影文学剧本《中央突破》（合作），《柯岗文集》（5卷）等。报告文学集《风雪高原红花开》获西南军区创作一等奖。

柯岗是我国新文学史上为数不多的全面描写中国人民革命战争的著名军旅作家之一。他南征北战20多年，经历了抗日战争、解放

[①] 冷柯：《浅谈〈曹靖华散文选〉的史料价值》，《中州学刊》1984年第2期。

第九章 现代洛阳文学

战争、进军西藏、抗美援朝等中国人民民族民主革命战争的重要历史时期。用自己的忠诚和心血，描写了他所经历过的许多重大战役，塑造了从普通一兵到纵队司令员众多的艺术典型，展现了人民军队的战斗英姿，歌颂了我党军事路线的伟大胜利。他的创作，堪称中国人民革命战争的诗史。①

柯岗的小说创作，十分注重以现实主义手法刻画人民中的英雄，他的小说常常是以普通一兵作为主人公，描写他们的战斗风姿，歌颂他们闪光的心灵。1950年二野在昌都战役中获得伟大胜利，西藏和平解放。战役刚结束，战士们身上的征尘和硝烟还没有来得及拂去，就拿起新的武器铁锤和钢钎，承担起修筑康藏国防公路的任务。柯岗作为这支英雄部队的一员，参加了这场特殊的战斗。并以此为题材，创作了一系列的短篇小说，后集为《风雪高原红花开》，塑造了众多人民英雄的典型。1956年柯岗完成的第一部长篇小说《金桥》，塑造了从指挥员到团长、排长、普通一兵一系列个性鲜明突出的艺术形象。在我国新文学史上，在反映我军修建康藏公路战斗事迹的创作中，《金桥》是较早而且较成功的一部长篇。

柯岗小说创作的突出成就是他60年代后创作的两部长篇小说《逐鹿中原》和《三战陇海》。柯岗是我军一位老战士，直接经历了一二九师、晋冀鲁豫大军区、中原野战军、第二野战军从胜利到胜利的战斗历程。亲身参加过无数次的重大战役，结识过许多身经百战的指挥员和战斗员，和他们同过生死，共过患难，也一起分享过胜利的骄傲和喜悦，生活的积累是十分丰厚的。但紧张的战斗生活，使他还不能从容地去酝酿、构思长篇。1957年因病转业后，一种强烈的责任感，夹杂着对于众多牺牲了的战友的怀念，开始了长篇小

---

① 刘凤艳：《人民革命战争的诗史——柯岗创作论》，《郑州大学学报》（哲学社会科学版）1994年第3期。

说的创作。尽管战斗生活已过去多年，但时间并不能使历史褪色，当作者拿起笔来写作的时候，已经过去的那段战斗生活画面，又以它波澜壮阔的气势重现在眼前。许多并肩战斗过的战友，许多率领部队南征北战的统帅和将军，许多为人民革命事业把热血洒在祖国大地上的英雄，以及那千百万沸腾了的劳苦群众，那硝烟滚滚的阵地，那燃烧的村庄、山岗，……全然历历在目。《逐鹿中原》和《三战陇海》（上、下卷）都是正面描写中国人民革命战争的优秀长篇。《逐鹿中原》描写从1948年中原战场攻克襄阳，全歼蒋介石十五绥靖区所部，活捉康泽，到著名的淮海战役第二阶段双堆集全歼黄维兵团之战。较大规模地反映了我人民解放军和敌军的中原决战。《三战陇海》（上、下卷）描绘1946年初冬到1947年初夏，我人民解放军在华北战场上，由战略防御到战略反攻的历史性转折。

  这两部长篇，都不只是描述一城一地的得失，也不只是描写一排一连的战绩，作者以他粗犷、遒劲的笔墨，对整个战役作正面的全景的描绘，对整个敌我双方的作战部署、兵力配备、攻守势态等作多方面的、全面的描写。气势恢宏，场面广阔。在中国新文学史上，像这样描写大兵团作战，正面展示整个战役全景的作品还是为数不多的，这两部长篇可以称得起是中国人民解放战争的宏伟历史画卷。这两部长篇以细致的笔触，在错综复杂的现实关系和严酷的战争中，成功地塑造了一系列动人的艺术典型。这里有机智勇猛，关键时刻总是冲杀在前的老红军的后代萧红军；有怀着深仇大恨参军杀敌，在战斗中不断成长的穷苦农民的儿子王小秀；有敏捷、机灵，又幽默诙谐的通讯员酒更三等革命英雄的形象。也有善于思索、胆大心细、指挥镇定的团长齐冲天，挥舞从日寇手中缴获的大刀，同战士们一起出生入死的连长黄坚等指挥员的典型。尤其是描绘了我军高级指挥员：野战军司令员、政委、纵队军团首长等真实而丰满的形象。长篇还以凝练的笔墨,描写了几种类型的知识分子的典型。刻画的这些艺术典型,都浸透着时代、民族的思想情感色彩,他们是时代思想的代表。

柯岗塑造形象,还擅长对人物各自不同的经历和命运,对他们思想性格和精神世界在战争进程中的演化,作细微地多方面描述,深入挖掘人物思想行为的动力,展示人物性格形成发展的历史。注意运用多种艺术表现手法,特别是反衬、对比手法的运用,使得人物形象更为生辉。作品描绘了战争的激烈和严酷,又注意穿插描写地方工作队带领群众配合部队展开的斗争,写了我军指战员和人民群众的骨肉深情,写了部队休整时战士们活跃的情绪,等等。这些描写与几个大战役的描绘有机地交织一起,组成一个完整的艺术整体。

第四节 李蕤、姚欣则、吉学沛和栾星等

李蕤(1911—1998),原名赵悔深,笔名赵初、华云。河南荥阳人。中共党员。1929年考入公费师范,1936年考入河南大学文史系。从1939年肄业于河南国立大学中文系。30年代初涉足文艺,1935年开始在《中流》《大公报》《国文周报》等报刊上发表作品,反映农村破产和小人物的悲惨命运,有《柿园》《眼》《楼上》等。1935年,困难日益深重,他积极支持在北平的《泡沫》《浪花》,加入北方"左联"。抗战爆发后,先后在《大刚报》《前锋报》《中国时报》任编辑、战地记者、副刊主编。曾在中原地区主编《燧火》等文艺报刊。

1940年,因参加胡愈之、范长江组织的国际新闻社,担任洛阳站长,被国民党"劳动营"逮捕。1942年,由于支持学生"反饥饿

反内战"运动,再次被捕入狱。1948年,携全家进入豫西解放区,途中写《水终必到海》,号召中原地区文艺青年和旧社会决裂投奔革命。1949年中华人民共和国成立后,先在《开封日报》《河南日报》编副刊。参加全国第一次文代会后,筹备河南省文联,任副主席,主编《河南文艺》和《翻身文艺》。写有短篇小说《九九归一》等。1978年任武汉文联副主席,1982年参加中国共产党,同年任武汉作家协会主席。

姚欣则(1927—2016),出生于河南省洛阳市偃师。1944年就读于甘肃平凉国立陇东师范学校,后就读汉中青年中学、河南商业专科学校。并开始在当地报刊发表处女作,引起关注。此时,他在《平凉简报》发表的《扎白头巾的妈妈》,是目前可考的第一首反映回族生活的现代诗歌作品。后辗转到解放区的河南大学学习,肄业参加革命。1965年前陆续在《青海湖》《新港》《河北文学》《山东文学》《安徽文学》等全国报刊发表了约200首(篇)作品,主要有《田野之歌》《修路工》《天安门前》《饮马黄河边》《电线架到山区来》《洗衣姑娘》等。其最有特色的作品就是一系列反映河南洛阳等地回族生活的诗歌,代表作如《瀍河新曲》。

吉学沛(1926—)原名吉清江。河南偃师人。专业作家,文学创作一级。1948年肄业于洛阳师范,后又入中央文学讲习所(鲁迅文学院)学习。历任教师,河南省文联《翻身文艺》编辑,中南作家协会专业创作员,湖北省文联副主席,湖北省作家协会副主席。享受国务院特殊津贴。1949年开始发表作品。1954年加入中国作家协会。著有诗集《接粮袋》,小说集《两个孩子的故事》《四个读书人》《有了土地的人们》《高秀山回家》《一面小白旗的风波》《三月里的风云》《农村纪事》《两个队长》《春草集》《苏春迟请客》,散文集《早晨》《浪花集》《延河长流》《黄河情》,儿童文学集《南南》《飞出笼的小鸽子》《乔石头的故事》，人物传记《李大贵的故事》及小说散文集《吉学沛近作选》《吉学沛文集》等。其中小说作品《一面小白旗的风波》《两个队长》，在社会上产生了强烈反响，改编成电影和戏剧在全国上演，还被翻译成英、法、俄等文字介绍到国外，并选入中学教材。

栾星（1923—），河南孟津人。本名栾汝勋，笔名殷车、引车卖等。1944年毕业于河南大学。历任河南省立汲县师范教师、副校长，郑州第一中学校长，河南省文联筹委会常委、秘书，河南省文联常委、创作部主任，河南省图书馆馆员及社会科学院文学研究所研究员，河南文学学会副会长。1941年开始发表作品。1984年加入中国作家协会。著有诗集《呼唤》，专著《公孙龙子长笺》《甲申史商》，编校《歧路灯》《歧路灯研究资料》《樵史通俗演义》等。并参与主编《河南新文学大系》。

第五节　洛阳现代戏剧

戏剧是中华民族珍贵的文化遗产，是东方艺术的瑰宝，河南是中华戏剧的故乡。洛阳地处中华民族文化摇篮的腹心，有着几千年悠久的文化历史，对于戏剧的形成和发展做出过突出贡献，在中国戏剧史上有着重要的位置。我国最早以歌舞来表演故事的节目在这里演出：周人祭祀周朝的先祖后稷，曾表演后稷教稼的乐舞，是我国最早用乐舞形式表演故事的节目。我国最早的剧场也是在洛阳建成：东汉明帝永平五年（62），朝廷在今孟津县平乐镇建起了我国最早的剧场"平乐观"。中国历史上规模最大的百戏调演也是在洛阳举行。隋唐洛阳的百戏演出达到了鼎盛时期，在这里举行的百戏调演规模宏大，空前绝后。明末清初，豫西靠山黄（又称靠山吼、靠调戏、靠山簧）在这里形成。近代以来，在洛阳这块文化热土上，先后诞生了为省内外观众喜闻乐见的地方戏曲豫西梆子（豫剧豫西调）和洛阳曲子（洛阳曲剧）。①

一 近代洛阳曲剧的形成与发展

曲剧，又名高台戏、曲子戏，是中原地区土生土长的乡土剧种。在 20 世纪 20 年代初兴起，以清新淳朴细腻、活泼亲切的特色和夺人心魂的艺术感染力，赢得了广泛的戏剧爱好者成为"曲子迷"。这个在高跷腿上诞生的地方小曲子戏，现已跻身于河南三个主要剧种之林，与豫剧和越调比肩。洛阳曲剧又称洛阳小调曲，是一种新兴的戏曲剧种，属于河南曲剧的一大流派，已有近百年的历史。因具有浓厚的乡土气息和地方色彩，善于表达当地劳动人民的思想感情，现已遍及河南各地，深受广大人民喜爱。

洛阳曲子渊源于明代弘治年间（15 世纪后期）开封的俗曲。这种俗曲汇集了里巷歌谣和南北曲的零星曲牌，后又融汇江淮俗曲，由开封传向洛阳、南阳等地。洛阳南郊王屯人王凤桐到南阳当私塾先生。课余曾学唱练弹，缮抄曲本。他于清同治十一年（1872）返洛，把自己掌握的 130 余支南阳曲牌与洛阳的老调曲牌对比研究，经过掺兑筛选，在王屯附近教唱。这些曲牌很快得到推广。洛阳曲子开始萌芽。洛阳曲子的形成与发展，大体经历了坐堂弹唱、上跷演唱、登台演唱三个阶段。

原有的洛阳老调曲子又称"鼓子曲"，采取坐堂弹唱的形式。在堂屋客厅里，有人弹三弦、拨月琴、抓筝，另有人以简板、八角鼓

---

① 王全乐：《河洛戏剧集萃·序》，王经华、袁广生主编《河洛戏剧集萃》，中国戏剧出版社 2004 年版。

与云罗击节。唱到一定节口,大伙帮腔和唱。由于八角鼓指挥全场节奏,每个节目的连套曲牌都是以鼓子头开唱,以鼓子尾结束,因而称为"鼓子曲"。由于厅堂容纳听众甚少,严重地制约着老调曲子的发展。王凤桐便开创了化装上高跷演唱曲子的先例。洛阳原有的高跷是不说不唱的。经他的改造,可以边踩高跷边唱曲了。为了适应演出需要,王凤桐还对乐器进行了调整。高跷曲又唱又舞,形式新颖,很受人们欢迎。更重要的是洛阳曲子摆脱了豪门厅堂的桎梏,变成了群众性的演出形式,给它的发展提供了广阔的天地。于是,踩高跷成为广泛流行在洛阳地区的一种民间歌舞,群众称为"玩故事"。踩高跷最初的演出形式是五七个人踩场子,虽无热火喧闹的锣鼓,却有娓娓动听的"坠琴"招引四方云集的看客。踩高跷时有"行当"分工。最基本的行当是老生、老旦、青衣、小生、小丑。如人员充足再添丫鬟、瞎子作为配角。在服装上老生、小生、青衣的服装扮相和饰演人物一般表里相称。而老旦、小丑则可根据需要,作正反两面人物同台串演,还要担任插科打诨的任务。如老旦除穿民间"扫天媳妇"式的大布衫外,两耳垂挂大爆竹,而且不论冬夏必得手持破蒲扇一把。小丑可以串演任何需要的角色,应声而出,随演不误。踩高跷节目的脚本来自有情节、人物和故事的民间传说或旧戏文中为下层劳动群众所喜爱的戏曲,如《小姑贤》《小姑恶》《安安送米》《祭塔》《水漫金山》等爱憎分明、充满风土人情味的小戏。

  从戏曲艺术的角度分析,踩高跷已具备了戏曲"歌、舞、白"的三个必要条件。因此,踩高跷和唱大戏(靠山簧、越调戏)相比较,除剧目小外,所不同的只是多了两条木腿(以木腿代舞台),一旦去掉"跷",就变成地地道道的戏曲了。所以,高跷是曲剧的前身。

1925年农历正月后，老调高跷曲曾被观众数次拥上了简易的台子哼唱，老调曲开始登台。1926年底，李九常等人①的高跷社到许昌县五里堡演出。他们安排的是先在下边踩高跷，再到台上唱曲子。后来观众坚持只登台演唱不要踩高跷。从此，洛阳曲子甩掉跷腿直接登台了。这是洛阳曲子的一场革命。是由高跷曲最终成长为曲子戏的一次质的飞跃，真正意义上的洛阳曲子诞生了。登台演唱的"高台曲"初期在洛阳、临汝一带活动的是以朱万明、关云龙为首和李九常、朱六来等为首的戏班；在孟津、新安活动的是以刘乐为首的戏班。洛阳曲子具有曲牌旋律悦耳动听的特点。它的曲牌大多曲式结构简短，旋律质朴、流畅，节奏明快紧凑，便于表现悲剧剧目。由于它成形于军阀混战、多灾多难的洛阳，加上它的曲牌旋律多向下行，所以唱腔如诉如泣，充满了悲伤感人的情调。

中华人民共和国成立后，洛阳戏剧事业生机勃发。特别是1978年以来，随着改革开放，一大批优秀剧作如奇花异葩，竞相开放。一些优秀剧本演出后影响广泛，不单提高了洛阳城市文化品位，也为传统文化服务于当前民族复兴大业做出杰出贡献。

二 当代洛阳戏剧代表性剧目创作与演出

洛阳老一代剧作家何凌云、路继贤、李学庭、盛长柱、张复兴、赵湘连等，深入生活，辛勤耕耘，创作了《花打朝》《洛阳令》《金鸡引凤》《河洛儿女》《弯桥村的秋天》《台海中秋月》等几百部剧目，一些剧目演传至今，已成为洛阳戏剧艺术创作的经典之作。

洛阳曲子剧目内容朴素感人，剧目大多取材于人民生活与民间

---

① 盛长柱编纂：《洛阳市戏曲志》，中国戏曲志河南卷编辑委员会1988年版，第四编李九常条目。

故事。它的表演接近现实生活，给人以朴素真实之感。著名的曲剧名段有：《胭脂》《阎家滩》《陈三两》《卷席筒》《风雪配》《红楼梦》《寇准背靴》《胡二姐开店》《安安送米》《小观灯》《打灶君》等传统戏和《下乡》《赶脚》《游乡》《酷情》《李豁子离婚》《五福临门》等现代戏。洛阳市曲剧院演艺有限公司先后排演《寇准背靴》《洛阳令》《三子争父》《九龄救主》《跑汴京》《铡赵王》《包公辞朝》《陈三两》《红香炉》《李豁子离婚》《李豁子再婚》和现代戏《弯桥村》等剧目。先后到西安、咸阳、渭南、太原、长治、安徽、界首、邯郸、邢台等地演出。

路继贤根据东汉清官董宣的事迹改编的《洛阳令》[①] 具有非凡的当下意义。《洛阳令》创作于1962年。由洛阳市曲剧团首演，又被省内外许多剧团搬演，已成为许多剧团的保留剧目，至今盛演不衰。《血染玉璧书》由路继贤创作于1987年，是新编古装剧，由洛旧市曲剧团首演，河南电视台、河南人民广播电台录像、录音播出，成为曲剧须生的常演剧目。《寇准背靴》原为传统剧目，1979年由杨兰春、王占柱进行改编，中国唱片社将全剧录制唱片全国发行，中央电视台录播了舞台演出情况，在全国有广泛影响，成为曲剧须生的代表剧目。马骐在剧中创造了"踢靴"等表演技巧，被人们誉为"活寇准"。

由偃师剧作家刘志清等创作的《攀龙附凤》是部新编曲剧传统剧，具有浓郁的喜剧风格。1979年偃师曲剧团演出后，有30余个剧团搬演移植。1984年被河北电影制片厂拍摄为古装喜剧故事影片《乌纱梦》。《包公辞朝》剧本是剧作家王占柱与曲剧著名演员兰文祥联手依据传统曲剧整理改编的，由栾川县曲剧团于1979年首演。一经

[①] 王经华、袁广生主编：《河洛戏剧集萃》，中国戏剧出版社2004年版。以下所引剧目均同。

演出，即受到广大观众欢迎，数十个剧团搬演，河南、陕西电视台录播，中国唱片社灌片在全国发行。剧本由黄河文艺出版社出版。

在豫剧创作和演出上，《花打朝》是剧作家何凌云根据传统剧目推陈出新改编的。初由马金凤演出。洛阳偃师刘志清创作了《女皇祭陵》和《神都女皇》（又名《牡丹传奇》）。1990年由著名豫剧表演艺术家马金凤，作为其舞台生活60年庆典演出的剧目推出。李学庭改编创作《清风亭》和《试夫》，刘育州、盛长柱、张若愚创作了《洛河儿女》。①

三 河洛大鼓

河洛大鼓起源于清末民初，是流行在河洛地区一个较年轻的曲种，它有百年历史。大约在20世纪初，洛阳一带流行一种琴书，只有坠琴伴奏，艺人闭目端坐，唱腔低沉，节奏缓慢，在群众中不大普及。后来，琴书艺人吸取了南阳鼓儿词艺人大腔大口演唱和动作表演的优点，加之使用打击乐、书鼓和钢板，能够很好地烘托气氛，很受群众欢迎。经过一段相当长时间的融合演出，洛阳琴书得到了改革丰富，演出形式和风格发生了质的变化，逐渐形成了一个新的富有河洛地域风味的新曲种"大鼓书"。

河洛大鼓早期流行于农村，20世纪30年代后渐渐流传入城市，在洛阳城区出现了相当稳定的曲艺市场，且艺人之间演出竞争激烈。然后逐渐在洛阳及偃师的周边地区迅速盛行。

中华人民共和国成立后，曲艺人员的行会制度逐渐被国家资助的文艺体系所取代，河洛大鼓进入一个新的发展时期。1950年，周

---

① 王经华、袁广生主编：《河洛戏剧集萃》，中国戏剧出版社2004年版。

恩来总理率领慰问团到朝鲜慰问抗美援朝的志愿军，偃师县二代鼓书艺人张天培随团演出。周总理观看演出后建议这种大鼓书叫"河洛大鼓"，1951年洛阳召开的曲艺工作会议上，将"大鼓书"正式命名为更有地域文化特征的"河洛大鼓"。

　　河洛大鼓除了在园子或曲艺厅有舞台外，在村镇乡野，大都是一桌数椅一茶就可以开书演出。演唱工具主要有书鼓、钢板（也称鸳鸯板、月牙钢飞）、醒木、折扇等，也有加配简板。每场书一般说三大段，每一段一个小时左右，称为一板书。为了调节气氛，变换口味，每一板书开头一般都要加一个书帽。河洛大鼓最常见的表演形式为主唱者左手打钢板，右手敲击平鼓，另有乐师以坠胡伴奏。演唱风格欢快活泼、气氛热烈，常以说书的方式，在乡村庭院表演。河洛大鼓的唱腔属于板腔体，即以对称的上下句作为基本单位，通过对节奏、速度进行改变，形成不同板式。唱词中的奇数句为上句，偶数句为下句。演唱者通过上下句的反复或变化反复构成一段唱腔，这便是河洛大鼓的唱腔结构的基础特点。河洛大鼓主要唱腔板式是"平板"，又叫"二八板"，其他常用唱腔板式有"引腔""起腔""坠子口"等十几种板式。这些丰富的唱腔在叙述故事情节、描写人物性格与刻画心理时，各具独特效果。

　　河洛大鼓唱腔吸纳了河南地方各曲种的精华，融为一体，唱腔变化大，演唱风格新颖，开门见山进戏快，气氛活跃，便于和听众交流感情。道白质朴，情以感人，以语气传神，以动作喻势。注重唱腔的抑扬顿挫和手眼身法步等表演程式的运用。河洛大鼓的演唱内容非常广泛，内容上有劝家书、逗笑书、言情书、公案袍带书、朝阁书和武侠书等，形式上有短篇书帽、中篇书段和长篇大书。代表性剧目有《小二姐做梦》《小女婿抬水》《小姨子哭棉裤》《傻女婿拜寿》《王婆骂鸡》《偷石榴》《大换房》《兰老汉拾钱》《彭祖夸寿》等。

　　洛阳戏剧创作与演出，是群众性的民间文化艺术活动，贴近河洛风俗民情，体现着河洛人民的精神生活状态和需要。虽然随着新媒体兴起，洛阳周边地区城市化进程的加快，许多仪式性和娱乐性演出场合渐渐衰退，但在社区活动场所、城市公园和景区门口等地方，往往在夏季的傍晚或平时的节假日，都可以见到河洛大鼓激动昂扬的表演场景，成为河洛民间文艺一道亮丽景观，足可见河洛群众喜怒哀乐情感的淋漓表达。

第十章　当代洛阳文学

概　　述

中华人民共和国成立不久,李准以短篇小说《不能走那条路》和大量短中篇小说和电影剧本问世,以敏锐的政治触角、鲜活的人物形象、浓郁的乡土气息和娴熟动人的河洛语言,及时地反映正在进行社会主义改造的乡村生活,塑造新的农民形象,表现农民的心理和行为,受到党和政府的赞赏,引起文坛的高度重视和评价,成为全国文坛有重要影响的代表性作家。李准是土生土长的老洛阳人,以深厚的洛阳文化禀赋和卓越的文艺才能,继承河洛文人特有的历史意识和关切现实的热情,抒写了众多积极投身新生活的平凡人,发现普通百姓身上建设新生活的激情和对社会主义的热爱。他塑造的小人物群像,基本上是河洛百姓在那个时代的普遍生活状态和精神面貌。他的《黄河东流去》以深厚的生活功底和娴熟的艺术功力,以及对历史与人生的思想穿透力,显示了中国作家的当代水平,展示了河洛文学新的辉煌。

中华人民共和国成立前就参加了革命,中华人民共和国成立初就开始发表作品的陆柱国,长期耕耘在影视文学艺术园地,塑造了一系列革命英雄主义形象,《上甘岭》《闪闪的红星》等已经成为中国文学史上的红色经典。在河洛作家群中,陆柱国也如"闪闪的红星",照亮河洛文化深邃的天空。同时从乡村走向城市的张宇、阎连科,对河洛乡土的依恋是他们创作的精神力量。在当代文化思想的烛照下,他们审视家族、民族和黄河,品味河洛土地上的历史争斗和苦难,唤醒民族历史文化的深远记忆。并以此作为创作的中心和底色,在城市与乡村的对比中,不断寻找和挖掘民族文化之根。

地处中国之中的河洛在改革时代的进行曲中,是一个强有力的音符,生活在这里的作家有着特殊的记忆和精神状态:充满着河洛文化的自豪感,洋溢着创作的激情和坚韧,紧跟时代,关注国家民族命运,勇于深化中国现实主义文学的表现领域。特别是21世纪以来,河洛作家在河洛文化焕发新生魅力的当下生活基础上,正在创造日益精彩的文学画廊,以鲜明的时代性,冲出文化封闭和狭隘,开拓着具有中国作风、中国气派的河洛文化艺术空间。

第一节 河洛作家的典范——李准

李准(1928—2000),洛阳人,蒙古族,原姓木华黎,后改为李姓。祖父、伯父、叔父均以教书为业,从小受到较好的文化熏陶。李准童年一直在洛阳近郊农村生活,读完初中一年级后辍学,在家随祖父阅读了《史记》《古文观止》《乐府诗选》《唐诗合解》等中国古代文学作品,奠定了较好的古典文学基础。1943年春,李准离开农村到洛阳一家商店去当学徒,当学徒期间阅读了屠格涅夫、狄更斯、巴尔扎克等作家创作的世界名著。婚后到父亲经营的乡镇邮政代办所工作,阅读了大量新出的报纸和杂志。李准早年参加业余剧团，接触到了中国传统的戏曲、曲艺和许多民间艺人。在洛阳当地报纸上发表了有关岳飞的历史小说《金牌》和散文《中国最早的报纸》等作品。中华人民共和国成立前夕，李准接触到新文艺作品和解放区文学，对赵树理作品语言留下深刻印象。

1953年，创作了《不能走那条路》，最初发表于1953年11月20日的《河南日报》，因成功刻画了宋老定这一翻身农民的双重性格，触及了现实生活中农民开始出现两极分化问题而受到高度重视，引起社会强烈反响。接着创作了《白杨树》《孟广泰老头》《雨》《陈桥渡口》等作品。这些小说有意识地配合了当时党在农村的一系列的方针与政策，描摹了20世纪50年代前期处于剧烈变革中农村的社会风貌。

从1956年到1957年，在整个文化界思想活跃的背景下，李准以《人民日报》特约记者身份，到东北12个大中城市采访。陆续创作《一头小猪》《妻子》等近10篇小说，出版了短篇小说集《野姑娘》《农忙五月天》等。这期间，李准还到北京参加文化部举办的电影学习班，专业学习电影编剧。从此在电影剧本创作方面也取得惊人成绩，先后创作和改编了《老兵新传》《小康人家》《李双双》《龙马精神》等一系列电影剧本。《老兵新传》塑造了工农兵英雄人物，受到好评。此时，李准还发表了《没有拉满的弓》等十多篇小说，写了《到农村去》《春到三门》等散文，特别是1956年"双百"方针发表后，李准陆续发表了《芦花放白的时候》《灰色的帆篷》和《信》等具有现实主义深度的小说作品。这些所谓的"问题小说""暴露小说"作品，标志着李准突破《不能走那条路》小说模式，深入挖掘人物的内心世界以及人物性格的复杂性。

1960年，李准发表了前期代表作短篇小说《李双双小传》。小说虽然以当时农村"大跃进"生产为背景，有意配合"大跃进"运动和宣传大办集体食堂浮夸风，但由于李准对农村生活极其熟悉，成功塑造出了一个勇于向私有观念挑战的社会主义农村新人李双双形象。特别是李准把小说改编成电影《李双双》以后，更进一步强化了李双双这一富有时代气息和性格力量的农村妇女典型形象。这个形象不同于过去任何一个时代的妇女，她要求走出家庭，摆脱丈夫控制的动机，不是为了出人头地，是希望自己投身到社会集体当中，参加热火朝天的社会建设，能为国家、为集体贡献自己的一份力量。李准将李双双热爱集体、敢于斗争的品质熔铸在火辣性格、果敢行动以及爽朗乐观的音容笑貌里。通过这一有着鲜明性格特征的人物，表现了中华人民共和国成立后紧跟时代潮流的年轻人热情澎湃地迎接新生活、投入新建设的社会风貌。李双双形象，陆续被电影、戏剧、歌曲等多种艺术形式传唱，成为当时中国农民崇尚的时代模范，产生了巨大的社会影响。李双双形象成为当代文学人物画廊中个性丰满的经典艺术典型，《李双双》也成为李准最优秀、最具代表性的电影作品。

1969年李准全家被下放到河南省西华县屈庄进行劳动改造。李准了解到600多户黄泛区人家的苦难家史，聆听了他们饱含辛酸的诉说，也感受到了蕴含在底层民众身上的坚韧性格和不屈不挠的精神力量，真正领略到了人民的伟大。1974年开始创作长篇小说《黄河东流去》。这部史诗性的小说达到了李准创作的最高峰。这部长篇力作通过黄泛区农民的悲欢离合，生动表现了中华民族在历史灾难面前强大的凝聚力和生命力。

在20世纪五六十年代李准始终走在时代前列，作品善于表现新旧思想的斗争与交融，展示社会变革中农民的行为和心理的复杂性。深切体会到中国传统农民身上遗留的一些狭隘自私的心理痼疾，常常带着善意的微笑，揭露和批评他们身上的这些缺点，并满腔热情地歌颂社会主义新人。他成功塑造了李双双、孟广泰、郑德和等一批先进农民形象,给社会生活树立了鲜活的榜样。李准20世纪五六十年代农村题材的作品因生活气息浓郁和塑造新人形象成功,得到评论界的肯定和好评,相当生动完整和准确地反映了农村所经历的深刻的社会主义改造和革命运动的历史进程。

"文革"结束后,李准创作了散文集《彼岸集》,同时,根据张贤亮的短篇小说《灵与肉》改编的电影《牧马人》,是我国电影史上的重要之作。1982年,李准与李存葆联合改编中篇小说《高山下的花环》为电影文学剧本。重新改编的过程中,将细致入微的人性放置于粗犷的格调中,透过弥漫的硝烟,展示人的心灵,把火药味与人情味很好地糅合起来,解决了战争题材作品如何以情动人这一难题。发挥了悲剧的积极意义,将其建立在深厚的生活基础上,真实再现了一定历史时期的社会现实生活,反映了一定社会现实的本质,因此,剧作《高山下的花环》显得崇高而壮美,把悲壮庄严的战争之美,提升到一个新的高度。20世纪90年代,李准又创作了电影剧作《清凉寺的钟声》《老人与狗》等。

李准以小说家和剧作家身份活跃于当代文坛和影坛。一生写过29部电影剧本,作品多次获奖。作为电影剧作大家,作品数量多,且有很高的质量。在文学与电影的创作上,李准注意从实际出发,凭借着对生活的敏锐感觉,努力表现真实的社会生活。李准热爱生活,热爱人民,并把这两条信念作为自己一生创作经验的总结。在深入生活的过程中理解并消化生活,在思想感情上和广大人民群众息息相通。

李准的作品具有鲜明的河洛地域特色和民族特色,在艺术上注重人物性格的刻画,擅长描写细节和人物对话。李准一直关注农村、关注农民,在他的小说和电影里塑造的也大多是农民形象。他笔下的农民形象生动真实,富有个性魅力。李准把典型的细节看成是构成人物的生命。李准的文风平实,生活气息浓郁,语言清新自然,诙谐风趣,大多作品都具有乐观幽默的情趣和喜剧色彩。可以说,李准不单是河洛农村,也是中国农民最熟悉、最热爱的作家之一,他创作的小说和电影深受广大读者和观众尤其是农民读者和观众的喜爱与欢迎。

第二节 当代河洛红色经典——《黄河东流去》

一 杰出的思想艺术成就

《黄河东流去》没有一味塑造人间地狱般图景,而着重表现中国普通百姓在困境中迸发出来的生命力。这种生命力是求生的欲望和永不熄灭的人性之光。中国农民的道德、品质、智慧和创造力,是李准想要探索的主题。正因为有了这样对民族的信仰,在处理这样的难民题材时,才给读者描绘了一幅厚重而充满人文关怀的历史画卷。《黄河东流去》的人情味体现在老百姓质朴的家国观念、人伦情感和道德原则中。作为组成中国社会的细胞,他们热爱土地和国家,痛恨日本侵略者。作家极为细腻地写出了失地流民家庭的这种伦理情感。这种家庭伦理情感的动人之处,不只父母对子女的爱,还有家庭成员面对灾难彼此牺牲的勇气。海长松一家在洛阳遭遇大旱灾快要饿死的时候,女儿秀兰和玉兰先后为救家人自卖自身,为家人换来了维持生计的粮食。小说中刻画了许多坚毅的女性,她们命运坎坷,却可以为家人牺牲一切。而这些家庭中的男性,也并不是心安理得接受女性的牺牲。家庭之外,小说还写了赤杨岗村民的邻里之情,以及男女间忠贞不渝的爱情。当家园被淹时,赤杨岗村民没有各人自扫门前雪,而是努力互帮互助。徐秋斋在赤杨岗村,是一个平时爱在各家蹭饭,占点小便宜的滑头。在逃难途中,他却展现了中国传统下层知识分子的智慧和情操。《黄河东流去》发表之后，曾获得了文学批评者的高度赞扬，被誉为新时期我国长篇小说的重要收获之一，最终全票通过获得中国长篇小说的最高奖项茅盾文学奖。30多年后的今天，重温这部小说，它表现的人性光彩没有褪色，那种危难之中互帮互助的情感仍然让人温馨怀恋。从作家创作上的现实主义立场和严肃的艺术态度，以及一系列典型人物形象，让我们发现了中华民族传统和民族精神的重要性。这正是当下实现中国梦、建设当代中国文化不可或缺的重要部分。①

1969年，受到迫害后的作家李准带着全家插队落户到河南周口地区西华县一个叫屈庄的小村子开始了四年的劳动改造生活。改造生活没有磨灭李准创作的热情和决心，反而给予他重新拾笔的力量和源泉。这里是20年前的黄泛区，李准在本书卷首写道："《黄河东流去》不是为逝去的岁月唱挽歌，她是想在时代的天平上，重新估量一下我们这个民族赖以生存和延续的生命力量。""多少年来，我在生活中发掘着一种东西，那就是：是什么精神支持着我们这个伟大民族的延续和发展？……最基层的广大劳动人民，他们身上的道德、品质、伦理、爱情、智慧和创造力，是如此光辉灿烂。这是五千年文化的结晶，这是我们古老祖国的生命活力，这是我们民族赖以生存和发展的精神支柱。"②《黄河东流去》写的是1938年国民政府以水代兵，炸开了黄河花园口大堤，豫皖苏44县陷于灭顶之灾，河南灾民扶老携幼西逃，在饥饿和死亡线上奋力挣扎的情形，这堪称一幅惨不忍睹的流民血泪图。小说以赤杨岗7户农民的命运为线索，反映了黄泛区难民在水、旱、蝗、汤的重重灾难的打击下，迁徙奔命、辗转挣扎、重建家园的艰难历程，艺术地再现了黄河流域

---

① 陈浩文：《〈黄河东流去〉为何三十多年仍不褪色》，《博览群书》2019年第9期。
② 李准：《开头的话》，见《黄河东流去》，北京出版社1979年版，第2页。

勤劳、质朴、侠义的农民的历史命运，热情讴歌了他们黄金般可贵的品质和淳朴美好的感情，挖掘出中华民族的伟大灵魂——顽强的生命意志、真挚的伦理柔情和机智的生存策略，这也是黄泛区人民抗御天灾人祸立足的基石。

  小说通过对这7户农民家庭的离散、解体、聚合、重建等多方位、多层次描写，深刻地展示了中华民族冲不垮、压不倒的顽强向上的韧力，英勇抗争、艰苦奋斗的精神，即使在大灾难中也不泯灭的民族凝聚力，以及相互扶持、同舟共济的伟大情怀，从而向人们宣告：一个经受了历史大劫难的严峻考验的民族，是世界上最伟大也是最有希望的民族，这样的民族将最终获得光明和美好的前途。其中，作者不避讳中华民族长期背负的因袭的沉重包袱，存在于民族意识中的因循守旧和封建习俗，试图用历史的辩证法揭示我们民族之所以长期停滞不前、灾难迭起的内在因素。这种创作意向使《黄河东流去》蕴含了丰富的社会与人生、情感和哲理的内涵，展示出伟大的历史真实。

  李准笔下的李麦、海长松、徐秋斋、蓝五、王跑、老青、春义这7个农户的代表及其他二十几个男女老少受难者，几乎每个人都有一部血泪史，他们的个性符合生活逻辑和人性逻辑，表现出各自坚强的生命力和互助互爱的优良品质。农村妇女李麦是小说中的一个重要人物。她有着一部经过九蒸九晒，比一般农民更艰难也更丰富的生活史。她幼年丧母，随父四处流浪，沿路乞讨，后来定居赤杨岗，给地主当磨倌。父亲惨死后，又跟同村一个以运盐为业的男人出入徐州。这种长期漂泊不定的人生旅程和受迫害遭欺凌的生活遭遇，磨砺了她的意志，增长了她的胆识，也培养了她吃苦耐劳、勇于抗争的精神。她在任何艰难困苦的境况下都不失去生活的热情和生活能力，她不信神，不认命，有一副扶助乡亲邻里的侠义心肠。

她是一个由特殊的生活经历造就，比一般农民有见识，而比一般农民更少受传统观念支配的妇女形象。

徐秋斋是小说的另一重要人物。他出身寒士，在乡村教蒙学，也学过算卦，他是一个深受历史文化熏陶与民族道德伦理传统培育的知识分子。出于对弱小者的理解与同情，也出于对奸邪的愤慨与抗争，他用计谋帮助同村人李麦、王跑和陌路人贩盐妇女摆脱了困境，挽回了损失；他为保护和教育与亲人离散的梁晴尽了长辈应尽的责任，成为智慧和行义的象征。同时，他身上也存在旧知识分子的固有弱点，有些清高和胆怯等。

《黄河东流去》贯穿着李准的文化审美设想和追求，他刻画了中原农民的群体性格，即所谓侉子性格，并认为这是黄河给予他们的性格。黄河孕育了中原大地的农民，也造就了这一地区农民的某些特质，这些特质在非常时期更易于显露和表现。运用种种充满"侉"味的生活故事来着意描写河南"侉子"性格和气质，从伦理道德和风俗习惯等方面，刻画中原乡土文化心态，坚持不拔高也不故意压低的原则。一方面，挖掘和表现中原农民性格中浑厚善良、机智幽默、精明干练、在大事面前显得豪放爽直等充满光彩的成分，另一方面，也不掩饰他们的狡黠、狭隘、执拗、小事吝啬等性格弱点，让人感受到一种普通人物的真实存在。作者所描绘的巨型流民图，以及首次在中国文学史上大规模塑造的河南侉子形象系列，也是《黄河东流去》的成功之处。共同的地域环境、生活条件和精神气候下形成某种共同性的群体性格，比如徐秋斋的机智、李麦的刚强、海老清的倔强、海长松的厚重、王跑的狡黠、凤英的聪明、陈柱子的精细、春义的固执等，它们之间相互区别，又都带有共同的侉味。在言语和行为方式、表情和心理特征上与具有类似性格特征的燕赵农民、关东大汉、南方村民、西部老乡明显区别开来。

李准将中国古典小说的叙事方式同外国小说的表现技巧很好地结合起来。既充分运用白描手法，又学习外国小说心理描写方面的长处，使小说土洋结合，多姿多彩。以雄浑的笔力，写黄河景色变化多端，令人神往；写三门峡行船之险恶，写浊浪排空吞没赤杨岗之猛烈，骇人听闻；写成群结队的流民大迁徙，写洛阳郊区和西安城下难民营的纷乱场面，触目惊心。作家善于描写富有个性色彩的对话，通过富于动作性和独特性的细节，使一个个人物形神兼备，跃然纸上。

《黄河东流去》抓住历史上少见的大劫难、大迁徙所波及的广阔地域和不同阶层，采用多样化的艺术笔墨，开拓出独特时代的民族生存的艺术空间，在广阔的艺术视角上，刻画出不同阶层农民身上所蕴含的丰富的民族精神和时代内涵。让读者深刻领悟到，我们这个古老的民族，只有继承发扬美好的传统思想观念和伦理道德意识，不断抛弃因袭的精神负担，才能轻快地前进。

李准新时期短篇小说，凝聚了对时代的关注和热爱，对日常生活中一些人物的同情和对另一些人物的深恶痛绝，常常表现含蓄，又能触及深处。幽默是现实主义文学的一个方面，密切关注生活的李准，善于运用幽默的创作手法，严肃认真地表现故事的幽默。他将这种创作理念从旧时期带入新时期，自始至终冷峻地审视生活，含着眼泪发出微笑，给读者长久的震撼。李准新时期的短篇小说，显示了李准创作的新成就。

二　河洛民俗文化的形象展示

河洛民俗文化是中华民族根文化的组成部分，是民族个性的外在表现。在李准作品中河洛民俗文化得到了生动的展示。李准长期深入河洛民间生活，作品中方言、俗语、谚语和歇后语运用得鲜活灵动，民间会场文化、庙会文化展示得淋漓尽致。李准作品中运用的快板、民歌、民谣、儿歌、豫剧、吹唢呐和剪纸等民间文艺，展示了河洛民间生活的精彩。李准对三眼铳、打秋千、聊天会、骂架等多种多样的民间游戏娱乐活动场面，描写得绘声绘色，为作品增添了艺术魅力。

李准重视对优秀的古典语言的吸收和运用。河洛地区历史悠久，文化光辉灿烂，诗词、小说、戏曲等传统文艺取得了辉煌成就，也逐渐形成了河洛地区特色的语言。作为地道的河洛作家李准，采用质朴鲜活的河洛口语，又对古典语言加工与化用，使小说语言既通俗又古典，从而创造了一种雅俗互赏的艺术境界。他不仅直接把"雨丝风片""长安一片月""黄河之水天上来"等诗句纳入作品中，并且常常把古典文学中的优美意境，融化在作品里，创造一种新的意境美。《黄河东流去》中有一段雪梅听蓝五吹唢呐的描写：

> 委婉凄凉的唢呐，像大漠落雨，空山夜月，把人的情感带进一个个动人心弦的境界：生离死别的泪水，英雄气短的悲声，都淋漓尽致地表现出来了。最后吹到林冲出了开封城，被押解着走上了阳关道。那两句是："往前看——千里迢迢沧州路，往后看——一条大路还接着我的家门哪！"当那个"门"字最后的余韵还在低徐回荡，雪梅眼中的泪珠，却像珍珠断线似地洒落在雪青竹布衫的衣襟上。[①]

这段文字，借用了古典文学的语言和意境而不露斧凿痕迹。它

---

① 李准：《黄河东流去》，北京出版社1979年版，第46页。

有一种诗与散文融为一体的气质，优美、凝练、舒卷自如，很好地表达了雪梅复杂、丰富的思想感情。

作者也重视民间文学和人民群众语言的运用。《黄河东流去》里更多采用了民歌、民谚和口头语，用"铁打链子九尺九，哥拴脖子妹拴手，不怕官家王法大，出了衙门手牵手"这样优美的民歌，作为蓝五和雪梅的爱情写照；用"天不转地转，山不转路转"这些充满哲理的民谚来表达人民对生活的坚强信念。至于像"吃饭不知道饥饱，睡觉不知道颠倒"这类生动形象的群众口语，在李准作品中俯拾皆是。李准对这类语言选择和提炼，使它们成为优美精巧的文学语言。

李准文学语言的魅力，也同他的幽默感分不开。李准的幽默感，往往表现为对待生活开朗、机智和乐观的态度，并在乐观中有自嘲。这种语言的幽默感，带有河洛农村的乡土气息，并淘洗了那些过于生僻粗野的东西。《黄河东流去》里，他机智幽默的笑声，带着沉郁悲愤的音调。这种带泪的笑，既是深刻的幽默，也显示出对生活的洞察力和文学语言的表现力。

三 《黄河东流去》的文学史意义

今天，从中国当代文学史发展历程来考察《黄河东流去》具有的文学史意义，我们发现，在那个政治、经济和文化巨大转型的特殊历史时期，这部作品较早也较为彻底地脱离了"伤痕""反思"等文学潮流所依赖的文学与政治简单对应的樊篱，明显挣脱了20世纪50—70年代因政治效应而兴废的主流文学生产与接受模式，自觉地将作品关注重心转向对底层民众顽强生存意志和生命意识的深情礼赞与大力张扬，转向深度开掘民族精神和文化品格的复杂内涵。

我们知道，1985年前后，小说新潮是在文学精神和艺术变革方面强烈吁求摆脱对政治的依附，为文学独立存在的合法性正名，并由此获得自身思想和艺术方面的独立品格。1984年的杭州会议倡导的寻根文学，旗帜鲜明地提出了梳理、寻绎深植于中华民族传统文化土壤中的精神根系，这与李准要借《黄河东流去》展现中国五千年文化的结晶和我们这个伟大古老民族赖以生存和延续的精神支柱，如出一辙。我们也许不能断言1985年的小说新潮和寻根文学曾受到《黄河东流去》的直接影响，但若将其看作当时历史语境下文学在思想、精神方面的一种暗合，也并非捕风捉影的妄自揣测。《黄河东流去》的叙事重点已经从对政治运动与现实斗争的表象叙述，转向了对民族文化精神和集体灵魂的全面展现。这种宏大叙事整体内涵的转向大大拓展了小说的表现空间，并有效解放了创作者的艺术想象力和表现力，有助于作品向更深厚的文化艺术空间深入开掘。应该说，李准《黄河东流去》的这种较早的转换，对中国当代文学史的发展与变革具有非常深远的意义。

《黄河东流去》更重要的资源性意义还在于创作价值立场的调整，以及文学视点向民间世界的主动位移，这对后来特别是作品相继获得茅盾文学奖的作家，如莫言、陈忠实、张炜、霍达、刘玉民等人，应该是发挥了潜移默化的作用。这部小说通过讲述黄泛区7户农民家庭身世沉浮和命运悲欢离合的故事，要着力思考和探究的是我们这个古老的中华民族伟大的生命力和她因袭的沉重包袱，是中国农民根深蒂固的伦理观念和基于此构成的道德观念。乡村社会的生存状态、伦理图景和农民的价值理念与诉求，农民身上蕴蓄的强烈的生命意识、美好的思想品格与种种精神枷锁等，成为李准最核心的关注对象，占据了小说要表现的主体性位置。

另外，《黄河东流去》所塑造的海老清这一人物，上承《创业史》中的梁三老汉、《套不住的手》中的陈秉正等20世纪五六十年代文学中的典型农民形象,下启贾平凹、陈忠实、李佩甫、刘玉民等作家塑造的此类形象,成为20世纪中国文学农民形象谱系中不可或缺的重要环节,尤其《白鹿原》中的白嘉轩,在性格的某些侧面,可以看作海老清这一人物形象的隔代翻版。

经典作品一般具有较强的审美生成的可能性和时代思潮的超越性。《黄河东流去》在诸多方面影响或启迪了后来者的创作。比如小说对春义、凤英和陈柱子等人之间因经济利益冲突导致恩怨离合的叙述,较早显示了传统道德伦理与商品社会法则的矛盾冲突,成为此后改革文学的核心情节之一;对老清婶、爱爱等乡村女性日益习惯城市安逸便捷的生活方式,而不知不觉出现精神蜕变的描述,也成为此后反复抒写的城市文明病的基本模式。[①]

更重要的是,《黄河东流去》对中华民族文化精神的强烈彰显和对中国民众正面思想品质的大力张扬,以及作品时时展示出的中国作风与中国气派,对我们今天大力倡导的文学要讲好中国故事,以及对我们民族文化自信的确立和阅读型、学习型社会的文化建设,都会具有深远的启示意义。

第三节 河洛天空"闪闪的红星"——陆柱国

陆柱国(1928—),原名陆祖柱,曾用名陆云卿。生于河南宜阳一贫民之家。上过私塾,1948年毕业于洛阳高级师范学校(今洛阳师范学院)。历任解放军中原野战军第四纵队前线记者、总政治部文化部创作员、《解放军文艺》编辑、八一电影制片厂副厂长、一

[①] 刘新锁:《〈黄河东流去〉的资源性意义》,《文艺报》2019年5月27日第8版。

级电影编剧、中国文联全委会委员、中国电影家协会理事等。1950年开始发表作品，代表作有长篇小说《踏平东海万顷浪》，中篇小说《风雪东线》《上甘岭》等。1957年至今，创作的电影文学剧本有《黑山阻击战》《海鹰》《战火中的青春》《雷锋》《独立大队》《南海风云》《道是无情胜有情》《花枝俏》《分水岭》《闪闪的红星》《大进军——南线大追歼》《大进军——席卷大西南》《太行山上》《我的长征》等近20部。其作品曾获文化部优秀影片奖、总政治部创作优秀奖、中国电影华表奖、金鸡奖最佳剧本奖及夏衍电影文学奖等。

陆柱国的文学成就包括小说和电影文学剧本两个方面。1950年的反映淮海战役的中篇小说《决斗》，是他文学之路的开始。同年，陆柱国调入总政治部文化部创作组，并赴朝鲜前线体验战争生活，相继创作了《风雪东线》《上甘岭》等小说。陆柱国的《风雪东线》以抗美援朝战争为背景，描写了中国人民志愿军一个连队在冰天雪地里穿插到敌后打击敌人，最终炸毁敌人后退的桥梁，全歼被围困的美军的过程。作品气势磅礴，通篇所洋溢的英雄主义精神撼人心魄。为陆柱国赢得声誉的是《上甘岭》，小说取材于抗美援朝战争中著名的上甘岭战役，但作者没有全景式地表现战役的全过程，而是巧妙地避大抓小，把视点投向一条坑道和一个连队，塑造了英勇善战、不怕牺牲的志愿军英雄群像，将这场气壮山河的战役真实地烘托出来。凭借着对战斗生活深刻的观察与体会，以简练概括的笔触，巧妙地抓住人物性格的主要方面加以描写，通过人物本身的具体行动来展示人物心理，正确处理了正面描写战争的残酷与歌颂志愿军战士革命英雄主义精神之间的辩证关系，因而小说《上甘岭》所塑造的英雄形象感人至深。1956年拍摄成同名电影后，产生了极为广泛而强烈的反响。

1955年，陆柱国根据曾在南昌号军舰上战斗的生活体验，创作了长篇小说《踏平东海万顷浪》。小说以浙江前线章雪松一个团队为主要线索，描写了我陆海空三军配合，一举解放一江山岛的历史画面。作者通过主人公章雪松在探亲途中回忆起自己苦难的童年和成长经历，带出了第一个传奇故事：他在部队当连长时，他的父亲在他手下当排长。作者一方面写出了作为排长的父亲对连长身份的儿子在工作中的尊重和服从，另一方面细致地刻画了父子间的深情。儿子与父亲之间这种独特的官兵关系和血缘情义，使故事情节传奇生动，有较强的感染力。侦察科长雷震霖出场后，作者巧妙地带出了小说中的另一个传奇故事：1946年雷震霖任尖刀英雄排排长的时候，连里给他们排配了一名女扮男装的副排长高山。她矮小黑瘦的体格，破烂的外衣都让雷震霖从心里看不起她。但通过捉俘虏、救雷震霖两个细节充分展示了她的机智和勇敢，令包括雷震霖在内的全排战士刮目相看。由于一次负伤的经历使她暴露了女性的身份，也获得了排长雷震霖的心。高山是新型花木兰式的女指挥员和女英雄，在书中充满了奇异的光彩，令人印象深刻。

1958年后，陆柱国主要从事电影剧本的创作，先后与人合作或独立创作了《海鹰》《战火中的青春》《独立大队》《雷锋》《闪闪的红星》《花枝俏》《道是无情胜有情》等十余部电影文学剧本。陆柱国的剧本创作，善于把握情节发展，具有较强的故事性和传奇性。剧本《海鹰》讲述的是新中国海军的战斗故事。我海军鱼雷艇靠渔船作伪装，埋伏在暗礁很多的鬼屿岛，出其不意，以弱胜强，击沉了敌人军舰。在激烈战斗中，我海军一鱼雷艇被击沉，由张敏中队长带队的士兵经受严峻的考验，终于得胜归队。陆柱国的另一部代表作《战火中的青春》，将小说《踏平东海万顷浪》中雷震霖与高山的故事加以集中，以两人的思想性格冲突为中心线索，展开了一串串波澜起伏、引人入胜的故事。整部作品带有浓厚的传奇色彩，但作者并没有猎奇,也不在主人公的女扮男装上做文章,而是通过这个特殊事件,以新颖的角度,真实可信地刻画了高山刚强、机敏、细腻、稳重的性格特征。

在经历了十年"文化大革命"的桎梏和磨难之后,新中国军事题材电影在20世纪70年代末和80年代,迎来了第二次发展期。1979年的电影《小花》把战争场面推到背景,将主要精力用来表现战争中人物的命运。陆柱国创作的电影剧本《花枝俏》(1980)、《道是无情胜有情》(1983)也体现出题材上的拓展和对人性思考的深入。《花枝俏》讲述的是在越南战场上英勇牺牲的战士黄永亮的故事。但剧本并没有完全聚焦在战争上,而是着重凸显了黄永亮思想上的进步和转变。剧本还围绕着主人公描写了父子情、官兵情、亲情和爱情,塑造了司令员父亲、连长罗大江、姐姐越华等一系列人物形象。《道是无情胜有情》的主人公袁翰是一位优秀的军事干部,剧本将其置身在国家利益、军队利益和个人利益的矛盾中,凸显了他作为军人的牺牲精神和强烈责任感。面对家国冲突,袁翰也曾经一度产生离队的想法,但团长给予他极大的鼓励和支持。部队对袁翰思想和家庭的关心及帮助使他坚定了报效祖国的决心,勇敢踏上了对越反击战的前线。陆柱国善于通过选取典型事件,展示人物的内心情感变化,为高大全的英雄形象注入了丰富的人性内涵,使其显得丰满生动,具有感染力,较好地诠释了新一代军人的崭新风貌。

陆柱国先后参与创作的电影文学剧本有30多部,其中18部被拍成电影。《海鹰》《战火中的青春》《雷锋》《闪闪的红星》等讲述英雄成长的革命现实主义影片曾经伴随几代人成长,至今仍是中国百年电影史上不朽的经典作品。2005年,为纪念中国人民抗日战争胜利60周年,陆柱国创作了剧本《太行山上》。作品集中反映八路军对日作战最辉煌的一段历程,塑造了朱德、八路军独臂团长贺炳炎、阎锡山、卫立煌,以及日军将领阿部规秀等一系列人物形象,而且涉及平型关大捷、火烧阳明堡等大型战役。剧本人物众多且牵涉到我军、友军、敌方、顽固派间的复杂关系。陆柱国善于通过典型事件来完成人物形象塑造,如对朱德形象的刻画,就从他处理对敌人、友军、部下三个方面的不同态度和做法入手,重点刻画朱总司令在民族危亡和战争紧要关头的大智大勇、大仁大义及其人性、人道的独特魅力。2005年,八一电影制片厂为纪念长征胜利70周年而筹拍重点影片《我的长征》,陆柱国仍是剧本的创作者。《我的长征》构思新颖,不再以领袖人物为主要刻画对象,而是以一个小人物的角度切入重大革命历史题材。通过红军小战士王瑞的视角,将视点对准基层官兵,着重表现长征的过程,再现长征的艰苦卓绝。剧本以细节震撼人心,以真情催人奋进,关注个人情感,注重人物内心世界和人物之间的情感关系,具有强烈的艺术感染力。作者对长征精神的深度开掘更具深意,长征精神就是我们民族的精神,是坚强的革命意志和炽烈的爱国情怀的体现。热情讴歌长征精神的可贵和伟大对于鞭策、激励后人具有积极的意义。

陆柱国从河洛大地走出,带着河洛文化孕育的面对现实的勇气和执着。"一支笔描绘出人民战争的雄奇画卷,一腔血五十年银幕后默默耕耘,古稀之年,太行山上,老兵壮志,谱写新篇。"这是中国电影文学学会为陆柱国授奖时的评语,更可看作是对其文学创作的总结。陆柱国的创作也如一颗"闪闪的红星",在河洛文学天空留下一道闪亮的光芒。

第四节　河洛文化深沉反思者——阎连科

阎连科(1958—),河南省嵩县田湖镇人。1978年应征入伍,

1985年毕业于河南大学政教系，1991年毕业于解放军艺术学院文学系。1979年开始发表作品。先后著有长篇小说《情感狱》（1991）、《日光流年》（1998）、《受活》（2004）、《丁庄梦》（2006）、《风雅颂》（2008）、《四书》（2011）、《炸裂志》（2013）、《速求共眠》（2018）、《心经》（2020）等十余部；中短篇小说《两程故里》《耙耧天歌》《天宫图》《年月日》等，小说集《和平寓言》《乡里故事》《瑶沟的日头》等十余部，散文集《返身回家》《我与父辈》等。作品先后分别获鲁迅文学奖、老舍文学奖、全球华语优秀作品奖、卡夫卡文学奖等国内外奖项。

一 河洛乡土文化的表达和反思

在嵩县耙耧山下的一个贫苦农家，阎连科度过了自己的童年、少年和青年初期。贫寒的家境使阎连科自幼就饱尝生活的艰辛，在农村的生活积累成为阎连科日后最丰富的创作资源，生活在社会最底层苦难和伤痛的记忆，对他的创作倾向也产生了重要影响。1988年发表的《两程故里》堪称阎连科的成名作。这部深刻反映改革开放中农村现实生活的小说引起了很大反响，这是阎连科获得文坛关注和承认的开始。这一阶段的阎连科，以军营和农村作为两大题材开辟了自己的创作天地，形成了独具特色的"瑶沟系列"与"和平军人系列"小说。

与大多数具有长期农村生活经验的作家一样，当阎连科拿起笔来开始写作的时候，他最直接的素材来源于他的故乡。而最能代表他的创作个性与成绩的也是他以故乡豫西农村为题材的小说创作，其中就包括其创作于20世纪90年代的"瑶沟系列"小说。这一系列包括中篇《瑶沟人的梦》《瑶沟的日头》《往返在塬梁》《乡间故事》等。这些小说中沉淀着他真实的生活经历和情感体验,甚至可以说带有部分的自传色彩。瑶沟人的血泪和汗水记录了作家的情感储存和依恋,作品也因此蒙上了一丝温情色彩。但这个系列令人印象最深刻之处,在于阎连科对"苦难"的描述。阎连科小说中的瑶沟人,在艰苦的生存环境和权力关系网络的双重重压下承受着精神与肉体的双重痛苦,这固然是无法摆脱的来自故乡的精神印记,阎连科对乡土的反思也正是从中展开。

阎连科对乡土社会实质的把握,始终围绕着乡人根深蒂固的"权力情结"展开,这一点早在阎连科1988年的成名作《两程故里》中就有清晰的表达。如果说在"瑶沟系列"小说中,阎连科更多的是表达对乡人生存境遇的同情与悲悯的话,那么在《玉姣玉姣》《天宫图》《平平淡淡》等作品中,阎连科则从现代性文化批判的视角对中国乡土社会文化本质及农民文化人格做出深刻剖析,充分展示了现代中原乡村在传统与现代的双重挤压下的精神异变。

阎连科笔下的"农民军人"具有鲜明的时代色彩,他们的入伍动机,并非保家卫国、流血牺牲那么单纯。他们带着奋斗的决心和对军旅生活的憧憬走入军营,其中也掺杂着"离开土地、改变命运"的利己思想和愿望:或者是为了提干升迁、家属随军,或者是为了退伍后回村谋个一官半职。为此,他们勤劳肯干,精打细算,并付出了惊人的代价,或人格扭曲,或丧失尊严,或牺牲爱情。尽管如此,"农民军人"那看似卑微渺小的人生愿望却往往最终破灭,不是最终退役还乡(《中土还乡》)就是因为突发事件断送了自己苦心经营的政治前程(《夏日落》)。而军人的光环一旦褪去,转业退役后,他们的生存便与常人无异,甚至要付出更多。

如果说军营文化相对于传统文化而言是一种现代文化的话,阎连科这类题材小说的深刻性,还在于他借助"农民军人"这一独特视角透视乡土文化和现代文化的冲突，并由此展示其内在的精神危机。

从"瑶沟系列"到"农民军人系列"，阎连科以理性角度审视乡土文化痼疾，对令人窒息的中国权力和文化网络表现出强烈的批判态度。随着现代社会商业化的进程，人类本质物化倾向愈演愈烈，他对现代文明的控诉也越发尖厉，这在以后的创作中表现得更为突出。

从1996年起，《年月日》《耙耧天歌》《日光流年》《受活》等一系列小说的发表，标志着阎连科的创作进入一个新的阶段。他依托故乡的耙耧山脉建立起一个独特的文学世界，他不仅把更多的精力放在小说语言和结构的精细化之上，而且更显示出超越现实主义的精神探索。在"耙耧山脉"系列小说中，作者结束了在乡土与现代文明之间的情感徘徊状态，而转向了对乡土生命内在意蕴的一种追寻和回归，其目的正是要寻找生命的原初意义，即借助民间的生命个体在抗争苦难的命运中所迸发的惊天动地的生命潜力，来拯救日渐萎缩的现代生命个体。小说的字里行间回响着生命的绝望和挣扎，也渗透着作者关注人类生存状态的痛苦与焦虑。

2003年长篇力作《受活》堪称这一系列的登峰之作。就内在意蕴而言，它大大超越了《年月日》《耙耧天歌》《日光流年》中对苦难的单一性思考，借鉴现代主义的荒诞手法凸显了中国乡村社会在寻找生存变革时的荒诞性努力，以及在与市场法则对接过程中所迸发出来的疯癫式情形。颓败的乡土环境，命运化的苦难，四处潜伏的隐喻性话语，奇诡怪异的风格，不知不觉中加重了阎连科这类小说的寓言色彩，评论家更称其为"寓言现实主义"。

与小说价值取向和道德倾向上的固守相对，阎连科在写作中有着很强的形式创新意识。他在小说语言和文体上的探索与变化，每每给文坛带来新的震动。在对现实主义充满个性的探索途中，阎连科的文学步伐坚实而厚重。他的作品对现实饱含着深情，充溢着激情,彰显出当代中国作家中并不多见的可贵光芒。

阎连科擅长虚构各种超现实的荒诞故事,情节荒唐夸张,带有滑稽剧色彩,强烈的黑色幽默往往令读者哭笑不得。他对中国农民的劣根性有着深刻的揭露和批判。他的作品还带有乌托邦式的理想主义情结,渴望制造一个没有苦难的世外桃源。几乎都弥漫着孤独和绝望的气息,在这样的背景下他笔下的主人公与命运展开了漫长而艰苦卓绝的斗争。

在阎连科小说中反复出现的"耙耧山脉"其实就是一个神话世界和传奇世界。在阎连科的大部分作品中,所展示给我们的都是受难、牺牲、意志、回家等多重主题,它们是神话的基本主题。对于小说主人公而言,他们常常只是出于一种生存的本能,但在作者叙述的过程中,却逐渐展现出一种崇高、庄严甚至阔大的东西,叙说着人类普遍的要求。跟随着他们,我们进入一个不可思议的神话世界,充满着无穷尽的歧义、象征和隐喻。

阎连科小说的语言、形象和情节给人带来强大的冲击力和震撼力。语言、情节和结构的设置极为峭奇,超出一般的想象力之外,也远远超出生活经验范畴和通常的承受能力。阎连科小说语言在普通语言的背景下,广泛使用豫西方言的词汇和句法结构,有意识地追求一种语言艺术表达的农民性。运用了大量方言俚语以及粗俗的詈骂,有时还颠倒词语顺序,河洛方言成为他小说叙事风格的显著特征。

二 《风雅颂》《我与父辈》精神家园的艰难寻找

长篇《风雅颂》所表达的寻找家园、文化回归和精神返乡意识,包含着强烈的自我反省和对亲情省察的倾向,代表着阎连科重塑河洛乡土伦理文化的救赎愿望;《我与父辈》中河洛乡土亲情的直白描述,回答了文化救赎之路。

《风雅颂》讲述京城清燕大学一个讲授《诗经》的教授杨科在家庭、爱情、事业诸方面悲情而又荒诞的遭遇。描写了杨科懦弱犹豫的个性,他浮夸,崇拜权力,很少承担,躲闪落下的灾难,逃避应有的责任,包含着清晰而强烈的自我批判意识。把《风雅颂》和创作时间间隔很短的长篇自传性散文《我与父辈》放在一起阅读,就能清晰地读出前者"精神自传"的沉重、无情自剖的勇气与真诚。《我与父辈》讲述一个没有虚夸的真实的阎连科,他的父辈们和中国千百万农民一样勤劳和艰辛、悲苦和无奈,然而相亲相依,父辈的孙男侄女们也都相亲相爱,敬老孝顺,遵从和演绎着中华民族优良的伦理传统。阎连科深情地说:"在我成长过程中,我可能什么都缺乏,唯一不缺的,正是来自父亲、大伯和叔叔们这一辈人给我的那细雨无声的温情与呵护。"[1] 在描述了父亲、大伯和四叔简单而艰辛的一生后,阎连科又不无动情地说:"在今天,以最世俗的目光去看我们家,父辈和大娘、母亲、三婶、四婶所幸的,皆是他们的子女都孝顺。在我们一群的同辈和孙辈中,有的孝顺得堪称旧伦传统的楷模和榜样,尽管'孝'字在今天的社会里,显得那样陈旧和浅贱,可是在农村,那依然是对生命最大的安慰和尊重。"[2] 阎连科的家乡河南嵩县田湖镇既是宋代理学家程颐、程颢的故乡,周围环境又是中原河洛文化的中心区域,也是孕育《诗经》和传统乡村伦理文化的中心地带。联想到阎连科从 20 世纪 80 年代就开始在小说中对耙耧山脉和两程故里的叙事,离开家乡三十年,每年都要回到那个充满天伦温情的老家陪伴亲人过年,至今仍然每隔两天就能问候远在家乡

---

[1] 阎连科:《我与父辈》,云南人民出版社 2009 年版,第 111 页。
[2] 同上书,第 171 页。

的母亲，我们是否会更深入一层理解阎连科小说城乡叙事中关于乡土的荒诞描述，包含了飘浮于城市的虚空感和对今天农村败落后的恐慌这种双重悲情？恐怕当代很少有作家与中国乡土有如此深厚真挚的依恋，有如此深邃透彻的体悟，同时也是对生命本源的思考，这种思考积淀着对古老的河洛乡土伦理文化在艰难转型中所产生的揪心疼痛。

由此，我们不难理解，阎连科对现实的批判和荒诞的叙事手法是基于河洛乡土伦理和对土地上生命的关爱。他的悲剧感来自飞速发展的城市化、现代化和文化后现代性对传统的无情颠覆。《风雅颂》展示的就是在这宏阔的历史进程中，所有人包括大学教授在内的知识分子共同感受到的失落和悲哀。《我与父辈》既是阎连科对父辈人生的总结，也是艰难创作历程中依傍乡土的小憩，正如他自云是所有作品中情感的一颗"钻石"，同时也寄寓着恐慌失落的所有现代人特别是知识分子面对文化失衡的焦虑和救赎的愿望。这是阎连科创作风格的新转变，渗透着对河洛文化的反思，以及以河洛生活的文学塑造参与当前文化建设和重塑社会伦理的使命感。

《诗经》在《风雅颂》中是拯救文化生态失衡的符号，是医治社会焦虑的终极理想："东方人最本根的精神，不在今天崛起的都市、乡村和可视可触的现代化的建设中，而在无法触摸的《诗经》的记忆和消失在《诗经》的字句中的时间里。"[①] 而考察《诗经》这部民族精神元典式的作品在小说中遭遇的命运，是《风雅颂》提示给我们反思容易被发展所遮蔽的文化精神的符号。

从《风雅颂》到《我与父辈》显示了阎连科小说叙述风格发生了明显的转移，叙事主旨由批判转向救赎和医治，由放逐转向寻找和回归。《风雅颂》里耙耧山村有杨科童年的记忆、纯真的初恋，给

---

① 阎连科:《风雅颂》，江苏人民出版社2008年版，第229页。

予杨科在充分现代化了的都市里得不到的温暖、信任和尊严。然而，传统的乡村理念加上都市现代意识的侵染，耙耧山村已经不可能是安稳的精神栖居地，更不可能成为角逐于功名利禄圈内的现代知识分子的精神归宿。那么，突围和拯救之路在哪里？

一部忏悔录式的《我与父辈》以其深刻的自责、检讨与反省，为作者自己，也为我们寻找到了精神上的归宿。这条路原来在乡村父辈们为柴米油盐的操劳里，在土地上经过久远岁月积淀的乡情伦理、朴素真挚的人间关爱和坚忍不拔的生存意志里。"大伯就带着他的孩子们，脱下衣裤，单穿了裤衩和布衫，先在岸边用双手拍拍冻僵的腿上的肌肉，而后走进水里，蹚过河去，等到日色有暖，气温高出一度二度，他和我的叔伯弟兄们一起，嘴里呼着白气，额门上挂着雾汗，而周身却又结着水珠冰凌，吱喳吱喳地踏踩着青白的冰碴，蹚着齐腰的河水，把石头运至河的这边，再拉回到村子里。"①这不单是对历史岁月情感记忆的回顾和分享，也是对生命真谛的诠释。人类的坚韧、尊严和辛勤，这些原始的纯朴愿望和愿望达成的付出，这种生命力的展示和信念的实施，昭示着生命的意义和《诗经》精神的还原。面对容易虚伪和浮躁的现代文化生态，这种生命的景观颇有救偏补弊的时效。

并且，对照《我与父辈》的直白叙述来读阎连科此前小说，"三姓村""受活庄""丁庄"中那种在生存绝境中拓路的夸张想象，和"割肉买皮"、施展"绝术"等为生存而不顾一切的修辞想象，原来早就在阎连科的乡土经验中播下了种子，而《风雅颂》后记中，作者自述在 2004 年亲眼看见大雪天蝴蝶飞落棺材的奇异景象，也被作为包括《丁庄梦》在内的小说中荒诞情节的最好注脚。

---

① 阎连科：《我与父辈》，云南人民出版社 2009 年版，第 95 页。

如果说《风雅颂》是"精神自传",那么《我与父辈》就是阎连科纪实性的生活自传,是精神探索向现实物质生活的回归,塑造了一个充满生动细节、全方位坦诚展开内心隐秘的作家形象。抒写父辈的意义在于挖掘长期被历史忽略了的民间文化空间最为本源的人生启示和人性内蕴,是对日常生存价值的本源性追问。带着对文化生态失衡后普遍的社会焦虑和精神救赎的使命,在不断远去的乡土伦理文化和不断遭受质疑的父辈的文化价值观念背景下,《我与父辈》就有了重要的重塑正面文化价值的意义。

"五四以来,出身于农民家庭的作家有许多,但那些接受了现代文明,用进化论或者革命理论的知识分子很少体贴地看待过自己的父亲,现在阎连科认真走出了这一步,把父亲当作一个既过去了又没有过去的生命源头,检讨父亲也是检讨自己,为自己寻找到一个文化上的归宿。"[①] 这个归宿是承接杨科逃离京城后的寻找所得。书中关于对父辈亲情的描述超越时代,能唤回民族精神的核心伦理观念,毕竟,民族内蕴的东西,是民族经过久远的历史文化积淀,是真正超脱了时代和年龄限制的精神财富。很幸运的是,这个父辈因生活在古老的河洛文化伦理社会,而获得了中国文学的普遍意义和民族文化价值。

杨科要逃离,要"回家",回到耙耧,回到诗经古城,但并不成功。于是,《我与父辈》就达到了真正的回归。阎连科在《风雅颂》后记中说自己近年来由于年龄关系等,一直有回家、居住家乡的想法,虽然知道不现实,但愿望很强烈。这正是精神寻找和现实矛盾不可调和的心理矛盾的体现。《我与父辈》的坦直和真诚,朴素和深刻,个体祈求与民族家园意识,过去的怀恋和现实的关涉,亲人的

[①] 陈思和:《写父亲,太沉重——读阎连科的〈我与父辈〉》,见《文汇读书周报》2009年8月7日。

淳朴与知识分子的自省心理，城市与乡村的现代性话题，流浪和回乡主题，等等，被没有技巧的言说，表达到了炉火纯青的地步。阎连科似乎找到了家园：永久存在于那失去了的河洛乡村牧歌中和那亘古流传的河洛文化精神的本根里！

中国文学对社会伦理道德建设的积极参与，一直是一条联结城乡之间、传统和现代之间达成彼此认同的纽带，一直是文学穿越时空走回民间、树立人性风范、抚慰众生的精神力量，这一点也许构成了中西方最为内在的文化差别和民族身份确认的标识。

然而，随着城市现代化的飞速进展，城乡伦理观念不是以和谐互融的良性发展为主流，而是以城市物质力量的强大和传播媒介意识形态性质的优势，压抑、颠覆和消除乡俗民情，并把乡俗民情基础上的传统伦理道德，包括古老的亲情伦理等正面因素，逐渐置换为颇有技术和功利色彩的现代伦理观念，亲孝、宽厚、忠诚等本应成为现代人文思想的价值理念并不能得到张扬，人们感受到的是物欲和实用，是虚浮的世风和倾斜的价值标准。通往精神家园的伦理之路被堵死了，这是文化的危机，也必将关涉人类精神生存的危机。从《风雅颂》到《我与父辈》，我们看到了阎连科对这一问题的深切思考，作品所包含的寻找家园而不得的焦虑是时代的焦虑，是全球化背景下一个正直、忠诚于时代的知识分子对和谐的现代人文精神建设的热切呼唤。呼唤的疲倦和失望，淋漓尽致地表达在《我与父辈》的感伤、哀悼、愧疚和反省的情调之中。

文化市场的预期和读者的渴望是一致的，前者依赖后者获得效果，但现代经典基本顾及不到这两者。阎连科的《风雅颂》写知识分子，立意就是知识分子的自省、自查，它的读者也主要是知识分子，现代的农民大概也是不看的，但无论知识分子还是土地上的农民都能看得懂《我与父辈》，颇能获得广泛的社会心理共鸣。从两部作品中看出，阎连科忠实于自己的内心，面对读者以真诚为本，并敢于在文字中那样诚恳地撕开内心，坦露灵魂。也唯有把自己放在旧日乡土中的固执的写作者，才能在当今社会伦理文化建设的焦虑中，以知识分子的责任担当开始一种坦荡的忏悔；也只有这种面对乡土和亲情的心灵忏悔，在文化生态失衡的社会里才能唤起人们归依《诗经》精神家园的心灵共鸣。《风雅颂》和《我与父辈》得到市场的广泛接受和认同，能否代表着当代文学传播对文化价值观念与时俱进的正确选择，代表着当代精英文学面对传媒时代文化生态失衡状况下救偏补弊的积极姿态和策略，值得以传播学和社会学理论去深入探讨。

总之，阎连科《风雅颂》中民族精神家园的寻找意识，《我与父辈》中追寻传统农耕时代乡土情感和传统伦理文化孕育的人文理念，寄托着河洛作家在当今文化世俗化、民间化转型语境下，构建中国当代文学新型叙事模式的严肃思考。这种叙事模式在多媒介传播环境下，虽然混溶于网络媒介为中心的民间传播的信息洪流中，但作为承载民族国家意识的强音仍然铸就着时代文化的黄钟大吕，延续着传统文化积极参与现实的优秀品格，在文学观念更新演变中作为贯通传统和未来的精神纽带，也将在建设民族文化自信心中，发挥更大的精神价值。

三　河洛乡土的寓言化叙事

阎连科具有很强的文体意识，他的创作经历了文类的杂糅融合到相互叠加的自我变革，从乡土意识出发的寓言化叙事的特征比较显著。不论从长篇《日光流年》《受活》《丁庄梦》《风雅颂》《四书》《炸裂志》，还是中短篇《年月日》《和平寓言》《乡里故事》

《瑶沟的日头》等,以及散文集《返身回家》《我与父辈》等。阎连科始终没有离开他的故乡"二程故里"和"耙耧山村"。他的作品在极富创造性的寓言化叙事中,探索历史、人的命运和人性,寻找精神出路和救赎的途径,且明显带有回归乡土和面对乡土的哀愁意识。从走出乡土的无家可归,到回归乡土的灵魂的绝望,阎连科思考着一个宏大深刻的现代性命题,探索着人类文明发展的终极性问题。

《四书》描述了1958年的"大跃进"和随之而来的大饥荒中,黄河边上的一个劳改农场里,来自各地的知识分子云集于黄河南岸育新区,接受劳动改造和灵魂的育新,重新锻造精神和肉体的故事。《四书》以知识分子的良知直面了20世纪50年代末至60年代初那段历史,以及人们面对创伤所进行的无望救赎。小说保持了惯有的寓言化叙事和面对创伤的绝望感,探索人类历史和人性的重大命题,深入到文化心理反思和人性层面的探究。

《风雅颂》中杨科缺乏自省能力,面对学术以外的世界,他除了委曲求全别无他法,究竟是杨科选择了欲望,还是欲望裹挟了杨科,或许两者兼而有之。杨科作为知识分子的个人迷失,映照出他身处物质社会的某种价值迷失,这种迷失既是物质淹没精神的迷失,也是一种精神盲从物质的迷失。从杨科的迷失之中,我们不难看到人类的普遍性难题:欲望的旋涡与无家可归的境地。二者是人类灵魂自始至终需要面对的困境,在物欲横流、故乡荒芜的现代性语境中它们更成为人类难以摆脱的幽灵。小说先后叙述了杨科的多次逃离经历,当他从京城的精神病院逃到故乡耙耧山脉,又从故乡耙耧山脉逃到诗经古城时,面临的始终是无处可逃的困境。在貌似荒诞与滑稽的表象背后,触目惊心地揭示出现代人文精神的沉沦与消退、现代知识分子的凄惶与悲哀,小说为我们探讨20世纪以来知识分子形象嬗变的文学史意义,提供了又一个有价值的范本。① 《炸裂志》实现了小说、志书和寓言等多种文类的叠加,采用魔幻现实主义和中国套盒式的叙事方法,作品出现了相互交织的叙事者和隐含作者,在真实与荒诞的叙事中强化了反讽的艺术效果,也带来了真实即荒诞与荒诞即真实的审美张力,拓展了小说的意蕴空间。"炸裂"也隐喻着过度的欲望膨胀而快速地走向衰颓和毁灭。炸裂村爆炸式的发展与自我毁灭,是物质欲望极速膨胀而精神道德极度贫乏所造成灾难的象征性叙述,从人类发展层面讲述了权与性作为社会发展的原动力及其极度膨胀的恶果。同时,作者表达了浓郁的乡愁意识,我们隐隐感觉到作家对被侵蚀的乡土世界的绝望,《炸裂志》把作家对乡土世界的绝望书写到了极致。炸裂村以肉体与道德的双重沦陷换来了由村到镇、由镇到县、由县到市再到超级大都市的规模升级,最后,已成为超级大都市的炸裂只剩下了老人、孩子、病弱和残疾。曾经"前有伊河之水,后有耙耧山势,村前平地开阔,始有农人至炸裂相聚,以物换物,以银购物,初成乡村之小集微市"②的美丽村落变成了废墟,在这过程中,家族结恨、夫妻成仇、兄弟反目,掩埋在其中的是丧失了的乡土伦理。逃离土地是阎连科最初创作的动力,而在作家逃离后的回归中,对乡土世界又多了一份理想与守望。正如沈从文笔下营造的美丽的湘西世界,阎连科心中也一直有着一个世外桃源般的耙耧山脉,然而一堵厚厚的现实之墙,侵蚀并几乎推倒了他心中的桃源世界,在他的小说中,我们能听到他的悲哭,能感受他内心的刺疼,在他以身体意象叙述的一个个寓言中感受到反讽的锋芒和内心对传统乡土世界的守护。③

---

① 陈劲松:《欲望放逐后的逃离之殇——重读阎连科长篇小说〈风雅颂〉》,《名作欣赏》2019年第12期。
② 阎连科:《炸裂志》,上海文艺出版社2013年版,第9页。
③ 陈蘅瑾:《论阎连科小说的寓言叙事》,《文艺争鸣》2019年第5期。

第五节 从洛河岸边出发的张宇

一 张宇从乡土出发的文化反思

张宇（1952—），生于河南省洛宁县大阳村。高中毕业后当过工人、县广播站编辑、文化局创作员，曾任洛阳地区文联主席、三门峡市文联主席、河南省作协主席。他 1979 年开始发表作品，已出版《张宇文集》7 卷，有长篇小说《晒太阳》《疼痛与抚摸》《软弱》《表演爱情》，小说集《张宇小说选》《活鬼》《苦吻》《乡村情感》《城市逍遥》，散文随笔选集《南街村话语》，电视剧《黑槐树》等。曾经获得河南省文艺优秀成果奖、飞天奖、《人民文学》小说奖等多个奖项，其作品也被译成英、法、日、俄等文字介绍到海外。

张宇从 1979 年开始进行文学创作。张宇对自己的农民身份有非常强烈的自我意识，初期的创作完全围绕农村生活进行。处女作《土地的主人》写的是农业生产责任制开始出现萌芽的时期。张宇初期创作对发展迅速而又复杂多变的现实生活，进行了近距离的审美观照和表现，如《脊梁》《金菊花》等。初期创作另一重要题材是对新生活的歌颂，例如《夏夜，在小河边》《月上西墙》《河边丝丝柳》《青草叶儿》等，对农村一草一木、一人一事都寄寓炽热而真挚的情感，这类小说写得轻柔甜美。

1984 年前后，张宇开始从宏观的角度重新观照家乡，观照社会，对于生活的认知不再仅仅局限于家乡，变得更加丰富多彩。小说内容也脱离了初期典型的乡土生活描写，开始转入对深刻影响人们行为方式的政治与文化的分析探索，小说指向已不再是简单的社会变迁，而是整个社会文化系统。代表作《活鬼》，这部小说的中心情节是一个名叫侯七的中原农民，在乱世中颠沛流离的一生，塑造了一个放射着奇异的艺术光辉的人物形象。侯七可以说是所有中国传统文化、中原文化精华和糟粕的集合体，也是一个超越了正与邪的具有高度概括性的典型形象。他不问正邪，不拘礼法，手段灵活，算计精到，能屈能伸。侯七浑浑噩噩，同时具有改变现状的强烈欲望和生命活力，在长期艰难的生活中形成了委曲求全的性格，但又有坚毅柔韧的心理。当他得意时是团长，落魄时侯七又能有滋有味地摆地摊做起小生意，完全收起了当年当团长时的威风。虽然外部行为可以随着处境的改变而改变，但是侯七的中心性格并没有改变，那就是待人处事的精明和对于利害得失的巧妙算计。这样的生活态度也造成了侯七的生存传奇：当解放大军就要进城的时候，他趁机大发横财，却又暗中留下很宽的退路，最后终于两面落好，当上了国家干部；而当他被划作右派被打倒的时候，在别的右派都痛不欲生时，他却可以把脸皮扔掉，自得其乐地生活，并靠着当右派被批斗去挣工分。甚至，作为一个阶级敌人，他在十年浩劫中还可以大挣画领袖像、印红袖章的钱。审时度势，随遇而安，侯七的人生传奇非常真实地体现了中国农民的处世特征。小说也写到了侯七身上蕴含的正面文化因素，比如对于两个妻子关系和与朋友杨忠信关系的处理。侯七甚至生意发财致富以后，还捐出了大笔款项，为大家兴办公益事业等。可以说，在侯七身上，处处体现出河洛大地千百年来延续下来的思想、文化、艺术传统的影响。张宇作为在河洛农村土生土长起来的作家，十分准确地把握住了河洛农民的特点，塑造出了侯七这样一个富于艺术灵性和文化意蕴的艺术典型，对当代文学做出了创造性的贡献。

张宇小说多从政治文化角度对当代中国官场文化进行揭露，如《和风细雨》《一笑了之》《阑尾》等。张宇凭借极强的观察力对这些畸形的文化现象做了嬉笑怒骂式的批判。从20世纪80年代后期开始，张宇的小说开始离开对外部世界的描绘，转向对人的内心、人的精神层面的刻画。创作又重新回到了乡土之中，写了一系列的乡土回忆小说，对乡土生活发出礼赞。1990年以来，张宇创作开始指向自我的内心，重新寻找生命的意义以及精神的归依。《没有孤独》《城市逍遥》《大街温柔》等小说中写精神生活上的强者。《活鬼》中侯七关注的是世俗意义上的荣辱利害，而鲁杰、鲁风、李振华向往的则是精神上的富足与充实。侯七是利用环境，投机取巧，是一种形而下的人生层次，而鲁杰、鲁风、李振华则是超越环境，超越命运，有一种形而上的人生追求。这几部小说中的主人公，或者是自身地位卑微，如鲁风、李振华，或者是整个人生过程充满坎坷，如鲁杰。但是，他们有一个共同点是有自己的精神追求：鲁杰迷恋自己的科学，他对科学有宗教徒般的虔诚和献身精神，鲁风对盆景艺术有自己独到的领悟，李振华则对平凡人生有着自己的理解。正是这样的一种精神追求使他们呈现比别人高的精神境界，帮助他们抵御了经济危机和人生困扰，超度了生存苦难与命运悲剧，凸显了他们的人生价值。在这里，张宇探寻人的内心世界，张扬人的精神追求。不同人精神境界的高下，往往决定了其生命价值和人生层次的高下，借助鲁杰等人物形象，作家显然也在说明，无论在什么样的人生景况中，人都不能放弃自己的精神追求。只要坚守这种精神追求，人生就可以获得超越。能够坚守自己人生追求的人，往往就是具有强大精神力量的人。

长篇小说《疼痛与抚摸》抒写女性亘古的希冀与痛苦，展现她们心灵跋涉的艰涩，探寻生命存在的意义。在叙事的过程中，对人物的命运、行为和情感做精神分析，非常精细地挖掘人的潜意识，同时叙述作者的体验、感受和领悟。小说通过水家三代四个女子生命意识与社会要求的分离，写出了社会对人的强大的异化能力，以及人在社会上的不自由，小说写得极为沉重。另外一部长篇小说《软弱》则突然转入轻松，小说写警察和小偷的故事。小说把故事放到了日常生活场景中演绎，用十分通俗的语言，以一种民间故事讲述者的姿态，讲述一个似乎与己无关的故事。但是，在小说表层的轻松下面却又隐含着沉重。小说中，主人公固然仍坚持着自己的价值主体地位，但是，从作家对人物塑造来说，于富贵已经不同于鲁杰、李建华。鲁杰、李建华身上还有着强烈的英雄主义气息，他们虽然在现实生活中地位不高或者遭遇坎坷，但是仍然是别人不能替代的独特个体。而《软弱》中的于富贵已经成了一个普普通通的小人物，虽然他是反扒英雄，但他缺乏英雄主义气息，而是一个在现实生活中不得不软弱的普普通通的人。小说中多次让于富贵自己剖白，他抓小偷并不是出于英雄主义的正义，而仅是因为自己爱好这个，不存在高尚的心理动机。虽然于富贵不断反观自己心灵的深处，试图找到自己的本来面目，让自己获得生存的勇气和信心，但他怎么也不像《没有孤独》中的鲁杰那样，叩问很多沉重的生命问题，他只是生活当中的常人，没有沉重的历史包袱，有的只是简单至极的经历。

  从洛河岸边走出的作家张宇，2005年出任河南建业足球俱乐部董事长，凭借老辣的治军手段和左右逢源的运作，带领河南建业队冲超成功，把河南足球带进中国足球顶级联赛行列。整个冲超过程中，张宇一直强调"中原子弟兵"概念。在他任上，建业队从董事长到主教练和助理教练，乃至一多半主力队员，是洛阳籍子弟。他强调球员要体现本土化特色，在比赛中要打出中原人顽强拼搏的精神。张宇从董事长任上下来后，打算以足球为题材创作一部小说。《足球门》的封底有"这本小说就是他对那段生活的回忆和重新描述"[①]

---

① 张宇：《足球门》，人民文学出版社2010年版。

一句话，表明这部小说是张宇对这段生活的文学加工。《足球门》的主人公李丁一出场就是大河集团副总裁，批阅文件是他每天的工作。作为分管全集团销售工作的副总裁，李丁之前的身份是作家，在创作上小有成就，为体验生活到大河集团担任副总裁。集团董事长何剑南一个决定，李丁由分管集团销售的副总裁变成了集团足球俱乐部的董事长。甲级足球俱乐部大河历经13年，投资3亿元。作家李丁出任董事长后，立即就面临失去主场，主力球员被对方挖走，黑道人物身边周旋，国家足协和地方关系错综复杂，可谓危机四伏，困难重重。李丁将如何带领中甲16支俱乐部，来面对赛事，如何围魏救赵和各个击破，带领球队冲超成功？小说具有实战球经的性质，是一部关于球场、职场和官场生活的启示录。

张宇在小说中，正像足球主力队员要求是洛阳子弟，球赛冲超要用"中原子弟兵"，小说因运用了极具河洛地域特色的语言，赢得了读者的喜爱，又以写出了河洛人顽强拼搏的精神而独具文学魅力。同时小说通过足球文化的描写，处处彰显了张宇对人生和社会深层的思考和感悟。

第六节 抒写帝都传奇的司卫平和任见

一 千年帝都的文学叙事

在当前洛阳作家群中，司卫平、任见等长篇小说创作，取得了较大成就。

司卫平（1963—），洛阳人，现在宜阳畜牧局工作。国家二级编剧，中国少数民族作家学会会员，河南作家协会会员，洛阳市文学艺术研究会副会长。出版有长篇小说《诗鬼李贺》《远方飘来的云》

《洛阳铲》《乡国》等，中短篇小说集《淡淡忧伤》以及全景反映洛阳历史文化的《洛阳城事白话》《千年北邙》《关羽之圣》《洛阳人的好习惯》等。

司卫平的《洛阳铲》塑造了20世纪北洋政府时期，洛阳近郊邙山一带一个盗墓贼李鸭子的生动形象，通过李鸭子盗墓和发明"洛阳铲"的经过，揭露和鞭挞了军阀统治时期军匪一家、混乱荒谬、民不聊生的社会现实。作者以洛阳人的乡土意识和挚爱洛阳文化的情绪，抒写了一曲那个时代的哀歌。作者具有高超的叙事技巧和语言素养，特别善于场景描写，如：

> 夜里蚊子咬得睡不下，二狗点着了隔年晒干的艾蒿熏蚊子，把女子也熏得进不去屋子，几个人就坐在树下拍瞎话。李鸭子见识大、话稠，就故意对着女子卖弄自己的阅历。女子倒是感兴趣，但很少说话，只是很认真地听。女子不说去睡，二狗坐不住，急得像是屁股下面有蝎子，也不敢催。李鸭子看不惯他那臊胡样儿，便只管坐着不住嘴地闲聊。聊着聊着，竟不注意啥时候不见了老鳖头！
>
> 第二天醒来，一睁眼就感到刺刺的，日头真照住屁股了，他躺在一片阳光里。恍惚觉得身边上坐了个人，揉着眼定睛一看，是老鳖头在憨憨地看着他笑。又一看，老鳖头的手里竖着个东西——正是他日思夜想的玩意！
>
> 李鸭子陡然来了精神，一把将打制好的物件从老鳖头手里夺过来，上下、里外仔细审视着，不住地夸赞着："乖呀，咋打成了呀？你的手咋恁巧嘞！"喜欢得爱不释手。[①]

[①] 司卫平：《洛阳铲》，甘肃人民出版社2011年版，第101页。

这看似一个简单明了的夏夜,在树下纳凉"拍瞎话"的场景,内藏的故事线索和人物关系却错综复杂,又有条不紊,极具戏剧性。李鸭子设计的洛阳铲让铁匠老鳖头反复试着打制,多日来均没有成功,而现在处在即将成功的前夜,李鸭子为此彻夜睡不着,焦急地等待。其中,还有二狗掉落在福音堂地下暗室时无意在暗室"拾到"的女子做了自己的婆娘,但现在闹着要离去。警觉的李鸭子在安抚过程中,对女子神秘的来历和不凡的容貌似乎又有点心猿意马,想搞清楚以免除潜在的危险,又假装着撩拨调戏,而二狗着急着又要去和这个女子亲热;而这个女子其实是一个报社记者,名叫"紫烟",最后正是这个女记者的暗访和报纸上揭露洋人与官匪勾结盗卖文物,才使盗墓成为惊天大案,大白于天下。此时,铁匠老鳖头是领着王掌柜和宋掌柜来购买"古器"顺便来到二狗家,实际是被李鸭子指派跟随,因为李鸭子担心"自己随他们一起去了,也被弄成肉票,像一头拉磨的馋嘴驴,麸子没有吃到还挨一磨杠子",让老鳖头顺便一起来,自己至少不担心两个掌柜心生歹念吃"霸王餐",带人硬抢了他的古器。老鳖头一边监视别人一边来二狗家,来二狗家的真实目的是在李鸭子的监视下暗中继续打制"洛阳铲";而大家都在闲聊时,竟不见了老鳖头,是因为老鳖头也心怀鬼胎,想让"洛阳铲"的打制过程不让包括李鸭子在内的其他人看见,从而成为自己的独门技术。

故事进展上,干干净净、利利落落的叙事主干,没有拖泥带水和故弄玄虚的多余枝叶,暗含的情节却跌宕起伏;再加上纯粹地道的"大架杆""趟将""霸王餐""掌眼"等盗墓贼行当用语和洛阳地域特有的方言俗语、歇后语"娘那个脚""勒啃""利亮""日鬼了""一棵树上拴不住两头叫驴,咱是单开说还是脸对脸说""闺女穿她娘的鞋——老样子"等,诙谐生动,余味横生,颇具有表现力。

对主要人物李鸭子、钻地龙、老鳖头和二狗等的语言描写，也极具个性化特征。作者运用最地道的洛阳方言俗语、风物名称塑造人物和叙述故事，达到出神入化、炉火纯青的地步，就这个方面说，《洛阳铲》可谓一部了解洛阳当地乃至河南地方本色语言文化的宝典，具有民俗学和社会学的价值。

任见，即作家后山，大学理科毕业，1986年曾在北京大学学习，做中外文化比较研究。主要作品有长篇《帝都传奇》（10卷）、《牡丹传奇》（10卷）、《新梦》《刘禹锡传》《白居易传》《元稹传》《丝路缘》（2卷）、《洛阳往事》等数十种。中短篇小说100余篇，散文集《游说集》《域外通信集》等。

《帝都传奇》属于历史文化传奇，共10卷150章，共330万多字。作品立志为洛阳城市立传，塑造伟岸宏大的洛阳千载帝都形象，精心描绘了洛阳沧桑历史画面，包括其中的人文风流和战争狼烟。故事情节磅礴跌宕，构思布局匠心独运，文笔简约饱满，臻于洗练，以幽默生动的风格昭示洛阳都市重重蕴藉的文化辉煌，突出了洛阳历史文化精神和帝都个性。《帝都传奇》凝聚了钟情于河洛文化和有感于帝都辉煌的人们的赞美和期盼，是中国历史文化小说创作的一块丰碑。任见不见媒体，不接受采访，勤勉耕耘，是一位默默捍卫河洛文化的大家。

王鼎三，笔名张口笑，1958年生，河南省伊川县人，现为洛阳市作家协会副主席，出版有官场小说《谁主沉浮》五卷，其官场小说曾经获得洛阳市第四届、第五届"五个一"工程奖，另有历史演义小说《洛阳洛阳》和杂文散文等。

二　日益浓厚的河洛文风

早在2014年，洛阳市作家协会在册会员达1100人，加入省作

第十章 当代洛阳文学

协的有 300 余人,加入中国作协的作家有 18 人,洛阳作家群已基本形成。年均出版作品 70 多部。2013 年,洛阳市作家共出版作品 79 部,其中,诗集 26 部,散文随笔 15 部,长篇小说 11 部,其他 27 部。从事长篇小说创作的超过 40 人。[①]

主要创作在 80 年代的有乔仁卯、艺辛、谭杰、张文欣、赵运通等,90 年代后的有朱怀金、王小朋、丁立等,年青一代有余子愚、刀刀、徐根鹏、梁凌、婧婷、余子愚、忻尚龙和庄学等。还有赵克红、李余良、寇兴耀、吕太增、焦保鸿、吴文奇、李国英等在创作同时,从事文学艺术工作的服务和管理;文学新秀先后涌现出蔡璐、于璐璐、吉清乾等。2019 年新加入中国作家 6 位作家许来欣、寇兴耀、丁丽(非花非雾)、段新强、贾志红、畅玲娟(冷清秋),其中年龄最大的 83 岁,最小的 44 岁。

整体上看,河洛文人从事文学写作的情况是:从农民工到大学教授,没有功利追求,或歌咏家乡山水人文美景,或倾情河洛文化,也不论艺术水平高低,大多为业余爱好,出版作品集也多为自费;从最初的诗歌创作走向散文和小说,从纯粹的热情歌唱到描述甚至研究河洛文化;作协之外的文学爱好者出版作品的很多,年龄跨度也很大,中学生出版作品集的不在个别,80 多岁仍然时有诗歌作品问世的也不在少数;发表渠道很多,微博和微信公众号、朋友微信群、河洛网络社区、朋友之间微信互转等。诗歌创作时间长,影响大的诗人有李清联、高旭旺等。

李清联(1934—),曾在洛阳拖拉机厂做过勤杂工、修炉工、电工、团委干事、党委干部。1960 年加入中国作家协会,曾任洛阳市作协副主席、三门峡市文联副主席、河南省作家书社社长、大河诗

[①] 常书香:《洛阳作家群呼唤领军人物》,《洛阳晚报》2014 年 10 月 28 日第 10 版。

刊社社长、河南省文联第二届委员、中国作家协会河南分会理事、河南诗词学会理事，曾主编《洛神》。1953年开始发表作品，著有诗集《我们沸腾的工厂》《拖拉机开出厂房》《新犁催开浪花》《绿云彩》。

诗集《新犁催开浪花》基本囊括了诗人当时的主要诗作。在20世纪五六十年代，李清联以写洛阳拖拉机厂的工人和建设闻名。他的诗歌多采用民歌的形式，语言活泼生动，比较口语化。《浇铸者》是诗人的成名作，这首诗赞颂的是铸钢工人为中华人民共和国的工业建设艰苦奋斗的精神。与同时期的其他诗人相比，李清联的独特之处在于：他是产生于工厂的诗人。他的诗歌题材是与他的生活环境重合在一起的，这些诗作仿佛浑然天成。当时很多诗人也试图驾驭同样题材，但他们抱着"体验生活"的态度来写中华人民共和国的工业建设，不免使人产生隔膜之感。

高旭旺（1948—），河南三门峡市人。曾供职于《青年导报》社，任副社长。中国作家协会会员、河南省诗歌学会执行会长。诗人先后在《人民日报》《光明日报》《人民文学》《诗刊》《中国作家》《十月》《上海文学》等六十多家报刊发表诗六百多首、散文诗一百五十多章，出版诗集9部、散文诗1部。代表作有《黄河大写意》和《心灵的太阳》。

黄河是母亲河，是文人歌咏的永恒主题。很多诗人写黄河是从民族、国家等宏大的角度来立意，高旭旺避开了这一点，从人本主义出发，去关注黄河与人的关系，黄河与人的命运。在这一组诗歌中，我们看到了诗人的生命意识。在他笔下，黄河上的帆影、漂泊的老船、黄河纤道上的记忆、石像、河滩的冬日、黄河上的夕阳都是有生命的。《黄河纤夫》是首献给父亲的诗。在《黄河大写意》中，黄河承担着厚重的历史，黄河断流、黄河水患、塌方、花园口被炸毁等在诗歌中都有呈现，黄河凝聚了太多的岁月。《心灵的太阳》是诗人为纪念母亲而作的诗集。诗集取材于日常生活，语言朴素、感情真挚，多个侧面地为我们呈现了一个勤劳、善良、自尊、自立的母亲形象。诗人择取的都是一些生活中的细节，如《母亲的手》《母亲的纺车》《母亲的背脊》《妈妈的木尺》《大年三十》《进城前后》《一把柿木梳的爱情》《母亲戴过的老花镜》《做年饭》等，多角度地刻画母亲形象，抒发对母亲的爱恋。作为一个河洛诗人，高旭旺还就河洛境内的历史名胜写过一组诗：《龙门石窟》《仰韶遗址》《洛阳古墓群》等。在这些诗作中，诗人探寻民族的历史与文化，深入发掘河洛地域文化，表现出了诗人对故乡浓重的爱。

如今，洛阳文人每年在洛河岸边和龙门附近分别由作协、企事业单位举办洛牡丹诗会、洛浦诗会和龙门诗会，设有奖项，盛况空前，颇有唐宋文人雅集的遗风雅韵。至于三五成群，或在社区，或在公园，甚至房前屋后，吹拉弹唱，演绎着古老戏曲曲目，激情时声泪俱下，随处可见。这些带有休闲与自娱的文艺活动，随着政府主导的城镇文化建设和成百上千的河洛书院免费开放，日益形成浓厚的河洛人文风貌。这是洛阳当代文坛和人文风尚基本现状。这种民间化的文学盛事，如江河底部的脉脉暗流，必将传承着河洛文脉走向未来的辉煌。

参考文献

（唐）白居易著，谢思炜校注：《白居易文集校注》，中华书局 2018 年版。

白谦益：《白居易正传》，白山出版社 2012 年版。

柏俊才：《建安文学史话》，社会科学文献出版社 2015 年版。

（汉）班固：《汉书》，中华书局 2007 年版。

北京大学中国文学史教研室：《西汉文学史参考资料》，中华书局 1962 年版。

昌炳兰：《历代名人咏洛阳》，河南大学出版社 1991 年版。

陈传万：《魏晋南北朝图书业与文学》，合肥工业大学出版社 2008 年版。

陈思和编：《中国当代文学史教程》，复旦大学出版社 1999 年版。

陈燕妮：《居住的诗篇——论唐诗中的洛阳城市建筑景观》，人民出版社 2011 年版。

陈义初：《河洛文化研究十年》，河南人民出版社 2018 年版。

陈允吉、吴海勇：《李贺诗选评》，上海古籍出版社 2019 年版。

程有为：《河洛文化概论》，河南人民出版社 2007 年版。

董冰：《老家旧事——李準夫人自述》，学林出版社 2005 年版。

郭绍林：《洛阳隋唐五代史》，社会科学文献出版社 2019 年版。

参考文献

杭勇：《陈与义诗研究》，中国社会科学出版社 2018 年版。

胡阿祥：《魏晋本土文学地理研究》，南京大学出版社 2001 年版。

胡明可：《洛阳名胜》，中州古籍出版社 1993 年版。

贾文丰：《中原文化概论》，中州古籍出版社 2017 年版。

李永强编著：《隋唐大运河的中心——洛阳》，中州古籍出版社 2011 年版。

李振刚、郑贞富：《洛阳通史》，中州古籍出版社 2001 年版。

刘保亮：《河洛文化视野下新时期河南文学的乡土风骚》，河南人民出版社 2012 年版。

刘景清：《李準创作论》，内蒙古人民出版社 1987 年版。

鲁迅：《鲁迅全集》，人民文学出版社 1981 年版。

吕思勉：《隋唐五代史》，上海古籍出版社 2010 年版。

吕晓洁、李炎超：《中原文化视阈下的河南当代乡土小说研究》，中国社会科学出版社 2015 年版。

罗宗强：《魏晋南北朝文学思想史》，中华书局 2017 年版。

洛阳市地方史志编纂委员会：《洛阳市志》，中州古籍出版社 1995 年版。

马春莲、林达：《河洛大鼓传统大书选》，商务印书馆 2015 年版。

马旭东：《洛阳那城事儿》，华艺出版社 2012 年版。

（宋）欧阳修著，洪本健校笺：《欧阳修诗文集校笺》，上海古籍出版社 2009 年版。

（宋）欧阳修等著，王云整理校点：《洛阳牡丹记》（外十三种），上海书店出版社 2017 年版。

钱建状：《宋代文学的历史文化考察》，福建教育出版社 2012 年版。

（宋）司马光：《资治通鉴》，北岳文艺出版社 1995 年版。

（汉）司马迁：《史记》，岳麓书社 1993 年版。

司全胜：《河洛古代文学概览》，河南文艺出版社 2007 年版。

司卫平：《洛阳铲》，甘肃人民出版社 2011 年版。

司卫平：《洛阳城事白话》，军事谊文出版社 2010 年版。

苏健：《洛阳古都史》，博文书社 1989 年版。

谭正璧：《中国文学家大辞典》，北京图书馆出版社 1998 年版。

田瑞文：《东汉洛阳与文学演进》，中国社会科学出版社 2015 年版。

（三国魏）王弼注，楼宇烈校释：《老子道德经注校释》，中华书局 2012 年版。

王群芳、唐益舟编著：《洛阳古今小说概览》，吉林大学出版社 2016 年版。

王秀梅译注：《诗经》，中华书局 2015 年版。

王永宽、白本松主编：《河南文学史》，中州古籍出版社 2002 年版。

吴涛：《中原文化概论》，大象出版社 2017 年版。

谢志平：《东汉儒家学者丛考》，中山大学出版社 2019 年版。

徐公持：《东汉文坛点将录》，中华书局 2017 年版。

徐金星：《洛阳十三朝》，中州古籍出版社 2013 年版。

（唐）玄奘、辩机撰，董志翘译注：《大唐西域记》，中华书局 2012 年版。

薛瑞泽等：《河洛文化的对外传播与交流》，河南人民出版社 2010 年版。

杨崇汇：《河洛文化与华夏历史文明的传承及创新》，河南人民出版社 2018 年版。

杨义：《文学地理学会通》，中国社会科学出版社 2013 年版。

姚奠中：《元好问全集》，三晋出版社 2015 年版。

叶鹏：《洛阳文化记忆》，白山出版社 2010 年版。

于涌：《北朝文学南传研究》，中国社会科学出版社 2016 年版。

于友先总主编：《河南新文学大系》，河南大学出版社 1996 年版。

袁行霈主编：《中国文学史》（第二版），高等教育出版社 2005 年版。

曾大兴:《文学地理学概论》,商务印书馆 2017 年版。

曾大兴:《文学地理学研究》,商务印书馆 2012 年版。

曾大兴:《中国历代文学家之地理分布》,湖北教育出版社 1995 年版。

曾大兴、夏汉宁编:《文学地理学》,人民出版社 2012 年版。

张鸿声主编:《河南文学史·当代卷》,郑州大学出版社 2011 年版。

张凌怡、刘景亮、李广宇:《河南曲艺史》,河南人民出版社 2007 年版。

赵丽娜:《河南怀梆戏研究》,中州古籍出版社 2015 年版。

后 记

　　写洛阳的著述已经很多了，研究河洛文化的学者也不在少数，并且当代河洛文化研究的历史也很长。特别是在目前建立民族文化自信的背景下，阐释和挖掘河洛文化传承形式和发展脉络，尤为民族文化建设的急务，也是地域文化研究的热点。千年帝都、牡丹花城的文化魅力，更是身为洛阳人的自豪。作者热爱洛阳的激情，与无数热爱河洛文化的文人一样，不随年岁日迈而减弱。于是，梳理和探讨洛阳文学的发生发展，试图彰显河洛文脉，试图从洛阳文学形式、文学思想和文学价值观的角度思考河洛文化的核心内涵，渐渐成为一种莫名的责任和使命，并产生极力向外地推荐河洛文化的冲动。这种激情应该源于一种努力地寻找——寻找中国传统文化传承的根脉，应该是当代每一个热爱文学和人文工作者的自觉意识。此为编写《河洛文脉》的初衷。

　　本书编写策略上，既要借鉴和利用前人已有的研究成果，又要注意吸收当前河洛文化研究的最新成果，给出最新的观点；同时要尽力发掘新的资料，尽可能全面地收集洛阳文学材料，以求为河洛文化研究者提供一些研究的线索。在考察历代河洛作家作品及文学现象时，力求体现历史意识和当代意识的结合，体现与时俱进的科

后　　记

学精神；力求站在今天的时代高度，挖掘已往的文学成就对于当今社会文化建设的现实意义。在考察洛阳古代文学作品的艺术特征与价值时，既要借鉴当代地域文学相关理论，又要注意尊重我国的民族文化传统。

在河洛文学编撰过程中，还要努力体现文学史作者的个人人格、文化良知、审美意识和价值观念的高度结合，不止于对古代作家作品进行一般性的介绍和评述，而要显示出人文性和个性的观照方式和理论深度。在写作方法上，则是在详尽占有资料、熟悉论述对象的前提下，力争做到述事清晰，评价准确，立论慎重，语言简明。总之，本书努力按照高标准严要求，努力把《河洛文脉》打造成一部对河洛文化研究者和洛阳文学爱好者具有一些阅读价值的学术作品。

体例上，全书依朝代顺序分为十章，每章中大致按作家、作品分节，节数的多少和长短依据各个历史阶段的具体情况而定。所引用的部分，都注名了出处。本书的题目"河洛文脉"也是上海大学曹辛华教授所赐。在此感谢王水照和王利民先生、田瑞文博士、河南科技大学河洛文化研究团队、《河南文学史》编委会前辈等研究者，本书掠美了你们的研究成果，融入了你们的辛苦和汗水，你们为本书梳理河洛文脉，提供了不可缺少的帮助。

还需要指出的一点是，随着河洛文化研究的逐步深入，洛阳文学材料的不断发现和挖掘，学术观点也在不断更新求变。随着时间推移，本书的缺点和遗憾会日益彰显，谨期待以后的修订完善。

作者
2020 年 5 月于洛师